兰香缘

下册

禾晏山 著

青岛出版集团 | 青岛出版社

第十三章
情绵遭暗妒

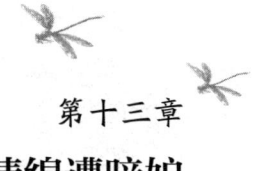

　　香兰自顾自地从头上拔下一根簪，挑了挑灯芯，慢悠悠说："若是太太让问的，下回说话前头要加上'太太让我问你'这几个字；若不是太太让问的，还请你说话时再客气些，我虽不才，一直是个伺候人的，可原先也曾在宅门里待过些日子。你这么对我说话倒没什么，若是对外人也是这个口气，只怕别人要笑话咱们宋家的丫鬟没有规矩。"这一番话说得冷淡，却也极不客气。

　　芳丝的脸立刻涨得通红，冷笑道："你倒是好大的谱儿，话里话外的意思是说我没规矩？我是太太身边的，你的意思是太太不会调教人了？"

　　香兰笑道："我可不敢，我粗粗笨笨、莽莽撞撞，要是方才说了什么惹恼了姐姐，我给姐姐赔个不是。姐姐是太太身边的，胸襟自然跟别人也不一样，断不会跟我一般见识罢？"

　　芳丝本打算在香兰跟前摆威风的，没想到被将了一军，两番话将前后路都堵死了，正不上不下的时候，忽听门口有说话嬉闹的声音，知是珺兮、玥兮回来了，便瞪了香兰一眼，一摔帘子走了。

　　她跑到蔷薇架后头，气得狠狠跺脚。

　　她就知道那个香兰一脸狐媚模样，一准儿是个勾搭人的，今儿个果然让她撞见了！做衣裳的料子本来应该是主子先挑，大爷竟给那个香兰单独留下两匹，还去摸那丫头的头发！若不是她进来，是不是就该摸脸亲嘴了？呸呸呸！不要脸！大爷是瞎了眼，专门喜欢这样看着娇娇弱弱的小狐狸精，这么些年都没瞧出自己的好。

先前屋里有个红袖，因是从小伺候的情分，她倒也心服口服；可红袖没了，论资历、容貌、身段，比伶俐、忠心，哪样也该是她，就连太太都喜欢她，凭什么她就不行？

芳丝抹了一把气出的眼泪。

她知道她不如香兰貌美，可除了脸蛋，她哪一样不强出那小蹄子一等？大爷是被女色缠软了腿了。这样下去可不成！

芳丝掏出帕子将脸擦了一把，立刻往宋姨妈那屋去了。进去一瞧，只见料子都已挑完，全都拾掇起来了，郭嬷嬷正命人摆饭，宋姨妈靠在贵妃榻上，手里捻着一串佛珠。闭着双目，口中念念有声。

宋姨妈是个本分妇人，自死了丈夫便心如死灰，吃斋念佛，足不出户，穿的衣裳也大多是深色，头上勒着抹额，脸上脂粉不施。纵然她生得秀美端庄，可这样的打扮将整个人都衬得老了十岁。

郭嬷嬷见芳丝面带怒色，举止轻慢，便瞪了她一眼，朝宋姨妈努了努嘴。芳丝头脑清明了些，停了脚步。理了理身上的衣裙，把怀里的料子放到一旁，拿起榻边的芭蕉扇子，轻手轻脚地走过去给宋姨妈扇风。

宋姨妈睁开眼，见是芳丝站在身边，便问道："大哥儿可喜欢这个颜色？"

芳丝连忙赔笑回道："喜欢，怎么能不喜欢呢？大爷还说做大氅太热，他屋里也没个精通针线的丫头，说我的针线好，让我给他做条裤子呢。"

宋姨妈闭着眼笑道："阿弥陀佛。这孩子，既然巴巴地求了你，你就给他做两条。"又问，"大哥儿吃了什么没有？"

芳丝道："方才过去的时候房里还没摆饭。"

宋姨妈道："檀丫头内火旺，晚上吃碗粥也就顶饿了，大哥儿天天劳碌晚上要多吃些，待会儿你再给送碗汤过去。"说着便起身。

芳丝连忙搀扶着，宋姨妈笑道："还没老到让人搀的地步。"便坐在了桌边。

郭嬷嬷笑道："让她搀，这是她应当应分的。"

芳丝立在旁边布菜，宋姨妈吃了一筷子，忽想起来道："大哥儿房里那个新来的丫头选了料子没？可别忘了她。"

芳丝心里正一肚子不甘委屈，脸上仍赔着笑："挑好了。"看着郭嬷嬷的脸色道，"不过有档子事……"

宋姨妈看了芳丝一眼："有话就说，做什么吞吞吐吐的？"

芳丝道："我方才进屋的时候，瞧见大爷特意准备了两匹料子给那个丫头。论理这话我不该说，可大爷这事做得也太不像，前头太太和姑娘还没挑呢，他怎么好越过去，直接给那丫鬟留下了？"

宋姨妈一听这话，顿时放下了筷子："留下什么料子？"

芳丝道："是妃色的茧绸和天青色的细布。"

宋姨妈重新把筷子提起来笑道："不是什么名贵的，今儿个送来的料子不都是这样的货色？许是大哥儿怕那丫头刚来，面嫩不好意思挑，便命人给她留下两匹。年轻的女孩儿不比我们，穿红戴绿的也好看。"

芳丝忙道："这个道理我也知道，可我方才进去，正瞧见大爷对那个丫头……"说着眼睛向上看，低声道，"自从红袖姐姐走了，大爷房里确实也缺个服侍的人，可如今还有半年就春闱了，我只怕大爷让人给挑唆坏了心性，迷上旁门左道，荒废学业。如今家里这个情况，大爷是太太唯一的指望，我们做下人的服侍一场，也盼着他能金榜题名重振家业，一来告慰老爷的在天之灵，二来宽慰太太的心，三来大姑娘日后嫁人腰杆也硬挺，四来我们这些人也落个平安。"

这一番话不得了，宋姨妈又把筷子放了下来，连忙问道："我的儿，你方才在屋里瞧见什么了？亏得你伶俐，办事妥帖，要不我还跟蒙在鼓里头似的。"

芳丝道："也没什么别的，就是我进去的时候，正瞧见大爷伸手摸那丫头的头发，好像正要给她簪花儿似的。这放在旁人身上本也没什么，可大爷一门心思都在功名上头，就算是先前的红袖姐姐，大爷也不曾调笑半句，这丫头才刚来，就……"

宋姨妈愣了愣，那个叫香兰的丫头进来磕头的时候她端详过，是个绝色，通身气派娴雅，真真儿是个一等一的人才。

芳丝见宋姨妈不说话，便又道："太太可得拿个主意，如今大爷正是要劲儿的时候，放着个夭夭娇娇的丫头在身边，多让人不放心哪。何况那丫头还来历不明，不知道是从哪儿买回来的，要是进府之前就在什么地方教唆坏了，学一身下流手段，咱们爷可是个规矩老实孩子，给坏了根性可就糟了！"

郭嬷嬷立刻道："这话倒是，那丫鬟来历不明，且来的时候还一身伤，谁知道先前犯了什么事，是不是有大过错让主人家赶出来的？关起门来说句不知好歹的话，这样的颜色，在大宅门里被赶出来，指不定身上还有没有清白，又染了什么风流习气。世上总有那爱串舌头的，成天背后编派人家不是，大爷日后做官做宰，要的就是名声清白，万不能走错一点儿，若没事还好，倘若有人道出一个'坏'字，身后还指不定跟出多少落井下石使绊子的小人。咱们一块儿着急上火、心焦如焚还在其次，可大爷的声誉又该如何呢？"

郭嬷嬷一边说，宋姨妈一边点头。

芳丝给宋姨妈把汤挪到跟前，低声问："太太，您看这事……？"

宋姨妈叹了口气道："幸亏有你们娘儿俩帮我出谋划策，否则我还真不知这当中的厉害。只是丫头买来的时候，大哥儿就跟我说了，这丫头是他相中日后要抬举的人，先前就认识的，一直想跟她的主子讨，只是没得到机会。谁想她遭人陷害，他这才借了时机给买了过来，姑娘倒是身世清白，知根知底的。"

宋姨妈这一句"是他相中日后要抬举的人"，直将芳丝轰了个透心凉，宋姨妈又对郭嬷嬷说道："大哥儿是你从小看着长起来的，最有分寸，他也同我说了，等明年春闱之后再添房里的人，如今放在身边，就是让她帮着端茶递水，念书的时候旁边有个研墨的人。"

郭嬷嬷一听，跟芳丝对望了一眼，便笑道："太太心里有数就好，瞧这事闹的，是我们娘儿俩多嘴多舌了，该打！该打！"

芳丝也强笑道："谁说不是？尤其是我真该打嘴！"说着真轻轻抽了自己两巴掌。

宋姨妈一把拉住芳丝的手，笑道："你这孩子真是，怎么还真打上了？我又没怪你，我心里谢谢你们还来不及。你们母女事事都为着我们着想，为了成全我们娘儿几个的名声体面，日日夜夜地操心。自从老爷一没，人人背后捅刀子欺负我们孤儿寡母，只你们守在身边一心一意地维护着，我就想着万万不能辜负你们。"提到老爷，眼泪便滚了下来。

郭嬷嬷和芳丝忙跟着垂泪，屋中静了片刻，郭嬷嬷用帕子拭着眼角，强笑道："好端端的，怎的又勾起这伤心事来了？都是芳丝这小蹄子该打，引得太太又掉一回眼泪。"

宋姨妈拍着芳丝的手对郭嬷嬷笑道："有我护着，你可不能打她。"看着芳丝慈爱道："我们家大哥儿没福气，竟瞧不出你的好处。可你只管放心，只要有我在，日后也亏待不了你的前程。"

芳丝装作娇羞模样，低下了头，心底里的委屈却涌上来，登时湿了眼眶。

从宋姨妈房里出来，郭嬷嬷把芳丝拽到屋里，关上门低声道："香兰那档子事儿不准再提了，你又不是不知道，太太对大爷言听计从，大爷要是说煤球是白的，太太都会跟着说'没错没错，看起来是有点儿白'……唉，你又何苦往刀尖上撞？"

芳丝绞着帕子道："我就是不甘心。"

郭嬷嬷叹口气："不甘心又能怎么样呢？我早就劝你识几个字，大爷就喜欢有书香气的，你偏不听，红袖、香兰哪个不是会识文断字的？如今你讨不了好又能怨谁？"

芳丝愈发烦躁，一甩手走到床边躺下来，用被子蒙着头。郭嬷嬷走到床边坐下，又叹一口气，推了推芳丝道："你呀，打小就是个明白人，这回可别昏头走错了路。大爷正把那丫头放在心上，你就别去找不痛快，平时也对那丫头多亲近亲近。我瞅着大爷对你又和气又可亲的，也未必没那个心思，咱们再等两年。可两年之后仍不成，你可就不能耽搁了，给我乖乖找人嫁了，听见没？"说着推了推芳丝。

芳丝埋头流泪，听了郭嬷嬷的话，咬着嘴唇哭得愈发厉害了。

却说香兰，帮着丫鬟们把饭摆好，宋柯便沐浴出来，换了一身墨绿色的家常衣裳，见香兰要退下，便唤住道："香兰别走，留下一起吃。"

珺、玥听到这话，对望了一眼，抿着嘴去了。香兰却有些尴尬。这些天她一直跟屋里的丫鬟们一起吃，如今宋柯让她留下，让她有些不自在。

宋柯却仿佛没事似的，在桌边坐下，拍了拍身旁的凳子，笑道："快过来。傻站着干什么？"

香兰迟疑地走上前，宋柯伸出手一把拉着她坐下，夹了几筷子菜放在她面前的小碟子里，挤了挤眼，言语里带了几分俏皮："只有咱们俩，不用这么拘着。"说着伸手给她盛了一碗汤，"你尝尝，这是火腿汤。"

香兰盯着眼前香气四溢的小巧汤碗一动也不动。

火腿汤也是萧杭最喜欢的汤，如今在宋家住了这些时日，从宋柯的性情喜好、举止言谈，她便已笃定宋柯就是萧杭了。昨日她去书房，悄悄翻出那把题了"小楼闻夜笛，岑寂已三更"的扇子，见着上头熟悉又陌生的字体，默默落下泪来。

寻到前世的丈夫，她心中说不清是喜悦还是伤悲。喜的是两世为人，竟然还有机缘相见重逢；悲的是身份有有别云泥，宋柯万不可能娶她一个奴婢为妻！

纵然宋家已不复当年光鲜体面，可瘦死的骆驼比马大，到底是一脉相承的世家，手底下仍有不少田产铺子，宋柯再考取功名，便是重新光耀门楣，届时再娶名门之女，振兴家业指日可待。即便他要娶寻常人家的女孩，其人也必然是家境殷实有头脸的乡绅闺秀，数来数去也轮不到她一个身契都被主人死死攥在手里的小丫鬟。

即便她和宋柯相认了能如何？

她不敢托大。原先她与萧杭不过做了一年夫妻便发配流放，在一处的时光拢共不到两年，况且当初的婚事是她一厢情愿。

如今已是隔世相逢，宋柯对她的情意究竟还能余下几分呢？

若这一生为妾，她宁愿从此永不相见！

眼瞧着宋柯对她关心体恤、殷勤呵护，她心里仿佛堵着一块大石，虽警醒着自己不可执迷深陷，心底却可耻地偷偷喜悦，还隐隐有一丝盼望。

佛说求不得最苦，她便日日在执念和舍得之间反复挣扎。

宋柯给自己斟了一杯酒，夹起一块小面果子，想放进嘴里，看了看香兰又停下来。

他不知道为何香兰又露出伤悲的神色。这段日子他总是想方设法地哄她欢喜，可每当香兰展露笑颜之后，便会露出这样悲伤的眼神，仿佛饱经沧桑。前世他病死，恍恍惚惚飘荡,不知过了多久隐约听到有人召唤,循声而来,却是宋家两岁的儿子宋柯将要病死,家里便请了道人叫魂。而宋柯此时已断气,他便凑过去,进入了那个孩童的身子,一晃便过了十几年。他曾托人打听过,沈氏早就死了,而他前世的亲人死的死,走的走,竟然一个都遍寻不着。

如今这个女孩儿真真儿像极了他前世的妻子沈氏,他有时候也想过,莫非香兰跟他一样,是沈氏的魂魄不成?他曾出言试探了几次,又故意说出前世他与沈氏才知道的琐事,却发觉香兰毫无反应。于是他又想是不是自己弄错了,毕竟已过了十几年,前世的种种好似一场梦。

宋柯轻咳一声,自顾自地取来一只冻晶蕉叶杯,给香兰也满满倒了一盅,放到她跟前道:"你是不是有什么心事?"

"什么心事?"香兰抬头的时候已将脸上的清愁尽数敛去,微微笑道,"只是觉着跟你同席吃饭不太合规矩罢了。"

宋柯拧起浓眉:"什么规矩不规矩的,我最腻歪这个,在自个儿家里不就图个痛快么?我就愿意看着你陪我吃。"说着把酒盅又往前推了推,"今儿个跟我吃几盅酒。"

香兰微微笑道:"大晚上吃酒,待会子还读不读书?回头笔都握不稳了,学问都做不成。"

宋柯笑着说:"提那扫兴的事做什么?我先和你碰一杯。"说着催香兰举起酒盅,碰了碰,便一饮而尽。

香兰连忙劝道:"好歹吃两口菜,否则酒气发散出来容易伤着五脏六腑。"说着夹了个鸭卷儿放到宋柯碟子里。

宋柯便不自觉笑起来,把那鸭卷儿一口吃了,款款讲起身边的趣事,说几个淘气的学生如何跟书院的大儒捣蛋,说林锦亭偷着去勾栏喝花酒,被林老太爷知晓后命林长敏拿着鞭子教训,林锦亭一把鼻涕一把泪地跟宋柯诉苦,为何那地方他大哥去得,他就去不得,真真儿是太不公平了,又说他铺子里的伙计如何被个江湖术士骗了。

宋柯谈吐风趣,丰采高雅,妙语连珠,让香兰一直抿着嘴笑,许是太愉悦了,直到珺兮来叩门,才发觉竟然已到了亥时。

丫鬟们撤去残席,重新打了水进来,宋柯喝得五分醉,见院中的月色好,便硬要出去赏月。玥兮搬了张小桌子,珺兮重新沏了壶热茶,摆上瓜果糕饼。宋柯便打发道:"你们去睡罢,这儿有香兰伺候。"

他们便这样并肩站在院里。周遭静静的,只听得风拂过竹林的"沙沙"声,偶有虫儿鸣叫,却越发显得沉寂。

香兰仰起脸,只见天际挂着一轮半圆的月,月华轻柔如银。

宋柯站了一会儿，长长地出了一口气，笑道："万景随心造。我记得还有一次和女子一同抬头望月。那是一轮明亮的圆月，挂在江面上，可当时因为心里头苦，所以再好的月光，都觉着无比凄清怆然。可今天，虽然只是半轮月，瞧在眼里却是舒坦的，好像这辈子都没见过这么好的月色似的。"

香兰仍抬头看着月亮，微笑道："今晚的月色确实皎洁。你瞧天上一丝云彩都没有，院子里还有花可以赏，有好茶可品，真是神仙的日子了。"

宋柯低声道："还有你陪着我一起，不是美景也变成美景了。"声音极轻，传到香兰耳中仿佛不存在似的，可宋柯仍然红了脸，去牵香兰的手，心里扑腾起来，唯恐香兰觉着他是个轻浮狂狼的男子，轻咳了一声想说些什么，却又找不到话。他本是个极沉稳的人，此时却因在意变得慌乱起来。

香兰却没挣脱，安静地站在一旁，低低垂下头，心中默默道：老天垂怜我，就让我放肆一小会儿罢。宋柯是她珍藏在心底的那个人，看他神采飞扬地谈笑风生，她便回想起前世那段美好的日子，忍不住想靠近，和他每相处一刻，便能让她有一刻的时间暂时忘却自己卑微的身份和多舛的前途命运。

宋柯偷眼打量，看见香兰柔美的侧影和纤柔的肩膀，她捏着香兰的小手，心里便酥软了一块，嘴角扬了起来。他头一次见到香兰，便觉得心弦被撩拨了。这女孩儿那么美貌又那么倔强坚韧，就算被曹丽环责打，都没有旁人的狼狈，过后仍挺直了腰杆，骨子里带着尊贵和骄傲。他仔仔细细地盯着看了许久，然后抑制不住冲动要去看她。

宋柯紧紧握了握香兰的手，拉着她到桌边坐下，笑着说："我原本会些丝竹，为了怡情。可惜家母好静，又因父亲去世，家里已经许久不曾有过乐声，否则这时吹奏一首才应景。"

香兰这才抬起脸，看着宋柯俊雅的眉目，微笑道："这四周都是天籁，比丝竹的声音更动听呢。"

香兰笑容甚美，月光洒在她如玉的脸上如同镀了一层淡淡的银，仿佛画儿里走出的一般，宋柯看得发愣，傻乎乎地"嗯"了一声。

香兰见他这个模样，心里想笑，可旋即怅然心绪又笼了上来，便站起身道："天色太晚了，大爷回去安歇罢，明儿个还要早起读书，别熬坏了身子。"

宋柯依依不舍，可又怕香兰乏了，只得应下。

香兰自去服侍宋柯洗漱就寝。他撩开床上的幔帐，看着香兰端着蜡烛关门离去，想把香兰留下来，可又觉得如此这般便是唐突了她。

等到明年春闱之后罢。宋柯在心里想着，迷迷糊糊闭上了眼。

香兰回去时珺兮、玥兮早就睡了，她轻手轻脚地挑亮蜡烛，拿了针线来做，做了一回上床就寝，辗转到夜半方才合了眼。第二日清晨，香兰同丫鬟们一道端了热水进去伺候。宋柯早已穿好了衣裳，玥兮去叠被，珺兮去开窗。宋柯掬着水洗了洗，用青盐擦牙，又吃了一口温热的茶，看了看香兰的脸色，问道："你眼底下发青，是不是昨儿晚上没睡好？"

　　香兰笑了笑道："不过是从纱窗里爬进来的虫儿有些恼人罢了。"

　　宋柯连忙道："我记得家里还有驱虫的熏香，明儿晚上你们点一粒放进鼎炉里。"

　　香兰笑着应了。一时珺兮端来早饭，宋柯仍留了香兰陪他一同吃。香兰吃了两口粥，看看宋柯脸色，小心道："有一桩事在我心里盘算许久了，一直想提，可又怕不好。"

　　宋柯一听，便将碗筷放下来，道："你只管说。"

　　香道："前些日子我被赵氏狠打一顿发卖，如今想起来还跟做场噩梦似的，也是我命不好，当奴婢的自然不得自由，也做不得主，事事要看主子的脸色，若是不做奴才……"

　　香兰还未说完，宋柯便皱着眉道："你只管放心，日后绝不会有这样的事。你留在我身边，谁也不能欺负了你。"

　　香兰心里一沉，听话音宋柯是不想放自己脱籍了，便摇摇头道："我倒没什么，只是想起爹娘若因我受连累，我真是粉身碎骨也难辞其咎，所以这些日子我想了许久，今日厚着脸皮来求你，我家也有些积蓄，想为我爹娘赎个身。"

　　香兰说到一半，宋柯便知晓她的意思了。他原本还提着心，生怕香兰提出要自己赎身出去，这是万万不能答应的。他觉着香兰便是一缕清淡的烟，若即若离，他想抓住，却又从手心里溜走，若是再放了她，只怕便一丝都笼不到了。如今听她说要给爹娘赎身，心便放下了来。他原本也有意给香兰的父母脱籍再扶持一把，日后香兰跟他一处，娘家是良籍，说出去也体面。

　　宋柯想了想便道："你为你父母赎身，那日后他们可有营生？"

　　香兰听了这话眼前一亮，知道这事能成了，连忙道："我爹日后可以找个古玩铺子或是当铺当坐堂掌柜，我娘也会做点儿针线，总能糊口。"

　　宋柯见她明眸闪亮，神色殷勤，还有些忐忑不安，只觉得可爱，不由笑了起来，给她夹了一筷子绿油油的小菜，柔声道："给你爹娘赎身也不是什么难事，你我之间何必用'求'这个字了？"

　　香兰惊喜地睁大眼睛，忙问："那该多少银子？"

　　宋柯笑道："当初你爹娘是修弘找林大太太要来的，没花多少银子，他当送人情便给了我，我放了他们便是了。"

　　香兰喜不自胜，只觉得刹那间心里都豁亮了，欢喜得说不出话。只听宋柯又道：

"既然你爹有鉴定古玩的能耐，脱了籍不如去我家的当铺。正好坐堂掌柜病重告老，正缺个人呢。每年五十两例银，年节还有打赏，是个好去处。"

香兰一怔。她让父母脱籍，本意就是不再依附宋家，可如今宋柯提出这样丰厚的报酬，倒让她有些犹豫。转念又想："我爹是凭本事吃饭的，我又何必心胸狭窄，穷清高认死理呢？况且家里的积蓄也不多，也开不起什么像样的买卖，不如就先在宋家当铺里再另图打算。"便起身要跪拜，口中道："爷的大恩大德，我结草衔环也报答不尽。"

宋柯一把扶住她的胳膊，见香兰有了笑颜，心中也欣喜，道："咱们之间不讲那些个虚礼，今儿个就让管事的去衙门将放籍的文书换了。"

香兰小鸡啄米似的连连点头，睁着一双明丽的眼睛感激地瞧着他。

宋柯又笑了起来，只觉着心里跟灌了蜜似的，往香兰的碗里夹了好几样点心和菜肴，笑着说："快吃罢。"

香兰连忙给宋柯夹菜，又去盛汤，饭毕巴巴地将去书院要带的文房四宝都准备妥了，宋柯又嘱咐她几句，方才笑笑着走了。

香兰站在屋门口，撩开门帘子看着宋柯走远，长长出了口气，嘴角忍不住扬了起来。纵然她还是奴籍，但能让爹娘先放出来总是天大的好事。

到了中午，宋柯身边的管事果然拿了放奴文书来，香兰喜得看了又看，小心翼翼地将文书装好，对玥兮道："我回趟家，一会儿便回来，不耽误给大爷备晚饭。"便收拾了几样东西，从后院的小角门出了宋府，直往她爹娘住的后街去了。

香兰归家一瞧，见陈万全夫妇都在家，夫妇二人自然欢喜，免不了一通嘘寒问暖。这陈氏夫妇都是本分老实人，甚无心计见识，眼见女儿被林家发卖，又被毒打的凄惨模样，免不了提心吊胆唉声叹气，却也无计可施。幸而他们一道来了宋家，宋家虽不及林家体面，但吃住也不是差的，方才有了些安心。

薛氏也悄悄跟陈万全计较："我瞧着宋大爷是个心慈的，不如咱们攒些银子将女儿赎出来罢。她要是天天挨打受骂的，还不如拿根绳子勒死我。"原本因家里穷，薛氏也不做别的念想，如今香兰拿了不少银子回来，薛氏便动了替香兰赎身的心。

偏陈万全眼皮子浅，听了薛氏的话便道："女儿刚换个善心人家，天天绫罗绸缎穿着，山珍海味吃着，出来能享这个福？况且宋大爷的意思你没瞧出来？他是看上咱们家香兰了呢，倘若香兰是个有福气的，自此跟着宋大爷长长久久地过奶奶的日子，我就算撒手闭眼了也能放心。"

薛氏忧心忡忡道："若真如此就好了，就怕宋大爷今后娶个母夜叉似的老婆，就跟林府里那一位似的，咱们香兰便有的是罪受了。"

陈万全仔细一想也觉得薛氏说得有理，可他天生便不是头脑分明的，过日子也是得过且过，遇了事能躲便躲，便道："说不准大爷能娶个温柔和顺的夫人呢？你天天想这么多作甚？！"故而薛氏再提，陈万全反而发火。他每日从铺子里当差回来，便买几两酒，喝饱了倒在床上蒙头大睡，再么和铺子里的伙计高谈阔论，全然不将此事放在心上。

唯有薛氏暗暗发愁，每次陈万全不在，她都悄悄把香兰塞给她的金子、银子及各色首饰拿出来清点，盘算着等女儿再回来，便和香兰合计，一同拿个主意。

如今香兰回来，陈万全自然欢喜，命薛氏炒几个菜，一家三口团团围着桌子坐了。香兰特意给自己斟了一杯酒，笑道："今日是有个天大的喜事，今早我跟宋大爷提了，求他放爹娘奴籍，没想到刚一提，宋大爷便准了。"说着从包袱里将那文书拿了出来。

薛氏喜道："当真？"小心翼翼地将那文书捧在手里。

香兰笑道："这个自然。"

陈万全却沉了脸，怒道："糊涂。你去求这个作甚？！没有主人家，你让你爹到哪儿讨营生？！况且你这么一求，宋家便以为你有了外心，厌恶你要赶你出来怎么办？"又絮絮叨叨地乱骂一气。

香兰愣了，心知她爹是个见识短的，心里默默叹息一声，道："宋大爷说了，日后请你去他家的当铺里当坐堂掌柜，每年五十两，年底还有打赏。"又淡淡道，"莫非爹爹还上赶着去当奴才？日后若是我愚笨，将来再触怒了主人家，要被发卖，好歹还能求求家里，不似这一回，险些要被卖到窑子不说，家里也跟着我受罪。"

薛氏也点了点头，叹道："谁说不是？咱们都瞧见吕二婶子那一家怎么给连拉带拽弄出去卖的，好好一家人四分五裂，日后还能不能相见都不知道。"

陈万全听了"坐堂掌柜""五十两银子"等就不言语了，脸上笑开了花，心道宋柯不正是瞧上香兰才给他这样的体面么，若是香兰争气，跟着宋柯再生下一男半女的，他从此以后便是宋家的老丈人，到哪儿不得让人高看一眼？想着心里头便舒畅了，脸上带出了笑，又喝了好几杯酒，倒在床上睡了过去。

薛氏悄悄将香兰拉到一旁，道："傻孩子，你怎的没跟宋大爷提提把自己赎出来？"

香兰笑道："我只怕一时半会儿出不来，且走一步看一步罢。"

薛氏又道："宋大爷真对你……他有这个意思没有？"

香兰想了想，斩钉截铁道："既是娘问我，我便也不瞒着，他是有这个意思，可我是不甘心给人做妾的。原本我计较着再过些时日跟他提给爹娘脱籍的事，如今却觉得不能等了。若他今天不同意，我原打算再哭求一番，谁想他竟然痛快应下来，这就好办了。在宋家活计清闲，我画了几幅画，让爹爹托相熟的人卖一卖，把得的银子攒起来,让爹再辛苦些,多相看些古玩,算上咱们以前的银两,积少成多,总能买房置地经营起来。我拖上两年,定要想法子脱籍出来,若是宋柯真有意,便下聘礼来娶我为妇,若想纳妾,便是他打错了算盘,我自去另寻他人嫁了做正头娘子。"

薛氏听了这话,只觉着浑身都是力气,却又有些迟疑道:"这……这能行?只怕没那么容易罢?"

香兰道:"行不行总要试试才知道,妈也多劝劝爹爹少吃些酒,多去做些正经事罢。"

薛氏连连点头,母女俩低声合计了一番。

此时响起敲门声,有人道:"陈叔在吗?我是夏芸,送东西来了。"

薛氏忙过去把门打开,香兰定睛一瞧,只见外头站着个身量高挑的十八九岁的书生,生得白净端正,双目炯炯有神,鼻梁通直,嘴唇稍厚了些,气质文雅,彬彬有礼,身上一袭旧衫,却浆洗得十分干净。

薛氏忙往里面让,夏芸拱手便要进来,抬眼一瞧,只见屋中站着个妙龄少女。穿着杏红的衣衫,清丽鲜润,容色照人。夏芸登时愣了,一只脚跨进门,进也不是,退也不是,想再看那女孩儿一眼,却不好意思,仍端着文人清高的架势目不斜视,对薛氏道:"这……这我就不进去了罢……"

香兰见夏芸不自在,不由抿着嘴笑了笑。如今陈氏夫妇住的房子并非院子,而是二层的小楼,香兰便转身提了裙子上楼。薛氏再让,夏芸方才进了屋。

薛氏笑道:"我闺女,今天回家来看看。"忙不迭去倒茶,"你陈叔吃了两杯酒,刚睡了,我去叫他。"

夏芸早就听说陈家有个仙女似的女儿,如今见了才知传言不虚,正恍惚着,听薛氏这样说,连忙拦住道:"婶子不用忙,我就是来送东西的。"说着递过一个布包,"这里头是我写的两幅字,还有替人抄的书,劳烦陈叔交给买家。"

薛氏接过来,又从抽屉里摸出一串钱,交给夏芸道:"这是上回的钱,一共五十文。"又殷殷叮嘱道,"小夏相公万万别同人提起见过我女儿的事。"

夏芸揣到怀里道:"自然。"又连连道谢。

薛氏仍要留客,夏芸则客气了几句,拱手告辞了。薛氏将门关好,拿了夏芸的布包上了楼,见香兰正在楼上收拾,便在香兰身边坐下来,叹了口气道:"方才瞧见了?他就是我跟你说过的小夏相公,原先跟咱们家住对夏二嫂的侄子,虽家里头平淡些,可奈何他书读得好,还是个有志气的,去年考秀才,只差一丁点儿,今年指定能考中。夏二嫂同我说,想给你们说媒呢,谁知道后来你又让林家给卖了……"

薛氏一个人絮絮叨叨了半晌,见香兰仍在收拾柜橱,一副漫不经心模样,不由有些火气，捅了捅香兰的胳膊，皱着眉头道："我同你说话呢，你听见没有？小夏相公的品貌都是上等的。如今我跟你爹脱籍了，跟他们也是门当户对，说起来你爹要去当坐堂掌柜，赚的银子比夏家还多呢……没瞧见小夏相公写字抄书贴补家里么？知道你爹在古玩店里整天迎来送往那些个文人墨客，便巴巴地写了字求上来，替人写字抄书的，倒是也能赚上几文。人人都夸他写字好，是个大才子……只是宋大爷相中了你……唉。"去戳香兰的头，"你呀你呀，可让我操碎了心。"

香兰揉着脑门，心想她娘不过是瞎操心，对夏芸也不放在心上，将屋子收拾了，又同薛氏说笑了一回，才回宋家去了。

且说夏芸，揣着心事默默回家，拿了本书来看，却翻来覆去静不下心。再想起香兰的模样，便愈发坐立难安了。

原先他二嫂曾与他提起陈万全家的女儿，他一来心心念念着考取功名将来蟒袍加身，荣归故里，二来他与陈万全打交道，面上虽然恭敬，心里却瞧不上陈万全市侩粗俗，想着这样的人能养出什么好女儿，便不放心上，三来他眼光高，等闲人家的姑娘一律瞧不上，非要娶个才貌兼备的闺秀，故而婚事便拖了下来。

可如今对香兰惊鸿一瞥，却让他留了心，暗地里比较，单凭颜色，见过的女子当中竟没有及得上的，不由动了心，见夏二嫂站在院子里晾衣服，便去套话。

夏二嫂道："你问陈家的香兰？她真是个美人，还带着股灵气劲儿，识文断字，最难得的是还会画画，听她爹说，一张画能卖一两银子呢。虽说老陈头是个爱吹牛的，可我远近打听了一回，他这话倒也不错，虽不是张张都能卖高价，可最少也是五钱银子。你若娶了她，等于娶来个财神奶奶。只不过听说她性子烈，原先敢拿菜刀跟人家比画，进了林家也不安生，这不让大奶奶给赶出来了？啧啧，这样的颜色，爷们儿不动心才怪。"

夏芸一惊："她被林家的男主人看上了？"

夏二嫂往左右瞧瞧，压低声音对夏芸道："可不是？听说是让林家大爷看上了，都打算出了曾老太太的孝期就抬举，后来外省作乱，林家大爷带兵出去剿匪，这才给了大奶奶可乘之机，把人悄悄给打发了，如今卖到哪儿还不知道。林大奶奶凶恶是出了名的，香兰这下得不了好儿。你没瞧见，连她爹娘都让宋家给收了去……唉，就算香兰还在府里，这个亲也不敢再结了，被林大爷看上的丫头，谁知道还是不是黄花闺女？……"

夏二嫂犹自说个不住，夏芸却呆愣愣地站了半晌，只觉得心里头发堵，失魂落魄地往屋里走，身背后夏二嫂还喊着："今儿晚上吃什么？厨房里单给你留了一碗肉菜。"见夏芸不理她，口中嘟嘟囔囔道，"如今家里头上下拿他当祖宗供着，难不成他真能考个状元回来？嘁，我可是盼着他能高中，日后跟着沾光，就怕老夏家坟头上没冒那个青烟！"

夏芸如何烦恼暂且不提，却说香兰回了宋府，做了回针线，又亲自下厨做了两个宋柯爱吃的菜，放在蒸笼里温着。见珺兮拿了块料子横竖比画，便问道："你这是做什么？"

珺兮道："想给大爷做双鞋，夏天穿靴子太热，不如做双千层底的鞋舒服凉快。大爷脚上那双已经旧了，穿出去不大体面。"

香兰便笑道："那正好，你去量尺寸，我去画个花样子，回头绣在鞋上，也能讨个好彩头。"

珺兮笑道："那正好，我瞧见你给大爷做的文具套子了，上头的花样又精奇又好看，平平整整的，针法也细密，比绣娘做的还好呢，回头得教教我。"

玥兮从里屋出来道："还有你画的那些花样子也好看，都是外头见不着的，回头你画上一摞，我存起来。"

珺兮拍着手笑道："我姐姐是想嫁人了，留着香兰的花样子等着绣嫁妆呢！"

玥兮红了脸，"呸"了一声道："胡说八道。看我拧烂你的嘴。"说着便欺身上去，珺兮连连告饶。

香兰笑着支起炕桌，将笔墨纸砚摆好。

玥兮的老子娘已经进来讨了恩典，玥兮过了年便要出门子，男方是个江南布商的儿子，家里有些田产。珺兮悄悄偷看过，回来说人长得精干，是桩难得的姻缘了。这几日珺兮总打趣玥兮，姊妹俩免不了闹一场。

香兰心底却羡慕她二人无忧无虑。

忽听门帘子响，香兰抬头一瞧，见芳丝走进来，手里拿着一条裤子，见屋里正笑闹，便微微绷了脸道："快停手，快停手，闹成这样像什么话？"又去看香兰："你也不管管。要是大爷回来看见这样闹腾成什么体统？"

香兰笑道："芳丝姐姐'一鸟入林百鸟压音'，我不大懂管人，要跟芳丝姐姐多学学。"

芳丝冷笑道："你不是说自己是大宅门里出来的，难道就没学过怎么管小丫头？"

香兰仍笑道："没学过，所以方才不是说要跟芳丝姐姐学么？"

芳丝只觉一拳打在棉花上，却什么都说不出。香兰笑模笑样的，让她再挑刺便显得刻薄了，心里不由憋着火气。

珺兮嘟着嘴从榻上下来，小声道："大爷都不管，她倒管起来了。"

玥兮扯了珺兮一把，口中笑道："芳丝姐姐快坐，我去给你沏碗茶。"扯着珺兮便进了里屋，压低声音训道："芳丝在太太跟前得脸，她什么心思你不知道？快少说两句，别和她对上。"说完去倒茶。

这厢芳丝坐下来，看了看炕桌道："你们做什么呢？"

香兰道："给大爷做双鞋。我正打算描个花样子，在上头绣个纹样。"

芳丝忙道："哎哟，幸亏我问了一句，否则你可就惹祸了。你不知道，大爷最不爱在衣服上绣花绣朵儿的，说那些都娘里娘气，他就爱那些素净的。"说着起眼朝香兰看去，脸上挂着假笑，"就算想讨好爷们儿，也得先摸清爷们儿的喜好，你说是不是？"

香兰心里雪亮，也假笑着点头道："话是不错，可也总比摸清了爷们儿喜好却也讨不上好的强。"

芳丝脸色微变。

香兰拿起毛笔蘸了蘸墨，若无其事道："况且，我也不是讨好爷们儿。我是宋大爷的丫头，伺候主子本是应当应分的，更别提只是往鞋上绣个花样子。我不过是尽我的本分，不比有些不安分的，一门心思琢磨要爬主人床，却对外标榜自己如何忠心，别人如何下作，说来说去那点儿心思尽人皆知，又来唬谁呢？"

芳丝一拍桌子站起来，抖着嘴唇道："你……你说这话什么意思？！"

香兰仍然笑着，把毛笔放下来，做出一副吃惊的模样道："芳丝姐姐怎么生气了？我方才是说原先宅门里有些不安分的丫头呢。"

芳丝一张脸涨得通红，想发作说香兰指桑骂槐，可若是这般说了等于认了香兰方才说的就是她，一时上不了下不去地僵在那里。

香兰暗想道："原先在林家，不过是熬日子等着放籍，所以事事容忍装聋作哑罢了。如今既寻着了萧杭，我也该谋划着与他再续前缘，他身边想作妖的便一律不能留。芳丝既已瞧我不顺眼，我也不必一味退避，先让她知道厉害。正好得罪了她也瞧瞧宋柯是何作态，他要是对这丫头怜香惜玉的，我自去还他救我们一家出林府的恩情，却绝不能与之厮守了。"

珺兮、玥兮偷偷从帘缝里往外看，二人对了个眼神，心中暗道：没瞧出来，香兰整日里不言不语，笑嘻嘻的，竟然是个厉害角色。

芳丝本想甩手就走，却实在气不过，冷笑道："既然把脸面撕开，我也不再藏着掖着，你别以为我不知道你打的什么主意。"

香兰挑起眉道："哦？我打什么主意？姐姐说了我听听。"

芳丝嗤笑一声："不就是想让大爷抬举你么？否则你巴巴地往前凑什么？"

香兰微微笑道："姐姐别以为自己是怀这个心思，别人就一定和你一样。"她慢慢运笔,在纸上勾勒出一朵祥云,吹了吹,漫不经心道,"芳丝姐姐其实大可不必记恨我。若大爷对你有这个意,就算嫦娥下凡也挡不住他收你入房;若他对你没那个意,只怕硬塞也不中用。"

这句话戳在芳丝的软肋上,她不知是羞是怒,一跺脚掀了帘子便走了。

香兰缓缓出了一口气。

前世她一直是主子,镇日同达官贵人、贵妇小姐相处,学的都是如何涵养端庄,包容大度,宽仁待下,后来家门不幸,学会了凌厉泼辣,进了林家之后,奈何身如浮萍,没个靠山,每每忍耐度日而已。而如今她到了宋家,宋柯便是她的靠山,府里的人她自然尊重相待,不去主动招惹,但被欺负狠了,她自有回敬的手段。

晚上宋柯回来先去给宋姨妈请安,回来用了晚饭。听说香兰特地为他炒了两个菜,心里欢喜,拉了香兰一把,道:"去换身出门的衣裳。"

香兰不明所以,换了件檀色的褙子,宋柯便扯着她从后门出了府,穿过几条巷子,一直走到街上,只见行人如织,街头灯火通明。

香兰奇道:"今儿个大街上怎这般热闹?"

宋柯笑道:"今天是盂兰盆节,百姓晚上都到江边放灯,自然是热闹的。你这些天在府里养着,一直没出门,今晚出来看看夜色也好。"说着朝香兰看过来,一双俊目中蕴着情意,漆黑的瞳仁里映出了她的影子。

香兰脸上一红,微微低下头,却看见宋柯伸右手把她的左手牵了。她本想到街上逛逛的,可宋柯这般拉着她有些不成体统。可松开宋柯去街上,她又舍不得,宋柯的手温暖而有力,浑然不似前世他吊着一口气时那病弱枯槁的手。香兰不知怎的,眼睛忽有些湿润。

两人便在弄堂的阴影处静静并肩而立,独遗安静美好,而巷外却是锦绣繁华、灯火交错的喧嚷世间。

正此时,身后的巷子里传来一阵喧哗。紧接着大门"砰"一响,有人走出来骂道:"我算看出来了,你们个个都不安好心,变着法儿地想让我死,让姓任的休了我好再娶一个!既然如此也不必你们动手,我自己走了就是,让姓任的还我一纸休书!"

香兰回头一瞧不由大吃一惊,借着月色看去,那叫嚷的人竟然是曹丽环!香兰连忙扯着宋柯钻进隔壁小巷,探出头往外看去。

曹丽环仍叉着腰骂道:"天杀的下流种子们!一家子上上下下,白吃白喝着我的嫁妆,我日日夜夜当牛做马辛苦不够,累得掉了孩子,你们反而怪我自己作践,把我欺负到这步田地,索性大家都不一块儿过了,我这就一头撞死,到阴司地府里让阎王爷断个明白！"说着便要撞门。

这时院中冲出一个男子，一把抱住曹丽环，急道："大庭广众之下，我求你别再闹了行不行？"

曹丽环扯着脖子挣扎道："我就闹！让街坊四邻来往行人都瞧瞧你们任家是什么嘴脸！你个没用的现世报，让自己老婆遭这样的罪，打今儿起我不跟你这窝囊废过了！"挣着命去撞墙。

此时院中传来尖锐的女声道："哥，哥，别抱着她，让她死！你瞧瞧她把娘气成什么样！她挑唆丫鬟、老妈子不给娘洗衣裳做饭，算计娘的私房钱，还暗地里扣我的嫁妆。你今儿就让她血溅三尺死在这儿，看看她有没有这个胆！"

曹丽环急红了眼，破口大骂道："贱人！我做鬼也不饶你！"说完便往门里头冲了进去，紧接着传来厮打声和劝架声。

香兰正看得入神，冷不防有人向她耳边凑过来，低声道："我忘了，曹丽环嫁给任家之后便住在这儿，今晚倒是遇到故人了。"

香兰惊讶道："任家竟然还娶了她？"一扭头，嘴唇从宋柯的脸上滑了过去。香兰一呆，脸瞬间变得火烫。

宋柯却有些飘飘然了，见香兰羞涩，便轻咳了一声，装作若无其事的模样道："原本任家也是不肯娶的，曹丽环坏了名声，跟小厮传出不才之事，清清白白的人家断然要退婚的。不过那曹丽环倒是有几分能耐，见任家打发人来退婚，不声不响地在任家附近租了个房子，引着任家小子来，这一来二去的，竟……竟有了身孕。"

说着他看了香兰一眼，见她早就忘了羞怯，睁着一双大眼惊愕地瞧着他，仿佛催他快讲似的，不由笑了笑，说："曹丽环挺着肚子找上门，任家自然不能再退婚了，只得忍气吞声地把婚事操持了。原本家里上下也想厚待她，只是她过门没多久便嫌任家资财平淡，今儿个要鸡，明儿个要鱼，今天要绸缎，明天又要珠宝，一个劲儿地折腾，任家又不是什么富贵人家，几下子便支撑不住。任家小子是个软蛋，两头受气，那曹丽环有手段会笼络的，把他弄得五迷三道，好似没见过女人，一刻都丢不开手，凡事百依百顺，他老娘活活气病倒在床上，唯有个妹妹也是个厉害角色，跟曹丽环针尖对了麦芒。只是前些日子听说曹丽环跌了一跤，掉了胎儿，不承想家里仍打得这样热闹。"

香兰倒抽一口凉气："老天爷，我只知她是个皮厚胆大肯舍脸的，却想不到她竟有这样的能耐。"

宋柯道："如今在这地方提'曹娘子'无人不知无人不晓，凶悍的名声响得紧，竟没个敢惹她的。后来曹丽环到林府里求见几次，都让门子赶了出来，刚好有一回让修弘撞见，他找人去打听才知道里头详情，回来便当作笑话说与我听了。"

香兰听得目瞪口呆,对曹丽环再三惊叹。等闲女子若传出名节有染,不是自尽了结自己,就是去做姑子,再么远远搬了,曹小姐却一派响当当的坚忍顽强,频出险招,让任家娶了自己,还过得风生水起,搅得任家鸡犬不宁。

香兰摇了摇头:"任家是没做好梦,方才我瞧着任家公子相貌俊伟,倒是可惜了。"

宋柯冷笑道:"不过是个窝囊废,没什么眼界,听说在家里亲手给曹丽环洗衣裳做饭,凡事靠曹丽环做主,没个主意担当,枉费他生个男儿身。"

香兰把玩着辫梢,道:"也是当婆婆的没个底气,若是我,先两记耳刮子上去教教她规矩,她要敢还手,我便一状告到县衙,将前因后果的事撕掳干净,求青天大老爷做主,即便休妻不成,也让她挨几板子长长记性。"

宋柯咋舌,笑道:"我的乖乖,竟没瞧出你是这样的,我还以为你是个温温柔柔的佳人来着。"

香兰斜了他一眼,似笑非笑道:"我本性倒是温柔,却怕再温柔下去,打翻你家的醋缸,将我生生酸死了。"

宋柯听她话里有话,追问道:"怎么回事?"

香兰含笑道:"也没什么,只是芳丝,你是收是放给个准话,否则天天瞪着我跟乌眼鸡似的,我倒平白受了不少冤枉。"

宋柯是个明白人,听了香兰这几句话便明白了,皱起眉道:"她是郭嬷嬷的女儿,忠心耿耿,也讨我母亲欢心,我便时时尊重,倒没有旁的心思……"看着香兰道,"你放心罢,这事我心里有数。"

见他目光灼灼,香兰耳根发烫,看向别处,小声道:"你心里有数就好。"

宋柯笑了起来,重新牵了香兰的手,捏了捏道:"今儿个是出来散心的,咱们也去放一盏荷花灯,放放晦气,求神仙保佑。"拉着香兰到街上买了两盏灯,找人借了笔,认认真真在荷花瓣上写了几个字。

香兰看着他被烛光照得明亮的脸,修眉俊目,光彩照人,让人移不开眼。

香兰愣愣瞧着,心里便酥软起来。

宋柯写完了字,见香兰还呆呆地瞧着他,便笑道:"光看着我做什么?赶紧在灯上把许的愿写下来。"说着走到河边,小心翼翼地把莲花灯放入水中。

不承想香兰也蹲下,将那空白的莲灯轻轻放到水里。

宋柯不解道:"你怎的什么都没写?"

香兰蹲在河边,素手拨弄绿水,将那灯送得更远,笑了笑道:"原本就是放晦气的,能将晦气放走我便知足了。有句话说'命里有时终须有,命里无时莫强求',有些东西又岂是许愿能得来的?"说着朝宋柯笑了笑。

这一笑十分动人，娇颜映着闪闪的波光烛火，恰似明珠美玉。

香兰与宋柯一同放了荷花灯，因夜色渐浓便不再久留，双双回了家。香兰一夜好梦。第二日，宋柯仍去书院读书。香兰将屋里屋外收拾一番，把箱笼里的衣裳都翻出来，一件一件叠整齐，分成几堆往柜子里放。

玥兮笑道："早就想收拾大爷的衣裳，却没得空。"

香兰道："有些衣裳穿得这样旧，衣裳边都磨白了，虽是朴素也不该是这样那样朴素法儿，大爷镇日里迎来送往，打交道的都是世家子弟、有头脸的官员乡绅，旁的也没什么，最可恶的是有些狗眼看人低、凭着衣裳认人的混账，可不能让人小瞧了去。"——指着道，"这几件是新的，放在最上头，让大爷见客的时候穿；这些半新的，回头换个领口、袖边，撒上热酒用熨斗烫一烫就跟新的一样了；这三件是有破损的，该补洞的补洞，补不上的地方绣朵花也就遮掩过去了；最可惜的是这件大毛衣裳，让虫子给蛀了，赶明儿个该让管事再抬个樟木箱子过来；还有这几件，洗得太旧或是衣襟上沾了油渍，问问大爷，他若不穿了就拿出去赏人罢。"

玥兮合掌道："大爷每年做三四身应季衣裳，不过放在箱笼里，有些做完便忘了，幸亏翻出来瞧瞧。"便喊来珺兮，跟着香兰一道将衣裳收拾了，又找出合适的料子，缝缝补补。

玥兮忽叹了口气道："唉，老爷若是活着，大爷也不至于穿这样的衣裳，每年裁几身新衣，这样旧的早就不要了。"

香兰道："穿旧的倒也没什么不好，横竖不出去见客罢了。"

珺兮道："大爷是攒着银子等中了举之后上下活动打点呢，京里那些官个个心黑，不打通关节，大爷怎么能谋到好缺儿？"

正说着，便听窗户底下有人道："香兰姑娘可在？"

香兰探头一瞧，只见郭嬷嬷正站在屋外，急忙放下手里的活计，从榻上穿了鞋子下来，走出去道："嬷嬷怎么来了？赶紧屋里坐。"

郭嬷嬷满脸堆着笑，握了香兰的手笑道："没什么，我今儿个过来是给姑娘赔礼的。我那闺女不懂事，言语上冲撞了你，姑娘原谅她粗野没见识，别同她一般见识，我回去也好好教训她。"

香兰立刻明白过来，定是宋柯去敲打郭嬷嬷了，便笑道："嬷嬷这是说哪儿的话？是我嘴笨，不知道哪句当说哪句不当说，还请芳丝姐姐多包涵了。"

两人假笑礼让了一番，郭嬷嬷将手里的食盒递过去道："这是今儿个早晨起来新蒸的云片糕，拿来给你们几个吃的。"

香兰含笑道："让嬷嬷费心了。"回去又拿了一盒八宝蜜饯，让郭嬷嬷拎了回去。

香兰却有所不知，今天一早，宋柯去给宋姨妈请安，母子俩说笑了几句，芳丝立在一旁伺候，见缝插针道："给大爷做的裤子已经做得了，大爷瞧瞧，有什么不可心的地方我再改。"说着把那裤子捧到了宋柯跟前。

宋姨妈笑道："芳丝熬了两个晚上做得的，可不许嫌不好。"

宋柯欠了欠身，笑道："不敢。"又看了芳丝一眼："让你费心了。"

芳丝的脸蛋立刻红了，娇羞地看了宋柯一眼。饶是她口齿伶俐，这会子竟说不出话，慢慢退到宋姨妈身边去了。

宋姨妈和郭嬷嬷对了个眼色，两人都是一副笑模样。宋柯看在眼里，微微垂了头，片刻道："芳丝这些年伺候母亲尽心尽力，劳苦功高，只是年岁也渐渐大了，母亲回头留意给她找个好人家，到时候我也给她添一副嫁妆。"

话音未落，芳丝便白了脸，眼泪便在眼眶里打转了。宋姨妈一怔，看了看郭嬷嬷，脸上有些尴尬，却也不愿违儿子的意，便说道："说得是，自然不能亏待了芳丝。"

宋柯也不再坐，起身告辞。郭嬷嬷送到门外，宋柯忽停了脚步转身道："芳丝到底是太太房里的丫头，日后再做针线也先紧着太太的，为我做裤子熬坏身子，一来我心里不忍，二来她若是病了，太太房里的活计谁去做呢？"

郭嬷嬷心里又是一沉，连连道："大爷说得是，日后只让芳丝做太太的针线。"

宋柯点到为止，转身出去了。

郭嬷嬷只觉得宋柯的话不对，进次间一瞧，只见芳丝正在房里抹眼泪呢，上去询问，知道女儿昨天与香兰口角了几句，郭嬷嬷急道："跟你说过少招惹香兰，你偏偏不听，这厢一点儿余地也不给自己留了！"忙不迭地带了糕饼给香兰赔礼，回来后对芳丝长吁短叹道："今儿个我又仔细瞧了香兰的模样，生得跟仙女儿似的，说话办事滴水不漏，怪道大爷放在心上。她这样跟你撕破了脸面，便知不是能容人的，日后大爷娶了大奶奶回来，自有她的日子受，你何必跟她争在这一时？听娘的话，从今往后离她远远的，千万别再惹大爷不痛快。"

芳丝哽咽应下，心中暗恨宋柯无情，恨香兰搅了她的好事。

却说香兰收拾了宋柯的屋子，闲暇时画了一张虫草图，题上"兰香居士"四个字，取出一方印章，在印泥上蘸了，用力按在下方。她的画配色落笔从雅，却也有个别浓艳鲜丽，花草多从写意，虫儿却以工笔细细雕琢，风雅活泼，别具一格，因市面上极难见到这样有情趣的画卷，故极受闺阁里太太小姐喜爱。

前一阵，因香兰进林府，没时间作画，仅有两三幅让陈万全卖了便再难寻觅，一时间竟把这画的价格炒了几番，以至坊间有了仿制之作，却到底不如香兰所画意境可爱。这陈万全虽说是个不靠谱得，却善钻营，能说会道，又将这画吹嘘到十分，现今一小幅画便卖到七八两银子，喜得陈万全浑身骨头发轻。

香兰却不肯多画,只画上一两小幅,陈万全一挂到店里便卖个精光,一时"兰香居士"的名头响亮起来,一干文人墨客均以藏上一幅为荣,以至这画越发贵重起来。

香兰画完只觉房中闷热,从窗子探头一望,只见天上乌云密布,知是要下雨了,忙取了伞,到廊下把绿豆唤来道:"今早大爷走的时候只怕没带着伞,你去书院送一趟,快去快回罢。"绿豆拿了伞去了。

香兰把画收了,想着画作还是不留在宋家的好,便拿了把伞,悄悄从后门出去回了家,见陈万全不在,便把画交予薛氏,叮嘱几句道:"娘过半个月再把画给我爹,不可卖得太过频繁了,这东西一旦不精贵便落了价格。过段日子我便不画虫草了,改画山水,若也能卖个高价便再好不过。"又道,"爹爹原先说这画是我画的,如今万万不可,让爹爹改口,只说自己是走嘴了乱吹嘘,这画实是游历四方的文人画的,先前那些个文人墨客住在静月庵赠了我几幅,一直珍藏至今才拿出来卖掉。"

薛氏连连应了,将画小心翼翼地收了起来,道:"你爹说了,这样一幅,用上好的乌木卷轴裱起来,可就是了不起的价儿呢。"

香兰见天色黑如锅底,便草草同薛氏说了两句出了门。刚出去便听天上轰鸣,豆大的雨点"噼里啪啦"地砸了下来,香兰连忙撑开伞,提了裙子快走了几步,到宋府后门处,却瞧见有个穿青色棉布长袍的书生站在屋檐底下避雨。

香兰走上前仔细一瞧,才看清此人正是夏芸。

原来夏芸听夏二嫂说了香兰之事,心里便不大乐。他跟几个同窗闲暇时也曾议论各家小姐,甚至青楼当中的烟花女子。他生得有几分俊朗,气质文雅,又是读书人,好些人家都对他中意,街里街坊的大姑娘、小媳妇也爱跟他搭讪两句,悄悄送个荷包、帕子之类。一回他和几个同窗在街上闲逛,怡红院的小翠仙在绣楼上嗑着瓜子倚栏而笑,从头上摘下朵花扔到他身上,引得周遭又妒又慕,争相着打趣他。他当时红了脸,心底却止不住得意,向上微微一瞥,只觉那小翠仙丰姿冶丽,眼波一荡便是万种风情,饶是他会把持自己,心眼也忍不住酥了一酥。

可自见了香兰,他又觉得小翠仙纵然风流标致,但到底落了下乘,远不如香兰清丽贵气。这样一思一念的,书也读不下去了,索性出去逛逛,途经陈万全坐堂的当铺,见着店里墙壁上挂着一幅香兰画的《白菜樱桃图》,运笔灵秀,淡雅清新,不由心旌摇曳,暗道:"能画如此佳作,非是胸中有丘壑之人所不能得也。"心中越发思慕。

从店走出去,他不知不觉间竟走到香兰家门口,心底盼着能再见她一面。

见香兰不在,他心里不由得失望,在巷子里晃了一会儿,仍不死心,不承想天上忽然下起大雨,便急匆匆地跑到宋府后门的屋檐底下避雨。

他方才瞧见有个女孩儿撑着伞过来,便觉着是香兰,等走到跟前,那雨伞微微扬起,露出一张芙蓉似的脸和一双黑玛瑙似的眸子,夏芸登时觉着心里仿佛揣了十几只小兔儿,怦怦乱跳起来。

第十四章
舌剑破奸氛

香兰心道:"既然已见过夏芸,再装不认识便不好了。况且这雨一时半刻也下不完,不如借他一把伞让他家去。"她心里到底敬重读书人,见他肯卖字抄书贴补家用,便又添两分尊重,微微行了礼笑道:"原来是小夏相公,怎么在这儿躲雨?"

说者无心听者有意,香兰本是随口一问,却正问到夏芸心虚之处,他本就是来这儿偷瞧香兰的,听了这话脸色发红,支支吾吾说不出话。

香兰却以为夏芸只见了自己一面,已不认得她了,便笑道:"我是陈万全的女儿,昨日咱们见过的。"

夏芸方才拱手行礼道:"这厢有礼。"

香兰便道:"天上的云这样厚,只怕雨一时停不了,你且等等,我去给你拿把伞。"

夏芸恨不得同她多待片刻,怎愿意让她去拿伞,又想让香兰对他青眼有加,便轻咳了一声说:"常言道'下雨天留客',留的一般都是贵客,便由它下罢。上一回我去给文昌大帝敬香,原本万里无云,忽然刮起一阵大风,也同今日这般下起大雨。当时观里的道长便同我说,这是老天爷留贵客的意思,所以姑娘不必去拿伞,只管让它下便是了。"

香兰被这一番话弄得发怔,心道:"这样没头没脑地说这一番话是什么意思?"瞅了瞅夏芸严肃矜持的脸,忽而明白过来,暗道:"'老天爷留贵客',他的意思是他自己便是那个'贵客'罢?"想笑出声却又忍住,抿着嘴笑道:"这么说公子实在是不凡啦,就连去上香,老天爷都要下雨给留住。"

夏芸正是这个意思。他自小读书出类拔萃,被人夸赞惯了。人人都道他定然是文曲星出世,日后必将出人头地,当官做宰。他听惯了夸耀,便也认为自己不凡,日后必将大展宏图,口中却连称"不敢"。

香兰强忍着笑,心说:"这迂腐穷酸书生倒也呆傻有趣。"口中说:"那这样一来,我就更该给小夏相公拿把伞,若是淋坏了老天爷都要留下的贵客大才子,可就罪过了。"

夏芸听出了香兰的调侃之意,却只觉得她说话伶俐可爱,想再说些什么,却见香兰叩了叩门。

守后门的婆子开门见是香兰,知她是宋柯格外看重的,宋柯还特地吩咐过自己:"香兰家就住在后街,倘若她偶尔想家了,要回去看看,你不必声张,悄悄给她开了门让她回家便是。"故而满面堆笑道:"姑娘家去回来了?"

香兰笑道:"是,还劳烦嬷嬷给开门。"说着把从家里带的一壶酒塞到那婆子手里,"这是家里酿的酒,不比外头的,嬷嬷吃两口尝个新鲜罢。"

那婆子笑道:"那我就厚颜收了。"心中却想:"且不论相貌,这香兰说话行事就比芳丝高明十倍。说话总是带着笑,和和气气的;办事总是让人心里舒坦。芳丝却每每一副轻慢模样,怪道大爷瞧不上芳丝呢。"侧过身给香兰开门。

香兰道:"嬷嬷房里可还有余下的伞?原先我家的旧邻居在外头避雨呢。"

那婆子道:"正巧有一把。"颠颠儿地拿了一把伞来,香兰从门缝接了,把自己手里那把递与夏芸道:"拿去罢,回头得了闲儿,把伞送到我家里就是了。"

夏芸还想再说两句,却见香兰一闪身,灵巧地进了门,那朱红色的角门便"咣当"一声关上了。

夏芸怔怔地站了半晌,有些怅然若失,可转念又想《白蛇传》那出戏文里,白娘子和许仙可不就是因一把雨伞结缘么?如今这一遭可是又应了典故,心里头又欢喜起来,撑着伞去了。

却说香兰回房,重新换了一身衣裳,又对着镜子梳了头,想到方才夏芸的模样,不由笑了起来。

如今画作赚钱,她心里也敞亮,若是这样积攒一段时日,家里便能买房买地了,到时候用心经营,她爹再去收些古玩来卖,天长日久没个不富裕的道理。虽说她出身差了些,可家境殷实了,自己又书画过人,却也并非配不上宋柯。她凡事虽不强求,但自始至终不是屈居人下之人,哪怕瞧得见一线希望,也要把日子过得红火了。

香兰同房里丫鬟们说笑了一回,忽见宋檀钗的贴身大丫头卷华来了。

香兰等急忙让座沏茶，卷华坐下便笑道："我们姑娘打发我来请香兰姐姐帮个忙。咱们姑娘在林府叨扰了多日，如今想在家里宴请林家几位姑娘，还有显国公家的千金，听说香兰姐姐会做些细致的菜肴，还请到时候做上两三样儿，也省得去外头找厨子了。"

香兰满口答应。

宋檀钗是个安静人，同宋姨妈住在一处，却天天连屋门都不出，她院子里的秋千也从没见她荡过，总是一副心事重重的模样。原先宋檀钗一直在林府小住，自从香兰被宋家买了，宋柯便派马车将妹妹接了回来。香兰爱屋及乌，因宋柯之故，对宋檀钗也多有爱护，做了新鲜吃食总给她留一份。宋檀钗也每次都有回礼，有时送来一盆花，有时送来时鲜果品，一来一往的倒也和睦。

不多时宋柯归家，卷华便告辞了。宋柯虽打了伞，可外头雨下得太大，仍是湿了一半衣衫，进净房沐浴完毕，屋里方才把饭摆了上来。

宋柯狼吞虎咽吃得香甜，撤去饭，重新摆上瓜果热茶。宋柯便说了些今日的见闻和新鲜事，又道："今儿个听修弘说，林锦楼剿匪有功，虽匪患还未除，却平定了两座城池，朝廷的嘉奖令这几日便颁下来，皇上龙颜大悦，他只怕要升授将军了。"

提起林锦楼，香兰便心有余悸，道："不过是剿匪，怎就能升大官儿了？"

宋柯摇摇头道："这是真刀真枪拼出来的，别因他内宅里头一团乱，为人风流好色便小瞧了他，他治下有方，用兵老到，是熟读《孙子兵法》的，否则纵有他爹娘老子得荫蔽，也不至于年纪轻轻便搏出这样一番前程出来。"

香兰心道林锦楼岂止风流好色，且脾气暴戾，唯我独尊，一身的贪嗔痴慢疑。虽说林锦楼救过她一回，她却一直将林锦楼当成阎王，如今听宋柯称赞林锦楼，心里便有些异样："他这样能打能杀，娶的老婆也跟夜叉似的凶悍，这一对倒是般配极了。"

宋柯撑不住笑了出来，说："赵月婵的名声官场上的人都知道，赵家声势又旺，搞得有人想给林锦楼送美妾娇婢都不敢，生怕弄巧成拙了。"

香兰说："恶人自有恶人磨，也是前世的业障，否则怎么就他二人到一块儿了呢？"

宋柯也笑道："我觉得你我也是前世有缘，否则这辈子怎就一见如故呢？"说着去看香兰，暗暗去牵她的手。

香兰红了脸，啐了一口道："呸！不要脸。"起身便躲到次间去了。

宋柯只是笑，一夜无话。

雨淅淅沥沥地下了一宿，余下几日仍然细雨绵绵，宋檀钗宴请之事便往后推迟了几日。到了第五天清晨，天空放了晴，巳时正，宋家大门口缓缓来了两辆马车，原是林家姑娘并显国公之女郑静娴到了。

门口拥出两个婆子，拿了布将门口掩了，小姐们才一一下车，扶了小丫头的手往里头走。郭嬷嬷亲自在门口迎接，口中时不时叮嘱道："姑娘们看脚下，昨儿个刚下过雨，地上滑。"

一众人走到垂花门。香兰悄悄躲在抄手游廊的柱子后头向外张望，只见走在最前头的是林东绫和她的丫头南歌，后面跟着林东绣和丫鬟寒枝，郑静娴带着丫头背着手走在最后。

宋檀钗站在垂花门处相迎，见人来了忙下了台阶，上前亲亲热热地往内宅里让。林东绫道："二姐姐染了风寒，今日便不能再来了。"

宋檀钗口中道："我家倒是有几丸药，治风寒再好不过，回头绫姐姐帮忙捎过去罢。"

待小姐们都走了进去，香兰方回了房，心中暗道："听林府里下人们嚼舌根子，说林家未嫁的三个小姐对宋柯有意，如今林东绮就要定亲，索性为了避嫌，连宋家都不来了。还有林东绫和林东绣，两人今日都打扮得花枝招展的，想来还存了旁的心思。"

不出香兰所料，这二人正是藏了心思，知道芳丝是在宋姨妈跟前得脸的丫鬟，便悄悄打发心腹丫鬟去跟芳丝打听。小姐们自在房中高谈阔论，互相取乐，南歌、寒枝并郑静娴的丫鬟悦儿自去找芳丝说话。

南歌便问道："你们家姑娘怎么不在林家住了呢？还有宋大爷，也总不往府里头去了。"

寒枝道："莫非是因为学业太忙？可也要注意保重身子。"

芳丝心里正憋着火气，便冷笑道："倒也不是为了学业，是他房里新来个天仙，迷了大爷的眼，让大爷拔不动腿了。"

南歌与寒枝面面相觑，齐声问道："这是怎么回事？"

芳丝抱着胸道："还不是那个叫香兰的……"说到一半方想起宋柯叮嘱过香兰来宋家的事不可对旁人提起，便硬生生地闭了嘴端了托盘出去了。

芳丝和南歌跟在后面追问，芳丝却怎么都不肯开口了。

南歌便进了屋，在林东绫耳边小声说了几句，林东绫握着扇子挑起眉毛道："哦？竟有这种事？"见郑静娴正在同宋檀钗说笑，便起身悄悄地退出去。

林东绣见林东绫出去了，便道了一声："我去解手。"也跟了出去。

正巧芳丝端了个托盘从抄手游廊上走过来，林东绫便上前拦住，问道："你方才跟南歌说表哥屋里添了丫头，这是怎么回事？"

芳丝心道不好，可瞧林东绫拧着眉瞪着眼，转念又想："谁不知道林家三小姐有个霸道性子？她对大爷有意，我陪着太太去林家，她总缠着我问大爷这个那个的，若借她的手整治香兰，倒也能出我心里一口恶气。"便将宋柯叮嘱她的话丢到爪哇国去了，叹了一口气，把托盘放到游廊的栏杆上，做了一副忧愁的模样道："绫姑娘不问这个倒好，问了倒勾起我百般愁肠来。我们大爷前几个月买来一个丫头，来时病恹恹的，脸上全是伤，足在榻上躺了一个月才好。这一好不要紧，也不知有什么狐媚手段，大爷迷得晕头转向，亲戚家不爱走动了，书也不爱读了，连给太太晨昏定省也像敷衍了事似的，一回家便往书房钻，跟那丫头天天裹在一处。我们当下人的不好多嘴，只好在旁边劝劝几句，谁想大爷说迟早要抬举那丫头，我们也不好再多说什么，可眼眼见着大爷对个丫头言听计从，我们心里也跟着着急。"

她一边说一边去看林东绫的脸色，见林东绫一张脸先是气得发红，后又发白，心中暗暗称快。

林东绣站了过来，甩了甩帕子道："那你还不赶紧告诉你们太太，这样下去可怎么得了？虽说是个丫头也没什么，可表哥是要考功名的人，好好的爷们儿别给挑唆坏了。"

芳丝一拍手道："哎哟我的四姑娘，怪道都说大家闺秀就是有见识，谁说不是呢？！我们也正担心这个……旁的不说，这么个娇滴滴的俊俏小姐儿，被打得浑身是伤地卖出来，还能因为什么？"说着看了看四周，压低声音道，"说句诛心的话，我觉着她是勾引男主人被女主人发觉，这才给毒打一顿发卖的，可怜我们大爷是个厚道实心的人，竟把别人丢了的草当成宝贝一样捧回来供着，让我们担心……"说着假装用帕子拭了拭眼角："我们老爷去得早，太太就大爷一个指望，若是出个什么差池……"

林东绣握了芳丝的手道："我们都知道你是个忠心的。"看林东绫面带愠怒之色，心说："三姐是嫡出，她若执意要嫁宋表哥，家里再答应了，我便无一丝胜算。如今倒是个机会。即便我嫁不成，也不能让她称心如意。"想起林东绫素来是个鲁莽性子，便道："这丫头胆子可真大，不知长成什么模样，竟让宋表哥迷了眼。姨妈跟表姐都是老实人，自然不管，可如此放任下去，便养虎为患。唉，说句无心的话，这丫头已经得了表哥宠爱，若是再赶在大奶奶进门前头就生了儿子，将来正房太太进门可就难喽……"

林东绫脸黑如锅底，冷笑道："我倒要看看到底是什么妖魔鬼怪，竟能兴成这样。姨妈、妹妹软弱，可有林家在后头给她们撑腰，要是表哥走了歧途，我便回去找长辈管教！"一把拉了芳丝道，"如今那小贱人在哪儿呢？"

芳丝心里痛快，脸上却做出仓皇之色道："三姑娘别惹是非罢，是大爷房里的事，您一个姑娘家怎么好插手管？"

林东绫心想:"表哥房里的事跟我有莫大关系,今日若不管一管,放任那小狐媚子坐大,将来我嫁了表哥岂有安生日子过?今天我便要大显神威,先镇她一镇,敛敛她的性子,日后再慢慢收拾她!"口中道:"你休得再言,我今日是管教个不听话的丫头,与旁的毫无干系。"

林东绣道:"三姐,算了罢,人家的家务事,咱们总不好管。别说表哥是把那丫头收房,即便是娶了当正房奶奶,姨妈不吭声,咱们又能说些什么?"却在心里头偷笑:"三姐果然是个炮仗性子,沾火就着,这事闹得越大越好,如今表哥正心疼那丫头呢,三姐要是欺负了人家,到时候枕头风一吹,表哥再瞧得上她才怪!"

一番话愈发把林东绫的火气激了起来,咬牙道:"还想当宋家的大奶奶?呸!真是异想天开!今儿谁都甭拦我,我偏要去瞧瞧,你们一个个都挡着,莫非那丫头生了三头六臂不成?"拉了芳丝道:"你跟我说,那丫头如今在哪里?"

芳丝做出吞吞吐吐的模样道:"在……她一直住在前头大爷的书房……今日有席面,应在后头的厨房里帮厨。"指着托盘道,"这点心便是她做的。"

林东绫想了想,拿了一块点心便走。芳丝急忙抱住林东绫的腰,说:"我的好主子、好姑娘,快别去了罢!"

林东绫哪里听得进去,挣开芳丝,提了裙子便到厨房一瞧,香兰却没在。原来因是林家小姐来,香兰打定主意不到前头去,只在后头帮伙做饭,早早做了两道点心一道菜,便绕回书房,把门紧紧一锁,就算老天裂个窟窿都不露面。

玥兮、珺兮都到前头伺候去了,只剩香兰一个人在。想着今天中午宋柯要回家用饭,她便提早烧了一壶热水,把从厨房捎回来的几样清爽小菜放到阴凉处,又打了盆清水,将抹布浸湿,开始擦拭书架和多宝槅。

正忙着,忽听门"砰"一声被踢开,林东绫一阵风似的冲了进来。

香兰吃了一惊,回头看去,只见林东绫面色涨得通红,手里举着一块糕,直冲到她跟前。

香兰见林东绫气势汹汹便知不好,还未缓过神,林东绫已把手里那块糕狠狠砸到香兰脸上,骂道:"你发了昏了,竟做这样下三烂的糕点糊弄主子。这糕里有脏东西,莫非你想毒死我不成?"

香兰低头一瞧,只见地上滚的那块正是自己早晨做的莲花松子糕。她再抬头往外一瞧,只见林东绣并南歌、寒枝、悦儿都站在门口。茜纱窗外,芳丝隐隐露了半张脸在偷看,面上隐有得意之色。

香兰心道:"这糕是我细心做的,断不会有什么脏东西,定是林东绫听了芳丝挑唆,随意找碴来寻我的晦气了。可如今我再不是林家的丫头,还想似原先那般对我呼来喝去,她们倒是打错了算盘。"将手里的抹布丢到桌上,掏出帕子抹了抹脸,忽脸色一沉，厉声道："姑娘这是做什么？大呼小叫地冲进来兴师问罪，好似旁人不知道林家小姐从内宅奔到前院似的。这书房是什么地方？如今大爷便睡在这里，且不论这糕饼如何，我先问问姑娘，如此从前院奔到二门，又一头扎进男人的卧房里，姑娘的规矩上哪儿去了？"

林东绫万没想到香兰会突然发难，一时怔住。

香兰又迈进一步说："这糕是我精精细细做的，怎可能有脏东西？退一步说，就算里面不干净，也该是姑娘告诉太太或是我们姑娘，让她们叫我去问话，怎么能风风火火、不顾廉耻地自己撞进来？即便来了，也该好生发问。有句俗话说'打狗看主人'，我是宋家的丫鬟，不是林家的，姑娘这般落我脸面，莫非是瞧不起我们宋家？"

林东绫并非口齿伶俐之辈，被香兰这话直问得目瞪口呆。她是打定主意要治一治香兰，却打算将糕点扔到香兰脸上，可进了屋，一眼瞧见个容色逼人的少女，如同天边的烟霞一样睁，这等绝色她是远比不上的，心中忌妒嗔恨，哪管三七二十一，先扔了糕饼解恨。

林东绣倚在门口，不阴不阳道："哟，你倒是好威风，主子们还没问你，你倒问上主子了？真是吓死我了。"

林东绫粗心，也不曾好生看过香兰，原在林家见过也抛到了脑后。林东绣却是个细心人，只觉得香兰面善，忽而又想府中曾经有传言，林锦楼想抬举一个叫香兰的丫头，便惊疑此香兰就是彼香兰。可如今香兰在宋家过得舒心，脸蛋圆了些，身量抽高，五官也越发长开了，今日又不复往日在林家缩手缩脚的模样，故而一时也没敢认。

林东绫一听这话便挺直了腰杆，横眉立目道："竟敢跟小姐主子顶嘴，莫非宋家就是这么规矩人的？你这样的刁奴，放到我们林家早该乱棒打死！"

香兰淡淡道："是姑娘先不顾林家的体面在先，我方才说那两句是为了我们宋家的体面。莫非林家的小姐们都觉着我们是好欺的负？"说着扭过头，目光灼灼地看着林东绫，"我且问你，若今天不是在宋家，而是在显国公府上，姑娘敢不敢这样气势汹汹地闯进人家书房里问罪？"

这一番话噎得林东绫哑口无言。她想说敢，可显国公家的婢女就在旁边；可要什么都不说，却是骑虎难下。

林东绣瞧着不对，便帮腔道："如今说你目无尊卑的事，你好端端又扯上显国公府作甚？显国公府也断然没有你这样的刁奴！"

香兰却仿佛没听见林东绣说的话，双眼只瞧着林东绫，一步步迈上前道："姑娘倒是说说，是敢还是不敢？若说敢，你便到显国公在江南的祖宅上闯一回，也将糕点丢在人家的侍女脸上，真这般做了，我跪在地上学狗叫绕着金陵城爬上一圈；若是不敢，你便是瞧不起我们宋家，这事回头我禀明大爷，要好生说道说道。"

林东绫此刻已后悔了，这便是将她架在火上烤，她万没想到一个小小的婢女竟咄咄逼人将她逼到这步田地，拿捏着她几处短理的地方，却把一顶顶大帽扣了下来，让她有口难言。

林东绣冷笑道："瞧瞧你这副嘴脸，竟要跟主子们打赌，你也配？！就凭你今日三番五次没大没小，我就该告诉姨妈，让她严加管教！更别提你做的糕饼里还有脏东西，主子们个个金贵，若吃坏了哪个，你一条贱命都赔不起！"

香兰听罢便低下头道："那咱们就拿这块糕去太太跟前评理，看看这糕里头到底有什么脏，竟要吃出人命来。"说着便走去要捡那松子糕。

林东绫却急了，那糕饼里什么脏东西都没有，纯粹是她拿来找碴的，这厢岂不是露馅了？正不知所措时林东绣却快走几步，抢在香兰前头，一脚便将那糕饼踩了个稀烂，险些踩了香兰的手。

香兰站起身，看了林东绣一眼，见她面色通红，呼吸粗重，便直起身，理了理鬓发，又拽了拽身上绣着玫红牡丹的半臂，端严道："既如此，这松子糕到底如何咱们都心知肚明，再闹，只怕大家脸上都不好看。我有个提议，姑娘们从这儿走出去，将门带上，咱们这一遭便当没发生过，太太不会知道，大爷不会知道，檀姑娘也不会知道。如何？"心说："林东绫到底是个不懂事的小孩子，我又何必跟她一般见识，还是息事宁人的好，横竖她们没讨到便宜，就这样给个台阶下，就此撂开手罢了。"

林东绣暗自出了一口气，便想要走，谁想林东绫是个不肯吃亏的主儿，觉得就这般灰溜溜地走了太没脸面，伸手往书案上一扫，那桌上的书本、字帖、笔架便"噼里啪啦"地掉了一地。

香兰知道那砚是宋柯珍爱之物，连忙上前去接，却让林东绣在她背上一推，一个没站稳，头碰到桌上。那砚台掉下来将香兰的石榴裙染黑了一大块，滚到地上去了。

林东绫看见香兰狼狈，才觉得舒坦了，哼了一声道："叫你整天狐媚魇道乱勾引人！若是今后再教唆表哥，我头一个饶不了你！"转过身往外走，见那三个丫鬟还站在门口，便搡开道："都在这儿瞧什么热闹？都跟我回去。"话说到一半便噎住了，只瞧见宋柯已走到她跟前，问道："这是怎么回事？"

林东绫结结巴巴说不上话，急得冷汗直往外冒。

林东绣是个精的，自然不肯露头，藏在门后头装死。此时郑静娴见绫、绣连同自己的丫鬟悦儿也不见了，便出来寻，顺着声音找到书房处，只站在葡萄架底下远远看着。

宋柯见众人都不吭声，抻着脖子往屋里一瞧，只见地上一片狼藉，书本四散掉落，青花瓷大笔洗掉在地上摔得粉碎，毛笔滚得到处都是。香兰跌坐在地上，裙子上一大块墨迹，正一边揉着头，一边慢慢站起来弯腰去捡那个砚台。

宋柯登时色变，一把推开站在他跟前的林东绫，几步抢到屋里，一把拉住香兰道："你怎么了？是不是摔着了？伤在哪儿？给我看看。"

他这一拉，将香兰刚捡起来的砚台又碰到地上，香兰急道："哎，哎，砚台又掉了，万一摔坏了可怎么好？"

宋柯两手握着她的双臂道："不过是块砚台，坏了也没什么打紧。你先坐下，让我瞧瞧你身上伤了哪儿？"把香兰按到椅上坐了，上下打量。

香兰左躲右闪道："没什么，只是方才头碰了桌子。"

宋柯定睛一瞧，果见香兰额头红肿了一块，松口气道："幸而不严重，你且等等，我去给你拿药膏。"自顾自从抽屉里拿了个珐琅掐丝的小圆盒子，食指在当中一蘸，亲手给香兰涂药，仿佛周遭的人都不在。

众人一片寂静，半响，林东绫梗着脖子道："我方才吃糕点，吃出个脏东西，听人说这糕饼是香兰做的，就过来问她，谁知道她以下犯上，屡屡不敬，我一怒之下才扫了桌子，若是打坏了表哥心爱的东西，我给你赔不是，再买个更好的还你！"

香兰左躲右闪道："我自个儿来。"说了几次，宋柯才作罢。

这一番却让绫、绣二人当场忌妒红了眼，宋柯转过身问道："方才这是怎么回事？"

众人不吭声，宋柯又问了一遍："这到底是怎么回事？"

林东绣看了看宋柯，便抬起眼皮去看林东绫。

香兰心中冷笑道："这四姑娘真是个人精，一个眼色便将这事嫁祸给了她姐姐，纵然她不是闹事的，可方才煽风点火、上蹿下跳，最最可恶。"

宋柯问了第三遍，微微提高了音声："这到底是怎么回事？"

众人一片寂静，半响，林东绫梗着脖子开口道："我方才吃糕点，吃出个脏东西，听人说这糕点是香兰做的，就过来问她，谁知道她以下犯上，对我屡屡不敬，我一怒之下才扫了桌子。若是打坏了表哥心爱的东西，我给你赔不是，再买更好的还你！"

宋柯听了这话微微皱起了眉，回头看了看香兰，香兰对他轻轻摇了摇头。宋柯便扭过脸，仍是一番温言："妹妹说的哪儿的话？不过些文房四宝，不值几个钱，一家子亲戚，说什么赔不赔的，只是……"语气加重道，"香兰是宋家的丫头，有不对的地方妹妹只管告诉我或是太太，插手来管，便是逾矩了。且这前院是男人们待的地方，妹妹不该贸然跑来，倘若来了外男，瞧见了你们的模样，回头成了谈资在外说，我也难见姨妈了。"

林东绣乖觉，立刻道："表哥我们错了，你可别生气，妹妹给你赔礼。"说着盈盈一个万福下去，又看着香兰道："香兰姐姐，你原谅我年纪小不懂事。"

香兰心说这林东绣见风使舵，真真儿是个人才，脸上也假笑道："没什么，我也给姑娘赔不是。"说着施礼，林东绣急忙还礼。

林东绫嘟高了嘴，觉着自己没错，可眼见林东绣赔礼让宋柯缓了脸色，便不情不愿地对宋柯施礼道："妹妹错了，给表哥行礼了。"微微屈膝福身。她正嫉恨香兰，且万不会给一个丫头道歉，便装作没瞧见香兰，站到一旁了。

宋柯道："既如此，妹妹们就请回罢。"

林东绣先走出去，林东绫还有些依依不舍，可宋柯下了逐客令，林东绫也不好久待，便只得去了。

宋柯将房门一关，走到香兰身边，去看她的额头："再让我瞧瞧，身上还哪儿伤着了？"

香兰起身道："就碰了头。"看了看裙子，唉声叹气道，"刚刚做的裙子就染上墨汁，不知道还能不能洗掉。"

宋柯有些哭笑不得："你可真是'舍命不舍财'，要紧的是头没碰出好歹，却关心劳什子新做的裙子，赶明儿个再做上几条就是了。"

香兰一吐舌头，没有说话。这是她今生头一件好料子做的新衣，更何况是宋柯特意给她挑的尺头，她心里自然着紧得很。一错眼，见宋柯已弯了身子收拾地上的东西了，她便跟着一起收拾，咬了咬嘴唇，问道："方才你表妹说的话，你信了？"

宋柯看了香兰一眼，将书本放在桌上，眼眸清澈如水："我知道你不是那样无理取闹的人，不管她说什么，我都只当她小孩子闹闹脾气罢了。她那说风就是雨的霸王脾气，我是知道的……今天你受委屈了。"

香兰心头一暖，看着宋柯久久说不出话，心里原有的委屈也全然不见了，嫣然笑道："不委屈，就是你那两个表妹听了小醋缸的挑唆，一同打翻了大醋缸，殃及了我这池鱼。"双手叉腰，学着林东绫的神态，绘声绘色道，"'叫你整天狐媚魇道乱勾引人！若是你今后再教唆表哥，我头一个饶不了你'。哎，你说说我是不是平白冤了一桩？"

宋柯登时明白了，眉头紧锁，手一拍书案怒道："糊涂！我三番五次叮嘱她你在宋家的事不得往外说，她竟置若罔闻，还把人引到书房来了！"

香兰叹口气道："是福不是祸，纸里包不住火，早晚有传出去的一天，只盼着林锦楼把我扔到脑后边，也好过两天安生日子。"

宋柯强敛了怒气，安慰道："他在浙江剿匪，一时半刻回不来，要过个三年五载也说不准。等我春闱中了，咱们就举家搬走，天大地大，他们林家的势力还能翻了天？"

香兰点了点头，却仍有些心神不宁，同宋柯将屋子收拾了，却不知这日后的波澜却是从另一位身上引出来的。

宋柯回来，小姐们便作鸟兽散，一同回了内院。郑静娴却将脚步压慢了，问悦儿道："林家的姑娘怎么跟书房里那个丫头吵起嘴来了？"

悦儿使了个眼色，见前头的人走远了，才撇着嘴道："林家那两个姑娘发了昏了，听芳丝说宋大爷新买来个丫头要抬举，宋大爷又对那丫头如何看重，便起了急，绣姑娘一撺掇，绫姑娘就抓了邪磴去找人晦气，却没想到那丫头竟是个顶顶厉害的，绫姑娘、绣姑娘绑一起都没说过她一个人。"

郑静娴追问道："她怎么个厉害法？"

悦儿便将香兰如何与绫、绣二人争执绘声绘色地说了一遍，笑道："真真难得，她那一字一句都在理儿上，听着不知有多么痛快呢。"

郑静娴挑高了眉："哦？她倒是好一派主子架势，见了正经小姐也不避风头。"

悦儿满不在乎道："姑娘瞧见宋大爷心疼她的劲儿就知道了，有人背后撑腰，她自然有胆了。况且，若是宋大爷日后抬举了她，她就是二层主子，也不必那么忍气吞声的。"

郑静娴愣了愣没有说话，若有所思地抓下一把树叶，在手里把玩着慢慢走了回去。

闲言少叙。众小姐在宋家尽情说笑一回，用罢午饭又做了一回诗文，便各自乘马车回家。

卷华扶着宋檀钗在门口送客，回来时丫鬟们将残席撤去，擦桌抹椅收拾妥当。卷华在大荷叶翡翠炉里燃了一颗乌沉香，又重新沏了一杯龙井，见宋檀钗扶着额歪在床上，便轻手轻脚地走过去，将茶摆在案头的小几子上，轻声道："姑娘若是乏了，好歹换了衣裳再歇。"

宋檀钗摆了摆手道："不碍的。"又坐起来问道，"今儿早上我去厨房看看菜品，怎么回来的时候一屋子人都没了？听说前头闹了事，打听出是什么事了么？"

卷华道："嗐，还能有什么事？绫姑娘听说大爷看上个丫头，打翻了醋坛子冲到书房里闹去了，谁想香兰瞧着娇弱，倒是朵儿玫瑰花，刺得绫姑娘没话。绫姑娘急了，差点儿砸了大爷的书房，闹得不像样。珺兮那小蹄子腿快，跑到前头瞧了半天热闹,我把她叫进来跟姑娘说。"把珺兮唤了进来。

珺兮是爱闹腾的小孩子心性,方才虽然在内宅里伺候,但听见前院儿有动静,早就巴巴地凑过去瞧热闹,虽只瞧了一半,但这厢见宋檀钗来问,便添油加醋地说了一大套。她这些时日与香兰处得相宜,又恨林东绫砸了宋柯的书房,便将两个林家姑娘的坏处更夸大了十倍去。

听得宋檀钗连连皱眉,末了挥挥手,卷华抓了把铜钱赏了珺兮打发她去了。

宋檀钗脸色煞白,叹了一声道:"真是人善被人欺,林家有什么了不起?常言道'不看僧面看佛面',都是一家子亲戚,竟这样不顾咱们体面。要是我爹还活着她们也不敢在这儿撒泼。"她越说越气,眼泪便滚下来。

卷华拍着宋檀钗的背安慰道:"姑娘是受委屈了。好在香兰是个口齿厉害的,也没吃多少亏。"

宋檀钗抹着泪儿道:"还没吃亏?哥哥的书房都让人砸了!"

卷华知道宋檀钗一心要强,事事做得滴水不漏,万不能从人家嘴里听到个"不"字,因长得貌美又乖巧懂事,极受赞誉,往往那些个京城贵妇,都同女儿们说:"瞧瞧宋家的檀丫头,那才是大家闺秀的典范呢,没事多同她学学罢!"

宋芳去世后,他们这一房声势每况愈下,尤其分出单过后,往常跟宋檀钗一处玩的小姊妹们,有些势利眼的也爱搭不理,还每每酸她两句:"什么大家闺秀?如今也就是个破落门户罢了!"宋檀钗听了这样的话,便每每到无人处哭一场,全赖卷华在一旁劝解。

如今绫、绣这样一闹,正戳了宋檀钗的痛处,勾得她哭一场。卷华劝道:"以后咱们再不请那两姊妹来家里了,夏天暑气大,姑娘别哭坏了身子。"

正说着,只见门帘子掀开,宋柯走进来,见着宋檀钗坐在床上抽泣不由一怔,问道:"这是怎么了?"

卷华道:"林家两个姑娘砸了大爷的书房,姑娘正伤心呢,说'今儿个是我请来的人,倒打了自己的脸面,还惹得哥哥跟着遭殃,真是不该了。'掉起金豆子跟不要钱似的,大爷快帮着劝两句罢。"

宋柯道:"妹妹快休如此,林三姑娘是什么性情你我早知道的,不是你的错,何必往自己身上揽呢?"

慢慢劝了一回,方才好了。宋柯看着宋檀钗通红的眼睛,心里默叹,强极则辱,他这妹妹太要脸面,未必是好事。转念想起他第一次看见香兰,她被曹丽环不分青红皂白劈头盖脸两记耳光,另有呵斥怒骂,香兰竟全忍下来,闲暇时同他说起在林府的往事,他才知她往日容忍就为了找时机一击制敌,好永远离开那火坑。他心里隐生敬意,若当初挨打受骂的换成他妹妹,只怕当时就抹了脖子。

只是今日闹了这一出，虽是林家姑娘有错在先，可若无家贼也引不来外鬼，他倒是要好生整顿了，沉吟了片刻道："我是有事求妹妹，想跟妹妹讨个人。"与宋檀钗说了一回，暂且不提。

芳丝挑唆林东绫、林东绣去找香兰晦气，本意是借刀杀人，杀杀香兰的威风，也好出自己心口里的恶气，谁想这事竟脱离掌控，闹得愈发大了。林东绫大闹外书房不说，还砸了一桌的东西，更让宋柯撞个满眼。

她生怕被宋柯瞧见，急忙忙溜了，事后打听，宋柯只将这事轻轻揭过，她心里也存了两分侥幸，盼着此事就此罢休。可方才她借故到前头书房送东西，宋柯却看都没看她一眼，冷眉冷眼，是平常没有过的神色。她心里一沉，宋柯待人向来如沐春风，如今定是恼了她才有这番表现……

芳丝想起老爷刚过世的时候，宋柯不过是个稚气未脱的少年，人人都欺负他年少，他还长了张俊俏的脸，有那胆大的刁奴将家里的东西偷出去卖，或有的被宋家其他几房买通，将家里的情形和财产告密出去。宋柯知晓此事，当场把一个颇有头脸前去告密的老奴拖出去，亲手拿着藤条抽得满身是血。

后来有些世仆仗着颇有资历，又存心灭小主人锐气，被人挑唆着到正房门口乌压压跪成一片，哭天抢地地说什么"既不顾老奴才们的体面，便自请求了去！"，还扯出老爷在天之灵也难闭眼云云。

众人都满满挤在门口等着看热闹呢，没料到宋柯就让这些人一直跪着，从早晨跪到夜里，直到有几个体力不支晕死过去。第二天清晨他拿了前来闹事者的花名册，领了人牙子过来，以迅雷不及掩耳之势将那些奴才当场从院子里拖出去卖了，狠狠发落一批。众人万没料到一个未及弱冠的少年竟有这样手段，顿时惊呆了，各种议论有之，可宋家这一房却从此消停下来，伺候的奴才们或是悄悄地自请去别的房，或是拿了银子央告卖身，宋柯也不留。过了两个月，房里走的走，散的散，几乎不剩下几人了，宋柯却给留下的下人仆妇们涨了一倍月例。

宋姨妈曾劝他再多买两个人回来使唤，宋柯只淡淡说了句："人少些好，家里简单些，过着也清净。"没过多久，宋柯忽然说从今往后他们这一房分出来过，她这才发觉，原来宋柯竟在不声不响中独自成了这样大的事。

她娘提着她的耳朵道："咱们大爷日后可了不得，必是个出人头地的，你若有福气，就服侍他一辈子，将来自有锦衣玉食人上人的日子。"

她心里其实早就藏了一段意，宋柯时时都入她的梦里，她觉得只要能跟着宋柯，即便没有锦衣玉食，她天天吃糠咽菜也心甘。她知道大爷迟早要娶正头娘子进门，也早就做好了日后低眉顺眼伺候当家奶奶的打算，可谁想半路杀出个陈香兰，占了她的位子，让她如何不恨？！

芳丝心神不宁地在房里做针线，忽然胳膊被人猛地一碰，针扎进指头，疼得"哎哟"一声，忙将手指伸入口中吮吸。

郭嬷嬷嗔怪道："好端端的，想什么呢？喊你好几声都没听见。太太中觉快醒了，去把鲜果切成小块端来罢。"见芳丝坐着不动，还是一副失魂落魄的模样，便询问道："你这是怎么啦？跟掉了魂儿似的。"

芳丝见屋里没旁的人，一把抓了郭嬷嬷低声说道："娘，我……我办了件错事……"将此事来龙去脉说了一遭。

郭嬷嬷顿时大惊，怒得连连戳芳丝的脑门，咬着牙竭力压着嗓门道："你个糊涂东西，怎么就闯了这个祸？！既闯了祸怎么不早说？！"

芳丝缩着脖子小声道："兴……兴许大爷没猜着是我说的呢？反正这事也没有凭证。"

郭嬷嬷怒道："你当大爷是那些糊涂汉子么？！现世报的玩意儿，还不赶紧跟我走，跪大爷跟前儿求情去？我这一辈子的体面都要让你给糟践了！"

郭嬷嬷说完拽了芳丝便走，忽见个小丫头子进来道："太太让嬷嬷到房里去。"

郭嬷嬷听了这话只得到了宋姨妈卧房，进门瞧见宋姨妈已起了床，脸上红晕未退，显是刚刚才醒的。宋柯坐在左手椅上，宋檀钗坐在右侧，香兰立在一旁侍茶。

郭嬷嬷一见心里便敲了鼓，赔着笑道："太太醒了怎不说一声？厨房里有刚熬好的解暑汤，太太可要用一碗？"

宋姨妈摆了摆手，似是不敢看郭嬷嬷，只瞧着儿子的脸色。

郭嬷嬷心道一声"坏了"，果见宋柯开口道："今日来也没什么意思，就是觉着芳丝年纪大了，在太太跟前儿伺候这么多年，也算劳苦功高，该放出府去配人了。家里如今虽不比以往，也不能薄待她，回头嬷嬷去账上支五十两银子，另有一套金银钗环首饰和两匹尺头，算是家里奖励她这些年艰辛，日后出嫁，宋家另给一份嫁妆。"

郭嬷嬷虽已隐隐料到这一步，可这话从宋柯嘴里说出来心里仍是一紧，求道："大哥儿怎说这样的话？我女儿再不好，求太太主子们多教她，别把她撵出去，念着我这些年忠心耿耿伺候太太，好歹给我留个体面罢！"

宋姨妈心中不忍，又去瞥宋柯，见他面沉如水，便动了动嘴，垂了头不说话。

宋檀钗冷冷道："如今体面把她请出去，已是看在嬷嬷的脸面上，嬷嬷只等问问芳丝做了什么事，便知道我为何这么说了。"

原来宋柯方才已同宋檀钗说了芳丝撺掇林家小姐大闹之事，宋檀钗自幼读《贤女集》《列女传》等，一肚子的规矩大统，最恨这等不三不四落自家脸面的奴才。芳丝平日里待她再好，也因这一项尽数化成了灰烬。此刻她只盼着将芳丝赶出去了事，故而说话极不客气。

郭嬷嬷跪下道:"姑娘好歹为我女儿说句好话罢,从小到大,她给你梳头、打络子、做荷包,还陪着姑娘说话儿散心,小时候姑娘看书写字,她都站在旁边伺候笔墨,天冷了给姑娘做厚褥,天热了给姑娘煮酸梅汤。姑娘就看在往日的情分上……"说着说着便哽咽了,方才这番话虽是对着宋檀钗说的,可一字一句都暗指宋姨妈。

果然宋姨妈坐不住了。她是个心软的人,郭嬷嬷的一席话让她想起芳丝这些年尽心竭力地侍奉,不由动容,开口道:"柯儿……"

宋檀钗微怒道:"这是她当丫鬟应尽的本分,即便她不做,也顶多是个爪子懒不勤快,何至于让主人家赶出去?嬷嬷回头去问问她,到底做了什么好事!"

话音未落,次间里帘子一掀,芳丝一阵风似的跑了进来,跪在郭嬷嬷身边,泪流满面,哑着嗓子哭求道:"我知道自个儿错了,求求你们别撵我出去。若要撵我,我还不如一头撞死干净……"连连磕头不止。

宋柯见宋姨妈也红了眼眶,忙开口道:"郭嬷嬷快请起来,这不是赶芳丝出去,而是她年纪大了,常言道'女大不中留'。眼见她心思越来越多,也该放出去嫁人。日后想太太了,也尽管回来看看。方才太太还念叨,给芳丝一套体面的首饰做陪嫁,你们也要谢谢太太的这份情。"

这话又堵得郭嬷嬷无言了。是啊,人家不是赶芳丝出去,而是陪送上东西放她出府。而芳丝也早就到了该说亲事的年纪了。

芳丝抽噎道:"我愿意伺候太太,一辈子都不嫁人!"

郭嬷嬷忙道:"是了,横竖闺女还没说定人家,就再伺候太太几年,等说定了亲事再出府也不迟。"

宋柯颇为头痛。郭嬷嬷是有头脸的老人儿了,因和母亲感情深,他尚且恭敬两分,连带着芳丝也不好发落,原本想搭上些财物将芳丝这尊佛送走了事,谁想这母女俩竟是死皮赖脸的,横竖赖着不走。

他抬眼打量,见他母亲面带不忍之色,他妹妹又绷着一张脸儿,活似人家欠她八吊钱似的,正用人之际,竟没一个能说上两句话的。

此时芳丝已大哭着磕头道:"别赶我走!我日后什么毛病都改了!"

宋檀钗气得站了起来,道:"你改?打嘴现世的,为着私心就算计主子,今日你若赖着不走,还不如我离了这家落个省心!"

郭嬷嬷捶胸大哭:"檀姐儿何必把话说得这般狠,让我们娘儿俩还怎么活?辛苦伺候主子最后竟成了仇人,老天爷真个瞎黑心……"

眼见这情形闹得不像,香兰一把扯了宋檀钗,道:"姑娘快坐下。"见宋柯眼中隐有烦忧,知道他顾及母亲,不能说得太过明了,暗自想一回,对宋柯使眼色,宋柯登时会意，道："香兰，你替我说。"

香兰便站出来道："郭嬷嬷快把泪收一收罢，先带了芳丝出去，再进来回话。这是什么地方？这是太太的卧室，岂容大呼小叫哭天号地的？这不是给太太添堵么？嬷嬷办老了事，在太太跟前伺候这么些年，莫非也忘了这个理儿？再说，让芳丝姐姐出去嫁人，是大爷跟姑娘合计过，太太也点了头的，嬷嬷倒是面子大，直接就驳了太太的主意，大爷反复解释都不成，竟然卖起老脸来，嬷嬷方才反复说自己忠心耿耿，如今却一门心思给自个儿闺女打算，连太太都不放在眼里了，这能叫忠心耿耿？"

这一番话说得跟连珠炮一般，偏香兰口齿伶俐声音清脆，说得郭嬷嬷目瞪口呆。

香兰又迈上一步道："第二件，大爷虽说早就想着放芳丝出去嫁人，可为何在今日提起来，当中有缘故。想来嬷嬷也听说今早书房里闹得欢实，此事因谁而起，回头嬷嬷问问芳丝便知。大爷就是想给嬷嬷留脸，这才一直没挑明了说，偏偏嬷嬷却挑大爷不给你留脸！"又看着芳丝道："你当初做了这等事，坏了规矩，就该料着后果，如今大爷说了话，太太点了头，这里便不是你该久站的。嬷嬷请带人回罢。"

这话说得宋柯心里敞亮，对着香兰连连点头，连宋檀钗都面露赞赏之色。

郭嬷嬷心中暗恨，一抹眼泪冷笑道："姑娘好大的谱儿，就连大哥儿用这个口气跟我说话都担不起，莫非你担得起？这也是知道规矩的？"

香兰道："我虽不懂规矩，却也知道不该为着自己私欲在背后挑唆生事。"

郭嬷嬷还欲再说，宋柯截断道："京城里的老房子一直缺个妥帖的人看，嬷嬷年事已高，早该去颐养天年，回头我让账上再支五十两，送嬷嬷到京城的老宅里养身子罢！明儿个嬷嬷收拾收拾便出府去，自有马车在门口备着。"

郭嬷嬷仿佛头上打了个焦雷，不可置信地去看宋姨妈。宋姨妈却始终闭着双眼，手里捻着珠子持咒。

宋檀钗上前去搀宋姨妈道："娘，今儿晚上你同我住罢。"竟不理跪在地上的郭嬷嬷和芳丝，径直去了。

郭嬷嬷在背后哭号道："太太，太太您说句话，您说句话呀！"奔出来，却被早就守在门口的婆子拽住，拉了回去。

香兰叹了口气道："芳丝固然是个可恶的，可郭嬷嬷好歹伺候这么些年……"

宋柯道："你不必可怜她，我娘是个心宽的，她这些年伺候左右不知偷拿了多少银子和首饰。有一回我瞧见芳丝头上戴个镶珍珠金玉的华胜，分明是我母亲几年前做寿，我让人在外头打造拿回来孝敬的。我悄悄问过母亲，可把这首饰赏人了，母亲说没有，可东西却平白没了。母亲说要息事宁人，这事就不了了之。我自此留了心，发觉郭嬷嬷手脚不干净。如今借这个契机正巧赶了她。"

说着到了宋檀钗闺房门口，宋柯几步抢上前，同宋檀钗一起扶着宋姨妈在床上坐了下来。

　　宋柯毕恭毕敬道："母亲，我同妹妹商量过了，母亲身边缺个得用的人，以后妹妹把她身边的卷华给母亲使唤，我把房里的珺兮给妹妹差使，等过了这一夏，再添两个丫头……若母亲不喜欢卷华，我再挑别人来。"原来这芳丝在宋姨妈房里一支独大，不肯调教小丫头，唯恐来了新丫鬟将她的位子挤了，如今逐了她，宋姨妈房里竟连个可用的丫头都没有。

　　宋姨妈满脸疲惫，摆了摆手道："一切你们定罢，如今我老了，已是做不得主了，我身边的人说赶就能赶，我还能再说什么？"说着便合上了眼。

　　宋柯道："母亲，郭嬷嬷手脚不干净，芳丝也太……"

　　"我知道。"宋姨妈睁开眼看着宋柯，"可我活到这把岁数还图什么？不就图身边有个能哄着我说话儿的人，让我乐和乐和么？她手脚不干净又能拿走多少？我只当花钱买个开心不行么？"

　　宋柯连忙跪下来，宋檀钗也赶紧跟着跪了。宋柯咬着牙道："孩儿不孝，让母亲难受了。只是……"

　　宋姨妈又摆了摆手，合上眼道："算了，你那些个大道理一套一套，我说不过你，我只图个清净罢了。你善待她们母女，找个妥帖的人送走就是了，好歹伺候一场，咱们不能做忘恩负义之人。"

　　宋柯连连称是，看宋姨妈不爱搭理他，便只得退出来，递了个眼色让妹妹好生照料着，方才退了出来。

　　第二天清晨，只听得主屋里一声尖叫，紧接着传来郭嬷嬷的号啕大哭："我的儿，你怎的想不开，撇下我，可叫我怎么活？！"

　　香兰跟在宋柯身边急急忙忙赶到一看，芳丝竟悬梁自尽了，只瞧见那裙底的绣鞋微微露出一角，在半空中晃来晃去。

　　众人大吃一惊，急急忙忙将芳丝放下来。尸体浑身冰凉僵硬，显是已死了多时。

　　原来昨天芳丝哭到半夜，央告她母亲再去找宋姨妈求情，郭嬷嬷却唉声叹气道："太太凡事都听大爷的，你没瞧见大爷已铁了心了？都怪你这囚囊畜生，瞎心黑眼不说还连累我。离了宋家，咱们娘儿俩能有甚好地方去？咱们家那几个亲戚哪个靠得住？"说着恨上来，狠狠打芳丝两下，哭号道，"真是我命苦，竟生了你这么不省心的浑蛋玩意儿！让你忍两年，你偏不听，白瞎了这样好的差事和前程。怪道大爷瞧不上你，要饭花子样的下流畜生，上不得高台盘的东西！"

　　芳丝一听哭得愈发凄厉。郭嬷嬷嘟嘟囔囔数落半晌，手上却没闲着，将这些年在宋家攒下的梯己都收拾了,那过于贵重不能见人的,便将衣裳里头缝了口袋,贴身带着。她已然将宋家当成后半生养老所在,故而东西极多,林林总总就三大箱子,可这般抬出去太显眼了,只得挑了最贵重要紧的盛了一箱。

郭嬷嬷看着余下的东西不禁肉疼,又瞧见芳丝仍对着墙角饮泣,火气又冒出来,又上去打两下,尖声骂道:"现世报!还不赶紧给我收拾东西去!哭什么哭?我还没死呢!"连掐带拧地揉着芳丝进了次间。

芳丝泪流满面,将箱子打开,一眼便瞧见了那条自己给宋柯做了一半的交领长衣,捧着那衣裳哭得肝肠寸断,又不敢让郭嬷嬷听见,暗道:"大爷,我的小郎君,你怎就这么狠心呢?!如今为了一个陈香兰,就将我看成粪土了,急赤白脸地要把我赶出去,我往日里对你的情意好处竟都作不得数了么?!"

哭了一回,咬牙暗道:"宋家铁了心不容我,如今万般指望也都成了空,何必回家再受闲气,不如一死干净,至少魂儿还留在宋家,到底是不离开罢了!翻箱倒柜,找出一套自己平日里最爱的鲜亮衣裳,愣愣地瞪了半晌。郭嬷嬷偷眼观瞧,见房里箱笼都打开了,料想芳丝在收拾东西,便放心去了。

芳丝洗了脸,含泪将衣裳换上,打开镜匣描眉打鬓梳妆一番,将自己几样贵重首饰全戴在身上,对着烛火呆坐到三更,走到外头一瞧,见郭嬷嬷那儿灯火全熄,显是睡了。

便折回去,撕了一条白绸裤结成条,踩着凳子将绫子悬在房梁上,头伸进去,脚一蹬便离了地,飘飘荡荡赴了黄泉。

清晨郭嬷嬷梳洗之后来叫门,推门便瞧见芳丝在梁上挂着,先是惊声尖叫,腿一软栽歪地上便尿了裤子。

来人将芳丝放下来,只见她穿戴整齐,浓妆艳抹,却抻脖瞪眼,面色青紫,舌头吐出老长,死相狰狞恐怖。

郭嬷嬷抚尸大哭,口中"心肝肉"唤个不住:"你死了可叫我怎么活?!"又哭"不争气的儿,怎就这样赌气死了?"。

哭得直挺挺厥了过去,众人又是掐人中又是揉胸口,郭嬷嬷呻吟一声醒过来,一转头看见尸首又哭了个昏天黑地。

这厢宋姨妈得了消息,忙忙地扶了宋檀钗的手来,一见郭嬷嬷抱尸痛哭的惨象,眼泪登时滚出来。

宋柯忙上前道:"死相太不堪,母亲还是请回罢,此事我自会料理。"

宋姨妈抖着身子,拿着佛珠的手指着宋柯,流泪道:"这……这就是你搅的事……如今闹出人命,你可满意了?芳丝这可怜见的伶俐孩子……"话说不出,捂着脸哭了起来。

宋柯使了个眼色，宋檀钗便轻言哄劝，将宋姨妈扶走了。

香兰默默叹一口气，暗道这宋家真是无妄之灾，哪儿是赶芳丝走，这又是送银子，又是送首饰、料子的，分明是送一尊大神，没想到临了还添了这一桩恶心。

她对芳丝极怜悯惋惜，却又可怜其愚蠢——芳丝虽然为奴，在宋家却没吃过什么苦，过得比寻常小姐还体面，日后主人家宽仁送了银子放出去，再找个可靠的人成家立业，有的是和美日子，如今却这般轻而易举地丧了命，让她母亲白发人送黑发人，真个太过凄惨了。

香兰想上前帮忙，又恐郭嬷嬷心里硌硬她，便悄悄拉了宋柯的袖子，道："芳丝到底跟别的丫鬟不同，既是在府里死的，若不操持这一层白事，难免让人戳脊梁骨说不宽仁，大爷可有什么章程？"

宋柯揉了揉眉心："就按寻常的办罢，纵然母亲看重她，她一个丫头，也不好逾越规矩，事后再多给郭嬷嬷些银子罢了。"

香兰一心为宋柯分忧，想了想道："大爷还是读书要紧，书院的事不能耽误。"

宋柯苦笑道："我要不管，家里谁能担起事？母亲不用指望，我妹妹是个闺阁小姐，也不好张罗白事。"

香兰道："你要信得过，我便帮你理一理。"

宋柯迟疑道："你能行？"

香兰笑道："怎么不行？若是办不好，我再向你讨主意罢。"

宋柯见香兰笑颜如玉，原本烦躁的心便静了下来，暗道："眼下宅子里也缺个能料理的人，让她去办罢，实在不成有我收拾就是。"点头应了，又从账上支了一百两银子。

香兰便操持起来，将后座的一排房子挑出一间做了灵堂，从库里找了白布，里外装扮，另打发人去买香蜡纸钱等各色物什、棺木等物。

宋柯中午回来时，一切都已齐备。他到灵堂里转了一遭，给芳丝上了一炷香，只见郭嬷嬷目光呆滞坐在灵堂里，任人摆布，仿佛已痴了过去。

宋柯回到屋中，香兰正一笔笔对账，见他来了，便道："连同棺木，一共花了四十两银子，这是细目，你瞧瞧。"

宋柯打眼一瞧，心下满意。香兰又道："只是芳丝是在主屋死的，到底让人硌硬，大爷从账上支了一百两，余下的钱不如换个房梁，另请了和尚来念经超拔，一来解解心宽，二来也算告慰芳丝在天之灵。"

宋柯也因芳丝死在他母亲房里心中不自在，闻言道："就依你说的办。"去拉香兰的手，"这一遭多亏了你，省了我的事。"

香兰脸色微红，将手抽回来。宋柯由此更看重香兰，觉得她伶俐可敬，暂且不提。

当下，因天气热，三日便起经发丧，寄灵于静月庵，丧事办得倒也丰富。宋姨妈免不了又跟着哭了一场，事毕又想将郭嬷嬷留下来。

宋柯皱眉道："芳丝死在这儿，母亲要留郭嬷嬷，让她天天触景生情岂不伤心？不如送她去京城老宅里，宋家自会给她养老送终。"

宋姨妈一听有理，叹了口气便答应了。

郭嬷嬷心里还盼着宋姨妈能将她留下来，谁想一直待到丧事完结了，宋姨妈还没动静。她忍不住跟人哭诉："我一个老婆子孤苦无依的，不知道日后能上哪儿去……我也是真心离不开太太。"

只是她如今住在后罩房，跟宋姨妈难见一面，且如今在宋姨妈身边伺候的是卷华，卷华得了宋檀钗的令，将口封得死死的，又告诫小丫头，故而郭嬷嬷哭诉的话半点儿也没传过来。

芳丝下葬已毕，宋柯又催着郭嬷嬷上路，她也不好再留，趁着宋柯不在的工夫，去给宋姨妈磕头。

进到内院，见香兰穿着粉白二色凤尾衣裙，鲜亮得仿佛花儿上的露珠，顾盼生辉，正同卷华说着什么，两个人捂着嘴"咪咪"笑着。

郭嬷嬷红了眼，心中暗恨："若不是这小妖精来，我女儿何至于好端端的就没了性命？！如今她活得自在滋润，可怜我女儿死得这样惨……"将满腔的怨毒都迁怒到香兰身上。

香兰余光已瞥见郭嬷嬷进来，见她仿佛这几日憔悴了十岁，已是满头花白的头发，心中怜悯，却见她目光怨恨，不由惊愕，想了想却又明白了，摇了摇头，暗想："可怜之人必有可恨之处，若不是她没教好，芳丝何至于到这一步？听小丫头们说，芳丝那一晚哭到半夜，她娘对她又打又骂，兴许芳丝之死也有她娘打骂的因果。郭嬷嬷如今恨上我，倒不可不防。"

香兰一拽卷华，使了个眼色，卷华扭头瞧见郭嬷嬷正迈上台阶往屋里进，忙唤道："嬷嬷可是要见太太？太太正诵经，容我通禀一声。"忙提了裙子进去了。

郭嬷嬷故意放亮嗓门道："老奴将要回京，这厢来给太太磕头了。"

宋姨妈在屋里听见，忙道："快让她进来！"

主仆二人见面，自然是泪如雨下，相对垂泣。郭嬷嬷拭着眼泪道："都怨我，本是来跟太太磕头谢恩，却招太太哭一回。"说着颤巍巍在地上磕了头，哑着嗓子道，"老奴心中纵然多舍不得太太，如今也要去了，保不齐日后就没有再见的日子，太太可要珍重自个儿……老奴……老奴真是……"说着哽咽。

宋姨妈却先撑不住，"呜呜"哭了起来。

香兰站在门外窗户边向里偷看,心中暗道:"这郭嬷嬷真真儿是个能人,简直就是掐住了太太的死穴,又会哭又会说,若是三言两语劝得太太心软可就糟了。"皱着眉想了一回,轻手轻脚地走了。

香兰走到后,见马车已备好,掀开帘子一瞧,只见车厢里装了一只红漆樟木箱子,不管三七二十一,亲自登上马车,解开捆着箱子的绳儿便要便要开盖儿。慌得守门的婆子道:"姑娘这是要干什么?"

香兰道:"甭拦着我,这是大爷的令,我自有我的道理。"将那箱盖打开,只见上一层不过是些粗布衣裳,便一层一层地往下翻,果见里头藏了玉胆瓶等名贵玩器。抖开一件棉袄,从里头掉出个布包,拉开一瞧,里头尽是金银玉的首饰,凤凰朝阳钗、赤金璎珞圈,显见是主子们才戴得起的玩意儿。

香兰微微冷笑,把绿豆唤过来道:"快去把大小姐喊来,说后头出了了不得的事。"

绿豆机灵,撒腿就去了。

过不久宋檀钗果然扶着珺兮的手来了,一众小厮长随连忙回避,香兰指着从郭嬷嬷的箱子里翻出来的东西道:"姑娘快瞧瞧,这是她藏好预备带出去的。"

珺兮吐了吐舌头道:"我的乖乖,居然有这么多!"

宋檀钗气得浑身乱颤,咬着牙道:"岂有此理,这样的刁奴,活该乱棍打死了再丢出去!如今她人在何处?"

香兰道:"在太太屋里磕头呢。"

宋檀钗转身便要去。珺兮道:"姑娘别急,先让人把搜出来的东西搬回去罢。"

宋檀钗想了想道:"若是有些东西是母亲赏她的,咱们若是都拿走……"

香兰冷笑道:"姑娘放心,那最见不得人的,只怕她都随身带在身上呢,方才我瞧见她去给太太磕头,胸前腰后鼓鼓囊囊,夏天的衣裳怎会有如此臃肿的?"

宋檀钗一听,柳眉又竖起来。香兰与她小声说了几句,宋檀钗连连点头。

且说主屋里,郭嬷嬷泪流满面道:"老奴原指望能陪着太太日后好歹一处,谁想出了这档子事儿,我那不省心的小畜生给太太添了堵,老奴真是万死也难见太太……"说着连连磕头。

宋姨妈连忙起身扶了郭嬷嬷的胳膊道:"快起来,快起来,地上凉,起来再说话。"

卷华也上去搀扶,郭嬷嬷站了起来。宋姨妈让她坐,她死活不肯,最后侧着身子坐在宋姨妈脚边的小杌子上。

宋姨妈看着郭嬷嬷佝偻的身子和花白的头发不由心酸,暗道:"原先那么健朗爱笑的人儿,如今到了这步田地,死了女儿不说,跟我也生分了……"口中说道:"你也看开些罢,大哥儿说了,宋家一定会给你养老送终,赶明儿你看哪个丫头小厮好,让他们认你做干娘,当闺女儿子一样孝顺你一辈子。"

郭嬷嬷摇了摇头,眼泪哗哗淌下来,宋姨妈也跟着掉了两滴泪。

郭嬷嬷用手背抹抹眼睛,对宋姨妈道:"老奴心里其实一直藏着件事,犹豫着要不要讲,可如今就要走了,便只好豁出去说一说。太太若是不信,便罢了,若是信,就留个心眼儿罢。"

宋姨妈道:"何事?"

郭嬷嬷朝她递了个眼色,宋姨妈会意,对卷华道:"你先去,告诉厨房中午给大姐儿添个汤。"

待卷华去了,郭嬷嬷便道:"老奴一直觉着那香兰不像个安分的,自从来到咱们家,家里给贴银子治病不说,还把大哥儿的魂儿勾了去。我听罩房里几个老姐姐议论,说大爷给香兰的爹娘都放了籍,原先她家不过个小门户,可这些日子就跟发了财似的,出手阔绰起来,顿顿吃饭有肉不说,还添置了新家具,听说还四下打探要买房子呢!守门的婆子说香兰从后门回家回得勤,我觉得她是想方设法地从宋家搬银子往家去!太太您想想看,若非如此,她家怎的这么快便有钱了呢?"

宋姨妈心里有三分相信,但仍迟疑道:"大哥儿过得简朴,房里能有几个钱?大钱都在账上,我虽不管,但也知道一分一厘都要记着。她一个丫头,还能从账上动银子?若说平日里吃穿阔绰了,许是那丫头偷拿了点儿银子,可买房子抄起来这样大的手笔,倒未必了。"

郭嬷嬷急道:"太太就是太仁善!您也不想想,大哥儿房里虽没什么银子,可还有几样贵重的物件,什么白玉尊、狮子鼎,都是老爷留下来的,若是让那丫头偷卖了……"

宋姨妈这才严肃起来,拍了拍炕桌道:"我省得了,明儿个就让檀姐儿偷偷查查,看大哥儿房里丢东西没。"

郭嬷嬷道:"不光如此,我瞧着香兰的面相也不好,不是个多福多寿多子的富贵相。"

宋姨妈素知郭嬷嬷有些相人之术,连忙追问:"怎么个不好?我原还瞧着她面善,眉清目秀的,腰细屁股圆,是个宜男之相呢。"

郭嬷嬷故弄玄虚道:"太太有所不知,这等颜色太出挑的女子,反倒不好娶进来。您看她面如桃花色,《麻衣相法》里可说了'面如桃花者,必妖'。就是说,这样神色像桃花一样娇嫩的,必是淫邪之人,恐生子不早矣,可不是什么有福之相,搞不好会让人资财散尽,穷家破业,还要克人命呢!"

宋姨妈一听"克人命"三个字便大吃一惊,忙忙道:"这可如何是好?她克不克我们大哥儿？"又拉了郭嬷嬷的手道，"亏得有你，我竟不知道有这样的事。唉，若不是大哥儿说你在此地成天想起芳丝是如何死的，怕你伤心，否则我真舍不得让你这般去了……"

郭嬷嬷心中一喜，刚想说"不碍的，我愿意在这儿陪着太太"，便听见门响，宋檀钗扶着香兰的手推门走了进来，见了郭嬷嬷笑道："嬷嬷还在这儿跟太太难舍难分呢？门口的马车备了多时了，方才还巴巴地打发绿豆来问郭嬷嬷何时启程。"

郭嬷嬷心里一紧，忙道："太太舍不得我，我……"

香兰却向前迈了一小步，开口道："嬷嬷赶紧去看看，方才你收拾好的箱子从马车上颠下来，摔在地上，七零八碎的东西撒了一地，小幺儿们要去收拾，我怕人多眼杂的偷拿了嬷嬷的东西，便命他们散着，没让再动。"

郭嬷嬷勃然色变，宋檀钗却似笑非笑道："嬷嬷给太太磕了头就赶紧去瞧瞧罢。"

郭嬷嬷急忙便往外走，到后门一瞧，只见箱子敞开着，里头除了她和芳丝惯用的那几样钗环及主子赏的玩意儿，其余藏的玩器首饰一样都不见了，箱子底的银票却没动，顿时手脚冰凉，号了一声："哎哟！挨千刀的畜生们！"

却听背后有人冷冷道："嬷嬷这是骂谁呢？"宋檀钗走来，命左右的婆子道，"去按着她的胳膊。"又对玥兮、珺兮道："去给我搜一搜。"这二人上前便往宋姨妈衣襟里掏，一摸果然是硬的，浑身连着摸出十几样贵重的首饰。

宋檀钗脸色阴沉，指着一个宝石戒指道："这分明是太太的陪嫁，我这就去问问她是不是赏了你了。"

郭嬷嬷腿都软了，痛哭流涕道："姑娘饶命，好歹给我个体面罢！"

宋檀钗厌恶地看了她一眼，命道："把她捆起来扔到马车上。"

郭嬷嬷号啕不止："姑娘饶了我罢！"

宋檀钗大声喊道："还不赶紧把嘴堵上！"

有人往郭嬷嬷口中塞了块抹布，七手八脚地将人捆成一团。

香兰问道："姑娘还打算把她送到京城里？"

宋檀钗微微蹙眉："这样的人送到老宅里也不安心，我是想卖了她，就怕母亲不答应。"

香兰默叹一声。这郭嬷嬷纵然可恶，可如今死了女儿，孤身一人，倒也着实可怜，既然已将人打发走，只要日后远远的不再相见就是了，何必做绝？便道："听说当初老爷去世，郭嬷嬷始终伺候太太左右，这些年到底也有些苦劳，若这样卖了，传扬出去也让人说宋家不仁慈。听大爷说过，她还有个侄子在扬州，不如把她送到那儿罢。"

宋檀钗点点头，对赶车的道："别往京城送了，直接送到扬州郭嬷嬷的侄子府上，告诉她侄子，好生看管，不得让她再到宋家来！若看得住，每年宋家给五两银子；若看不住，也要他自己掂量掂量。"

她二人正站在马车跟前，方才郭嬷嬷听宋檀钗说"想卖了她"等语，怒得双目都将要瞪出来，口中"呜呜"的，浑身挣个不住，可后来又听香兰说让人送她到扬州亲戚家里，顿时便怔了。她万没想到，已到这个地步，香兰还为她说上一句话，只觉浑身瞬间没了气力，死了一般瘫在马车上。

其实她自个儿心里也隐隐明白，芳丝自尽怨不得香兰，可她只有找个人恨，才能好过些。若不是香兰来到宋家，她们母女便还是好好做着二层主子，吃喝穿戴体面光鲜，大爷虽看不上芳丝，却始终和和气气的，再磨上一两年请太太做主，大爷迟早能将芳丝收房。可如今呢？

芳丝被装殓进棺材孤苦伶仃地葬在地底下，宋家连她上吊的房梁都换了，众人团团围着香兰，就如同当初团团围着芳丝一样……

郭嬷嬷闭了双眼，泪滚滚地涌了出来。

第十五章

毋碎君子志

郭嬷嬷已被送走,宋檀钗回来禀明宋姨妈道:"郭嬷嬷改了主意,要去扬州投奔她侄子。女儿想着她孤苦无依,身边有亲人照料颐养天年也好,每年宋家再送些银子,也算是个心意了。咱们家已替芳丝办了丧事,做了法事,又善待郭嬷嬷,天大的人情至此也该还完了。"

宋姨妈叹气道:"这般也好。"看见香兰站在门口,想起郭嬷嬷临行前跟她说的话,不由仔细打量,果见香兰生得面若桃花,心里不由堵得慌,暗道:"她一来,就因着她让大哥儿赶走了我身边最可靠的两个人。郭嬷嬷说得极是,这不是穷家破业又是什么?"对香兰添了几分不喜,挥手道:"你们去罢,我要歇歇。"

宋檀钗便和香兰退下。

经此一事,宋檀钗发觉香兰稳重可靠,二人逐渐亲近起来,时不时一处做活儿玩笑,倒也相宜。宋檀钗对宋姨妈道:"原瞧着香兰不过是生得貌美些,如今经了事才知道是个温和妥帖的人,谈吐见识比那些千金小姐还强呢。"

宋姨妈哼道:"小门小户家的,能有什么见识?"

宋檀钗道:"娘可别这么说,前些日子我发觉厨房的媳妇偷拿家里的东西卖了赌钱,还亏空账上采买的银子,我怒极了就要把她赶出去。香兰知道便拦了我,说'我知道姑娘是个眼里不糅沙子的人,可这仆妇已有悔意,她婆婆跟了宋家几十年了,如今也过来巴巴地求情,若这般把人赶出去,恐怕寒了一众老仆的心,不如给她换个差事。今后若再犯错便发落到庄子上罢'。我想想觉着有理,便把人换去洗衣裳了。香兰又说：'洗衣裳是个受累不讨好的差事，她若认认真真做下去，便不枉费姑娘的苦心，日后还可以用；她若做不下去，姑娘轻轻松松把人从府里打发出去，也没人会挑出理来。'又嘱咐我这事不宜声张，我还没明白是怎么回事呢，就有下人议论说我宽厚，碰上这样的奴才还知给个悔过的机会，是怜下的。那媳妇洗了几天衣裳，自个儿便撑不住告病了。我便把人打发到庄子上，这没费力气便成全个好名声，还把那宵小之辈赶了出去，你说这不是有见识是什么？娘还怀疑她的心性，让我查哥哥房里的东西。哥哥房里一样东西都没丢，就连平日里用些散碎银子都记着账呢，娘还有什么不放心的？郭嬷嬷临走时顺了家里这么些东西，若不是香兰，只怕就让那个老刁奴卷包跑了呢。"

宋姨妈背过身，显是不爱听，宋檀钗也便不再提了。

日月如梭，夏日将尽，转眼便已立秋。

香兰将一盆茉莉搬到屋里，把窗子放了下来，轻手轻脚地给宋柯端了一碗汤，放在他案头。宋柯正做文章，把笔放在青花瓷笔架上，把汤端起来闻了闻，道："今儿是排骨汤？"

香兰道："枸杞排骨汤。今儿早晨就用文火熬着，肉也都软烂了。"手脚麻利地将书层层叠叠码好。

宋柯道："太太那屋送去了么？"

香兰道："玥兮送去了……唉，我不知什么地方讨了太太的，太太总不愿见我似的。"说着叹了口气。

宋柯皱起眉头，原来母亲前一阵子总和他提起香兰品性不好，后来品性的事不再提了，转而说香兰有个"穷家破业"的面相，不能留在家里云云。他听了随口应付几句，听得多了便道："娘是从哪儿听来这些个无稽之谈？香兰的品性我最清楚不过，房里的散碎银两和铜钱从来没见她动过，娘不信去问问玥兮、珺兮。还有什么面相，纯粹是江湖术士之言，我小时候还曾有人说我活不过两岁，如今不也平安长大成人了？"

宋姨妈从此便不再说，他以为此事就揭过了，没想到母亲仍耿耿于怀。宋柯仔细想了想，他娘倒是在意这些鬼神怪力的论调，便打算过几日携全家上甘露寺拜佛，到时候给寺里和尚些银子，让他当着母亲的面好生夸赞香兰的面相，也解解母亲的疑心病，便道："没什么，她就是因为郭嬷嬷走了不自在，你旁的不必多想。"

香兰又默默叹息一声。自己怎能不多想呢？她如今慢慢谋划和宋柯的良缘，出身已是差了一层，倘若宋姨妈再不喜欢她，便是难上加难了。

宋柯看着香兰站在他身边把写废了的纸一张张收拾起来，那素手纤长，指甲透明光润，露着一段雪白的腕子，便去握香兰的手，把她拉到身边来，悄悄在她白嫩的脸上偷了个香。见香兰耳根红了，偏又不让她走，轻轻捏她的指甲道："别人在指甲上染凤仙花，你怎么不染？"

这些时日朝夕相处，二人耳鬓厮磨已然颇有情意，香兰却仍有些羞涩，想将手抽回来，宋柯却攥着没动，只得道："染那劳什子做什么？怪俗气的。"

宋柯笑道："染不染都好看。"将纤纤素手在自己手里摩挲端详着，"你这一双手巧得紧，前一阵子给我做的香囊，上头绣了枫叶和鸣蝉，精致得跟什么似的，修弘见了就抢，幸亏我夺得快，否则那香囊定让他抢了去。他问我是谁做的，我说是在外头买来的，他还硬让我给他买一个。"说着把腰间的香囊解下来，看了看道："这花样子画得也好，竟有七八分'兰香居士'的味道。"

香兰一怔，道："你也知道兰香居士？"

宋柯笑道："谁不知道呢？兰香居士画技出了名的，意境也有趣儿，坊间有高价兜售其人作品的，可许多人瞧了都说形似神不似。听说你爹跟他有过些交情，手里有些他的画作，还有人跟我打听，想买上几幅呢。"

宋柯的笑容便如同三月的春风、夏日的细雨，看着他眉毛微挑，眼睛和嘴唇都变成弯弯的半月，香兰心里的忧愁瞬时随那笑容烟消云散。

宋柯仿佛自言自语道："你叫香兰，他叫兰香居士，香兰，兰香，这人不会是你罢？"他本是玩笑，抬头却见香兰笑着不说话，仿佛大有深意，不由得惊疑道："不会真是你罢？"

香兰靠在宋柯身边，提起毛笔蘸了蘸墨汁，在纸上刷刷点点，片刻一只小虫儿便跃然纸上，趴在宋柯名字落款旁边，扬着长长的须子，活灵活现。

宋柯大惊，拿起纸来看了又看，仿佛不认得香兰，将她从头到脚打量了几遭。

香兰笑笑着说："怎么？不认识了？"

宋柯半晌惊叹道："真的是你？"

香兰在宋柯身边坐下来，道："小时候在静月庵里跟师太学的，如今卖得上银子不过因为有趣儿，倒不是画技精湛。如今告诉了你，可得给我保密，若别人知道这画是丫鬟画的，只怕就卖不上高价啦。"

宋柯摇了摇头："他们那些文人墨客要知道这画出自美人之手，只怕价格还要涨上几倍呢。你画里俗中有雅、雅中有俗的意境寻常的便比不上。难怪你家里要买房置地，兰香居士如今改画大幅，一张画便要五十两银子，抵得上坐堂掌柜一年的例银了。"他看着香兰，颇有些惊喜，却不知怎的，心里又十分惶惶。

香兰却慢慢正了脸色，挺直了腰道："既然给你交了底，便是要交代明白。你救我一命，这个恩情我千劫万劫难报，这些时日相处……我……"语未竟脸便红了，咬了咬牙,"我确实对你有情意,可是,我也不愿为妾。你门第清高,我不过个婢女罢了,卖身契还攥在你手里头,原不配跟你说这样的话,可如今我也斗胆讲一讲,若你无意明媒正娶,我自加倍还你当初赎我出来的银两,放我出去。你救我的大恩我永远铭记心上,日后必有所报。"

宋柯抿嘴不言。

他如今是真心喜欢香兰。这女孩儿温和柔顺,骨子里却极强韧,总是默默地关心体贴,事事帮他想得周全。原先他喜欢她容貌性情,如今是离不开她了,想日后长长久久地在一处。原先他便觉着香兰这样的品貌为妾便委屈了她,如今她又有如此才情,只怕是断不肯屈于人下的了。

香兰模样性子都好,若有个稍微体面些的出身,哪怕是个官家出身的庶出女儿,或是个地主家的闺女,他也要千方百计求娶来,而如今香兰的爹娘虽已是良籍,可到底是奴才种子,且他又有志向,为了振兴家门,最好是娶一房娘家得力的妻子……

宋柯默默地看着香兰,忽而伸手摸了摸她的鬓发和脸颊,那手有些颤,仿佛想碰她,却又纠结不敢。

香兰不言,一双明澈的眸子定定看着他,然后站起身走到门口道:"这几日我母亲恰好身子不好,我跟大爷告个假,先回去伺候两日。"说完打开门出去了。

宋柯独自坐在房里,看着纸上那栩栩如生的小虫儿,呆愣着一动不动。

香兰收拾了两三件衣裳,将平日惯用的梳洗物什也用包袱装了,嘱咐了玥兮几句便挎着包袱走了出去。

宋柯站门前,从镂雕的花菱缝隙里看着香兰穿着藕荷色的纱衫,摇摇的裙摆和头上那乌压压的髻,斜插的珐琅嵌宝钗垂下的滴珠一摇一晃。

她穿过拱门,身影便消失在一片郁郁葱葱的竹林后面。

宋柯攥紧了拳,仿佛心尖上塌了一块。

香兰回了家,也懒懒的。今日她豁出去跟宋柯交了底,虽不后悔,可心中到底忐忑,仿佛有一团巨石压在胸口。她母亲薛氏自然无病,香兰不愿与宋柯尴尬相对,方才编了个由头出来。

香兰提了裙子上楼,楼上是她回来惯住的地方,只见房里已焕然一新,屋角多了一个梳妆台,窗上糊了五色的纱,另有一不大的书案,上头各色颜料纸笔一应俱全。再往床上看,只见铺了崭新的锦缎被褥,坐上去松松软软。

薛氏提了一壶茶上来笑道:"屋里新添的几样可喜欢?是你爹去邻村找相熟的木匠打的,原先我还肉疼银子,可你爹说如今咱们家有余钱了,不该再委屈你。我们还在城南相中一个院子,价格倒不贵,一明两暗,不大不小,还是半新的,主人家要去山西,便将宅子贱卖,可我跟你爹还犹豫着。虽说不贵,可也要一百二十两银子,这些日子攒的银子便全花销了。"

香兰打起精神道:"明儿个我再画两幅便是了。"

薛氏道:"你爹说了,你画山水不如花鸟虫草卖得快,且越少越金贵,小幅的便宜,卖得快些,有一大幅挂在店里标价五十两,如今还没人买呢。你爹说卖这样的画是'三年不开张,开张吃三年',早晚有卖出去的日子,若是卖了那幅,家里就有余钱了,再买房子心里也不慌张,还能有余钱添置家具,把屋子再修缮修缮。"

香兰想了想道:"若房子价格便宜就先买来,租出去也好,别白白错过机会。"

薛氏一叠声地应着,又絮絮说些琐事,不过是邻居家长里短。香兰却早已神游天外,暗道:"若是宋柯答应,日后相谐一处,也是我的造化;若是他不答应……"她翻来覆去想了一回,只觉得头痛欲裂,终咬牙暗道:"若是他不答应,也是人之常情,我自己便赎身出来,长痛不如短痛,早早分开总好过绑在一处日夜相见,备受煎熬。"心里虽这样想,泪却忍不住滚下来,慌忙背过身去擦。

薛氏浑然不觉,听见楼下有人敲门便忙忙地去了。

香兰坐在床上怔了一回,忽听楼下有喧哗之声,顺着楼梯走下去一瞧,只见陈万全喝得烂醉,让小夏相公架着往里屋去。薛氏跟在后头,手里提着个痰盂,恐是怕陈万全再呕出来。

香兰连忙去拿盆打水,夏芸听见动静回头一瞧,见香兰站在他身后,一袭淡雅衣裙,衣襟上绣着折枝桃花,如同清晨的露珠似的,登时便痴住了,定在原地不能动。薛氏催了催,这才如梦方醒,把人往屋里头架。

陈万全浑身酒气,醉醺醺一头扎在床上。香兰拧了热毛巾给她父亲擦脸,将靴子脱了,把床上的被子拽过来盖好。

薛氏在一旁问道:"怎么好端端的又吃醉了?"

夏芸道:"今天大掌柜的孙子办满月酒,陈叔多吃了两杯,回来倒在街上恰被我看见,我便将他搀回来了。"

薛氏念了声佛。如今陈家喜事多,陈氏夫妇脱了籍,陈万全又独自攥着香兰的画卖,赚进不少银子,一时来讨好的人便多了起来,今儿个这个请吃酒,明儿个那个请喝茶,更有滔滔不绝的吹捧。陈万全本就骨头轻,这厢更飘飘然起来,加之他又收了几件古玩高价卖掉,赚了些银子,便越发得意了,吃酒更没个餍足。

香兰倒了碗热茶给陈万全灌下,陈万全翻了个身便鼾声如雷。香兰将门掩了,退了出来。薛氏在外头正对夏芸千恩万谢,又要拿晾好的腊肉让夏芸带回去。

夏芸推辞道:"街里街坊的,陈叔帮了我不少忙,如今只不过扶他回来,算不得什么。"一边说,余光一边去瞥香兰。

薛氏笑道："这些日子你来来往往的，也帮了不少忙，自然要好好谢你。"说着她、硬把腊肉塞到夏芸手里，对香兰道："这几日你爹买家具回来，小夏相公都过来帮着搬捡收拾，还不快谢谢他？"

香兰上来道谢，夏芸连称不敢："上次下雨，姑娘借我伞，我帮这点儿小忙也不算什么。"原来夏芸是借帮忙之机来见一见香兰，谁想每次都没能碰上，心中不由失望，今日碰上了，却不知该说什么，又不好再留，只得告辞。

香兰亲自将他送到门口。门打开，夏芸刚迈出一只脚，便停住顿了顿道："我已通过院试，如今已是秀才了，再过两日我便要参加乡试。"

香兰正满腹心事，冷不丁听到这样一句话，不由一怔，便道："恭喜小夏相公，预祝金榜题名。"

夏芸笑道："借姑娘吉言，等高中了请你们一家子都去吃酒。"说着扭过头目光灼灼地看着香兰。

香兰登时明白了几分，面色微窘，含糊道："那小夏相公慢走。"

夏芸见香兰脸上泛起薄薄的红晕，以为她羞涩，心里倒生起一丝甜意来，拱了拱手告辞。走到胡同口见到个行乞的叫花子，还掏出几文钱来放到那破碗当中，瞧那叫花子带了个衣衫褴褛的小孩子，又多给了几文。

香兰默默点头，心暗道："虽说这小夏相公是个有几分迂腐气的书生，倒也是个有善心的人。他家境清寒，要抄书补贴家用，却能拿钱出来布施，倒极为难得了。"她关上门，只听薛氏在她身后道："小夏相公是个好的。我跟你爹有些做不了的活儿，他便过来搭把手，别看是个小书生，倒是有把子力气……"

香兰想起夏芸的目光，有些不自在，对薛氏道："日后还是别再让他来，若传出什么不好的名声，岂不是对不起他？况且我又未嫁，他总上门走动，于我的名声也有碍。"

薛氏一怔，以为香兰在意宋柯，怕宋柯知晓不悦，便连忙道："是了，日后便少来往罢。"

香兰点点头，转身提着裙子上了楼。

却说过了两日，宋柯仍无动静，既没有打发人让香兰回去，也没有只言片语。香兰从忐忑沉郁到焦躁难安，最终诵了一通经文，又写了两幅字才平静下来。

她已然想通了，今生她不过是个有些姿色的丫鬟，纵然有些才情，命运却如江上浮萍一般。如今能从林家出来让父母脱籍，已是天大恩赐，旁的再奢求便不该了。宋柯若要求娶贵女，实是理所应当之事，如今她早已不是当初呼风唤雨的高门贵女，又怎配得上官宦人家出身的宋柯？

如此她心中便安稳了，每日只管在房中作画。

而宋柯这两日仿佛失了魂魄，只是日日盯着香兰临行前画的那只小虫儿发呆。

玥兮敲门道："大爷，马已经备好了，今日去不去书院？"

宋柯强打着精神应了一声，起身去拿文房四宝，见到那文具套子又怔住。那文具套子是香兰做给他的，上头精心绣了梅兰竹菊四君子，以比喻文人风雅。

当日香兰做好套子，正是她身体初愈，拿着那东西好似生怕被嫌弃了似的说："这几日赶制的，针线有点儿糙，大爷别嫌弃，拿着用罢。"

宋柯瞧了瞧香兰有些讨好的笑、消瘦的脸颊和单薄的肩。他本意是让香兰再多养两日，谁想她竟如此惴惴，巴巴地捧了针线来。

他知道香兰自进了林家便处处小心，忍气吞声，如今见她这副模样，却尤为心酸，便将那文具套子拿过来看了看，只见精美别致，显见是费了好多功夫，他爱不释手又忍不住训两句道："身子还没好利索便做针线，严重了怎么办？"见香兰垂下头，便咳嗽一声，道，"唔，这上头绣的花倒是精致。"

向外一瞥，见香兰仍垂着脸儿不说话，小手捏着衣角，一副惴惴不安模样，宋柯暗道："她刚来家里，只怕事事小心，生怕惹主子不快，好容易做了针线给我，我本该多夸夸才是。"便将声音向上提了提，欢快道："还是你细心，这文具套子大小正合适，上头绣的梅兰竹菊取的意思也好，样子也是外头没见过的。"

他再一瞧，却见香兰仍低着头不说话。便又将声音向上提了提，胡扯道："还有这只蝴蝶绣得也好，恰落在兰花上。李商隐作诗云'庄生晓梦迷蝴蝶，望帝春心托杜鹃'，你这个还应了典故呢。人人都道江南'慧绣'一绝，我瞧着你比那'慧绣'绣得还好！"

却见香兰肩膀一抖一抖的，忽起头，脸色通红，还憋着笑，道："是不是我一直低着头，大爷便要将这针线夸成稀世难求的珍品了？"她心里却柔软，再世为人，宋柯性子仍未变，萧杭便是这般，对谁都不忍说重话。前世她头一次给萧杭做帽子，没想到竟做小了，他也是这样温言软语地哄她，一句一句将那帽子夸成天上有地上无，把她哄得"咯咯"直笑，两人都说这帽子留给他们的孩子戴……

宋柯一怔，无奈地摇头，脸上却也带着愉悦的笑，一抬眼，却瞧见香兰灵动的笑容和满眼的温柔情意，心便酥软了，默默地握住她的手。

香兰挣了挣，却不曾甩开。他想去亲一亲香兰白瓷般的脸颊，却又怕唐突了她……

宋柯兀自沉浸往事之中，此时又听玥兮来叫门，方才回魂，应了一声，想起身便走，可看了看那套子，一咬牙终又抓在手里，走了出去。

宋柯一上午有些昏沉，只觉得大儒所讲字字句句都仿佛风过耳，一走神看见香兰做的文具套子，心里便好似有把尖刀刺上一刺，过后又恼怒上来，暗道："陈香兰，你个小妮子怎就赶在秋闱之前给我出了这样一道难题？让我有一时半刻的清净都不成！你不过丫头出身，又怎的不愿意为妾了？你我情意甚笃，我又有恩于你，你竟忍心离开我不成？我若是偏不放你出去，把你留在身边，你又能如何？"可随后又泄气，暗想道："是了，她容貌风韵都好，聪慧伶俐不说，还会一手好丹青，这样的才情学问，又怎会甘心给人家做妾？我就算留住她，她不愿意又能怎样？天天仇恨相对，还不如就此不相见了……"

林锦亭坐旁边看着宋柯一时怒目而视，咬牙攥拳，一时又精神委顿，愁眉苦脸，便踢了宋柯一脚，低声道："奕飞，你今儿个是怎么了？往常你上课欢实着呢，两只眼盯着大儒都能瞪出窟窿来，今天瞧着跟霜打的茄子似的……"说着坏笑起来，"莫非是害了相思症？"

宋柯瞪了林锦亭一眼。这时云板声响，他便将书本草草收拾一番，道："今儿个身子有些不爽利，头有些疼，回去躺躺。"

林锦亭忙道："那快让罗神医给你诊脉。"接着又笑嘻嘻道，"若是相思症也好治，告诉我是哪家的姑娘，我找个媒婆给你提亲去。"

宋柯没好气道："我这病罗神医治不好，这相思病你那媒婆也治不了。"说着便走了。

林锦亭不过随口一说，压根不信宋柯真看上了谁，自顾自嘟囔道："我看不是有病，他今儿个是吃错药了。"

宋柯命小厮牵过马来，便骑了马回家。可不知怎的，鬼迷心窍似的骑到宋府后街上，来到香兰住的阁楼底下，仰着头往上看，只瞧见阁楼上的小窗用石狮子依着支起来，挂着的湘妃竹帘随着风轻轻摇摆，却不知那窗里的人正在做什么，是画画还是梳妆，或是做什么针线？……

小厮侍墨瞧瞧他主子脸色，暗想：这是香兰姑娘的家，莫非大爷想姑娘了？怪道天天魂不守舍的，便低声道："大爷，要不小的去叫门，让香兰姐姐出来？她回家也有几日了，咱们正好接她回去。"

宋柯摇了摇头。他虽想见香兰，可此刻心情正烦乱，若见了香兰又要如何说呢？便叹一口气道："回去罢。"

却不知香兰正躲在小楼的竹帘子后头，悄悄地看着他。见宋柯仍是风雅如玉之姿，眼巴巴地盯着这窗户看，香兰心头发酸，却见宋柯又走了，便默默叹息一声，慢慢退了回去。

宋柯拨转马头往回走，见迎面走来个身量高挑的白面书生，也不放心上，待快到宋府后门的时候，回头看了一眼，竟瞧见那书生去敲陈家的门！

宋柯立刻勒住马。

薛氏出来应门，脸上挂着笑，对那书生极稔熟。两人絮叨了一番，那书生掏出一包东西递给薛氏，薛氏起先不肯收，推托一番后终于收了下来，又款款说了两句告别，方才关了门。

那书生却不肯走，揣着手站在楼下往上瞧，出神地盯了好一会儿才转回身，正撞上宋柯的目光，不由一怔。

这书生自然是夏芸了。他这两天得了一罐子好茶叶，便巴巴地给陈万全送来，借机见香兰一面，谁知薛氏连门都没让他进，心中不由沮丧，一回头瞧见个公子骑在马上，生得俊眉朗目，风度翩翩，骑在一匹枣红色的马上，身边还跟着个牵马的小厮，显见是富贵人家出身的。

夏芸见那公子一直打量他，脸色阴沉沉的，心中不由疑惑，却见那公子忽然一拨马头便走了。

宋柯转回到府前进了门，翻身下马，心中郁郁，更添了八九分烦躁。他一看那书生的眼神便知对方在打什么主意，怒得喘不上气，又想去问香兰那书生是谁，认识多久了，她是否中意了那人，才要想法子离开他。正疾步往里走，却瞧见院里停着马车，因问道："谁来了？"

门子原就想通传，但见宋柯一回来便一脸怒容，便不敢上前，此刻见他问起，忙道："是显国公家的内眷来做客，太太说等您回来便往前头给长辈请安。"

宋柯点点头，回到房里换了见客的衣衫，用毛巾擦脸预备见客。

屋中宋姨妈和显国公夫人韦氏正相谈甚欢，宋姨妈笑道："本该我们先去府上拜访，倒让妹妹先到我这儿来了。"

韦氏笑道："都是拐弯抹角沾亲带故的，谁先看谁不一样呢？我们这也是回到祖宅来瞧瞧，在金陵也不认得谁。上次在林家咱们一见投缘，尤其这两个女孩儿也玩得相宜，便该多走动走动才是。"

宋姨妈笑道："这自然。"

韦氏又道："十一二年前，在京城的时候，咱们两家也是常走动的。当时宋老爷是我们老爷的座上客，还带着小公子到家里玩，我们府里几个哥儿、姐儿做寿，都得过宋老爷的墨宝，真个是写了一手好字。"

宋姨妈怅然道："可不是？一晃都多少年过去了，孩子们一晃长大了，咱们都老了，我们家老爷……"说着眼里便泛出泪光，又觉得贵客在场不可放肆情绪，便强笑道，"瞧我，净说这些话做什么？"吩咐丫鬟重新摆瓜果茶点来。

韦氏忙道："不必这么周到，来这儿就为了说说话，叙叙旧……说到孩子，你们府上的哥儿也十六七了罢？"

宋姨妈提到儿子登时心花怒放，含笑道："可不是？过了年就十七了，跟我们家老爷一个稿子刻出来的，他爹去了之后，可吃了不少苦，带着我们孤儿寡母出来自立门户，读书也上进，已经是秀才了，今年秋闱便要考举人。不是我夸嘴，我们大哥儿学问好着呢，每回院里头考试都是甲等，若不是前两年因着家事耽误了他，他只怕早跟我们老爷一样考了进士。"

韦氏脸上含笑而应，心中却不以为然，暗道："不过才十七岁就想考上进士？她当买菜那般简单呢？本朝二十岁之前考中进士的一个手就能算出来，她儿子不过有些才学，哪就如此托大？"口中却道："还是老姐姐有福，得了这样的儿子，后半生就有靠了。"

这句话正撞宋姨妈心坎里，顿时笑个不住，又见郑静娴坐在右下的椅子上，捏着帕子，虽生得不够柔美，却也是个美人，端的一身大家气派，没口子赞道："妹妹别说我，你也是有福的，瞧娴姐儿真个好相貌，通身的气派，我见过的小姐没一个能比上。可有婆家了？"

韦氏叹道："没有呢，也是愁人。"

正说着，宋柯走了进来，拱手施礼道："晚辈见过夫人。"

韦氏还是头一遭见到宋柯，见他仪容俊美，如皎皎明月，身穿一身桑染色的直裰，系着莲花腰带，风度不凡，惊喜道："这孩子，这样的品格，我们家那几个哥儿都要比下去了！"左看右看都觉着好，对宋柯立时慈爱起来，殷殷笑道，"不必叫我'夫人'，怪生分的，论辈分你叫我一声姨妈，我唤你一声外甥，都是合情理的。"

宋柯抱拳应下。宋姨妈又介绍郑静娴，宋柯作揖以"妹"称之，郑静娴起身回礼。

厮认完毕，韦氏又细细问宋柯都读什么书，平日做些什么，去哪个书院，先生是谁。宋柯本想在前头虚应一下便回去再细细琢磨香兰的事，没料到韦氏拉住他问个不住，他也不好驳贵客的面，只好客气应对着。

宋姨妈本就看自己儿子是一朵花，她深居内宅，平日也没个机会夸耀，如今见有人识货，便格外兴奋起来，应和着韦氏的话，将宋柯从里到外夸说一番，夸得宋柯都坐不住，耳根红了起来，连连给宋檀钗使眼色。

宋檀钗却没瞧见似的，反而跟他挤挤眼睛，用帕子捂着嘴偷笑。

韦氏听宋柯小小年纪又管着铺子、田庄，看他的眼神便又柔和了两分。

一时话说完了，宋柯才告辞出来，见院里的桂花开了，想起香兰曾笑着跟他说："等到秋天，院子里的桂花开了，就摘些做桂花酿。市面上的桂花酿又甜又闹，我做的清香些，到时候糅着桂花酿做些糕饼，不知多么好吃呢。"他盯着那桂树看了好一会儿，方才重重叹了口气往回走，到垂花门处，忽瞧见一方帕子飞到他脚下，抬头一看，见郑静娴同一个丫鬟不知何时已走到他身后。

郑静娴往日里都是英气打扮，不过穿些玉蜀色、千草色的淡色衣裳，发髻也是简简单单梳上一梳，脖子上一个赤金项圈，便不再有旁的首饰，今日却穿了件桃色满绣芍药花衣裙，头上细细密密的梳着髻，垂着赤金滴珠小凤钗，脸上用了些脂粉，这一打扮便将她浑身的英气柔和了些许，倒是端端正正的大家闺秀模样了。

宋柯知这等女眷不该私下见外男，一愣神的工夫，郑静娴的丫鬟悦儿已上前拾了帕子。郑静娴反倒落落大方，对宋柯一笑，道："奕飞兄只怕不记得我了，小时候你来过我府上呢。"

宋柯自然记得。他爹宋芳是显国公郑百川的座上宾，他五六岁的时候便被带着去显国公家行走。郑静娴小他一岁，还是个四岁的奶娃娃，眉眼像她爹，小时候五官未长开，像个小子似的，却偏偏爱追在他身后跑，叫他"奕飞哥哥"。

女眷之间打趣说："娴姐儿这么喜欢柯哥儿，莫非日后想当他的新娘子？"

郑静娴挑着浓眉，瞪着一双大眼道："当就当，这有什么？！"

众人便一阵大笑。

宋柯觉得无趣。他本就是还魂而来，并非个孩童，对这种口舌间取乐并不在意，可郑静娴黏他，他到底也有些烦恼。后来年纪渐大，男女七岁便不同席，郑静娴便被拘在深闺里不见外男了，偶尔一见也不过惊鸿一瞥。如今相逢，郑静娴已出落成端庄大姑娘模样，眉宇间倒是英气未改。

郑静娴也默默打量宋柯。再见他是在林家的园子里，他带个小童儿站在一丛竹子旁边往拢翠居望，那身靛蓝斗纹的衣裳衬得他像一棵笔直的松，又淡得像天边的云彩。郑静娴一眼便认出这人就是小时候常去她家府上做客的"奕飞哥哥"，她的心便怦怦乱跳起来，眼睛便再也离不开，直到宋柯走了还站在原地呆愣了许久。

如今她瞧着宋柯，不知怎的觉着脸有些烫。

宋柯作揖道："隔了许多年，实是不敢相认了。"

郑静娴侧身福了福，笑道："我父亲还时时提起宋大人，说他学问好，英年早逝实在可惜，说他的独子幼年就诗书过人，不知如今怎样了。"

宋柯连忙行礼道："劳显国公惦记，改日必登门拜访。"

这不过是句客气话，郑静娴却立刻道："我父亲如今就住在祖宅，明儿个就有空，我回去便和他说你要来，让他不要出门。"说完便行礼告辞了。

宋柯一怔，无奈地摇了摇头。这位郑小姐性子仍然未改，小时候便霸道，如今大了尤甚。他即便上门拜访，也要正式写拜帖递上去，择日再上门。郑静娴却一句话给这事做了主。

玥兮和珺兮一直在外书房的院门后说话，方才这一番正落到二人眼里，彼此对了个眼神。玥兮低声道:"显国公的千金倒是个胆子大的,在人家里就敢私下见大爷,也不怕传出去名声有碍。"

珺兮撇撇嘴道:"我瞧着她巴不得让自己名声有碍,趁机赖上大爷呢。你瞧她看咱们爷的眼神就知道了。"

玥兮急忙捂她的嘴道:"可不能浑说。"

珺兮道:"她都敢这样看,还不准我这样说?"想了想道,"这事儿得跟香兰说一声。她跟大爷彼此有意,郑小姐瞧着不是个好相与的,若是今后嫁进来,香兰八成要吃亏,告诉她也好早有防备。"

玥兮道:"八字还没一撇呢。"

珺兮道:"人都上门了,还没一撇?"

玥兮想起方才郑静娴看宋柯的热切目光,便不再说话,当下把绿豆叫来,道:"去后街找香兰,跟她说显国公的太太和郑姑娘都来了,两人夸了大爷半天,郑姑娘还让大爷明儿个去家里见她爹爹。"说完给绿豆抓了一把钱。

绿豆拿了钱去了,到后街敲开陈家的门,把玥兮的话跟香兰说了一遍。

香兰是个聪明人,登时便明白了,给绿豆抓了一把果子,道:"我知道这个事了,替我好好谢谢你玥兮姐姐。"暗想道:"林家的三个姑娘,还有显国公的郑静娴,都看上了宋柯,这也不怪她们多情。深闺里的小姐,这辈子能见到几个外男呢?何况宋柯生得俊美,风度卓然,这等风华世间少有,又有学问才干,即便家里如今落魄,也有无数情窦初开的小姐们倾心了。"慢慢在一张椅上坐下来,想道:"显国公府绵延三代,如今虽不如当初显赫,却也是正经的勋爵之家,这一代出了一两个人才,虽不多倒也支撑住了门庭。郑静娴是填房韦氏唯一所出之女,又极受显国公疼爱,若宋柯真娶了她,仕途之上便乘上东风之力了,想来这也是他求之不得的罢。"默默长叹一声,将手中给宋柯做了一半的鞋收进箱笼里,"咔嚓"落了锁。

却说宋柯第二日清晨便拿了拜帖去了郑家祖宅。门子将他引了进去,自有婆子带路,将他引到书房。门口守着的小厮道:"老爷正在写字,令闲人莫扰,公子请稍等。"

宋柯道:"不妨,不敢叨扰长辈。"提着礼物在院子里站着,心中暗道:"显国公好大的谱儿,我虽是晚辈,如今上门来,若无要事便应召见才是,不过是写几个字消遣,却让人站在院子里等,当年沈首辅权倾朝野都没这样的架子。"

屋中,郑百川站在书案后,手里提着一支毛笔在纸上刷刷点点。他已五十多岁,两鬓生出华发,因袭祖上的爵位,一辈子养尊处优,曾任过御史,后告老不做,镇日里簪花斗草,写诗弄句以消遣时光。

他抬头看了看，只见郑静娴悄悄站在门前从门缝往外偷看，不由咳嗽一声，垂下眼帘道："看什么看？不过让他等一会儿你就着急了？"

郑静娴噘着嘴走过来，一把抱了郑百川的手臂道："是我让他来家里拜访爹爹的，如今让他在院子里站着，不是打女儿的脸嘛。"

"胡闹。"郑百川瞪了郑静娴一眼，"哪有上赶着让人到家里来看望的？"

昨天他妻女去了宋家，回来便对宋柯赞不绝口，他一问才知道，敢情儿这母女一个相女婿，一个相夫君去了。他倒不是迂腐之辈，这般去瞧瞧倒也没什么，只是宋柯这一房自宋芳一死便江河日下了，勉强有以前的底子撑着，虽说算个官宦之后，可也上不得台面。他郑百川的女儿比不得金枝玉叶可也是个千金小姐，就相中这么个人家让他心里十分不喜，故而今天便故意怠慢宋柯。

郑静娴不依了，将郑百川手中的毛笔一夺，跺着脚道："这大字什么时候不能写，偏赶这一时？爹爹赶紧让他进来，快点儿快点儿！"

郑百川唯有对这老来女没辙，只得挥了挥手，叹口气坐了下来。

宋柯正站在院子里神游，脑子里还满是香兰的事，忽见门一开，郑静娴正站在门口，嫣然一笑道："久等了，快请进罢。"

宋柯一怔，心里明白了几分，一抱拳进了屋。见郑百川正坐在书案后头，一张略微发福的圆脸绷得略紧，宋柯深深作揖道："晚辈宋柯拜见郑老公爷。"

自宋柯一进屋，郑百川便觉其风采夺人，脸色便缓了两分，正要再仔细打量却瞧见郑静娴跟他挤眉弄眼地使眼色，便咳嗽一声道："快请坐。"

宋柯便在左下首的太师椅上坐了，笑道："此次匆匆而来，未准备上等的东西，家中有一方古砚，也算名家之作，尚可把玩，请郑老公爷留着鉴赏。"

这一项又投中郑百川好风雅的脾气，他脸色又缓了一分，还未说话郑静娴便抢白道："你这个礼物送得好，我爹就喜欢砚台，家里上上下下加起来得有上百块呢，他一准儿欢喜得紧。"

郑百川暗叹一口气，对宋柯道："我这小女被娇宠惯了，有些无法无天，还请不要见笑。"扭头又瞪了郑静娴一眼，她一吐舌头退到旁边去了。

宋柯心说："可不是娇宠惯了？见外客的书房，她一个姑娘家竟不知道避嫌，也不知这显国公府是什么家教规矩。"脸上却笑道："令爱心直口快，是个爽利性子。"

郑百川便与宋柯一长一短的寒暄了两句，见宋柯对答得体，举止从容，心中默默点头，又感慨道："原与你父亲甚有交情，在科道时政见相投，他时不时来我府中吃酒论文，不知多么痛快，谁料到竟阴阳两隔，真是不胜唏嘘了。"

宋柯道："家父生前常赞郑老公爷忠君爱国，又敢直言相谏，风骨是最让人钦佩的，在政见上对他也多有启发。"心中冷笑道："郑百川是只老狐狸，我爹一死便同我家断了联系，与我爹这些年的交情，末了我们孤儿寡母最难的时候也未出头拉上一把，绝非德厚可交之人，若不是郑静娴非让我来，我才懒得拜访，此番只能虚与委蛇地应付了。"

宋柯这话却说得郑百川心里痛快，不由笑道："不敢当，不敢当，倒是你后生可畏，听说下个月便要下场科举，准备如何了？"

宋柯刚欲开口，郑静娴便已走过来道："爹爹，听说今年金陵乡试的主考官是江云江大人，曾是爹爹提拔上来的，不如爹爹去封信，让他押几道乡试的题目罢。"说完看了宋柯一眼，脸有些红，又赶紧别开了目光。

这一遭不光郑百川沉了脸，宋柯也把眉毛皱了起来，心说："郑静娴这话说得好似我这次来便是要找郑百川走后门要科考题目的。"登时心中不悦，却不知郑静娴虽是个冷傲清高之人，实则骨子里如同炭火似的热烈，她既看中了宋柯，便不遗余力帮其谋划，只是年纪尚小，又受宠爱惯了，加之关心则乱，未免失了方寸。

郑百川沉着脸道："科举之事乃是为天子选拔人才，国之重事，尤以本朝考纪之严前所未有，你休得说这等浑话！"

郑静娴登时便下不来台，宋柯道："郑老公爷所言极是，晚辈虽不才，却也想凭借真才实学下场一试。令嫒聪慧，怎不知当中利害，刚才所言只不过说笑两句罢了。"他口角含笑，态度蔼然，两句话便把方才尴尬之气缓了下来。

郑百川微微点头，暗道："宋芳生前便是个温和君子，如今他儿子倒也有乃父遗风，小小年纪便会察言观色。如今他尚无根基，若是个可造之材，我倒不妨提携一把，笼个人脉自是不错的。"态度便殷切了两分，笑道："秋闱就在眼前，你四书五经应是通读透了罢？"

宋柯笑道："不敢说通读透了，圣人之言倒也思悟许久。"

郑百川道："有何心得说来听听。"

宋柯道："自古读书便不能一味痴读，若不解其中三味便是纸上谈兵，别说寒窗十年，就是三十年、四十年也无济于事。读书关键在悟，譬如《中庸》，须用整个身心去印证、体会、感悟方有所得，不可一味寻其逻辑线索。待你悟通、悟透之后，逻辑便自在其中了。原先我年幼无知，读书时有好多不明之处，盖因其时于世事所历不深、于生命所悟不透也。待世事洞明、生命透悉之后，道自明矣。"

这一番侃侃而谈，郑百川捻着胡子，脸上微微带了笑意，又问了宋柯几句，宋柯亦对答如流。郑静娴倒也安静，站在一旁侍茶。郑百川几次使眼色让她退下，她也装作没看见。她瞧着宋柯谈论学问的模样越发心折，脚仿佛生了根，一动不能动。

郑百川心中默默叹气，可也只能随她去，心里却打算同韦氏说一说郑静娴的教养之事，等回京便从宫里请一位教养嬷嬷来好生教一教规矩。

宋柯学问好，出口成章，郑百川一试便知，随后转了话题："我已十几年未回家乡，如今回来倒是动了乡情，可也是'乡音无改鬓毛衰'了。"

宋柯笑道："郑老公爷春秋鼎盛，何需言老？江南乃富庶之地，与京城相比又是别样繁华，如若心安，处处是吾乡。小可也是刚刚在江南置了些产业，两三间铺子，有些比在京城赚得还好些。"

郑静娴道："听檀妹妹说过，你如今辛苦，不但要读书，还要操持家中之事，若有什么为难之处便尽管来，都是世交，我们也能帮衬一二。"

这确实是好话，却又惹得郑百川和宋柯不悦。郑百川暗道："宋家倒是个大族，可当初也是宋芳依附着显国公府。怎就论上'世交'了？"宋柯则想："原先没有显国公，我们宋家也未求着谁，过得也算平静。这郑小姐虽是好意，可总让我'求'着显国公，倒是没白落我脸面了。"脸上却不露声色，只是含笑。

郑百川端起茶碗送客，宋柯起身告辞。

待宋柯一走，郑静娴立时缠了郑百川道："爹爹看他如何？"

郑百川瞪了她一眼道："方才就你话多！"

郑静娴皱着眉："谁让爹爹待他冷淡来着？"又不停追问她爹觉得他如何，他有学问才干又和气，她瞧着他是个有担当的人云云。

郑百川觉得宋柯虽不错，可宋家家底太薄，便不想理睬郑静娴，奈何女儿聒噪不停，只得搪塞道："等他考了功名再说罢。"

郑静娴皱了眉。她是个聪明人，瞧出她爹是不满意宋柯的，也知道宋柯如今待她不过出于礼数，暗想着："从小到大我说的事，我爹便没有不同意的，慢慢磨他就是了。只是宋柯……我定要让他对我另眼相看。宋家眼下式微，等他考取功名，我定要爹帮他谋一个好前程，让他知道娶我这样的女子到底有多少好处。哪怕他对我感恩戴德也不能如此不温不火！"

却说宋柯从郑氏祖宅回来，迎着秋风深深吐了一口气。显国公早年凭军功封了勋爵，不过是个末流，后因拥戴八王爷起事有功，颇有圣眷。宋柯并不喜郑百川为人，当初他家与显国公府上交好，倒也有几分情义。后来他爹去世，生前好友不少来吊唁相帮，显国公府只应景似的送了些白事之礼了结，下葬那天显国公府只派了个庶出的儿子，此后便再无往来了。他要分家出来，族里群狼环伺，争相夺他们这一房家产，他曾投帖子求到显国公帮忙，谁知去等了几回，不过是枯坐，门子一律以"老爷朝中繁忙，未曾归家"为由，将他打发了。

他今日来，虽是因郑静娴一句话不得已而至，却也存着不想让郑百川看轻的心思——当年闭之门外的旧交之子，如今过得体面，往后再不用卑下求到你跟前了！

却不想郑静娴三番五次帮了倒忙。

郑静娴的小儿女心思他已瞧出来了，若她不是郑百川的女儿，出身贵族，他势必加以权衡考虑……他当初便对林家二姑娘林东绮有意，也曾私下出言点拨他妹子宋檀钗，奈何秦氏是个精明的，心中另有打算，两人不咸不淡地打了个哑谜，便将这一节揭了过去。况且时至今日，他身边忽然有了个陈香兰……

香兰仿佛他前世已故的妻子沈氏，让他从心底生出亲近之情。前一世他与妻子举案齐眉，因发配流放生死相守，情意虽短，却铭心刻骨。他原也爱慕他表妹，然沈氏偷偷省了自己的口粮喂他，又变卖全身首饰为他寻医求药，照顾他的家人，他心中满是感激与说不清的怜爱，过了些时日，他表妹便成了个模糊的影子。如今见了香兰，竟有要将自己亏欠沈氏的情分全补偿她身上的念想。

他想着自己日后放了香兰的奴籍，再抬举她做贵妾，两人这一生长长久久地相伴。谁知香兰却不甘愿。这些日子有时候他烦恼上来也想："不如就丢开手算了。"可一动这个念头心里好似被一把尖刀捅了又捅，难过得要命。有时候他又发狠："我偏把她扣在手心里，她不愿为妾又能如何？"但想到香兰骨子里的烈性便消了这个念头，况且，他真的不愿让她伤心。

而今日有了郑静娴这档子事，宋柯却有些豁然开朗——前世他娶沈氏时，曾悄悄在屏风后头见过她，只觉得对方端庄清秀有大家之风，方才情愿。婚后，沈氏果然为人和气妥帖，稳重大方，故而他觉着娶了贵女便有莫大的好处。若换成郑静娴呢？宋柯微微摇了摇头。

不知不觉间，他又骑着马走到宋府后街，停在陈家门前，又抬头往那窗子看去。想到昨日有个书生站在楼下往上偷窥香兰的闺房，宋柯便心头冒火，一夜都不曾好睡。今日他定要好生问一问香兰才是。

他正准备翻身下马，便听门"吱呀"一声开了，薛氏挎了个竹篮走出来，见了宋柯登时愣了，仿佛天上掉下个活龙一般，忙往屋里让道："宋大爷，快屋里请！屋里请！"一边进屋一边朝楼上喊了一嗓子："香兰！宋大爷来了！"满面堆笑着跟宋柯道："宋大爷快屋里坐，家里杂乱，实在不堪招待贵客。"

宋柯下马，把缰绳交给侍墨，忽想起自己贸然来香兰家竟什么礼物都没拿。侍墨猜出宋柯心思，低声道："马鞍上的兜子里装了一包点心，原是怕大爷中途饿了带着垫肚子的。"

宋柯低声笑道："你个猴儿，回去赏你。"便拎着点心进了屋。

这厢薛氏已忙开了，麻利地用抹布将桌椅抹了一遍，张罗着重新摆果品。

宋柯笑道："薛婶子不用忙，我过来办事，顺路瞧瞧香兰。"一边说着，一边往楼梯上头看。

薛氏赔笑道:"是呢,我方才还说她该回去府里当差了。"又忙跑到后头烧热水沏茶。

此时听见脚步声,香兰款款地走了下来。她头上梳了个倾髻,插着两三支翠玉簪子,身穿苏芳色绣白梅的褙子,配着嫣红色的袄裙和汗巾,纤腰楚楚不盈一握。她神色恬淡,对宋柯道个万福道:"请大爷的金安。"

宋柯只觉两三天未见,香兰仿佛与他疏离了不少,心里便有些不是滋味,冲口而出的话便是:"今儿个我来接你回去。"旋即心里又懊恼,如今他仍犹豫不决,这般把人领回去又该如何说呢?可他心里忐忑不安,仿佛他再不将人拘在身边,香兰便会离他而去。

香兰静静看了宋柯片刻,轻声道:"你可想好了?"

宋柯苦笑,似是不敢看香兰一眼,摇摇头道:"未曾想好。"

香兰道:"那你过来……?"

宋柯定定地看着香兰道:"我忍不了了!"

香兰一怔。

宋柯道:"我忍不了了,这两日我看不进书,睡也睡不安稳,总在想你在做什么,心里头可曾念着我。你说的事……我未曾想好,可若不让我见你一见,我便觉着自己将要疯了。"

香兰万没想到宋柯会说出这样一番话,心里掀起风浪,喉咙如同哽住一般,张了张嘴却发不出声音。

宋柯握了握拳,只觉心跳如同擂鼓。他舔舔干燥的唇,道:"你……能否先随我回家去?等科举之后,我必将给你答复。"说完屏住了呼吸。

香兰一双明亮的眼睛瞧着他,仿佛盈满了明澈的秋水,就这样长久地凝视,宋柯忽觉着自己已经懂了她的心,可继而又觉着自己不甚明了。

他有些慌,伸手去拉香兰的小手。此时炉上的水"咕嘟咕嘟"作响,里间传来茶具碰撞的声音,薛氏端着托盘出来道:"宋大爷,家里简陋,没什么好茶,前儿个有熟人送来一罐新茶,您先尝尝味道。"

宋柯只得将手收回来,讪讪坐回椅上。

香兰亲手将茶奉到他跟前,瞧见他悻悻的脸色,嘴唇忍不住勾了勾。

宋柯偷瞧见她乍然微笑的脸庞,不由呆了,口中随意应着薛氏的话,眼睛瞧着香兰,眼睛一刻都离不开,直到香兰提了裙子上了楼,方才将目光收回来。

幸而薛氏一心忙着翻家里最好的吃食摆给宋柯,不曾发现他二人异样,口中只絮絮问候宋柯家里的、情况。

宋柯心不在焉地答了,仍暗自琢磨着香兰方才到底是什么意思,捧起茶喝了一口，没留意又烫了嘴，正狼狈着，听见楼梯"吱呀"的声音，香兰已挎了包袱走下来，淡淡道："大爷不是要接我家去么？"

宋柯大喜，忙站了起来："正是，正是。"生怕香兰反悔似的，对薛氏道："家中还有事，我便不多留了，赶明儿个再来探望。薛婶子若是念着香兰，尽管打发人来家里送信，让她回来住几日便是。"

薛氏口中千恩万谢，送二人出门。

待回了宋家，宋柯先到宋姨妈处请安。回来时见香兰正收拾书房，他在书案边坐了，装模作样地拿了本书，余光看着香兰在屋里忙碌，他的心这才"咚"一声落了地，觉得踏实又安稳。

他清了清嗓子道："茶。"

香兰便到后头茶房里端了一盏温茶来，放在宋柯跟前。宋柯端起来喝一口，微皱眉道："怎么是温的？"

香兰一边离去一边道："方才滚热的茶没烫够，这会子还要再烫一下不成？"

宋柯微窘，却拉住香兰的手，半晌才道："日后莫要赌气回家去，凡事容我想个清楚明白。"

香兰点了点头。其实她回了家也隐有些后悔。眼见秋闱就在眼前，她心头一急偏挑了这个时候挑明，若累得宋柯考不上功名，她也难辞其咎。

宋柯见她垂着头，一副乖乖的模样，心里便喜上来，低声道："昨儿个庄子里孝敬来四盆菊，一盆胭脂点雪，一盆玉壶春，一盆玄墨，一盆粉旭桃，每朵花都有碗口大，绣球似的好看。你去挑两盆，剩下的让小厮给太太那屋端一盆，给我妹妹送一盆。"

香兰道："呸！有好东西不尽着你母亲妹妹，倒让我先挑，传扬出去别人岂不嚼舌根子？"

宋柯笑道："屋里就咱们俩，谁能传出去？再说，你不是擅画么？留下两盆喜欢的，画下来也是个消遣。"见香兰不说话，便又咳了咳道，"你瞧我对你多好……天底下你还能再找到我这样的么？"

香兰微抬起头，湿漉漉的眼睛看了他一眼，又将头低了下去。

宋柯道："我既然对你这般好，你便同我说说，昨儿个往你们家去的那个穷酸书生是谁？"

香兰一怔："穷酸书生？"

"就是高个儿，有些瘦的那个，给你家送了东西，还同你母亲说了半晌，末了站在你家楼下往上看，不像个好人模样。"宋柯皱着眉头，浑然忘了他自己也曾在陈家楼下往上瞧来着。

香兰想了想，依稀记得薛氏说过夏芸昨天来了，往她家送了一罐茶叶。她看了宋柯一眼，似笑非笑道："我还没问你，你倒问起我来了。你穿得这般光鲜整齐，倒不像去书院读书的模样，莫不是拜访老丈人去了？"

宋柯听得香兰话中有醋意，便又喜了喜，道："什么老丈人？头疼得紧。"便将宋家与显国公府的过往说了。

香兰想了想道："你们男人外头经济仕途的事我不大懂，可有一节是明了的——若人不善必有报应，只是可笑世间人将它当作耳边风放了。既然显国公是个凉薄之人，与他不可深交。"

宋柯点头道："是，若非郑小姐强人所难，硬要我上门拜访，我对他们家历来敬而远之。"

香兰暗道："郑百川当年佯装与我祖父交好，私底下暗中勾结八王爷起事，乱扣罪名铲除异己，陷害忠良，他对宋家不闻不问倒也在情理之中。郑静娴虽对宋柯有意，也只怕是流水无情，心思白费了。宋柯纵然一心奋发向上，却也不屑与龌龊之辈为伍。"

正神游，只觉宋柯捏了她的手道："我已告诉你了，同我说说，那个穷酸书生是谁？"

香兰道："他不过是我家原先的邻居，抄书写字托我爹爹找卖家罢了。"

宋柯皱着眉道："此人獐头鼠目不像个好的，日后少来往罢！"

香兰故意道："听说他打小儿便是读书奇才，今年也要乡试，宋大爷还是好好念念书，别回头连那獐头鼠目之辈都考不过，便白白丢脸了。"

宋柯愤愤道："我怎会连他都考不过？告诉我他名字，等考过放了榜，我倒要瞧瞧他是不是排在我前头！"一边说一边拿了书来看。

香兰微笑，扭头去看墙角那四盆菊，心中暗叹道："也罢，便等他考过之后再说。"

闲言少叙。八月中旬，宋柯考了乡试，回家昏天黑地睡了两天，第三日起床便又拾了书本继续苦读。

待九月发了桂榜，宋柯高中解元，宋家上下欢喜，宋姨妈老泪纵横，立即奔到佛堂给佛陀和宋芳的牌位磕头，免不了又掩面痛哭一场。宋檀钗也喜气盈腮，宋姨妈拉了宋檀钗的手道："阿弥陀佛，等大哥儿中了状元回来，你便能说一门好亲事了。"

宋檀钗红了脸儿，垂下头不说话。

这几日前来宋家道贺的人络绎不绝，大到林家、显国公之类与宋家原本便有旧的，小到当地的乡绅、员外，更有听闻宋柯未曾娶妻，想嫁女儿或是保媒拉纤的。

宋柯倒也不烦，一一出面应对，自然免不了各色应酬。因林府送的道贺礼太过贵重，他还亲自登门谢了谢。除却郑百川打发管家送来的文房四宝等贺礼，郑静娴又偷偷打发小厮送了一把极昂贵的佩剑，宋柯推辞不收，命人直接退到郑百川手里，郑静娴此后便没了声息。

忙完各色俗务，宋柯便收拾行囊，带着侍墨预备上京了。

香兰将吃喝用的各色东西满满地装了一箱子，又细心检查了几遍，坐在榻上发呆。时值十月初，已颇有些凉意，屋中燃着暖香，门口和窗子上也挂起了厚厚的毡帘。

宋柯从外头进来，看见香兰发怔的模样，便在她身边坐下来道："怎么闷闷不乐的？要是一日不见如隔三秋，我便带你去京城可好？宋家在京城还有一处老宅子，虽不大，却有专门的人看着，你还没去过京城，去散散心也好。"

香兰皱了皱鼻子道："京城的冬天不知多冷，我便不去了。再说我要走了，你妹妹连个能商量的人都没有，这可怎么行呢？"

宋柯道："林家两个太太都说了，我进京去，她们便接我母亲妹妹到林家住，可别人家怎么及得上自己家自在？若她们俩要去，你便将门户锁好了，把丫头们叫到房里头说笑解闷。晚上就别再作画了，当心熬坏眼睛，红木匣子里我又放了一百两银子，若有急事便先支取用着。"

香兰一一应了，又道："箱子里的大毛衣服、手炉脚炉都包好了，你路上用。还有笔墨纸砚也都是你惯用的那一套，换洗衣裳带了六套，若不够便去京城再添置。另有两盒子糕点，怕路上的吃食不干净，若饿了便取来垫垫肚子。你太要强，可凡事都有定数，尽力就好，要紧着自己身子，别太惦念家里，我们只管把门关起来过平静日子。"

宋柯道："是了，若有急事，便去林家找林家三爷，他总能帮衬一二。"说着将香兰一把揽到怀里，在她耳边低声道，"等我衣锦还乡。"

香兰点点头，眼窝有些发酸。

宋柯一伸手，从她头上拔下一支她常戴的老银簪子："这东西给我，先当个心念儿。"

香兰笑道："就这簪子是我惯用的，你还拿去，你用的荷包、文具套子、腰带、脚上穿的鞋，哪一样不是我的针线？巴巴地要那簪子去。"

宋柯挥了挥簪子笑道："只有这一样是你常戴着的，回头考试的时候，我用它来绾发。"又款款说了些衷肠的话儿，才去见宋姨妈和宋檀钗。

众人在宋府门前自然又是一番离愁别绪，宋柯嘱咐了好几句，又去嘱咐家中当差的下人,方才上了马车,掀开帘子挥挥手走了。

香兰不曾凑前,只远远地躲在街角张望,见宋柯的马车越来越远,才收拾心情回去,想起宋柯临行前对她说:"等我回来,便好生办你我之事。"遂关起门一心一意等宋柯归家。

不承想宋柯离家这短短几个月,狂风骤起,风云变幻。

第十六章
风月逐水沉

宋柯走了之后，不几日林家便来人，将宋姨妈和宋檀钗接到府里头小住。香兰松了一口气。宋姨妈沉闷，对她不理不睬，她与之相处也不甚自在，宋檀钗倒是与她有些亲厚，奈何又是个极爱多想的人，香兰与其说话句句都要赔着小心，在一处说笑觉得累得慌。如今这二位一走，香兰便松快下来，只料理家务，在书房看书习字，间或摊开纸笔画上一幅，和玥兮说笑几句打发时光。

陈万全夫妇终将城南的房子买了下来，因余下的银子还要留着过年，便将院子草草修葺收拾了一番，未添新家具。陈家东西少，择了吉日，两辆驴车便将东西都搬了过去。

当日香兰回家看了看，只见四四方方一个小院子，一明两暗，屋子不大，却干净整齐，像个体面的小户人家了。

薛氏将东厢设成香兰闺房，当中绣床锦被、撒花软帘、梳妆镜台，窗前的书案笔墨，墙上的山水字画，是个有模有样的小姐卧房。

香兰东摸摸，西摸摸，只觉自己见过所有的豪门香闺，都不及这小小的一间温馨可爱。她推开窗子，只见院子里有一棵枣树和长长的葡萄架，薛氏犹自念叨着："我还说在院里养上几只鸡，你爹爹非说弄脏了地方，不让养呢。"

香兰道："回头弄只狗来，也好看家护院。"

薛氏道："明儿个就弄一条来。"喜滋滋道，"掏银子的时候只觉得肉疼，可真住进来了，便觉得这银子花得值了。我头一回住上自己的屋子，你爹昨儿晚上做梦都笑醒了。这些日子喜气洋洋的，又琢磨着再收些古玩回来卖了。"

香兰掏出五两银子私房钱塞给薛氏道："这五两拿去买些锅碗瓢盆，你和我爹也该做两床新被褥，咱们家喝茶的杯子也掉了瓷，用了十几年，也该换换新了。"

薛氏还要推辞道："快过年了，你留着买件鲜明衣裳……"

香兰道："我还有呢，娘拿去用罢。搬了新家，怎能不置备些东西？再说要过年了，你们也该做身新的，如今你和我爹已脱籍了，不该让人小瞧了去。"

薛氏觉得有理，方才把银子收了。母女两个又一同说些私房话。

不多时，夏芸带了礼物来恭贺陈家乔迁之喜，陈万全满面堆笑，殷勤地往屋里让。

香兰从窗子偷眼望去，只见夏芸穿了一身簇新的青缎直裰，腰间缠了同色腰带，褪去了粗布衣裳，加之脸上春风得意，登时比平日显得又精神了几分，是个有身份的读书人打扮。

薛氏忙道："小夏相公也中了举，考了一百二十九名，如今可是一位举人老爷！"

香兰一愣。前些日子她镇日围着宋柯打转，变着法儿地做吃做喝，操持家里，夏芸是谁，早让她扔到脑后去了，竟然忘了他也要乡试，便道："一百二十九名，排名却在后头。"

薛氏道："你道谁都是宋大爷呢，一考就是魁首？小夏相公已是很了不得了，衙门里的典史大人都特意来恭贺，说看中小夏相公才华，要召他去县里头提拔栽培呢。如今夏家可不同，马上就要改换门庭了。"说着又叹口气，"小夏相公也有些志气。典史大人看中他，他都推辞了，要进京赶考。也罢，年纪轻轻就中了举，谁知道日后能有什么造化呢？"

香兰心道："如今政治不清明，八王爷昏聩，只知巧技淫乐，朝堂上阉党当政，又有佞臣弄权，若非有大机缘，寒门子弟哪有出头之日？夏芸即便考上进士，若无钱银人脉，也难谋到官职，何况进士岂是容易考的？"轻轻摇了摇头。

一时薛氏去招待客人，香兰便在屋里收拾，将箱笼里的衣裳一件件叠整齐，又拿了油纸去糊墙。

夏芸这一遭来是存了炫耀之心。原先陈万全因夏家贫寒，对夏芸也总是淡淡的，如今夏芸成了举人，陈万全自是热情万分，脸上一直堆着笑。

夏芸心中舒坦，心中虽瞧不上陈万全，脸上却挂着笑意，与陈万全寒暄。他想看看香兰，谁想香兰竟未曾出来，心中不由失望，想问又问不出口，只略坐了坐便走了。

薛氏道："小夏相公如今出息了，他要有意，倒也配得起香兰。"

陈万全瞪了薛氏一眼道："胡说什么？！他再出息能有宋大爷出息？宋大爷是相中咱们家香兰了，你少说些有的没的。"

薛氏又叹一口气道："宋大爷出息了是不假，可能娶咱们香兰当正头娘子么？倒不如和小夏相公省心。"

陈万全嗤笑道："小夏相公当了举人又怎样？家里穷得跟什么似的，香兰要嫁过去就是遭罪。宋大爷可是官宦之后，家底子殷实着呢。何况是宋家救了香兰，还放咱们脱籍，如今我还在宋府领着差事，咱们一家都得感恩戴德！"

薛氏便不再言语了。

香兰在家住了两日便回了宋府，又过两个月收到宋柯的厚厚一沓书信，说他已到京城，一切安好勿念。他还写了些沿途趣事和风土人情，又嘱咐她保重身体云云。香兰将信看了几遍，小心收好。

已是寒冬腊月，天气寒冷，香兰探头往窗外一望，只见天色阴沉，似是要下雪了。冷风从窗子钻了进来，她连忙"啪"一下将窗子牢牢锁了起来。

林府的朱红大门"啪"的一声缓缓打开——林锦楼归家了！

林锦楼穿了一袭毛皮大氅从门口走了进来，小厮们早已飞奔去报信，口中大喊着："大爷回来了！大爷回来了！"

三日前，林家接到圣旨，林锦楼剿匪有功，提正四品指挥佥事，授明威将军，另有御赐白马一匹、黄金百两。

这一则消息令林家上下震动，老太爷林昭祥登时命摆香案，请圣旨开祠堂祭祖，远近大小官员闻风而动，纷纷上门道贺，一时林家门庭若市，族中的长辈也纷纷打发人来贺喜。

众人原以为林锦楼要再过一年半载方能归家，万没想到今日忽然回来，不由惊讶，全府都忙碌起来。

林锦楼不慌不忙，将马鞭交给吉祥便往里走。

吉祥乖觉，问道："大爷可要先回知春馆梳洗，换身衣裳再见长辈？"

林锦楼淡淡道："不必。"径直去给林老太爷、林老太太磕头问安。

林昭祥对长孙向来满意，这孩子虽说桀骜不驯，在外头荒唐了些，心里头却样样有数，才半年便挣了个四品将军回来，再过几年，林家动用些人脉，便可去兵部任个二三品的高官了。

林老太太脸上一派慈爱，心疼大孙子一身风尘仆仆，暗自琢磨着大孙子的爱妾死了，身边没个知疼着热的人，自己身边有两个丫头不错，模样俏不说，还知情达意，回头她做主送到孙子房里头去，倒要看看赵氏敢不敢说个"不"字。老太太拉着林锦楼的手问长问短，说着说着便又抹了一把眼泪。

此时门口传来脚步声，林长政和秦氏来了。林老太太红着眼眶笑道："都是爹娘惦记，瞧瞧，等不及儿子登门去请安，自己就到了。"

林锦楼立刻给爹娘磕头。林长政见儿子越发雄威沉稳，不由欣慰。秦氏却看林锦楼眉宇间的风霜，心里发酸，泪便涌了上来。她一哭，勾得林老太太也又流泪一场，众人劝了许久才好了。

叙旧一回，林昭祥将林长政、林锦楼父子唤到里屋，林锦楼搀着他在摇椅上坐下，又亲手奉上水烟。

林昭祥"咕咚咕咚"抽了两口，问道："仗打完了？这么快就回来，当中莫非有什么隐情？"

林锦楼冷笑道："有什么隐情？军队废弛，一群酒囊饭袋，到了战场上不尿裤子才算见了鬼了。军中全是老弱病残，几乎没什么可用的人，军饷也都是空的，我只好用自家人马干了几仗。匪徒虽凶猛，却还没成大气候，可倒有那卖国求荣的汉奸勾结倭寇，从水旱两路夹击。我命人当众杀了五十个，剥了皮吊在桅杆和城门上示众，才算震慑住了。那些魑魅魍魉眼见匪患要平息了，纷纷跳了出来，鼓动圣上派自己人过来抢功，又怕我翻脸，这才升官发财堵我的嘴罢了。"

林长政道："可你这样私自回家也不妥，到底要进京面圣才是。"

林锦楼道："皇上哪有工夫见我？朝里的人也不乐意我回去，我往那儿一戳，他们还怎么把功劳往自个儿脸上贴？我已奏报圣上，说战时伤情复发，先回家休养，再进京面见圣上。"

林昭祥手指点了点摇椅扶手道："楼儿倒是有分寸，眼下京中局势正乱，连阉党之间都萌生不和，不如再观察些时日。"又对林长政道："你也是，眼见孝期要满了，回头给你谋个外放，先离开京城是非之地，躲两年再说……咳咳……多少大家望族都覆灭了，唯有咱们家沉沉浮浮不倒，靠的便是趋利避害罢了。"

林长政父子点头受教。

林昭祥叹口气对林锦楼道："你二叔虽也在军中，可自家人清楚得紧，他是个庸庸碌碌之人，偏还有野心，倘若他求到你，你万不可帮他行事。"

林锦楼点头应下。

待出了屋，早有个老嬷嬷在外候着，将林锦楼引到拙守园。

秦氏正坐在榻上，手里捧着手炉，幼子林锦园在一旁炕桌上描红。见林锦楼进来，林锦园立刻丢了笔，下榻扑过去喊道："大哥哥！"

林锦楼把林锦园举了举，放下来摸摸他的头，笑道："又长高了。"

林锦园"咯咯"直笑。他才六岁，生得虎头虎脑，粉嘟嘟的一张脸儿，大眼睛又圆又亮，抱着林锦楼的腿，一叠声问道："打仗有没有趣？母亲说哥哥上战场要用大刀的,我也要一把!还有,还有,哥哥带我去骑马罢,我要去骑大马!"

林锦楼点头笑道:"好,好,好,回头带你去。"在椅上坐下来,林锦园扭着小屁股立刻往他身上爬。

秦氏道:"园哥儿别闹,我有事同你大哥哥说。"

林锦园装听不见,胖胖的小胳膊环着林锦楼的脖子,小脚丫一摇一晃的。

秦氏只得命奶娘和丫鬟们把林锦园抱走,林锦园死活不依,赖着不肯动,林锦楼拍了拍林锦园,口中道:"不走便不走,让他待在这儿罢。"点了点林锦园的小鼻尖。

秦氏便挥手让众人退下,看了看林锦楼的脸色,小心翼翼道:"你去打仗,怕你分心,有些事还不曾告诉你……"

林锦楼一边逗弄着弟弟,一边淡淡道:"我知道,青岚死了,和肚子里的孩子一尸两命。"

秦氏讶然:"你知晓了?"长吁短叹道,"罢了,也是青岚没福,回头你去给她上炷香,真是可怜见的。"

林锦楼低头"嗯"了一声。

屋里一时静下来。

秦氏轻咳一声道:"我娘家远房亲戚里有个女孩儿,今年十七岁了,生了一副好模样,性子也温柔,等过了年我领来你瞧瞧,若是中意便纳进来,身边也好有个伺候的人。"

林锦楼抬头看了秦氏一眼,捏着林锦园的小脸蛋儿道:"再说罢。"顿了顿道,"我要抬举我房里的画眉。"

"画眉?"秦氏蹙眉。画眉家里着了大火,之后她便杳无踪迹了,林家未曾找见人,她家里也不曾上门来闹,此事便放了下来。

"嗯,画眉。她哥哥把她送到我那儿去了。儿子在外辛劳,全赖她一人照料。"

秦氏眉头拧得更紧:"她私自去找你,也没禀告家里一声。这还得了?"

林锦楼道:"此事我已罚过了,日后她必然不敢了。"拍拍林锦园的小屁股,把小孩放到地上,林锦园立刻迈着小腿儿跑出去找奶娘了。

秦氏见林锦楼护着便不再说,只问些打仗的事,身上可否受伤等。林锦楼一一答了,又问了家里的情形,秦氏道:"家中一切安好,没出什么事,就是亭哥儿这次科考没能中举,旁人尚可。你二叔虽不曾说什么,可我瞧他脸色不是太高兴。"

林锦楼道:"举人哪是这么容易中的?你也能考上,他也能考上,岂不是不值钱了?老三才多大,日后再考就是了,顶不济考不上了捐个官做,家里又不是掏不起银子。"

秦氏道："你二叔要的是那个脸面，宋家那小子考了个解元，亭哥儿名落孙山，这两相对比有些扎眼了。他一直想在老爷子跟前要个好儿，可老爷子偏生看不上他，如今亭哥儿未考中，你又升了官，二房恐怕心里别扭着，你说话要小心些。"

林锦楼冷笑道："但凡二叔少在外头鬼混，少点钻营，多花心思在正经事上，也不至于到如今的境地。"

秦氏叹口气。她与二房太太王氏妯娌间交好，王氏同她哭诉过几回，她也只能劝解一番罢了。母子俩又说了些旁的，林锦楼告辞出来，往知春馆去了。

赵月婵狠狠将一口恶气咽下，脸上不带出一丝不悦之色，垂着眼帘看着喜鹊在地上摆了软垫，画眉低眉顺眼地给她磕头。

画眉头戴明晃晃的金凤含珠钗，穿着绲边猩红缎面云珠袄褂，脖子上戴着手指宽的赤金璎珞圈，手上戴着金镶玉的戒指，比赵月婵手上的那枚还好还大，脸上脂光粉艳，衬得整个人愈发娇丽，又带了一股不寻常的气派，若是同赵月婵站在一处，一时还真认不出哪个才是林家真正的大奶奶。

赵月婵手里绞紧了帕子。

礼毕，画眉站了起来，对赵月婵道："奴当日家中失火，正巧大爷打发人来接，便随着去了，蒙大爷垂怜，抬了姨娘，日后还请大奶奶多多教我。"言辞谦逊，却无一丝恭敬之色，反带了挑衅之意。

迎霜怒得瞪圆了眼。赵月婵在手心里快把指甲折断了，脸上仍淡淡道："那倒是辛苦你了。大爷也是，想接个人过去伺候，也不告诉我一声，累得家里找你许久，还只当你死了。"

画眉巧笑道："托大奶奶的洪福，奴倒是命大得紧。哥哥还立了些军功，又升了一级，也是件好事了。"

赵月婵只装没听见，道："如今你回来，又受了大爷的抬举，房子我已命人下去收拾，回头再给你添个伶俐些的丫头过去伺候。"

画眉立即道："不必劳烦大奶奶，大爷回来时已说了，把东厢让给我住，我也不挑剔，先前伺候岚姨娘的丫头留下来伺候我便是了。"

赵月婵冷笑道："岚姨娘是有了身子，太太才特意拨了三个丫头过去，寻常姨娘身边不过只跟一个丫头伺候，再给你添个小丫头已是不合规矩了，你若想按岚姨娘的例儿，便肚皮争点儿气罢。"

画眉眉头一挑，也不争辩，脸上仍挂着笑道："原来如此，那是我轻狂了，大奶奶可别怪我。"

赵月婵将茶盏端起来，阴阳怪气道："我哪里敢怪你？偌大的林家你都不放在眼里呢，想走就走，想留就留，招呼都不打一声，比老爷太太的谱儿还大，我怪你不是自己找不痛快么？"

画眉只装听不懂，不搭腔，脸上还是笑着的。

赵月婵见她这滚刀肉的模样恨得想去抓花她的脸，可如今形势不明，她也不敢轻举妄动。

正此时，林锦楼进了屋。赵月婵和画眉都站了起来，林锦楼在上首的位子上坐了下来，问道："安排妥了？"

这话既是问赵月婵也是问画眉。

赵月婵冷笑道："自然妥了，画眉说你答应让她住东厢呢，她还要原先伺候岚姨娘的丫头。大爷要抬举她是她的福气，要住岚姨娘原先那房子也没什么，可丫头的事我得问问太太才能做主，免得太太回头说我没规矩。"

林锦楼微微挑高了眉，看了画眉一眼。他是答应抬画眉当姨娘，可从未说过要将东厢给她住，更别提给她原先伺候青岚的丫头了。

画眉仍然装傻，只低着头看裙子上的花纹。

赵月婵又说道："虽说画眉是大爷接走的，可大爷也好歹跟家里通个气儿，否则这个例一开，今儿个你走，明儿个他走，整个家里还要不要规矩？我日后想管束谁，别人来一句'大爷房里的姨娘还这样呢'，叫我怎么办？"

林锦楼又看了画眉一眼。画眉是让她哥哥送到浙江的，可一来一往竟被说成画眉是让他接走的。她公然在他跟前抖了两回机灵，林锦楼心中不悦，但这些时日画眉到底温柔小意，事事伺候妥帖，还有个嘴甜会哄人的长处，林锦楼这才拾了些旧情，如今恩爱还没淡，多少给画眉留脸，便没有吭声。

可林锦楼这一眼将画眉看得心凉，她一动也不敢动了。

屋中一时静谧。

林锦楼终于开口道："你既想住东厢便住罢，丫头多少就按府里的例。你私出府，未曾知会家里却该罚。"看了赵月婵一眼道："你是大奶奶，你做主便是。"

赵月婵一怔，登时心花怒放。画眉万没想到林锦楼会这样说，猛地抬起了头，脸上全然是惊讶之色。

赵月婵强忍得意之色，道："去祠堂跪一个时辰，抄《女训》三遍，再革半年的例银罢。"心道："你再如何得意，我也是林家的正房奶奶，在我跟前作妖，我让你怎么死的都不知道。"

林锦楼却皱眉道："大冬天跪祠堂恐是不妥，这一条免了，其余的照办罢。"

赵月婵听他怜惜画眉，心里又恼怒。

画眉心头委屈，却也警醒。林锦楼在她添油加醋地挑唆之下，曾不止一次说要休赵月婵回家，可如今见面虽摆了张冷脸，却仍尊赵月婵为正房夫人。她不明白林锦楼这样霸王式的人物为何会对赵月婵退让，可心里多少不拿赵月婵当回事，加之林锦楼对她又逐渐看重，便生了同赵月婵叫板的心。可方才林锦楼敲打下来，她立刻明了了，恭顺应道："是，是奴错了，领罚。"起身便拜。

此时外头有人禀道："大爷、大奶奶，老太太赏了两个丫鬟，我把人领来了。"

门口守着的丫鬟挑起帘子，林老太太的大丫鬟雪盏走了进来，笑道："老太太说大爷在外辛劳，书染过了年又该配出去，便让送两个丫头来，都是在老太太屋里调教的。"

林锦楼笑道："回头我得好生谢谢老太太，这样的小事还替我想着。"

雪盏心道："大房至今无嗣，这怎么能算小事？"瞥了赵月婵一眼，只见其脸色阴沉，便顿了顿道："人在外头，让她们进来给主子磕头？"

林锦楼点了点头。雪盏便将门帘子掀开，从外面走进来两个十四五岁的丫鬟，两个人生得一般高矮，一个一肌妙肤，弱骨纤形，细眉细眼，一个略丰腴些，明眸皓齿，袅袅婷婷，气质都是极端庄的，进门便跪了下来。

雪盏指着道："她叫可人，她叫莲心。说起来也巧，可人是书染的堂妹，如今来伺候大爷也是一段缘分了。"

林锦楼的目光在这二人身上溜了溜。美人他见得多了，这二位虽美，却都是大家侍婢的品格，到不了让他惊艳的程度，他只觉得赏心悦目，说道："既是老太太赏的，不可跟旁人一样，都按一等的例儿，回头西厢里头单独安排个屋子出来便是。"

莲心是个眉眼通挑的，连忙磕头道："给大爷、大奶奶磕头。"她这一拜，可人也只得跟着磕头，脸上却带了不情愿的神色。

林锦楼道："日后你们就在知春馆伺候吧。"看了这两个丫鬟，忽又想起香兰来，问道："原先东厢的香兰呢？"

赵月婵心中打鼓，脸上却做了漫不经心的神色道："那小蹄子偷我房里的首饰，让我卖了。"

林锦楼原本端了茗碗要喝茶，闻言手上一顿，双目凌厉，朝赵月婵看过来："卖了？卖哪儿了？"

赵月婵道："牙婆领走的，我哪知道卖到什么地方？"

林锦楼冷笑一声，手里的盖碗"当啷"一声扣下来，道："你好得很，拿我的话当耳旁风，是越来越能耐了！"

屋中气氛骤然一变，雪盏立时缩了缩脖子，心说："大爷看上东厢的香兰，要抬举，府里头谁不知道？大奶奶转手就把人卖了，大爷那脾气指不定做出什么事来，我还是早些走，免得卷入人家夫妻的家务事里头。"因笑道："人我领来了，老太太还等着我回去，先告辞了。"忙不迭地走了。

画眉亲热道："我来送送雪盏姐姐。"跟着追了出去。

可人和莲心跪着一动不敢动。迎霜心想若是林锦楼当场不给赵月婵脸面，让新来的丫鬟瞧见只怕不好，忙上前道："你们两个随我来罢。"这两个丫鬟怯怯地看了男女主人一眼，爬起来随着迎霜去了。

赵月婵心里正发闷，画眉私自跑了，回来还给抬了个姨娘，林老太太又迫不及待地塞进来两个貌美的俏丫头。若是寻常人敢在下人面前落她的脸面，她早就使泼了，对林锦楼却不敢硬碰硬，只冷笑道："哟，我卖个丫头怎么啦？动了你的心肝肺了？知春馆里是我当家做主，怎么就不能发落一个该刴爪子的黄毛丫头？青岚死了怎么也不见你吱一声？回来也不去上炷香，可见她白认你了，死的时候肚子里还揣了个种……"

话音未落，只听耳边呼呼带风"啪"的一声，脸上挨了一记，抽得她身子一歪栽在炕桌上，将桌上摆着的茶盏果碟尽数扫到了榻上、地上。赵月婵已顾不得，只觉得眼前金星直冒，耳边嗡嗡作响，半边脸已疼得木了。

她好一会儿才缓过来，一手捂着腮，难以置信地瞧着林锦楼："你……你打我？"说着哽咽，泪便滚了下来。

林锦楼脸色阴寒，盯着赵月婵不说话。

赵月婵哭喊道："你威风了，半年不回家，回来头一件事竟然是打老婆！"想与林锦楼厮打又不敢，恨得将桌上余下的碟子、碗等尽数摔打在地上。

林锦楼上前拎起赵月婵的衣襟，声音不大不小，透着十足的冷酷之意，恨声道："贱人！青岚和那孩子怎么没的，你心里清楚得很！我如今看在赵家的面子上给你脸，你别找不自在。"

赵月婵见林锦楼一副杀气腾腾的样子，双目中杀气毕现，不由得怕了，哭声小了些许，抽抽搭搭道："我心里怎么清楚了？她自己摔跤掉了孩子，跟我有什么干系？我真个命苦……"她说着"呜呜"地哭了起来。

林锦楼冷笑，一松手将她扔在榻上，头也不回地走了出去。

却说画眉借着送雪盏从屋里出来，将人送到院门口便折返回去，在院子里站了许久，盯着一株老梅出神。喜鹊拿了件绿缎出毛斗篷出来，轻轻覆在她的肩上，轻声道："姨奶奶别在风里站着，小心吹坏了身子。"

姨奶奶？是了，她如今终于从"上峰所赠的丫头"熬成姨奶奶了。画眉扶着喜鹊的手慢慢踱回东厢。屋里早就燃了火盆，有一股子暖意。画眉歪在床上，喜鹊手脚麻利地拿来个铜手炉，往里面加了两个荷花饼儿，盖好罩子，塞到画眉手中，道："府里给咱们定例的炭还没拨下来，这是我找茶水间的婆子要的，姨奶奶先凑合着使罢。"

画眉慢慢转动脖子,将这屋子环顾了一圈。青岚死了之后,这房子便空了下来,摆设未变,仍是水滴拔步床,挂着绣着花鸟虫草的杏色幔帐,墙角设着檀木梳妆台,床下一张贵妃榻,因入冬铺了胭色绿心闪缎的妆蟒绣堆,多宝槅上摆着三三两两的玩器,就连墙上挂着的《莲塘纳凉图》都不曾变过。

一切都还是岚姨娘在世时的模样,因每日有人打扫,纤尘不染,仿佛日日有人在这里住着。

她原先到这屋里来,看着这里陈设豪华精致,曾不止一次地羡慕。当日青岚就是这般歪在床上,手边的海棠小几子上摆着大荷叶水晶盘子,盘子里盛放着时令水果和几色小蜜饯,另有两种果子露调的温茶。吴嬷嬷和春菱围着她团团忙碌,外头还有香兰和银蝶给她做衣裳!青岚满面含笑,一时劝自己吃这个,一时让自己尝尝那个。

她当时脸上笑得欢,心里头却发苦!她在西厢住的那一间小屋,只不过是东厢里的一个次间大小,屋里不过两三样家具,几件玩器还是赶在林锦楼心情好时讨要来的,虽说吃穿不差,可这上等的新鲜果子糕饼可就轮不上她了。青岚身边又是婆子又是丫头围着转,她身边拢共一个喜鹊。

她当时便想,凭什么王青岚那样又蠢又笨的女人有这样的福气?她比王青岚聪明得多,美貌得多,也善解人意得多,她终有一日会住进东厢来!

自从她家里失火,她便知道即使她回到林家也得不了好,干脆豁出去,带着未被烧成灰烬的几页账本,让她哥哥送她到林锦楼那儿去。林锦楼见到她自然大吃一惊。她跪下涕泪涟涟地哭诉王青岚如何因为拾到赵月婵的账本便被害死,一尸两命,又哭诉自己为了保全这账本,家中怎样付之一炬,求林锦楼垂怜。

林锦楼听闻果然大怒,目眦欲裂,连连骂了好几句"贱人",随即将她留在身边每日伺候。

她窃喜,以为有可乘之机,若由此怀上身子在林家便可扬眉吐气了。谁想没过多久,林锦楼又有了新鲜的人,将她抛在脑后了,可到底对她较原先还是亲厚些,下属孝敬的绸缎珠宝也赏了她不少。

等回了林家,真个她以为林锦楼要收拾赵月婵,故而并不客气,谁知他各打五十大板,并未给她留什么脸面。

画眉长长出了一口气。

如今她住进了东厢,却觉得心里空了一块。

喜鹊见画眉直眉瞪眼的发呆,唯恐她身上不舒坦,轻声唤道:"姨奶奶,姨奶奶?"连叫了几声,画眉方回神,喜鹊道:"姨奶奶身上可是不舒坦?"

画眉摇了摇头，忽问道："东厢这儿好不好？"

喜鹊点了点头道："自然好得紧，姨奶奶怎么问这个？"

画眉闭了眼道："没什么，我也觉得好得紧。"既然已住进来，她便不会同王青岚那蠢妇一样，白白把自己葬送在这儿。她要在林家荣华富贵一辈子！

且说林锦楼从屋里出来，见书染在门口等着，便吩咐道："找个僻静的地方摆个香案，我想祭一祭岚姨娘。"

书染将他引到后院中一间偏僻的小屋里，屋中极冷清，供奉着青岚与那孩子的牌位。

书染说道："老爷太太说让在家中供奉牌位，因大爷还不曾祭过，便独设了一间屋。"说着将香火点燃，递到林锦楼手中。

林锦楼拜了三拜，将香插到香炉里，又拿了些纸钱蹲下来烧。

书染轻轻关上房门，守在门口。

林锦楼看着盆中跳动的火苗，想到青岚和未出世便死了的孩子，心窝发疼。

他也算是风流人物，尝遍各色胭脂，比青岚貌美的女子不知凡几，但青岚是秦氏亲自做主纳进来做妾的，便与旁人不同。青岚老实温柔，百依百顺，他便对她多宠爱几分。若说对那女子多喜欢，倒也谈不上，只是好歹恩爱一场，如今青岚这么走了，他心里自然难过，可他最心疼的还是那个孩子竟然这般枉死了。

他早就想把赵月婵那贱人休掉，可是朝堂上风云变化，林家正受排挤，他只好隐忍不动。赵家又正是得势的时候，他贸然动手反会惹来祸事，更何况，他还有大事要图谋，如今只能先强压下满腔暴怒，冷眼瞧着赵月婵再得意一时。

"贱人！"林锦楼口中骂道。

他抬头看着青岚和那孩子的牌位，火光映红了他的脸颊和下巴上青色的胡楂，低声说道："且等上一等，不出今年，我便为你们报仇。"

林锦楼从房里出来，天色已极阴暗了，零零星星的雪花从天上飘了下来。书染走过来低声问道："大爷是留知春馆里还是回书房？"

林锦楼眯了眯眼，仰头看了看黑压压的天空。去哪儿？刚刚拜祭过青岚和那孩子，他实在没有心情在知春馆里待着，可书房里又太过冷清了……

他对书染道："命小厮备马，我出门一趟。太太问起来你就说我有事务处理，要先回军营，明儿个再回来。"书染连忙应了一声。林锦楼走到门口，忽然想到什么，又回头道："那个叫香兰的丫头，回头找几个妥帖的人打听打听卖到什么地方了，若是被卖进窑子或是什么不堪之地，便拿银子赎了，给她寻个出路，也算是给青岚和那孩子积点儿阴德。"

林锦楼向来不信什么因果报应之说，如今莫名其妙地说了这番话，倒让书染有些吃惊，她却立即将那惊异之色敛了，垂了头道："是，待会儿子奴婢就去找几个人牙子问问。"

林锦楼微微点头，便往外走，口中仍道："带回来一箱子江浙的特产，你回头给各屋分分，打发人送去罢。"

书染跟在身后一叠声称"是"，心中暗想："大爷也是个可怜人，这活计本该是大奶奶做，如今他们夫妻不和，事情便摊到我头上，日后我出府嫁人，大爷身边一个得用的人都没有了。我堂妹可人倒是让老太太送给了大爷，她若是个聪明人，我便让她日后替了我。"

原来林锦楼虽有霸道性子，对待下人却宽厚大方，又颇有两分义气，故而跟随他久了的，都愿意为他卖命。

林锦楼便带着吉祥骑马出门，走了七八条巷子，在一扇小红门前停了下来。吉祥自去叫门，不多时，一个老头儿出来，见是他们主仆，慌忙迎了进去。

林锦楼只管往屋里走，早有个风情万种的绝色女子迎上前，满面挂着温柔讨好的笑，一叠声道："大爷怎么刚回府就出来了？不知用过饭没有？"

林锦楼瞧也没瞧她一眼，进屋便扯了个枕头卧在炕上。那女子也不恼，只命人烧水沏茶，重新摆果品，自己则亲手绞了热毛巾给林锦楼擦脸，然后轻手轻脚地爬到炕上，给林锦楼按摩头和肩膀，"扑哧"笑了一声道："爷这是在哪儿不痛快了？进门就绷着个脸，瞧着怪让人害怕的。"见林锦楼不搭腔，朝身边伺候的丫鬟使了个眼色，待那丫鬟退下，便将袄扣解开，露出里头大红的五色鸳鸯刺绣肚兜，柔着嗓子说道，"哎哟哟，我瞧瞧，脸色阴成这样，是谁给你气受了？跟我说说，回头我扎个小人儿，咒死那个让大爷烦心的，让他不得好死……可我瞧着，大爷不似为公事烦恼，倒像是为了什么儿女情长……"

这道小嗓子又甜又腻，话音拖得长长的，极为撩人，林锦楼心里一动。一只柔软无骨的小手已滑到他的衣襟里，耳边吐气如兰道："我的爷，你家里供着金陵第一美人儿呢，怎的刚回家就往我这儿来？到底是你想我了，是不是呀？"贝齿不轻不重地啃他又圆又厚的耳垂。

林锦楼闭着眼捉住那只手，嘴角微微扬起："别闹，让我安生一会儿，爷心里正不自在呢。"

那女子轻笑道："我的好人，你在这儿还有什么不自在的？……"冷不防见到林锦楼睁开眼直直地看着她，她吓了一跳，不敢再勾引调情，慢慢坐直了身子。

林锦楼又闭上眼道："去让人烧热水，我得沐浴。茶换成龙井。"那女子咬了咬嘴唇，不情不愿地去了。

这女子唤作苏媚如，原是扬州瘦马，人牙子见她貌美伶俐，便悉心调教，遂琴棋书画无一不通，十四岁被高价卖给了浙江盐商吴大用做妾。那吴大用已五十多岁，痴肥粗鄙，苏媚如无比厌恶，但她心计百出，又肯卧薪尝胆，打起十二分精神伺候，于是极得宠爱。

苏媚如连哄带骗，连哭带闹，让吴大用把她的奴籍消了，变成了良籍。偏巧这一年，吴大用中风卧病在床，眼见着快要不行了，苏媚如衣不解带地日夜伺候，做足了贤妾的功夫，暗地里却偷了不少金银珠宝、古玩字画，背着人卖掉折成了银两。等吴老头一蹬腿，吴家族人为争夺家产你死我活的时候，苏媚如一脱孝袍，带着两箱金银古玩，乘着马车一路到军营中投奔了林锦楼。

苏媚如亲手泡了一壶龙井，小心翼翼地端到林锦楼跟前，轻唤了一声："爷，茶泡好了。"见林锦楼起来，忙把茶递了上去，在烛光下看着林锦楼英俊的眉眼，有些痴痴的。她头一次遇见林锦楼时是十八岁，吴大用在家里设宴款待几位贵客，席间让她出来弹曲儿助兴。她有些不高兴，但也好奇什么样的人物能让吴大用不惜把藏娇在内宅里的爱妾献出来娱宾？

她抱着琵琶出来，盈盈施礼，抬头一眼便瞧见了林锦楼。他穿着一身宝蓝色的袍子，英武儒雅，尊贵威仪，脸上挂着漫不经心的笑，同他一比，左右那些个公子哥儿都暗淡无光，成了陪衬。苏媚如心脏怦怦直跳，脸慢慢红了。

后来苏媚如想方设法地从吴大用口中套话，知道他是江南望族林家的长孙林锦楼，还知他手段高明阴狠，谈笑用兵，手底下养的一支林家军颇有威名，还知他在风流彩杖里打滚厮混，从来都肆行得意，又娶了金陵第一美人赵月婵为妻。她对林锦楼念念不忘，许是老天怜她，吴老头一死，她便得了解脱，偏巧林锦楼在浙江打仗，她便托相熟的人求到林锦楼跟前，而后心甘情愿地当他的外室。

林锦楼并不拒绝美人恩，初时也柔情蜜意，连从家里追来的美妾也不放在心上了，在外头赁了个宅子，镇日同她一处，出手也阔绰，却同苏媚如说："正经名分我给不了，你日后什么时候想嫁人只管嫁了，或是想嫁个什么样的，我替你物色，回头再给你添一份嫁妆。"

苏媚如心里发冷，却瞋了林锦楼一眼道："我苏媚如绮年玉貌，有银子、有田地，想娶我的人能一路排到城南，还不劳大爷替我费心。再说呀，我这辈子就铁了心跟着你了，你还能不要我，嗯？"

林锦楼闻言只笑了笑，垂下眼睫喝茶，后来却对她却慢慢淡了。苏媚如心急如焚，却摸不清也猜不透这男人的脾气和想法，悄悄打发小厮送过去一缕头发，谁想此后林锦楼虽还命人照应她，那宅子却绝迹不来了。苏媚如方才知道自己做了蠢事，愈发小心翼翼，患得患失。而后林锦楼回金陵，跟她说浙江这处宅子便送她，日后两个人便再无干系。苏媚如寻死觅活，抱着林锦楼的腿哭了一场，硬是从浙江又跟了过来。

如今刚刚回金陵，林锦楼第一晚便歇在她这儿，苏媚如又惊又喜，使出浑身手段温柔体贴。

一时水烧得了，苏媚如伺候林锦楼沐浴，拿了刷子给他刷背，见那精壮结实的上身，心里一热，偷眼打量，见林锦楼闭着眼趴在浴桶边上，便不敢造次，拿了布巾细细擦拭。

林锦楼长长地吐了一口气，道："备几个清爽点儿的菜，我晚上在这儿。"

苏媚如顿时眉开眼笑，喜得站了起来："我这就让张妈做去！再给细细熬一锅粥，我记得爷上次吃了两碗梅香粥，说这个开胃。"

林锦楼道："不必那么麻烦，明天还有要紧的事，我吃两口就睡了。"

苏媚如立时明白了林锦楼的意思，不由得大失所望，脸上的笑便勉强了许多。听林锦楼轻轻咳嗽一声，便凑上前道："大爷口干了？要不要喝茶？"

林锦楼微睁开眼，瞧见苏媚如一脸讨好的笑，丰润的嘴上搽了一层淡淡的胭脂，忽然想起那个叫香兰的小丫鬟也有这么一张好看的小嘴儿，不搽胭脂也粉艳艳的。他原想这次打仗回来便抬举她，谁知她竟让赵月婵给卖了。他见过的女子里，香兰形容气质怎么也能排到前三名之内了，真真儿可惜了那么个娇花嫩柳似的女孩儿。

苏媚如见林锦楼一径盯着她的嘴看，便有些发虚，丢了个媚眼笑道："大爷瞧什么？莫不是我沾上脏东西了？"

剿匪时他整日在刀口上舔血，苏媚如便是他放逸时的乐子。纵然是个死了男人的小媳妇儿，可她生得美又懂风情，笑纳了也无妨，可谁知苏媚如竟生了旁的心思，镇日里同他打听林家都有些什么人，各人都是什么脾气秉性，又问他正房夫人是不是宽厚的。他便皱了眉。外头的乐子终归是乐子，他还从未想过将她领回家去，也从未想过让苏媚如之流怀上他的子嗣。他已同苏媚如交代明白，她却仍眷恋着不走。也罢，原先他那相好小翠仙也是这般，哭哭啼啼不肯让恩客赎身，一心一意等着让他赎身纳回家里，熬了几年，眼见青春不见了，方认了命，让他花了三千两银子赎出来赠了好友。苏媚如这里，他再过一阵子便不再来了，过个两三年，她自己知趣，也便找人嫁了。

他却忘了句俗话——常在河边走，哪有不湿鞋。正是这样的，早晚有风流债要还，这苏媚如日后却惹出一段林家的公案。

此刻，林锦楼闭上眼，静静道："没什么。"

且说赵月婵的父亲赵学德，这几日接了他父亲写的密信，说有谣传称当年失踪的太子秦允昱藏匿在金陵，谣传有模有样，仿佛是真的，命他时刻警醒，若发觉可疑之人速速捉拿。赵学德便领命，暗中派人查访，这一查不要紧，还真查出些蛛丝马迹。此事本该上报，可赵学德正是需政绩的时候，怕动静太大让别人抢了功劳。他乃一介文官，身边又无可用之人，一时犯了难。

他大儿子赵刚这些时日得了林锦楼的不少好处，便道："爹爹不如去找大妹夫，他手里有兵有权，与其便宜别人，还不如便宜自家。他也领咱们家的情。"

赵学德觉得此计甚好。一来女婿是自家人，也不会好意思与自己抢功；二来他听闻最近他们夫妻又闹了不和，若是此事成了，让林锦楼感恩戴德，赵月婵也好有舒心日子过。于是他便将林锦楼找来相商。林锦楼当下便拍着胸脯答应了，道："岳父太见外了，若真抓了反贼，功劳自然是岳父的，我不过是借几个人罢了，又有何难？"

赵学德听着心里舒坦，暗赞林锦楼有眼色。二人密谋了一番，暂且不提。

再说赵月婵，林锦楼回家当日便打了她一记耳光，兼又提到青岚一尸两命之事，赵月婵听林锦楼之意，便知他八成已猜到实情，心中不由得忐忑难安。缩着脖子待了两日，却发觉林锦楼并未有何动作，甚至日日早出晚归，有时还宿在军营里，连画眉都撒手不理，更遑论林老太太刚赏的两个丫头。

赵月婵胆色又壮了起来，跟迎霜说道："林锦楼就算知道真相又能把我怎的？青岚是自个儿摔的，又不是我推的。就算我拿林家的银子放印子钱又有何不可？多少官眷都放呢，也不见抓了哪个！"

迎霜暗道：人家放印子钱，得了利多少充公几分，您是将捞的银子全装进自己的腰包了呀！最要命的是，若是因此让大爷顺藤摸瓜找到表少爷头上，奸情败露，再查出您支使表少爷放火，您可就只有上吊抹脖子的份儿了！不敢深劝，口中只道："奶奶还是慎重。忘了前些日子丢了账簿吃不香、睡不着的时候了？"

赵月婵冷笑道："林家不敢动我，没瞧见林锦楼的军功都让人抢了一半？我听说朝廷赏的那点子东西还不够抚恤死伤战士的……也是他林锦楼逞能，给死伤者和有战功的将士的赏银太多，就算邀买人心也得量力而行不是？就算升官了又怎样，如今谁还指着俸禄过活？"

絮絮说了一回，又命迎霜道："准备几样供品，明儿个一早咱们便去甘露寺烧香。"

迎霜应了一声，心中暗自奇怪："最近这些时日，大奶奶忽地信上佛了，平日里也不见她读经抄经，家里的佛堂也没去过几次，倒是紧着往甘露寺，说是为大爷上战场保平安。老太太和太太也乐意，说是让大奶奶信信佛，也敛一下性子。如今大爷回来了，大奶奶还是勤去甘露寺，说是去求子，唉，每次却不见她在送子观音那儿磕头跪拜了。"一边想着一边备了两大食盒的吃食，第二日一早便同赵月婵乘马车去往甘露寺。

香兰这里，因近年底，家家户户都开始张罗年货，宋姨妈和宋檀钗自然留在林府过年。香兰便同丫头、婆子们将宋家上下收拾干净，换了新的门神、对联、灯笼，重新刷了桃符。庄子上和铺子里有来孝敬年例的，香兰便将体面的挑拣出来，装了半车送到林府，让宋姨妈做送人之用，剩下的发了下人仆妇让其回家过年，另将月底的赏银也包了红包发下去。

她闲暇时掐指算算日子，还有一个多月便要春闱，不由对宋柯十分挂念，便想到庙里拜拜，一来求个来年平安，二来也保佑宋柯春闱告捷。

她师父定逸师太几个月前便南下出游，至今未归，香兰便不再去静月庵，清晨一早准备了四样糕饼和四样果子，用食盒和篮子装了，命人备马车，带了守门的王老头夫妇，去甘露寺烧香。

这甘露寺建在山上，也是百余年的古刹，香火极盛。香兰到的时候，天色还蒙蒙亮，山门刚刚打开，故没有几个人。王老头在车里等候，王婆子陪着香兰将庙里的每尊佛祖菩萨都拜了，写了平安牌位，又求了平安符，捐了些香火钱，方才从大殿中出来。

一时香兰口渴了，向寺里的小师父讨水喝。因她捐了不少香油钱，那小师父便极恭敬地请她们二人到后院清静客堂休息，又亲手奉上香茗。

香兰将斗篷帽儿摘下，捧了热茶喝了一口，笑道："这寺里的茶都是用山泉泡的，果然味道不一般，喝着暖烘烘的。"

王婆子笑道："可不是？冻了半天，这会子可暖过来了。"因想着王老头还在外头受冻，便随意扯个由头道："姑娘慢慢坐，我肚子疼去个茅厕。"便从屋里出来，到外头找僧人又讨了一碗热茶，去捧给王老头喝。

香兰放了茗碗到后院看了一回梅花，只见如霞似锦，分外清雅，又沿途赞叹禅房幽静，仰头看那佛塔高耸，不知不觉便过了拱门到了僧人寮房之处，刚要折回身，只听屋中隐约传来男女呻吟之声。

香兰大吃一惊，悄悄凑过去，将窗纸捅了个洞往里看去，赫然瞧见赵月婵正趴跪在床上，鬓发微乱，头上的金钗将要溜下来，蹙着双眉，秀眸半合，神情如痴似醉，身上赤裸，脖上当啷着着水红的五色鸳鸯刺绣肚兜，两团丰圆白腻的奶儿如同蜜桃一般。赵月婵身后有一年轻和尚，生得眉眼英俊，体格俊伟，跪在床上，两手箍着赵月婵的纤腰，奋力往前送着。

原来自那账簿出了事，赵月婵便小心警醒起来，迎霜也劝她："奶奶何苦再放印子钱？再跟表少爷一处，日后指不定惹出什么乱子来，表少爷哪是什么好人？奶奶还是先避避风头，收手罢。"赵月婵正是心虚胆战的时候，听了迎霜的话，与钱文泽见面便渐渐少了。

钱文泽却着了慌，赵月婵是他的财神奶奶，这厢不搭理他了，他的银子又紧起来。他是个撒漫使钱的，吃喝嫖赌样样出手豪阔，一来二去身上的银子花完了，便又琢磨着从赵月婵身上弄钱。思来想去，心说这妇人是个风流货色，自然不愿独守空闺，若找了新鲜再勾她出来，事情便成了一半，便找到原先的狐朋狗友郝卿相商。

这郝卿原家里有几个钱，后来他老子一死家产便让他糟蹋了大半，人长了个好相貌，在勾栏里得姐儿们的欢心。钱文泽便同郝卿反复赞美赵氏如何美貌风情，郝卿登时便动心了，连连追问。钱文泽出谋划策，让郝卿将头发剃了扮成僧人，给了甘露寺一大笔钱，借宿在寮房里，又将赵月婵引来寺里，介绍二人相识。

郝卿是个会勾搭的，赵月婵又是淫坏了的女子，两人眉来眼去有了意，钱文泽借故一走便双双成了事，如胶似漆起来。钱文泽便以此勾住了赵月婵，心里虽可惜这等绝色要与人共享之，可到底是银子要紧。

郝卿便说自己家境如何难，被迫做了和尚云云，哄赵月婵拿银子出来放钱。虽不如原先丰盈，也算聊胜于无。三人一处在甘露寺里寻欢作乐，吃酒淫戏，便不可细说了。

孰料今日香兰竟碰见看了个满眼。

香兰登时便惊呆了，张大嘴巴，脸涨得通红，"噌噌"往后退了两步，心道："坏了！竟碰上赵月婵的丑事，若让她瞧见我，那毒妇岂不是要想方设法地弄死我？要赶紧离开是非之地才是！"忙不迭地往回跑，将帽儿又兜回头上，跑了几步往后看了看，有几分幸灾乐祸地想道："俗话说'要想过得去，头上挂点绿'，林大爷可当了个大大的王八，这也是他花天酒地的报应，若是他知道只怕要气疯了罢！"低头捂着小嘴"咯咯"地笑了出来，旋即又想到林锦楼曾救过自己，也不该这般笑话人家，便抿着嘴往回走。

忽传来一阵喧哗，七八个官差"咚咚咚"跑了过来，直往前冲，将寮房门口围了起来，后面还跟着一队人马。香兰连忙闪身躲到墙根底下，偷眼一瞧，香兰只觉自己方才见着赵月婵偷欢时吃惊只不过是和风细雨，如今才是晴天霹雳——那后头款款走过来的三个人当中，赫然有一位是林锦楼！

香兰忙背过身站着，将兜帽拉得更低，遮住了半张脸，余光瞥见人走过去，便悄悄地往外头挪，心道："人家夫妻捉奸的戏码便不必看了，如今早点儿离这尊瘟神远远的才是正理。"谁想外院门口早已站了几个兵将，挡住香兰去路道："小娘子请回，大人们正在捉拿反贼，一干人等只许进，不许出！"

香兰傻了眼，心中虽焦急，却无可奈何，暗道："林锦楼是冲着赵月婵来的，我便找个地方眯着，等他捉了奸自会回去，我便悄悄溜了便是。"便藏在寮房后头，悄悄探头往外看去。

同林锦楼一同来的正是赵学德和赵刚父子。赵刚自幼不好读书，一直是白丁，赵学德买通了院试的考官，给了赵学德个秀才身份，后又花银子捐了个从八品的官，不过挂个虚衔，体面好听而已。这赵刚镇日里斗鸡走狗，做些纨绔勾当，脑筋却极快，诡计百出，乃是他爹的智囊。如今见林锦楼将寮房围了，赵学德忙凑过去低声道："不知反贼有几人藏匿此处？妹夫有何高见？"

赵学德是动笔杆子的，从未经过这样的事，也巴巴地瞧着林锦楼。

林锦楼看着他们父子摩拳擦掌，心里微微冷笑，却勾起嘴角，淡淡笑道："有何高见？从这间起，挨个儿进去搜他娘的。"话音未落，人却早抢了两步，抬脚便将屋门踹开了，屋里登时传来一声尖叫。

香兰立刻捂上眼睛，心道："哎呀呀，楼大爷这回要亲眼瞧见自己头上挂绿了，可怜可怜。"

赵氏父子万没想到林锦楼突然发难，眼见他已冲了进去，顿时一怔，听见里头有女子尖叫，不由对视一眼，探头探脑地往屋里看去。

这赵月婵跟郝卿正到要紧处，皆是如痴似狂地扭成一团，哪里听得外头嘈杂。谁想门口一声巨响，门竟然被踹开了，郝卿登时便吓泄了身子，赵月婵忍不住尖叫了一声，忙不迭向后退去。

只见林锦楼穿着鸦青色出毛披风，裹着半身寒风直冲入内，满脸杀伐之气。赵月婵心里一寒，惊得魂飞魄散，拼命往墙角缩。林锦楼看个一清二楚，眼中将要瞪出血来，喝骂一声："下作贱人！"一巴掌扇过去，狠狠揪起赵月婵的头发。

如今他顺着那账簿查下去，已知赵月婵在外头偷汉子弄鬼，今日之事便是他顺水推舟做了个局，趁机摆脱赵家。可方才真亲眼瞧见一顶绿油油的大帽扣在脑袋上，林锦楼只觉窝囊憋闷，怒气将要控制不住，想一刀都捅死了干净。

赵学德父子早已瞧见一对男女正在厮混，没看清长相。赵学德也没料到竟然撞破这等偷欢之事。若是平常时候，他要揣着手瞧一瞧热闹，酒桌上也当个笑话说个尽兴，可今日正是搜反贼的要命时刻，关系到他一家子锦绣前程，故而十分不耐烦，口中道："贤婿，这和尚不守清规戒律，交给旁人督办罢，咱们今日是有大事……"

此时林锦楼已抓着那女子的头发转过了身，她的脸便赫然现在大家面前。赵学德看到那张如花似玉满含惊恐的脸，后半句话登时咽在喉咙里，脸涨成青紫色，惊得下巴快掉到地上，紧接着，浑身的血都凉了下来。

赵刚也看个满眼，心道："坏了！"

此时郝卿已回过神，见有人冲进来拿奸便知不好，再一瞧门口还堵着两个门神，可身量都不及他壮硕，趁着众人分神的工夫，抱了团衣裳赤身裸体地往门口冲去。赵氏父子已然呆了，下意识一闪身，竟让郝卿真个冲了出去。

围着寮房的均是林家军中的精兵，眼见从屋中突然冲出来个光溜溜的男人，"仓啷啷"一声，齐刷刷拔出腰间的雁翎刀，刀尖明晃晃地对着郝卿。

　　郝卿顿时傻了眼，万没想到门口竟然守着一大群持刀佩剑、威风凛凛的官兵，心中连连叫苦——即便是捉奸也没有这样大的阵仗呀！这是摊上了什么事儿！

　　屋外寒气逼人，郝卿不知是冻的还是吓的，浑身乱抖乱颤，腿一软便跪在了地上，大哭道："官老爷饶命！官老爷饶命哪！"

　　外头的人也有些蒙，今日将军点兵，让来甘露寺捉人，说是绝密不得泄露，而今破门而入，先是有女人尖叫，后又冲出个裸男，莫非今日将军让他们来捉奸？可脸上不带出分毫，仍用冷飕飕的大刀指着那人。

　　香兰躲在屋后看，只见郝卿跳出来，不由羞得捂上了脸，这会子听见哭号，又悄悄把手松开。只屋中传出林锦楼的暴喝："一个个杵着都死了不成？还不把人拿下？！"

　　立即有人上前抹肩头拢二背将郝卿五花大绑，那郝卿浑身仿佛筛糠似的，涕泪涟涟呜咽道："大人饶命，小的罪该万死，小的罪该万死！"

　　屋中又是雷霆暴喝："还不堵上那张臭嘴？！把人给我带进来！"

　　郝卿被堵上了嘴，让人往屋里一丢。饶是赵刚机灵，这会儿已明白过来，一把扯了赵学德进屋，将大门"砰"一声关了个严实。

　　赵月婵在床上抖成一团，林锦楼的暴虐她是知道的，如今被捉了奸只怕这条命就交待在这里了，吓得直哭。

　　忽听见门响，只见赵学德和赵刚走进来，登时一惊，随即喜出望外，哭道："爹爹、哥哥快来救我！"哭完才想起自己裸着身子，把被子往上抱了抱，垂了脸儿，心中又怕又愧又惊又怒。

　　赵学德此刻恨不得掐死赵月婵解恨，本是要抓反贼，如今却当着女婿的面抓了女儿的奸。纵然他不是什么正人君子，可此时此刻情形也未免太过难堪，把几辈子的脸都丢尽了，不由气得头昏脑涨，险些晕过去。他不敢看林锦楼脸色，上前狠狠扇了赵月婵一记耳光，咬牙骂道："孽畜！你怎么不死了干净？！"

　　赵月婵把脸埋进被里号啕大哭。

　　赵刚将赵学德扯开，看了看林锦楼。暗道："林锦楼靠军功起家，两手沾血自是满身煞气，不可招惹。"如今又见他脸色铁青阴寒，眼中一派肃然与杀意，赵刚心里不禁一哆嗦，对赵学德低声道："妹妹是该管教，可眼下是该安抚妹夫……"悄悄使了个眼色。

　　赵学德一瞧林锦楼的神情也知不妙，连忙过去一揖到底道："老夫含愧，没教好女儿。"见林锦楼不说话，接着道，"贤婿受了委屈，此事我必将给你个说法，只是如今还是以大局为重……"

林锦楼反而笑了起来，露出一口白牙："你的意思是先去捉拿反贼？"

赵学德点头如捣蒜一般："正是，正是。此事关乎朝廷，关乎社稷安危，也是你我臣子为皇上尽忠效力，若真将反贼缉拿，贤婿之功不啻平倭寇流匪之乱哪！"

林锦楼微微笑道："哦，原来如此。"脸色骤然一沉，冷笑道，"如今已到这个地步，你还叫我'贤婿'？你是有脸叫，我却没脸应了。"用手指郝卿道，"你女婿多得很，地上不就趴着一个？"

赵学德羞得老脸通红，羞中又带了怒，暗恨道："小子忒不识抬举，若不是我透露消息，你岂能得这样立功的机会？"不上不下地站在那里，不知这话该如何接。

林锦楼冷冷道："天大的功劳也比不得头上一顶绿帽子压人，今日这件事不说出个子丑寅卯不算完。"说着走到郝卿跟前。郝卿歪在地上，身子蜷成一团。林锦楼将他口中的破布拿掉，踩了踩他的脸，淡淡道："说说罢，是怎么跟这贱人认识的？搅在一起多久了？"

不等郝卿说话，赵刚便走上前，赔着笑道："妹夫别恼，此事只怕有蹊跷，我妹妹只怕是让人拐带强奸的，否则就算她有天大的胆子，也不敢做这等事。"说着扭头向赵月婵挤眉弄眼使眼色："是也不是？"

赵月婵立刻会意，指着那郝卿道："是他，是他迫我的！"

郝卿登时叫起撞天屈："冤枉！小人冤枉！是小娘子对小人有意，三番五次来庙里相会，还赠了财帛……"

赵刚狠骂道："呸！无耻小人，青天白日里乱攀咬！奸污良家妇女，你该当何罪？！"他虽是文官，但腰间也有宝剑做装饰之用，说着拔出佩剑便刺。

林锦楼眼明手快，一把攥住赵刚的肩膀，森然道："还没审怎么就动上刑了？莫非想杀人灭口？"

赵刚确实想将郝卿杀了，日后此事怎么编派再教赵月婵便是，只是他怎敌林锦楼这等有武艺的？只觉手腕被钢筋铁爪攥着将要被碾碎，"嗷嗷"叫了出来，求道："怎敢？怎敢？我只是出于愤怒，还求妹夫高抬贵手。"

林锦楼冷哼一声，将赵刚搡到一旁。

赵刚疼得冷汗直冒，暗道："'林阎王'的诨号不是白来的，若是让他审那和尚，再扯出什么不堪之事，林家恼上来捅到祖父那里，家里便吃不了兜着走了！"不敢跟林锦楼分辩，只能连连给赵学德使眼色。

赵月婵嘤嘤哭道："夫君息怒，我是真的被冤枉的！"

林锦楼一怔，接着哈哈大笑起来，笑声越来越大，直笑得前仰后合。众人惊疑不定，不由面面相觑。郝卿浑身乱抖，身下尿湿了一片。林锦楼笑够了，脸上虽带着笑，却透着森然冷意，踢了踢郝卿道："她说她是冤枉的，这么说你便是罪魁祸首，千刀万剐都算便宜了。"

郝卿大哭道："小的冤枉！赵氏有个表哥叫钱文泽，跟小的吃酒相熟了，说他的表妹赵氏生得天仙一般，成亲之前就和他有了首尾，后来嫁了人天天守空房，日夜想汉子，要给我们牵线搭桥，让小的哄着赵氏拿银子出来放债，得了钱跟钱文泽一九开分了，又说赵氏原先便拿出一万多两银子放债。小的不信，钱文泽便说这银子一多半是林家公中的钱，赵氏原先持家，手里头能捞大把油水，如今虽碰不着银子了，但三五千两还是拿得出手，放债出去，每月至少也是七八十两……"说到此处看了看林锦楼脸色，其实钱文泽说了这些，他便心动着应了，可此时此刻万不能这样说，便咬着牙编道，"小人就算有天大的胆子也不敢勾引大人的老婆，死活不肯应，奈何欠着钱文泽的赌债，只得被迫答应了。"

林锦楼冷笑道："哄谁呢？你一个出家人，还能出去吃酒耍钱？"

郝卿叫道："小的不是出家人！小的姓郝名卿，家中有妻有子，是钱文泽让我剃了头，住到这寺来，为着与赵氏方便。"又哭天抢地，"大人要不信，只管拿来钱文泽，一问便知了。"

赵氏父子脸上一阵红一阵白。他们万没想到赵月婵竟胆子大到这步田地，用夫家的银子出来放债不说，还养了两个男人。

赵月婵却哭道："钱文泽逼我的。当年我不懂事，婚前铸下大错，他以此拿捏，倘若不从他的意，他便要在外头乱嚷乱闹，我……我也是不得已……"将脸埋在被里哭得死去活来。

赵氏父子脸色阴沉如锅底一般，屋中一时沉寂。

林锦楼看了赵学德一眼，嘲讽道："事已至此，岳父大人还有什么要说的？""岳父"二字咬得极重。

赵学德勉强开口道："老夫惭愧……"见林锦楼一脸杀气看着自己，生怕他暴怒起来伤人，也知此事已糊弄不过，便道，"你想如何？"

林锦楼道："此事倒也简单，不过三条路，一是我还她一纸休书，以犯了'淫'罪一条休妻。"

赵家人齐声道："万万不可！"若是以此名义休了赵月婵回家，赵家才真个算是斯文扫地，日后子孙都难抬头做人。赵学德还有两个待嫁的女儿，日后只怕找不到婆家了。

赵学德劝道："贤婿何必赶尽杀绝？林、赵好歹也是两姓交好的，再说这于你脸面上也不好看……"

林锦楼冷笑，接着道："二是赵氏暴毙，林家自会操持丧事，可棺材不得进祖坟。"

这便是要赵月婵的命了,她倏然瞪大双眼,尖叫道:"不行!不行!"眼泪滚滚而下,央告她父亲道:"爹爹千万别答应!"

赵学德脸色难看,瞅瞅林锦楼,暗道:"这等逆女若是死了倒是一了百了,成全了赵家的名声,也让林锦楼消了气。"可瞧了一眼缩在床上的赵月婵,心里又舍不得。究竟是至亲骨肉,自小疼爱长大的,怎下得了狠心让女儿去送死?

赵刚也从旁劝道:"爹爹,此事万万不妥,妹妹纵然有错,也不该没了性命。"

赵学德仍在踟蹰,便听林锦楼道:"三是我与赵氏和离,只是她贪墨林家公中的银子,所以陪嫁的田产不能带走,其余自便。"

赵学德咂了咂嘴。因为林家乃江南望族,泼天富贵,故而当初嫁女时,赵学德为了讲排场,忍着肉痛置办了大批陪嫁,颇有些农庄田产。他心里犹豫,又想有转圜余地,便堆着笑道:"贤婿何必如此着急?眼下擒拿反贼要紧,待捉到人,给你记第一大功,家务事再议也不迟。"

林锦楼往椅上一坐,跷着二郎腿,冷笑道:"我已是看在两家交好的分上给赵家留脸,此事不给了结,我便立刻搬兵撤退,写了休书送上府去,倒也不怕满城风雨,人人知道我成了王八。我豁出去脸皮不要,也要将此事撕掳干净。"

赵学德急得团团转,赵刚将赵学德扯到寮房另一侧的茶水室,低声道:"不如就依最后一则罢。林锦楼油盐不进,惹恼了他指不定他有什么后手。妹妹犯了这等大错,林家是万万不会再要她了,和离还能保全颜面,留下田庄堵林家的嘴,好歹两家还留一线,日后有机会再攀亲。"见赵学德仍在犹豫,便补上一句道:"爹爹,你外头养那个小妇儿,她生的女儿如今也快十五了……"说着使了个眼色,对林锦楼努了努嘴。

赵学德茅塞顿开。他养了个外室,生了一对儿女,女儿赵月娥倒是美人样貌,如今打扮起来,虽不及赵月婵妖娇,却也极其标致,压了声音道:"她的出身差了些。"

赵刚冷笑道:"爹爹还打算正经结儿女亲家?我的意思是把她给林锦楼做妾,圆圆人家的脸面,好好攀上的高枝儿别回头成了冤家。"

赵学德若有所思。

这厢林锦楼悠然地坐在窗下的椅子上,转了转脖子,先前揪出奸夫淫妇的恼意已逐渐淡去,要摆脱赵月婵的快意从心里涌了上来。

赵月婵拥着被,咬着牙哽咽道:"你好狠的心……纵然我犯了错事,你竟要我的命!"

林锦楼双眼如同两道冷电看着赵月婵,恨声道:"我恨不得把你千刀万剐!每当想起我娶了你这样的妇人,我便悔得无以复加。自娶了你进门,家中添了多少不幸?早先我打算娶太太远房亲戚的女儿芙蓉做妾,是你悄悄引了人将她奸杀了!"

赵月婵猛地瞪大眼睛,瞬间变了脸色。心怦怦直跳,一动都不敢动。

林锦楼笑得有些狰狞:"你以为这事做得神不知鬼不觉,把我当傻子耍弄?世上没有不透风的墙,芙蓉死得那样惨,我怎能不去探个究竟?自此之后我见着你便觉着恶心,连碰都不想碰一下,看见你,我便想起芙蓉死时的模样。"

赵月婵揪紧了手中的被——原先新婚之后,林锦楼发觉她并非完璧,待她虽然冷淡,可偶尔还有些夫妻亲近,可不知从何时起,林锦楼眼风都不扫她一眼。任凭她如何打扮、用手段,林锦楼对她总是满脸厌恶,原来竟然是因为芙蓉那个贱人!

林锦楼讥诮道:"后来我多看了哪个丫头一眼,多说一句,你都非打即骂,将人发卖出去,你拿家里的银子放债,逼死了青岚,一尸两命,如今还给我扣了顶绿油油的帽子,一桩桩一件件我是铭记在心,万万不敢忘怀……你说,到底是你心狠还是我心狠?林大奶奶,我与你相比,还是略逊一筹。"

赵月婵恨声道:"即便我婚前不贞,可之后是一心一意跟你过日子的。是你!新婚便收用了三个丫鬟落我脸面,之后便是冷鼻子冷眼,看我没一处合意的地方,再等你纳了青梅竹马的表妹,府里可还有我的立足之地?!"如今林家俨然要休了她,赵月婵干脆豁了出去,披头散发拥着锦被坐在床上,两眼闪着怨毒,竟有几分可怖的味道:"你碰都不碰我一根指头,却花天酒地左拥右抱,勾栏里的粉头、外头置的小妾、府里的丫头、新娶的姨娘,哪一样停了手了?凭什么我就该在府里头白白受着?我只是悔我自个儿没多给你几顶绿帽戴,我出去偷人是你的报应!你的报应!"

林锦楼怒得太阳穴都鼓了起来,深深吸一口气,硬将满腔的怒压下来,冷冷道:"过了今日,只怕你再想给我戴都不能了,不如趁现在便演上一场活春宫给爷看看,也解解你的恨!"说着大步上前,一把提溜起郝卿便往床上扔去。

郝卿吓得大叫道:"大人我不敢了,我再也不敢了!"

赵月婵也止不住尖叫起来,骂道:"有本事你便杀了我!杀了我!"

赵氏父子急忙从茶水室出来,一叠声问道:"这是怎么了?怎么了?"见床上乱成一团,又看看林锦楼阴沉的脸色,赵学德还欲再问,赵刚连忙扯了扯他的衣袖,赵学德便闭了嘴。

赵刚道:"方才提议我们答应了,和离罢。"

赵月婵哭喊道:"我不和离!凭什么对我这般?!"

赵学德劈头盖脸一记耳光,骂道:"孽障,还不闭嘴!"

赵月婵一头扎到床上哭去了。她好不甘心!当日她嫁到林家,多少姊妹亲眷好友羡慕。林家乃有名的望族世家,又有大把银两,至少繁盛五十年不败,遑论林锦楼少年得志，英武不凡，不是那等靠着祖荫的废物。即便林锦楼不喜欢她，她也已打定主意一辈子赖也要赖在林家，可遭冷遇又生出种种不甘，一步步竟到这般田地。林锦楼可倒好，日后还能再娶个娇妻进门，她已嫁过一次，不知日后要有多少风言风语，往后的日子又该如何呢？

赵月婵心中千恨万怨，暗道："林锦楼，你给我记住，我日后必要把这仇报了！"

林锦楼从寮房里找出笔墨纸砚，写了一纸放妻书交由赵学德，赵刚搓着手问道："虽是和离，可名声到底有碍，你看……？"

林锦楼淡淡道："我们口中不会蹦出赵家一个'不'字，随你们去说，只有一节，不可辱没林家的名声。"

赵学德松了口气，林锦楼这么说等若瞒下了赵月婵偷情之事，看了郝卿一眼，又问："这人该如何处置？"

林锦楼笑得讥诮："由赵家处置罢。"说完头也不回地走了出去。

赵学德被林锦楼脸上的笑刺得心口发疼，狠狠瞪了赵月婵一眼道："还不赶紧把衣服穿上！"脸色阴毒，朝郝卿看了过去。

郝卿浑身哆嗦，颤声道："老爷饶命，老爷饶命！"

赵刚上来拿了团衣物把郝卿的嘴堵了个严实，凑到赵学德耳边低声道："待会儿拿个口袋把人装了，再捆上石头，往江里一扔，保准神不知鬼不觉。"

赵学德微不可察地点了点头，道："手底下干净利索些。"

赵刚领命，当下便寻了个口袋把郝卿装了，暂且不提。

却说林锦楼走出去后，将心腹亲兵温如实召到跟前，低声道："人到哪儿了？"

温如实压低声音道："方才传了消息过来，这会儿人已经出了江苏，就要到安徽了。"

林锦楼点了点头，长长出了口气。

当日赵学德找林锦楼相商抓捕太子之事，林锦楼只当是玩笑，可细细查下去却大吃一惊，原来太子确在这金陵城中，落发为僧做了个和尚托着钵云游四方。林锦楼年幼时曾进宫见过太子，记得在其右眉之上有一点血红的痣，如今一见正是半分不差，当下便陷入进退两难之境。八王爷已坐稳帝位，羽翼渐丰，太子只怕很难东山再起，宝押在太子身上只怕不妥。可太子曾厚待过林家，做人不可忘恩负义，正所谓"逊帝有恩，今上难违"了。

林锦楼到底是杀伐决断之人，见太子在纸上写了"江山依旧，到老皆空"八个字，便知太子已无起事之心，即以金银财帛相赠，命心腹打点行囊送太子一行人出城，至关外安家落户。

转回头他便谋划开来。前些日子他早出晚归，故意不住在家中，派人暗暗盯着，查出赵月婵在外做下多少丑事。他本打算捉奸在床，一刀结果了干净，可这般做了难免不顾大局，伤了林、赵两家和气。如今有了这一桩由头，林锦楼便干脆做个局引赵氏父子来，当面撕掳干净，过后让林昭祥再给赵月婵的祖父赵晋去信表白，仅得罪赵学德这一支，日后与赵家其他几房还有旧情可叙。

方才他满心厌恶的狗皮膏药终于甩脱，林锦楼只觉浑身畅快，看什么都顺眼，便装模作样地命手下人搜查甘露寺。

香兰在风地里站了多时，只觉手脚都冻木了，见林锦楼忽从屋中出来，开始大肆搜查，心中惊异道："莫非林锦楼不是来捉奸的？这寺里真有什么反贼？"可遥遥望去，又见林锦楼满脸惬意，不似要抓反贼那等如临大敌之态，心中又狐疑，生怕他瞧见自己，悄悄地隐到一丛梅树后面去了。

当下有个浓眉大眼、穿着体面的兵差走了过来，问道："你是何人？在此处做什么？"

香兰忙道了个万福，说："小女子是来庙里烧香的香客，本是在客堂吃茶，见寮房院子里几枝梅花开得好便过来看看，只是忽然官老爷们来了，又守着门不让出，便只得留在此处了。"

问话的正是温如实，他上下一打量，见眼前的女子穿着碧青的缎子出毛斗篷，说话斯文有礼，虽头上戴着兜帽遮着半张脸瞧不见长相，却能见得是富贵人家出身的，说不准是哪个小姐，便挥挥手道："出去罢，这地方是和尚住的，小娘子家家的日后少来。"

香兰求之不得，又福了一福便要走，却听背后有人道："留步！"

香兰身上一僵，这正是林锦楼的声音！

香兰哪敢"留步"，反倒加紧了步子，却见眼前一暗，林锦楼已快走两步挡在了她跟前，因他身形高大，便将香兰遮在阴影里。

香兰骇了一跳，两条腿都软了，身上微微打战，死死地低着头，只见面前出现一只手，拿了条兰花宫绦，上头拴了个五色如意香囊。

林锦楼懒洋洋问道："这可是你的？"

香兰一瞧，这可不就是她在裙上系着的东西？想来方才带子松了，香囊便掉在地上。香兰压低声音含糊道："多谢官爷。"便要伸手去取。

林锦楼原也想把香囊还她，却见这女孩儿虽戴着兜帽遮着脸，抬头却微微露出精致的下巴和一点嫣红的小嘴儿。这嘴他瞧着眼熟，恍惚一瞬，便想起原先叫香兰的丫头便是这样的小嘴儿，粉艳艳的叫人想亲上一口。

林锦楼骤然蹙起眉，问道："你叫什么名儿？"伸手便要去除香兰头上的兜帽，正此时，寮房的门忽然开了，赵学德从中走出来道："林将军，可搜到反贼了？"

林锦楼已交了放妻书，赵学德脸皮再厚，也不好意思再称"贤婿"，便以"林将军"称之，心里却不是滋味——多好的一门亲事，林锦楼年纪轻轻便封了四品将军，日后前途无量，赵月婵这个孽障，本就是四品命妇了，他便是四品将军的老丈人，可恨竟没这个福！

见林锦楼转眼间便同个女子在说话，手臂高抬，仿佛要摸上去，赵学德愈发不悦，沉了声道："林将军还请以大事为重。"

香兰心里怦怦直跳，趁机往后退了半步，头垂得越发低了。

林锦楼颇不耐烦，心道这寺里有个狗屁反贼，不过是引你过来看你闺女如何偷贼养汉。可到底还要给赵学德两分颜面，手便收了回来，面无表情道："赵大人只管放心，这里围得跟铁桶似的，反贼插翅难飞。"

赵刚道："还请林将军主持大局，借一步说话。"上前拉了林锦楼的手臂，说有人搜到一幅字画，恐是反贼所作。

林锦楼临行前看了香兰一眼，口中道："站在这儿等着！"话音未落便让赵刚称兄道弟地拉走了。

香兰微微松一口气，偷眼瞧林锦楼走远了，提了裙子撒腿便跑，从寮房的院子跑出来，就见王婆子还在客堂处焦急等着。

王婆子一见香兰喜得好似天降凤凰，迎上前道："我的好姑娘，你上哪儿去了？"

香兰上前一把抓了那王婆子道："里面有官兵，说是要拿反贼，只怕刀枪无眼，咱们还是快些走罢。"

王婆子早就瞧见有官兵了，如今一听"拿反贼""刀枪无言"也着了慌，跟香兰一道急急忙忙地往外奔。出了山门便瞧见王老头揣着手坐在车辕上，香兰和王婆子上了车，便命立即回宋府。

车行了一段，香兰才敢偷偷掀开帘子往外看，见四周静悄悄的，方知后头没人追来，不由松了口气，软着身子靠在车壁上，此时才发觉冷汗已将贴身的小衣浸透了，额上冒出一层细密的汗珠。

香兰掏出帕子拭了拭，一低头瞧见裙带子上空空如也，顿时有些心疼自己丢的那宫绦和香囊，可转念一想丢了那身外之物，也总好过被林锦楼抓走，心里又有些安慰。

待进了金陵城，香兰又往后瞧了瞧，见无官兵追来，这才放了心，回到宋家只关门闭户，一心一意忙着过年。

这里林锦楼被赵刚缠了半晌，心中十分不耐，可少不得支起耳朵听着。待出来却发觉院子里那梅树下半个人影都没有了，林锦楼大怒，将周遭的小兵唤过来道："人呢？站在树底下的人呢？"

那小兵懵懵懂懂的，不知林锦楼说的是什么。

温如实听见林锦楼怒喝，连忙过来道："那姑娘已经走了。"

林锦楼瞬间沉了脸，奈何杂务缠身，便只得将此事暂放到一旁。

甘露寺上下全翻了一遍，众人自然没找到反贼的踪影，却在一间屋内找到一幅山水图，寥寥几笔，在空白处题了"江山依旧，到老皆空"两句诗，底下盖着皇家大印，似是太子之作。

赵学德如获至宝，登时跟打了鸡血一般，将寺里的僧人尽数召集来询问，一问才知，此人是个云游和尚，半个月前住在此处，早已不知去何方了。

赵学德连忙将这画八百里加急寄给他祖父，又打算在金陵城里上下搜查。

林锦楼心中冷笑——太子早已让他送到外省了，不几日出了安徽便入河南地界，一路向西北便可出关，踪迹杳杳便再难寻觅了，就算赵学德将金陵城翻过来也找寻不见。

忙忙碌碌整整一天，林锦楼回家时已是申时。因赵月婵不在家，鹦哥便瞅准了时机上前伺候，奉上她亲手做的枸杞汤，见林锦楼饿了，便命厨房又重新热了些吃食。

林锦楼草草用了些便要换衣裳，打算跟长辈禀明与赵月婵和离之事。鹦哥服侍他穿衣，刚脱下大氅便听"啪"一声，那系着兰花宫绦的香囊从衣袖里滚出掉在了地上。

鹦哥连忙捡起来，林锦楼却一皱眉，一把夺了那香囊，径直出去命廊下当差的小幺儿将双喜和吉祥唤来，厉声道："去给我查，原先那个叫香兰的丫头让哪个人牙子买了去，如今在什么地方，三天之内必须把人给我查出来！"

第十七章

旧缘寻故梦

双喜和吉祥一缩脖子,忙不迭地应道:"大爷只管放心,小的们这就去查,这就去查。"

林锦楼转身去了,双喜、吉祥二人各自去找人牙子查问。

这里林锦楼换了身衣裳,径直去了林昭祥房中,又让丫鬟把林长政请来,将今日甘露寺之事来龙去脉讲了一遭,将自己找到太子和做局之事隐去不提,只说赵学德请他一道缉拿反贼,没料到竟撞见赵月婵同假和尚私通。

饶是林昭祥已见惯风浪,也不禁目瞪口呆,半天方才回神,低头不语,咂着水烟抽了两口。

林长政怒道:"这般和离倒是便宜了那贱人!"

林锦楼冷笑道:"那能如何?谁让她有个好祖父。"

林长政张了张嘴,又把口中话咽了下去。赵月婵的祖父确实任内阁首辅,如今在文渊阁主持编纂书册之事,极有圣眷。如今林家虽有富贵,却因原先倾向太子受圣上忌惮,不如赵家这等风头正劲的新贵。

林昭祥咳了两声道:"这等事既然已闹出来,和离是给了赵家脸面,后头该如何办呢?"

林锦楼道:"已同赵学德商量过了,同赵月婵和离之事先隐而不报,过个一年半载再慢慢放消息出去。这两天赵家就来人,先将赵月婵的陪嫁拉回去。"

林昭祥缓缓点头,又同儿孙说了两句,对林长政道:"你先回去,告诉大儿媳妇，把赵家陪嫁的单子拿出来，一桩桩地核查清点，回头赵家人来了便交割回去，宁愿家里吃点儿亏，也要干净利索些办了。"林长政应下。

林昭祥挥挥手道："行了，你去罢，我跟楼儿还有话说。"林长政退下。

林昭祥脸色一沉，厉声道："还不给我跪下！"

林锦楼一怔，只觉莫名其妙，可仍乖乖跪了下来。

林昭祥冷笑道："你是长本事了，我同你说过多少回，让你对赵氏再忍耐些时日，至多一年半载，就让她滚蛋。你可倒好，不知怎么使了阴谋诡计哄着赵学德去跟你捉奸，又擅自做主把人给休了，还闹了这样大的阵仗，你蒙得了你爹，可蒙不住我！"

林锦楼赔笑道："祖父慧眼如炬，孙儿自然瞒不住您老人家。"

林昭祥怒道："放屁！你觉着你打了几次胜仗就翅膀硬了？弄巧成拙，不堪大用！"

林锦楼见林昭祥气得满面通红，慌忙上前给他揉胸口顺气，口中道："祖父息怒，别为我这不成器的狗东西气坏身子，若是气狠了就打我几下出气罢。"说着凑过去让林昭祥打。

林昭祥缓缓吐出一口气，道："赵氏是个什么玩意儿我还不清楚？若是先帝在位的时候，别说一个赵家，就算十个赵家咱们都不放在眼里。可如今隐忍了这么长时间，再忍些时日又能如何？"

林锦楼低了头道："祖父有所不知，当年是赵月婵指使人将芙蓉奸杀了，我赶到的时候，芙蓉已断气多时，裸着身子躺在雪地里，死得那样惨，连眼都不曾闭上……还有青岚，也被害得一尸两命，遑论淫奔不才、谋家里的钱财……她就像把刀子日日割着我的心肺，我……"

林昭祥瞪了他一眼道："那又如何？有道是'君子报仇，十年不晚'，你这还没到十年呢，就这般沉不住气！圣上眼见着这些年身子骨虚弱，要立太子，赵晋上下蹦跶支持大皇子，引得二皇子不满，加之他才高直言，说话太过刻薄，自视甚高，已得罪了一批朝臣，到底是根基浅的家族，又树大招风，顶多再风光个一年半载，赵家便不如以往了。到时候攥着她的错处和离，她娘家早已自顾不暇，谁还管得了她？如今可好，虽把赵氏摆脱了，万一惹赵晋不快，林家岂不多了个仇敌？更何况弄出些风言风语，我的老脸都快丢尽了！"

林锦楼笑道："要丢脸也是孙儿丢，我的名声已然如此，再多些风言风语也不怕了。"又低了头道，"祖父教训得是，是我过于心急了。"

林昭祥脸色缓了缓，拍着林锦楼的手臂道："要学会忍，百忍可成金。我这一辈子便是凭一个'忍'字谋而后动，林家才保着如今的富贵，当年不能忍的全都衰落了,就像沈文翰,刚烈着一根骨头,最后死无葬身之地。"

林锦楼跪在地上垂着手听训。

林昭祥又道:"敛一敛你的火暴脾气,多去静心养气,少出去吃酒鬼混。等和离的风声过了,我亲自过问,给你选一房高门淑女为妻,你也不准再去胡闹。"

林锦楼点头称是。

林昭祥看着他宽厚的肩和笔直的背,忽想起林锦楼小时候,那虎头虎脑的小孩子,闯了祸也是这般规规矩矩地跪在他跟前听训,不由心中一软。他对林锦楼寄予厚望,此子从小顽劣,不服管教,却也聪明过人,刚毅果决,对旁人狠,对自己更狠。他这长孙,从小锦衣玉食长大,却冬练三九,夏练三伏,练一身武艺,在军中吃苦受罪更不计其数,又心机深沉,若是肯出仕做文官,也必然有一番作为。

连林昭祥自己都承认,他这些儿孙当中,唯有林锦楼的性子同他最像。大儿子林长政为人端方,欠了些机敏圆融,二儿子林长敏是个烂泥糊不上墙的。剩下的孙子中,林锦轩是个药罐子,林锦亭又好吟风弄月,不肯好好读书,林锦园年纪尚幼。族中的子侄当中倒有几个成材的,却也不及林锦楼有勇有谋。

林昭祥忽然问道:"军中的事处理怎么样了?死难的军属安抚如何?可要招募新兵?"

林锦楼一怔,没料到林昭祥问这个,老实答道:"给军属的银子都发下去了,等明年开春再募些新兵来。就是有些混账东西打林家军主意,非要将这一支编成正规军,美其名曰朝廷要拨军饷。放他娘的屁,老子前脚把这些人归了编,后脚就有王八蛋把这军队调走。我才不干这傻事。再说我这支队伍暗里吃着军饷呢,谁也甭想截和了。我心里有数,祖父就甭操心了。"

"我不操心?我是不想操心,指挥司的余大人巴巴地拎了东西上门拜访,喝了几盅茶,说你不服管束,私养着军队,好好的正规军都不入,宁愿让这军队顶着'巡盐'的名号,说你这罪状可大可小。你今天就给我唱了一出'捉奸记',明儿个再给我唱一出'造反戏',我这一把岁数了还禁得起折腾?"

"嘿嘿嘿,哪儿能呢?您大孙子我多争气,不过就这点儿小事,回头我去给余大人上上供,一准儿就抹平了。"

"少给我嬉皮笑脸的!你老子是管不动你,别以为就任凭你翻了天,我还没咽气呢!少给我惹麻烦作死,听说你在外头又养了个女人,在妓院里逢场作戏有个把相好就算了,置宅子养在外头的不准往家里领,脏的臭的全能进来,家规、家风还要不要了?"

"哦……"

"'哦'什么'哦'?你可听清楚了?"

"听清楚了……"

林锦楼被林昭祥耳提面命一番，暂且不提。

且说第二日，赵家便派了人来，悄悄将赵月婵的陪嫁拉走了，连同从娘家陪嫁的丫鬟婆子等，尽数带了回去。又过几日，流传出林家大奶奶在甘露寺偷人被丈夫捉奸的风闻，可紧接着又有传闻说，当日在甘露寺，林锦楼是去缉拿朝廷要犯，不经意碰到和尚召妓破戒之。种种不一而足，过年时赵月婵又病倒，不得出来见客，又引人议论纷纷。

后来又有渔民从江中打捞出一个口袋，当中有一浑身赤裸的光头男尸，已泡得不成样子。有那心善之人募了几个钱，用张破席子一卷，将那尸首埋在乱坟岗里了。郝卿的妻子久等他不来，趁着年轻，带着郝家余下的田产又嫁了个布商，儿子随娘改嫁。郝卿这一犯淫业，勾引人家老婆，弄了个惨死的下场，原本殷实的家业和老婆儿子也尽数归了他人，也算报应不爽了。

却有条漏网之鱼。当日钱文泽原本也在甘露寺，后出去买酒菜，回来时见有官兵围着甘露寺便知不妙，脚底抹油溜了，回家收拾行囊，别了妻儿躲了出去。可赵家不是吃素的，眼见赵月婵在钱文泽勾搭下丧伦败德，还让林家休掉，这口气自然咽不下去。赵学德拿捏了几条罪状将钱文泽定了罪，因找不到本人，便将其家产尽数充了公。钱文泽的媳妇儿带着孩子投奔了娘家，剩下老母无人供养，只靠着邻居接济勉强度日罢了。

这里香兰回了宋家，关门躲了几日，见无人上门，暗道："林锦楼身边美人如云，哪里还会在意我了？"心逐渐放了下来。大年三十早晨，将宋家里外巡查一番，便别了看家的仆妇，雇了一辆车，赶回家同陈氏夫妇吃年夜饭，刚到家门口，便瞧见门外有一匹高头大马。

香兰吃了一惊，忙从马车上下来，从荷包里掏出铜板付了车钱，打发车夫去了。

那院子的门只是虚掩，香兰推开门，绕过影壁，只见主屋门口站着两个穿着体面的小厮，是一对双生子，眉眼端正，却透着一股子机灵。香兰登时心里一沉，这二人正是吉祥和双喜。

他二人一见香兰，面上堆起笑，忙不迭地过来迎道："姑娘回来得正好，咱们爷刚到呢，正在里头跟姑娘的爹娘说话。"

另一个道："姑娘真是好福气，大爷一打听着姑娘的下落立马就过来了，还带了好些东西，吃的喝的穿的戴的，让家里过年的时候用。"

香兰惊骇得睁大眼睛。

双喜笑道："大爷心里头一直惦念姑娘，家来头一件事就是问姑娘去哪儿了，知道让大奶奶卖了，发了好一通脾气，打发我们四下里找，幸好皇天不负有心人，终于找着了姑娘的去处。大爷还知道姑娘受了委屈，挨了大奶奶的打，这不亲自过来了……"

双喜犹自喋喋不休，香兰的脸色越来越白，吉祥看个分明，扯了双喜一记，对香兰笑道："姑娘快进去罢，站在大风地里吹病了就是我们的罪过了。"

香兰脸上木木的，连假笑都挤不出，心里又怕又惊，喉咙里蹿出一股子苦意，却硬生生让她压了下去。林锦楼还是找来了。她已被他正房娘子害得那样惨，打得面目全非，差点儿进了虎穴狼窝毁了一生，好容易拨云见日过了几天安生日子，他又寻来做什么？

瞧着吉祥和双喜殷勤的模样，听着那话里话外的意思，她早就明白了，心也一路沉了下去。纵然她如今成了宋家的丫鬟，可林锦楼是土匪性子，宋柯又远在京城，倘若林锦楼真用了手段，自己又该如何应对呢？

双喜还要再说，吉祥又扯了他一把，暗暗使了个眼色，两人便闭了嘴。香兰仿佛幽魂似的慢慢挪到门口，深深吸了口气，伸手将屋门推开。扑面而来的是一股暖气，可香兰只觉比刺骨寒风还要割人。

双喜见香兰进了屋，皱着眉揣着手道："我说哥哥，那妞儿不会高兴糊涂了罢？"

吉祥白了双喜一眼："什么眼神儿？没瞧见那是吓的？香兰怕咱们家爷。我瞧这个行市，她好似不大乐意大爷登门过来。"

双喜道："她是怕大奶奶罢？如今大奶奶让大爷收拾了，病得起不来炕，她再回去就没什么可怕了。"

吉祥小声道："哪有这样简单呢？她是让宋大爷买去的。瞧她身上穿着打扮……啧啧，哪是寻常使唤人的模样，兴许这两人早就……"

双喜一吐舌头："怪道那天我跟大爷说香兰是让宋家买去的，大爷黑了半日的脸。若是大爷丢开手，或是宋家那小子有眼色还罢了，要不可有的热闹。"

哥儿俩对看一眼，摇了摇头，都把袖子揣了，站在门口不言语了。

这里香兰推门进屋。只见林锦楼正坐在厅里的上座，仍穿着鸦青色的披风，头上的帽子已经除了。见她进来眯了眯眼，那英俊的脸便挂上了笑，让他的眉眼都生彩起来。

香兰不敢看，连忙垂下了头。

陈万全侧着身子坐在右下的椅上，不敢全坐，屁股只有一小半挨在椅上，挺直了背，身子向前倾着，因不知该怎么讨好，故而笑容都有些扭曲。薛氏小心翼翼地奉上一盘果子糕饼，也是一脸诚惶诚恐。

香兰暗道：爹娘已是这个模样，我再不强该怎么办？我偏不信他敢强抢民女，若是迫我，我便豁出去拼了。深吸口气，镇定了几分，盈盈道了个万福："请林家大爷的千秋金安。"

林锦楼愈发笑开了："瞧瞧，这才刚从林家出来便生分了，原先一直说'请大爷的安'，如今却加上'林家'，不知如今叫谁大爷呢？"

陈万全点头哈腰地赔笑道："方才跟大爷说了，香兰是让宋家的爷买了去，如今在宋大爷跟前当差伺候着。"

林锦楼仿佛头一次听说似的，点了点头，喃喃道："哦，原来是宋家……"手指在桌上敲了敲，随口问道，"可有茶？"

薛氏连忙道："有的，有的，这会子水烧开了，我这就沏一壶去，就是家里没什么像样的，大爷凑合着用罢。"手脚麻利地沏了一杯茶来，又悄悄推了香兰一把道，"还不快端过去。"

香兰端了托盘，低着头走过去，将茗碗放在桌上。林锦楼伸手端茶，不知有意还是无意，手指在香兰手背上滑过，香兰仿佛被马蜂蜇了一口，忙将手缩了回来。

林锦楼一皱眉，随即眉头又立刻舒展开，随意问道："老陈，如今你做什么呢？"

陈万全屈着膝盖，屁股已离了椅子，恭敬道："如今在一家当铺当个坐堂掌柜，养家糊口罢了。今年收了几个值钱的物件，发了笔小财，这才置办了院子。"

林锦楼点了点头，口中一长一短问陈万全日常之事，偶尔也问一问香兰，月例多少，做些什么活儿云云。陈万全虽是个口没遮拦的，可见着林锦楼吓得要命，哪还敢胡乱吹嘘，倒也答得合情合理。

香兰一直揪着心，低头站在陈万全身边。

只听林锦楼道："爷去打仗剿匪，回来便知道你让大奶奶打了一顿，转手给卖了，派人四处打听也没个消息，后来听说你被宋家给买了去，爹娘也脱了籍，还买了产业。爷今儿个办事从这儿路过便进来瞧一眼。"

陈家上下又是一阵诚惶诚恐。

林锦楼站起来道："成了，年三十爷不多待，走了。"站起身便往外走。

陈家三人连忙出来送。林锦楼交代了吉祥几句便上了马，双喜连忙去牵缰绳。香兰站在院门口见林锦楼骑着马走了，方才松了一口气，刚要关上门，不想吉祥又跑回来低声道："大爷说了，让姑娘随小的来，到屋后去，有话要问你。"

香兰的心瞬间又提了起来，见吉祥在门口杵着不动，便只得出来将门掩上，跟着吉祥往院子后头去。拐了个弯，果见林锦楼靠着墙站着。双喜牵着马在不远处，背对着他们。

吉祥低声道："姑娘，大爷就在那儿呢，快去罢。"说完也背过了身。

香兰无法，低着头蹭了过去，走了几步便不肯动了，定定地站在那里。耳边忽传来"沙沙"的脚步声，香兰暗暗打了个寒战，眼前已出现一双皂青朝靴。

林锦楼在她头顶上道："别光低着头，抬起来让爷好生瞧瞧，方才在屋里光顾着说话，竟没仔细看看你的模样儿。"说着伸出了手，掐着香兰的小下巴将脸儿抬了起来。

香兰睫毛颤了颤，向上一瞟，只见林锦楼似笑非笑地瞧着她。一段日子未见，他倒无甚变化，唯一双眼睛愈发锐利冷静，十足霸气。

香兰忙垂下眼帘，挣了挣，别开脸将林锦楼的手拨到一旁，干着声音道："林大爷，我还得家去，如此怕是不妥。"

林锦楼松了手，香兰立刻将头又埋了下去，只听他嗤笑道："不妥？怎么不妥？爷的小香兰，你莫不是忘了，爷临走时候说过，等回来就好好地抬举你。你若真忘了也不打紧，明儿个爷就去宋家要人，难不成宋奕飞那小子还敢不放人？"

香兰小脸儿一白，抬起头道："我实在不配得大爷青眼，况且又已经离开了林家，大爷待我的恩情我永远铭记，只是……只是我不愿做妾。"

林锦楼仍是笑模笑样的："哦？不愿做妾？不愿做爷的妾，愿意做宋家那小子的妾？"

"不，不是。"

林锦楼脸上一沉，冷笑一声道："行啊你，刚从林家走就长能耐了，宋家那小子给你什么好儿？难不成许诺你当正头娘子？"

香兰赶紧摇头道："没有，他……"

"没有？"林锦楼嗤笑一声，"你当爷是傻子？你身上穿的、头上戴的、家里置办的房产，哪一样简单了？宋柯那小子待你还真是不错，原先就巴巴地惦着讨了你去。以宋家如今的状况，他这般也算大手笔了，怪道你如此死心塌地的。"

香兰干脆紧紧闭着嘴不说话。

林锦楼却轻佻地掐了掐香兰的脸蛋："别说，这大半年没见，你这小模样又变俏了，难怪把宋柯那小子弄得五迷三道的。爷瞧着你也丢不开手，回头去收拾收拾你在宋家的东西，我自去派人接你回来。"

香兰猛地抬起头，看着林锦楼道："恕难从命。"

林锦楼不悦，挑高了眉："怎么，还不同意？莫非跟着宋柯比跟着我更体面？"想了想，恍然大悟似的说，"你不必怕赵氏，从今往后她就滚蛋了。"

香兰摇了摇头，跪在地上道："大爷，我求求你，我不过是个草芥一样的人，只想平平静静地过日子讨生活。大爷身边有的是绝色佳丽，又何必在意我这么个卑贱之人？"

林锦楼弯下腰，看着香兰的脸，冷笑道："我乐意。"

香兰平静道："那我也只好一死了之了。"说着猛然间拔下头上的檀钗就往喉间刺去。

林锦楼一惊，他乃习武之人，出手快如闪电，一把擒住香兰的手腕，用力一捏，香兰手上吃痛，不自觉地松开手，那根钗便"当"一声掉落在地。林锦楼伸手便知香兰这一刺是用了力气的，白着脸怒吼道："你疯了你！"

这一吼唬得吉祥和双喜纷纷回过头看来，又怕林锦楼瞧见，连忙扭过脸，却竖起耳朵听着。

香兰脸上木木的，道："我没疯，只是觉着死了便一了百了。"

林锦楼怒极反笑道："好，好，好，真有你的，跟爷在这儿玩寻死觅活这一套是罢？"

香兰冷冷道："我不过只有贱命一条，若是大爷执意让我做妾，便只有抬着我的尸首回去。"

林锦楼阴着脸，不知在想些什么。他忽地蹲下身来，两眼直直瞧着香兰的眼睛，冷笑道："行，倒是有种，竟然能把命豁出来跟爷叫板。"说着他把地上的檀钗捡起来，插到香兰的发髻中，手上极温柔地拢了拢她的鬓发，慢条斯理道，"爷有句话劝你，凡事莫要把话说得太满，甭以为跟我玩命就能把这事揭过去，爷干的就是刀口舔血的营生，见惯了玩命的人，你这点子还真不够看的。爷是怜香惜玉，才容让着你，你可别把好心当成驴肝肺，惹恼了爷，到时候你是死了，可你总还有老子娘，别连累他们跟你一块儿吃挂落。你也别指望宋柯那小子能救你，他算个屁，即便他能考上状元，再熬上十年，老子也不会将他放在眼里，你可懂了？"

香兰只抿着嘴，两行清泪"唰"一下从眼中滚了下来，身子在瑟瑟寒风中发着抖，好不可怜的模样。

林锦楼给她抹了抹眼泪儿，香兰也不躲，仿佛泥塑的一般。林锦楼也怕逼急了她再生出旁的事端，暗道："如今宋柯那小子去京里赶考，倒也不必迫她。"便说："你自个儿好好想清楚，可别不识抬举，过几日爷再差人过来。"说完起身唤了一声："牵马来！"

双喜忙不迭地回转身，将马牵了过来，吉祥也迎上前来，见香兰仍在地上跪着，有心扶一把又怕林锦楼不悦，匆匆丢下一句："姑娘别太死心眼，说两句好听的便是了。"回头又瞧了一眼，见香兰仍是木呆呆的，方才那句话也不知她听没听进去。

林锦楼骑着马行了一段路，却是憋了一肚子火气。他怎么也想不到，原先在林家温顺得跟只受惊的小兔子似的女孩儿，怎的一下子变得如此倔烈，甚至宁愿跟着那个门庭都败落的宋柯，倒把自己看得跟粪土似的。林锦楼心里跟堵了团破布似的不痛快。"不识抬举！"他阴沉着一张脸，口中低低骂出了声。

双喜瞧瞧林锦楼的脸色，心说："香兰让大爷心里不痛快，不如引他到苏小娘那儿乐和乐和。"便从怀里掏出一团帕子包着的东西举着胳膊递到林锦楼跟前道："大爷，这是苏娘子让小的转交给大爷的。"

林锦楼将东西接过来，将帕子打开一看，只见当中包着个拴着相思扣儿的小荷包，他把那荷包扣解开往外一倒，一根寸把长的指甲从荷包里掉到了他的手心上，指甲染成了鲜艳的胭脂色。苏媚如左手养了两根长指甲，这一根正是她用剪刀从手上铰下来的。

林锦楼盯着指甲不说话。

双喜堆着笑道："昨儿个徐老头巴巴地求上来，在角门上把这东西给了我，说让我一定要妥妥地交到大爷手上，说苏娘子想大爷想得紧，早也哭，晚也哭，养得这样好的指甲都肯舍得铰了，让大爷看着能有个心念儿，记着她的这份情。他还说这几日苏娘子特意练了个新曲儿，等着大爷过去……"

话音未落，林锦楼便将手里的东西劈头盖脸甩在双喜的脸上，喝道："你出息了，什么时候插手起爷的私事，还学龟奴老鸨拉起皮条来了？！"

双喜立刻缩起脖子，吓得一动都不敢动。

吉祥狠狠瞪了双喜一眼，他胞弟就是有些拎不清。大爷已有日子没上苏媚如那儿去了，她身边的徐老头也曾找过他，还孝敬五两银子让他给大爷吹吹风，递块苏媚如绣的汗巾子什么的，让林锦楼记起来好上外头的宅子去。吉祥没敢接，旁敲侧击地问了林锦楼的意思，林锦楼当时正拿着布擦拭手中的兵刃，漫不经心道："不过是养在外头的小妇儿，怎还找上门来了？"

只这一句吉祥便明了了。只是那苏媚如也是个千娇百媚的佳人，且有一番手段，甭瞧大爷如今不放心上，也保不齐什么时候两人便又跟在浙江时蜜里调油一般了。故而吉祥也不得罪，徐老头再来，便推三阻四地打太极，应付了几次，还特意提点了双喜几句。没想到双喜没听，偏挑今日林锦楼心烦的时候提这桩事，可是触了霉头。

林锦楼拧着眉道："吉祥，回头去带个话儿，跟苏娘子说一声，她非要跟着我，便老实在宅子里待着，甭三天两头摸上林家的门，再去直接滚蛋，爷还不缺她这样伺候的！"

吉祥一叠声应了，又啐了双喜一口道："猪油蒙了你的心了！什么时候轮得到你管大爷的事？外头的女人就是个新鲜，你怎还替她们递东西进来？你没瞧见宅子里正经的奶奶姨娘们都未曾托人给大爷送东西么？不长进的东西，还不自己掌嘴？！"

双喜二话没说，抡起来左右开弓扇自己耳光，一边打一边骂道："叫你不长眼！

叫你没规矩！叫你惹爷生气了！日后再替人递东西便剁了这狗爪子！"

连抽了几下，林锦楼不耐烦摆手道："行了，行了，行了，甭打了，听得爷头疼。"

双喜便停了手，脸上已红成一片了。

林锦楼径自催马向前。苏媚如自到了金陵后便越发黏人了，恨不得林锦楼像在浙江时一般，与她夜夜相守，仿佛正经夫妻似的。林锦楼先前的新鲜劲儿一过，便厌烦她不识大体，处处纠缠，原还有两分恩爱，如今便彻底淡了心，连见都不爱见了。双喜捧着那指甲来，他只觉得满心烦恼。

吉祥悄悄落在后头，一扯双喜的袖子道："你傻了？我还曾嘱咐过你，如今你怎的又跟大爷提苏娘子的事？"

双喜哼哼唧唧，心中也暗自后悔自己不该贪那五两银子给林锦楼递那荷包。此时见林锦楼已骑着马走远了，吉祥也不再说，与双喜一道追了过去。

待林锦楼上马渐渐走远了，香兰才从地上站起来，只觉得浑身瘫软，靠在墙上歇了半晌，掏出帕子抹了一把满面的泪水，这才慢慢地走回家。

进院子的时候，薛氏正端了盆面往正屋中去，见了香兰便问道："方才去哪儿了，这么久才回来？"

香兰垂了头勉强道："方才去送林大爷了。"说完转身进了自己住的厢房，把头埋进被子里，呜咽着哭了出来。方才她用檀钗刺喉，不过使了七成力，又故意做得慢些，让林锦楼有时机去抢夺，以为多少能有些震慑，没料到林锦楼毫不为之所动。

往后她该怎么办？她可以不顾自己，却不能不顾爹娘。虽说陈氏夫妇已脱了籍，不必再担心被林家发卖，可林锦楼毕竟有权有势，林家在金陵这块地方又是手眼通天的世家望族，自己家这种小门小户，在他们眼中不过蝼蚁一般。况且，她还心心念念地等着宋柯从京城里回来……

香兰抹抹眼睛，坐了起来，暗道："事情已然如此，哭不过是让心里头痛快痛快，光哭天抹泪儿不顶用，眼下还需从长计议。跟爹娘相商是万万不可的，他二人解决不得只会徒生烦恼，兴许我爹还觉得能给林锦楼当妾是我天大的福分，巴不得让我赶紧回林家呢。

她一边想着，一边偷偷去厨房拎了半壶热水，倒进厢房的铜盆里，把钗环除了净面，搽了润泽肌肤的香膏，又怕被人瞧出刚刚哭过，脸上稍用了些胭脂衬着颜色，将头发重新绾了，强打着精神去同爹娘说笑。

陈万全正盛赞林锦楼仁义，得意扬扬道："原先赵氏那婆娘打伤了香兰，我还怒得跟什么似的，没想到今天大爷竟然亲自登门赔礼。哎哟哟，这可是天大的脸面了。"

薛氏道："可不是？大爷还送了这么些东西来。"

陈万全道："光是年货就有一袋子呢，还有两匹上好的尺头和两张狍子皮，回头收好了做衣裳穿。"又招呼香兰，"还有一对金镯子、一根金钗，应该是给你的。"

香兰心中微微冷笑，也不答话，推门出去将果子糕饼摆上香案祭拜陈氏历代祖先，心里头则慢慢转着主意。至晚间，香兰帮着薛氏操持了一顿年夜饭。因陈家逐渐殷实，晚上一顿鸡鸭鱼肉俱全，陈万全特意开封了一坛好酒，倒也丰丰富富。只是香兰吃得无甚滋味，酒入愁肠，听着窗外隆隆的鞭炮声，反倒添了两分怅然。

陈氏夫妇却极有兴致，在门口燃了一挂鞭炮，又重新张罗了面点夜宵。眼见守岁已过，香兰吃了点儿东西便回了屋，在床上辗转到半夜才迷迷糊糊睡了。

第二日清晨，天还蒙蒙亮，香兰早早起来，洗了手脸，梳了圆倾髻，插了支小小的金凤步摇并两三支簪子，从柜里翻出一身玉色红青酡绒三色缎子的袄子穿了，配上浅红的裙儿，手腕上各戴一只玉镯子，虽喜庆却也不觉奢华。

薛氏推门进来唤她吃早饭，见她打扮便笑道："哎哟，怎么穿这一身？年下给你置备了好几件呢，有缂丝的，有烧毛的，都比身上这个贵呢。"

香兰笑道："待会子要去给太太和小姐磕头拜年，穿成这样好些。"

薛氏忙点头道："很是，是该去磕头的，待会儿让你爹去雇辆车。"

香兰吃了块糕饼，喝了一碗汤，穿了薛氏的褐色斗篷，方才出了门。

宋姨妈和宋檀钗如今仍住在林家南苑二房太太处，香兰命车停在南苑一处偏僻的角门处，从荷包里掏了一把钱塞给车夫道："且在这儿稍等片刻，待会子再把我送回去。"说罢前去叩门。

守门的老婆子将门打开一道缝，问道："何人？"

香兰忙堆笑道："我是宋府的丫鬟，来瞧太太和姑娘，劳烦嬷嬷往里头递个话儿。"看那婆子满脸不耐烦的模样，忙塞了一把钱。

那婆子见香兰穿着体面，又出手大方，脸色便好看了些，问道："你叫什么名儿？"

香兰忙道："就跟我们家太太、姑娘说香兰来给主子们磕头。"

那婆子便将香兰让到门内，自顾自去了，过不久才回来道："随我来罢。"将香兰引了进去。

香兰低着头快步往前走，过了垂花门，另换了个丫头带路，将她引到一处名为"浮翠"的院子跟前，道："宋家太太和小姐住在这院子里，这会子刚用过饭。"

香兰连声道谢，进了那院子便往主屋去，站在门口垂手唤道："太太，香兰来给您磕头拜年。"

宋姨妈正坐在临窗的炕上，穿着孔雀蓝四合如意团绣的长褙子，手里捧着个紫铜八角手炉，卷华立在一侧服侍。

宋姨妈口中犹自说道："待会儿把大哥儿的信再给我念一遍。唉，大过年的，他一个人待在京里也怪冷清的……"听见香兰的声音便住了嘴，脸上不大自在。

卷华知道宋姨妈的心病，先前总同她念叨香兰不是个好的，生得这样美，跟妖精似的，一来宋家便害死一条人命，日后保不齐要害了大哥儿云云。如今见宋姨妈沉了脸色，卷华连忙劝道："太太，这大过年的来给主子磕头，总是她一份孝心，不看僧面看佛面，太太看在大爷的面上让她进来磕个头罢。"

宋姨妈想到宋柯临走前曾嘱咐她善待香兰，便又将脸色缓了缓，别扭道："让她进来罢。"

卷华亲自将香兰迎进来，在地上铺了跪垫。

香兰拜倒，口中道："太太金安万福。"

宋姨妈淡淡道："你有心了。"说着看了卷华一眼，卷华立刻掏出一封红包递了过去。

香兰收下，坐在宋姨妈脚边的小杌子上，满面笑容道："给太太磕头是应当应分的。"口中嘘寒问暖，又将过年家里大小事务报了一遍，见宋姨妈爱搭不理的，略一沉吟，便又笑道，"前几日大爷打发人送来些京城里的特产，又在信里特意嘱咐我，说让把京里出的细布和点心都给太太留着，说太太畏热，这细布软和凉快，夏天做贴身衣裳最好不过了。还说太太嗜吃甜，京里的白皮点心百吃不厌，如今到金陵难免想念，便多买几包托人带回来。我和玥兮都感叹大爷的孝心，这一匹布、一块点心，大爷首先想到的都是太太。"

香兰一边说一边留意，果见宋姨妈脸上逐渐挂了笑。

卷华心道："香兰是个嘴巧的，两三句话就把太太的脸色说开了。"也在一旁附和道："可不是？大爷在京里刻苦攻读，还不是为了太太后半生有靠么？"

宋姨妈缓缓点头道："不错，不错，大哥儿自小便是个孝顺孩子。"

香兰又凑趣儿地说了许多宋柯如何惦念宋姨妈的话，连带编了许多。她声音本就婉转好听，说话又会挠人痒处，果然哄得宋姨妈欢喜起来，提起兴致又将宋柯从头到尾夸了一通，末了，道："这从古至今都把孝道放在头一位，大哥儿是读圣贤书长大的，自然通通透透，什么都孝敬我呢。那年他爹去了，我病了躺在床上整整三个月，大哥儿那会儿才多大，就懂得衣不解带地在病榻前伺候着，整整瘦了两圈儿。都道'久病床前无孝子'，可我们大哥儿实打实地孝顺，单凭这个阴德，这回春闱也该考个进士回来。"

香兰和卷华连连称是。

香兰见火候差不多了,便道:"太太有大爷这样的儿子孝顺是上辈子攒的福气,大爷有这样心疼他的亲娘,也是他的福气了……"说着又跪下来道,"说来惭愧,今日我过来一则为给太太磕头拜年,二则也来求太太一桩事。我爹娘膝下只有我这一个女儿,眼见他们年纪渐渐都大了,我也实在放心不下,特来向太太讨个恩典,求太太允我给自己赎身。"

宋姨妈和卷华登时一怔,万没想到香兰会这般说。宋柯待香兰情意有目共睹,宋姨妈原以为香兰该死活赖在宋家,等着宋柯抬举,不由狐疑道:"你要赎身?"

香兰磕头道:"还求太太恩典,放奴婢回去多伺候爹娘几年。"

宋姨妈暗喜道:"妙得紧!她赎身出去,日后便不在大哥儿身边,且大哥儿若是高中,必将留在京城或是外放出去做官,怎可能再见她的面?我找人买个宜男旺家之相的绝色摆在大哥儿房里,再选户高门淑女,大哥儿怎还会惦记这么个出身卑微的小狐媚子?再者说,这赎身是她自己求的,可不是我迫她的!"脸上也笑开了花,竟亲手将香兰从地上拉了起来,慈爱道:"我的儿,难为你有这样的孝心,我怎能不答应呢?你好歹在家里伺候一场,又是个忠心的,宋家历来宽厚,赎身的银子便不必给了。"

香兰见宋姨妈如此开怀,心里有些不是滋味,脸上仍带了笑,道:"银子还是要给,当初大爷救了我,又给吃给穿,这大恩大德粉身碎骨也难报了。"从袖中掏出五十两银票并一包二十两的散碎银子,递上前道,"银子不多,却好歹是我一份心。"

卷华悄悄拉了她一把,低声道:"太太不是说了么?宋家给你恩典,不要你赎身的银子了。"

香兰执意将那银子递上前,一双眼明澈如湛湛秋水。

宋姨妈又是一愣。纵然她不喜欢香兰,却也在心里暗赞香兰有心,伸手将银子推到香兰跟前道:"这银子算我赏你的,日后添嫁妆用罢。"

香兰也不再推辞,又磕了个头,口中称道:"谢太太恩典。"

此时宋姨妈看香兰愈发顺眼,急命人送宋檀钗回家取香兰的卖身契,生怕香兰反悔似的,火急火燎地打发管事的去办放籍之事。一时秦氏打发人来请宋姨妈和宋檀钗去听戏,香兰便独自留在屋子里枯坐。

放籍书拿来时已是未时,原来因是过年,衙门里并无人办公,只有值班小吏,管事的少不得托人使了些银子,方才将此事妥妥当当办成了。

香兰将那放籍书牢牢抓在手里看了又看,急急忙忙地往家去。她昨晚盘算到半夜,最终决定来求宋姨妈赎身。一来林锦楼的威胁言犹在耳,若是他找到宋姨妈讨自己过去,宋姨妈一准儿就答应了;二来,宋柯若是春闱高中,届时必有高门第的姑娘与之攀亲，倘若宋柯变心，自己的卖身契仍被宋家攥着，便不能自主了；三来，她心心念念求的便是这自由，只觉快活非常，忽觉昨日林锦楼的欺凌都算不得什么了。

原先她不敢来求，一是怕宋姨妈因有宋柯嘱咐不敢答应，日后此事吹到宋柯耳朵里反而不美，二是因有宋柯一缕柔情牵绊，她心里也想着自己若是宋柯的丫鬟，还能在他身边多陪伴几日罢了。

香兰将斗篷系好出了院子，虽是在二房，也怕遇上熟人，又将兜帽戴上，顺着抄手游廊低头往前走。

此时前院里午饭已毕，爷们儿凑在一处听戏、耍钱、投壶、打马吊，热闹非凡，隐隐传来喧嚣之声。

香兰暗道："清晨来请安还好，那些爷们儿昨晚都要吃酒，断不会这么早起床，可如今已是中午，不知那位楼大爷是否出去拜年了，若碰上便糟糕了，不如拣条僻静的小路走，虽远些，可到底安全些。"便绕道到一条僻静的小路上。

丫鬟、小厮并婆子们，除了留下个把当值的，余者不是凑在一处玩笑就是出去探亲吃年茶，故而路上愈发幽静。

香兰快步走了一小段，拐过一丛松柏，忽瞧见前头假山旁有人影晃动，似是一男一女搂在一处。

香兰大吃一惊，连忙顿住脚步，一闪身藏到老松后头，偷眼望去。此时那女孩儿忽然扭过头，斗篷帽被那男子除下，露出一张白玉般的脸，然后那男子便亲了上去。

香兰惊得捂住嘴——这女孩儿竟是林东绫！

林东绫只顾和那男子亲昵，并未瞧见香兰，两人身影一闪便往假山后去了。

香兰暗道："这林东绫是个胆子大的，竟敢公然在家里与男子私相授受。林家也算是世家大族，养出的小姐不能说金尊玉贵，总也该有个体统，如今竟做出这等不才之事，可见家风已不如从前。此乃是非之地，还是速速离开好。"遂顿住脚往回走，拣了另一条路去了。

且说林家此时正热闹非凡。虽还在曾老太太孝期里，可林锦楼升了四品将军，家里反而比往常还要喧嚣些，登门拜年之人络绎不绝，跟走马灯似的。

林锦楼上午一早出去拜年，至午时才回，引了几个往日常走动的朋友在家用饭，因守孝不好请戏班子搭台唱戏，便花银子从怡红院和丽春阁分别用小轿抬了头牌红姑来，又唤了家里养的几个会弹唱的女孩子，抱了丝竹管弦在屏风后吹奏，一时也春意盈盈。

林锦楼歪在罗汉床的引枕上，半眯着眼，看酒桌上几人猜拳行令，百般作乐。丽春阁的名妓鞓红挨在他身边坐着，将手里的橘子剥开，一瓣一瓣地喂到他口中。

酒桌上尽是些官宦子弟，其中有一人唤作乌亮，乃是浙江巡按乌有为的独子，今年十七岁，被家中长辈溺爱，惯是个吃喝嫖赌的浪荡子，倒有一肚子心眼子，竭力与林锦楼结交。见林锦楼对他爱搭不理，便巴巴地挨着林锦亭套亲热。

林锦亭没酒量，被灌了几盅便头脑发蒙，语无伦次，林锦楼便道："小三儿别再喝了，让小厮扶你到后头躺躺。"话音未落，便有两个清俊小厮上前扶着，乌亮连忙架起林锦亭道："是我该打，灌林兄弟喝这么些酒，还是让我扶着去罢。"

林锦楼不置可否，只就着鞓红端过来的碗喝了一口参茶。

乌亮便颠颠儿地扶着林锦亭往后去。到了抄手游廊上，林锦亭被冷风一吹，顿觉头上一疼，肚里翻涌，扶着柱子"哇"一声吐了出来。

乌亮吓了一跳，慌忙唤道："快来人，你家三爷吐酒了！"

喊了几声却没瞧见有小厮出来。原来仆役知道这饭局一开，没两个时辰是散不了席的，仅有几个伶俐的在前头伺候局儿，剩下的人偷空去赌博嫖娼，或是偷偷溜出去饮酒作乐，还有回家去的，故而一时间竟无人过来。

乌亮抬眼一瞧，只见月亮门处依稀闪过几个丫头，便忙不迭架着林锦亭过去，站在花园子门口往里张望。

那院中景致萦回曲径，窈窕绮窗，暗笼绣箔，不远山坡上栽着一片梅树，有个穿着大红猩猩晕斗篷的美人儿立在梅树下，手里拿着剪子剪梅，另有一个小丫鬟站在一旁，手中拿着个素白的玉胆瓶，当中插着一枝已经剪好的梅枝，俏丽得仿佛画中之人。

乌亮看呆了，不自觉往前迈了几步，只见那美人儿约莫十四五岁，凝脂雪肤，柳眉檀口，真个秀丽无双，端的一派娴雅。

乌亮只觉自己魂儿都飞了，不由捅了捅林锦亭，喃喃道："这……这是你们林家的姑娘？"

林锦亭醉醺醺睁开眼看了看，道："这……这是我表妹，宋家的……"说完没忍住又吐出来。

乌亮慌忙让林锦亭靠在一块太湖石上，自己去屋中唤人，却暗暗对宋檀钗上了心，日后百般打听，暂且不表。

林锦楼在屋中吃了一回酒觉着无趣，怡红院的小翠云亲手撕了点子排骨肉盛在小碟儿里端了过去，笑道："爷别光吃鞓红姐姐喂的，奴亲手剥的好歹也吃两口，就当给奴个颜面罢。"

众人起哄道："瞧瞧，醋上了不是？最难消受美人恩，你可快吃了罢！"

林锦楼懒洋洋挂着笑，低头便吃了一口，对小翠云笑道："我的儿，你是越来越精乖了，可见李二包了你，待你着实不错。"

小翠云幽怨地瞥了林锦楼一眼，半真半假道："还不是爷瞧不上奴，只看上奴的姐姐？"原来这小翠云是小翠仙的妹妹，早先垂青林锦楼，送了诗词和络子等物，见林锦楼收了不由心中暗喜，谁知林锦楼对她并未留意，反倒他军中的一个偏将李毅安瞧上了她，使银子收用。

小翠云开始不肯，又上吊又抹脖子，后来鸨母骂道："翠仙生得比你俏，又会弹唱，林大爷才偶尔来两趟，你颜色比不得你姐姐，趁早收了这个心！"

林锦楼又打发人过来说和她和李毅安之事，小翠云便只好答应了。可如今瞧着林锦楼，心里又发痒，忍不住过来讨好奉承。

林锦楼笑道："这话可不能浑说，如今你姐姐跟了刘公子，跟我再无瓜葛了。"

小翠云赔笑道："是奴失言了，该罚！"举起酒杯吃了一盅，暗道："林锦楼是个狠心人，姐姐对他一片痴心，到末了他也没要，只不过出银子赎身，送了他朋友罢了，可知这世上男子负心薄幸的多，真个不及银子可亲。"心中那点子多愁善感一消，又堆上笑道："昨儿个妈妈还说爷总不往我们那儿去了，园子里来了好几个姑娘，都跟水葱似的，小声音也嫩，专门请了师傅教过，我今儿就带来个妹妹，让她来伺候大爷。"

说着起身，从酒席上拉来个女孩儿，约莫十四岁上下，穿着粉红折枝玉兰刺绣缎面褙子，白绸竹叶立领中衣，底下是枣红色的绣梅花裙儿，头上扎着辫儿，仍未梳髻，显见还未让人梳拢过，却插着金镶珠宝半翅蝶烧蓝钗，白珠金簪，鬓边簪着金菱花，耳上垂着绿玉耳坠，皓腕上挂着金镶珍珠手钏儿，生得一张瓜子脸，描得细细的一双眉，水汪汪的含情目，粉腮红晕，纤腰柔软，仍带了两分青涩，走到林锦楼跟前，见他生得俊伟，便先红了脸儿，盈盈拜倒，含娇细语道："奴家翠翘，来伺候大爷。"

小翠云将小翠翘推到林锦楼身边，口中笑笑道："这是奴的新妹妹，带来长见识的，大爷可得怜香惜玉，别吓着了她。"又冲小翠翘使了个眼色："机灵着点儿，能伺候林大爷可是你上辈子修来的福分。"

这翠翘虽有几分人才，已是个难得美人儿，在林锦楼眼里却也算不得什么尖儿，便随口笑道："你们妈妈倒是手快，刚走了个翠仙，立刻便填补新人了。"

小翠翘倒也乖觉，亲手斟了一杯茶递到林锦楼跟前，林锦楼只抿了口便放在炕桌上了。

小翠云见林锦楼并未上心，便对小翠翘道："去抱琵琶来，唱你前些日子新学的曲儿给各位爷听听。"

小翠翘便抱了琵琶坐了，拨弄琴弦，咿咿呀呀唱了首《榴花梦》，倒也清脆悦耳。

一时满堂喝彩，众人纷纷道："这嗓音清嫩，倒是极难得的。"更有积年风月里行走的轻浮子弟已跃跃欲试，这个低声道："小小年纪倒也别有风情，待会子去换她汗巾子。"那个小声语："放屁，没瞧见人家有了意属的人么？再说怡红院那老鸨子多黑，这样的俏妞儿，没有八十两银子岂能是梳拢过来的？！"还有道："若八十两未免不划算，外头买个丫头也不过五两银子。"这话一出便引得一阵哄笑挤对道："五两银子，你去买个肥敦矮胖的丑丫头回来罢！"

一曲终了，小翠翘又上来服侍，学着鞡红的样儿，将瓜果喂与林锦楼吃。

林锦楼扭脸一瞧，只见她娇怯怯的神色，心里忽地想起香兰。最初见她时也是这样怯生生的，在湖边悄悄簪了朵玉兰花在头上，被人撞破了便垂着红扑扑的脸，粉黛不施，比这小翠翘要清丽灵秀得多了。

这一想便记起昨天那妮子不识抬举，寻死觅活给自己甩脸子，弄得他到祭祖时还绷丧着脸，心里便恼上来，索性茶也不吃了，穿鞋下榻便走，口中道："你们只管吃喝，忽想起有桩急事，去去就来。"言罢一阵风似的进了内宅。

这厢秦氏正请人在花厅里听女戏子唱戏，林锦楼见红笺正端了盘子要进屋去，便唤住，小声问了两句。

不多时红笺从屋中出来道："已跟宋家太太说了，她在次间里等大爷呢。"

林锦楼连声道谢，掀帘子进了次间，只见宋姨妈已来了，便拱手笑道："打搅姨妈听戏了。"

宋姨妈笑道："你这孩子，如此外道作甚？就不知把我请来为了何事？"

林锦楼笑道："说来冒昧，我这次是想向姨妈讨个人。宋家应是有个叫香兰的丫鬟，我瞧着合眼缘，不知姨妈是否肯割爱？若给了我，我指定送姨妈一份厚礼。"

宋姨妈一怔，紧接着脸上露出为难的神色："哟，你这提得怪不巧……这丫头上午刚来，求了恩典，已经放出去了。"

林锦楼愣了，渐渐拧起眉头。

宋姨妈口中絮絮道："唉，真是不巧，早知你中意这丫头，我便早给你送来了，或是你早来个一时半刻，也是赶得上的。"顿了顿，奇怪道，"你是怎么知道这丫头的？"

林锦楼脸上的不悦之色已隐去，笑道："实不相瞒，这丫头原是我身边伺候的人，想要抬举她来着，谁想出去打了个仗，回来却发觉人已经卖出去了，查问才知人被奕飞买了去。这不，我就厚着脸皮来求了。"

这一番话将宋姨妈惊了个目瞪口呆，冷汗都滚下来，暗道："香兰这天杀的小狐媚子，原来竟是林锦楼身边的人。勾引了林家的爷们儿不够，又来勾引我儿，若是我儿收用了她，岂不是跟林锦楼交恶？！阿弥陀佛，得亏她已经走了，否则真真儿是家宅不宁！"脸上堆起笑，一叠声道："我这也是不知情，否则定要柯儿那小混账把人送来给你赔礼。姨妈帮你留意着,若是日后见着好丫头,一准儿买一个送过来。"

林锦楼笑道:"姨妈外道了,家里难不成还缺丫头?"又同宋姨妈随意闲扯了两句,方从屋中退出。

林锦楼只觉心里憋闷,回去脸上连一丝笑模样全无,小翠翘也不敢十分靠前伺候,众人不过说笑一回便散了。接下来几日林锦楼更是迎来送往,应酬不断,一时顾不得香兰。待过了元宵节,京中又传来圣旨,命林锦楼进京面圣。林锦楼只得草草收拾一番,正月十七便带了亲兵心腹之人北上而去了。

这里香兰在家提心吊胆待了几日,见林家毫无动静才稍稍放了心。过后听说林锦楼去了京城方才长长地出一口气,又觉着自己虽是赎了身,可守在林锦楼眼皮子底下也非长久之计,谁知那个霸王什么时候又想起自己来折腾一番?便心里计较着搬到外省去住,旁敲侧击地跟她爹娘说此事,陈万全一瞪眼道:"异想天开。搬家哪是这般容易?到了外头人生地不熟,咱们指望什么吃喝呢?再说在金陵住得好好的,为何要搬家?"

香兰犹豫了一番,道:"林家的大爷说要纳我为妾,我死活不肯答应他,只怕他威势相逼。"

陈氏夫妇一怔,连忙追问,待问明之后,陈万全一脸喜色,笑得见牙不见眼,拍着大腿道:"啊呀呀!怪道大爷大年下来咱们家呢,还捎了这么些东西!我的天,我的天,只怕我们老陈家坟头上真要冒青烟了!起先你在林家的时候,就有传言说大爷瞧上了你,我还不信,谁知竟是真的!我的儿!你若当了林大爷的妾,可比在宋家威风多了!"

香兰"噌"地站了起来,怒道:"爹爹说什么呢?我是死活不能给人做妾的。如今我又脱了籍,嫁人便堂堂正正地当正头娘子去!"

陈万全拧着眉指着香兰跺脚道:"糊涂,糊涂!小孩子家家你懂个屁!你当了林大爷的妾,不比当小门小户的正房娘子风光百倍?虽是小老婆,可意思差远了去!皇上的小老婆要叫一声'嫔妃娘娘',大官的小老婆便要尊称'姨奶奶',只有那空有几个钱娶小老婆的才是不值钱的贱妾。亏得你还识几个字,怎么闹不清这个理?"

香兰冷笑道:"爹爹以为林家内宅里是闹着玩的?一年到头死多少人?你要把我往那见不得人的地方送?"

陈万全听了便不作声了,半晌咬了咬牙道:"原先不过是他大老婆厉害,性甚忌妒,听说她如今害了病,只怕也抖不起威风了罢……"

香兰"咣当"将手里的茗碗放到几子上,冷冷道:"爹爹的眼皮子就这样浅,与你也无甚话可说。只告诉你一句,爹爹倘若敢答应,或是林家要动强要我做妾,我还不如一头撞死算了。"言罢转身便走。

陈万全气得浑身乱颤,大喝道:"听听!听听!说的什么混账话,我还能害了你不成?你哪一桩事听我的听错了?"

香兰回过身冷冷道:"倘若我听爹爹的,这会子早就嫁给林家家生奴才的那个傻儿子,子子孙孙为奴为婢,爹爹能有今天扬眉吐气的日子?"

陈万全一时语塞。

香兰头也不回便推门走了,身后陈万全犹自骂着"不懂好歹""糊涂混账"等语。

香兰回到厢房静静坐在床上发怔。

薛氏推门进来,对香兰叹一口气道:"你爹也是为了你好,你若不想做妾便不做罢……"

香兰叫了一声"娘",眼眶便红了,只觉心里灰了一半。

薛氏坐到香兰身边,叹口气道:"我原就是林家出来的,知道宅门里那些腌臜事,尤其林大爷又不是个好性子,我只有你这一个女儿,怎舍得让你吃亏?"顿了顿道,"你……是不是还想着宋大爷呢?"

香兰一怔,垂了脸儿,半响道:"我是想着他,可他要我做妾,我也是不肯的。"

薛氏又叹口气,不知怎的,忽想起那句"心比天高,命比纸薄"的戏文。看着香兰明眸香腮,仿佛烟霞秋果,摸了摸女儿乌亮的发,低声道:"我的儿,你色色出挑,又会一手好丹青,我见过的小姐都没一个比得上的,只可惜你托生错了人家……我怕你心气儿这样高,到头来却落成了空。"

香兰也落下泪来。她何曾不知?有道是"情深不寿,强极则辱",有时她想着自己干脆认命算了,这一生已经是个丫头,再如何好强又能如何?既然两世情缘都系在宋柯身上,即便做个妾又能怎样?睁一只眼闭一只眼过日子而已,可她心里却有那么一股子傲气和不甘,想着自己若沦落到这样的境地还不如死了。

有时她又想,要不自己便找个门当户对的人家成亲,搭伙过日子算了,可时光和岁月这样长,若如此就将自己的心灯熄了,行将就木地讨生活,又让她心里尤其绝望。如今只能豁出去搏一搏,即便不如意,也愿赌服输。

想到此,香兰用帕子蘸了蘸眼角,多日的惶恐反倒逝去,镇定下来道:"娘何必说这个?前头这样多艰辛不也都过来了?日后就算是火焰山也闯得过去。"又将私房银子拿出来,低声道,"我这儿拢共有七十两银子,有卖画的钱、宋家的月例,也有当首饰的钱,把这些凑一凑,倘若林锦楼回来仍要迫我,咱们家便住到金陵城外头,找个地方躲几日,再不声不响地搬出去罢。"暗道:"如今在这金陵留恋,不过是等着宋柯的信儿,倘若和他真个缘分已尽,便合家搬出金陵城,往扬州或是安徽,总有能容身的地方。"

薛氏并不以为事情严重，却见香兰一脸严肃，也只得应下。

自此香兰每日越发精进作画，精心画制一册 12 幅梅图，卖了不少银子，一心一意攒起来做不时之需。

闲言少叙。

却说一晃正月过去，二月初九便是春闱，四月殿试，之后传来消息，宋柯点了二甲传胪，赐"进士出身"，入翰林院当了七品的编修。香兰听闻亦合掌念佛不止。

这一日傍晚，香兰将庭院收拾了，把买来的几盆花摆在屋檐底下，见那茉莉开得馥郁芬芳，便打算掐下几朵放进香囊里头。

此时听得有人敲门，香兰问了几声都无人应，走上前顺着门缝向外一瞧，只见外头站着那人穿了一身青缎衣裳，腰间系着八宝腰带，头上一根玉簪绾着头发，更衬得整个人丰神俊朗，不是宋柯又是谁？

香兰大喜，连忙把门打开，还未说话，宋柯便挤了进来，将那身后的门一碰，一把抱了香兰，将脸埋在她肩上道："快别动，让我抱一会儿……"

香兰羞得满脸通红，推了推道："作死呢！让人瞧见怎么好？！"

宋柯闷闷笑了两声，道："你爹这会子在柜上，你娘方才找街坊串门子去了，我瞧得真切，这才来敲门。"

香兰红着脸儿笑道："你个不害臊的，还有脸说。"将宋柯挣开了。

宋柯知道香兰脸皮薄，又是个守礼之人，便放开手，一眨不眨地看着她，二人相看无言，又齐齐微笑起来。

宋柯忍不住，悄悄拉了香兰的手道："这些日子想我不想？"

香兰抿着嘴笑着不答，只道："什么时候回来的？"

宋柯道："今儿个上午回来的，到家发觉你不在，问了才知我娘放你出去了。因太累在家睡了一觉，一醒便过来找你……我还给你带了好些京城的玩意儿，这次来得急，下回给你捎来。"

香兰笑道："不必麻烦。"又拜了拜，"我这是见过编修大人了。"

宋柯摆了摆手，眉眼笑得弯弯的："七品的小官儿，在京里不值什么钱。当初我还以为必然要外放的，已备了银子要谋缺儿，谁想竟留在翰林院了。"

香兰道："翰林院是个最好的地方，多少内阁大臣都是从那里出来的呢，虽然清苦些，却有'储相'之称，外放反倒落了下乘。"

宋柯一怔，惊疑道："你怎么知道这些？"

香兰也一怔，心里犹豫是否该告诉宋柯前世之事，咬了咬唇，静了半晌，话到嘴边却变："你我之事，你心里可有决断了么？"

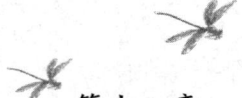

第十八章
金榜断缘分

宋柯没料到香兰会这样问,一时沉默。

香兰等了片刻,见宋柯仍未回答,心慢慢沉下来,将手从宋柯的掌中抽回,强笑道:"你也不该在这儿待太久,快回去罢。"

宋柯忙将香兰的手拉住:"你我的事……等忙过了这阵子,我就跟我娘慢慢提一提。"

香兰猛抬起头,看见宋柯正含笑地看着她,不由微微红了脸,迟疑道:"你……"

宋柯伸手指刮了刮她的鼻梁:"上京之前便请媒人来提亲。"

香兰只觉心里有一团暖洋洋的火,想说又说不出口,眼泪将要转出来,心里有一股子辛酸,更有一番喜悦,恍若一只小鸟叽叽喳喳叫着,将要从心口里飞出去。

宋柯伸手抹了抹她脸上的泪,笑道:"傻丫头,怎的哭上了?喜极而泣?"

香兰适才发觉自己早已泪流满面,慌忙用袖子抹了抹眼睛,仰起脸儿,对宋柯展颜一笑。

这笑容如同朝阳初升,灼灼莲华,晃得宋柯有些痴了。原本他心中极其犹豫,自他被点了二甲的传胪,京中达官贵人们得知他尚未婚配,争相请人做媒,当众不乏有些高门贵女。若是原来,他必将好好挑拣个家世人品都般配,且岳丈能倚靠的,为自己仕途上寻一个靠山。可不知怎的,每每想到此事他便念起香兰。他总觉着香兰便是他前世的妻,只不过饮了孟婆汤,忘记前尘旧事,却因缘际会这一世前来寻他。

他对沈氏原本就存了感激敬爱，如今更加倍回报在香兰身上，又爱她聪慧可人，便再放不下。

今日香兰问他决断如何，他本想说再容他想几日，可瞧见香兰失望的神色，心里一动，竟不自觉说出这样一番话。冲口而出之后心里隐约后悔，可此刻瞧见香兰这般喜悦，又觉着就这般娶了香兰也没什么不好——多少寒门子弟娶了糟糠之妻，也一步步熬了上来，他宋柯又不比旁人矮三分，凭一己之力，也必能立出一番事业来。

两人相视而笑，香兰刚欲向他说出前世之事，却听绿豆隔着大门低声道："大爷，陈家婶子要从街坊家里出来了。"

宋柯连忙道："我先走了，过几日再来。"言罢，打开门闪身走了。

香兰嘴角扬起笑，摘了一朵蔷薇花插在发间，哼着歌儿往屋中去了。

这里宋柯骑着马回了宋家，进门便看见卷华请他去宋姨妈房里。

宋姨妈一见宋柯便道："方才跑哪儿去了？快过来，这么长时间你不在家，我有几件事要同你商量呢。"

宋柯坐下道："何事？"

宋姨妈笑眯眯道："显国公家的娴姐儿，你是见过的，觉得如何？"

宋柯一怔。

宋姨妈道："你这回金榜题名，显国公巴巴打发人来送了好些贺礼，他们家太太和姑婆母也来了，把你大大夸奖了一番。姑婆母字里行间透了这么点儿意思，显国公也中意你呢，若是你有意，直接请媒人上门，包管一说就成了。"

郑百川原是极不看好宋柯的，奈何郑静娴日日缠着撒娇，说宋柯的好处。如今宋柯又点了进士，郑百川见他小小年纪竟有这样造化，瞧着是个可造之才，日后仕途上提携一把，也是个能封妻荫子的，加之他极溺爱郑静娴，知道女儿心高气傲，寻常人等绝难入眼，如今好容易看上一个，此人也并非没有前途之辈，心里头便也默许了。

宋柯垂下头，半晌抬起头道："郑家的小姐还是一团孩子气，仍有些任性妄为，我不太中意。"

宋姨妈漫不经心道："嗐，娇养的女孩么，有些小脾气也在情理之中，日后慢慢教就好了。我瞧着她就不错，知书达理的。"

宋柯严肃道："娘莫非忘了当初咱们孤儿寡母的时候了？我爹一死便人走茶凉，显国公连我爹正经下葬都没来，我因分家之事求上门，他连见都不见一面。这样的旧怨，我实不能娶他的女儿。"

宋姨妈听宋柯这般一说便泄了气，叹道："唉，这般一说也有道理，我只是觉得娴姐儿是个好的，门第也好……"

宋柯放柔声音道："有道是'娶妻娶低，嫁女嫁高'，娶个这样门第的媳妇儿过来，娘使唤又使唤不动，岂不是要当娘娘供起来？"

宋姨妈笑道："我使唤人家做什么？只要你们小两口好好的，让我当牛做马我也甘愿的。"她见宋柯不应此事，心里隐隐有些失望，料想日后再慢慢劝说，顿了顿道，"还有一桩事。出了正月，有媒人上门来给檀姐儿提亲，是浙江巡按乌有为大人的独子乌亮。我听着是巡按大人家，还是极体面的，可跟林家几个内宅妇人打听，她们都说要好好看看人品。毕竟是咱们家的事，人家也不好多嘴，可瞧着她们支支吾吾的，我这心也是悬着……后来那乌亮上门来过一趟，还备了好些东西，我瞧着他个头不算高，人长得却体面精神，一张嘴甜得紧，我便担心是不是个油滑的……听说家里打算给他捐个官儿做，他也说自己有田有地，住着三进的宅子，还有个不大不小的花园。"

宋柯略一沉吟，道："浙江巡按官职不大，却有实权，能直达圣听，门第倒也算体面了，就是不知这乌亮人品如何，回头我找人打听打听。"

宋姨妈连连点头。

宋柯第二日便去林家拜访，见过长辈之后便同林锦亭一起吃茶，谈笑间说起乌亮提亲之事，林锦亭笑道："原来乌亮动了凡心，竟提亲到你们家里去了。这小子一贯游戏花丛，相中了表妹，却是他头一遭有眼光。"

宋柯一听这话，皱起眉头问道："'游戏花丛'，这话什么意思？"

林锦亭道："就是有个风流的名儿，在勾栏里有过几个相好，是个爱吃酒耍钱的，却不是庸庸碌碌之辈，脑子精明得很。甭瞧着他爹有点儿迂腐，他却是个会敛财的人，打着他老子旗号赚了不少银子，上下都吃得开。前些日子抓了个贩私盐的盐商，最低也要判个发配，那盐商不知怎的搭上乌亮这条线，乌亮也心黑，几乎让此人孝敬了一半家产，之后上下那么一走动，你猜怎么着？没两天那盐商就回家了。另找了个倒霉蛋顶罪，那倒霉蛋虽也贩点儿私盐，可谁料竟摊上这么一摊子大事，家里为着他倾家荡产，最后屈打成招，发配到漳州，这案子便了结了。"

宋柯沉了脸道："这事不好，乌亮还有没有天理王法了？癞蛤蟆想吃天鹅肉，这样的人品，断不能把妹子许配给他！否则非但母亲、妹妹要埋怨我一辈子，跟这样的人做亲戚也够羞煞颜面的了。半分本事没有，反倒一肚子阴狠算计，纨绔浪荡子也就罢了，扯着他老子做大旗，贪赃枉法，作奸犯科，迟早有折进去的日子。有道是'养不教，父之过'，他爹竟然也纵着他。"

林锦亭道:"乌有为中年得子,一家宝贝他跟眼珠子似的,想管也舍不得……且乌有为政务繁忙,乌亮又是个会哄人卖乖的,只怕他爹也不知他在外头犯的好事。奕飞,若回绝他也找个好听些的说辞,此人睚眦必报,别结成了仇。"

宋柯笑道:"我知晓,也多谢你如实相告了。"又说了一回,告辞出来。日后推说宋檀钗年纪尚幼,且宋柯还未议亲,不可越过去,便回绝了乌家。

这事本来已了结,只是当日二人在书房喝茶时,林锦亭的小厮禄儿在旁侍茶,将这二人的对话听了去。禄儿是个嘴里没捆儿的,后来在外吃醉了酒,添油加醋地将此事跟旁人说了一番,当时不过是一说一乐,谁想此事竟传扬出去,七扭八拐地就吹到了乌亮耳中。

乌亮登时气得蹦了起来,暗道:"好你个宋柯,不过是个刚考上进士的小官儿罢了,什么叫'癞蛤蟆想吃天鹅肉'?竟敢公然不把你乌大爷放在眼里,四处造谣传我这等不堪之言,看我逮着机会整你一整,也让你知道知道我的厉害!"心中暗暗记恨起来。

闲言少叙。

宋柯归家,先前几日天天忙着应酬,又将产业出售,心里盘算着如何跟宋姨妈开口提香兰之事,忙碌到十分去,忙中又出了一档子事。

原来宋柯要将金陵一处庄子卖掉,买家唤作李甲,原本已谈好价钱,谁想李甲又反悔,偏要低价买了去,宋家自然不卖,李甲便上门来闹,撒泼打滚,言语间起了争执,宋家管事的失手将李甲打伤。宋柯忙命人备了礼物去探望,李甲得了好处便偃旗息鼓了。

原本一场风波揭过去就好,谁想不几日外头便传出谣言,说宋柯"管教不严,性纵豪仆生事""仗势凌人,欺压百姓",宋柯只当是有人无聊生事,因谣言多少有损声誉,便亲自备了礼物登门到李甲家中探望。

那李甲却将宋柯拒之门外,对外反复宣称自己如何无辜等等。

更让宋柯没料到的是,此事竟惹得御史言官上书弹劾,点出他"得志猖狂,不堪大用"等言。宋柯在朝中本就无根基,加之少年登科,已引得不少人忌妒眼红,故而一时间跳出不少魑魅魍魉伺机落井下石。

朝中自然也有正义之士为宋柯说话,更有别有用心之人借此攻击政敌。一时这小小的是非争端竟星火燎原,愈演愈烈起来。

宋柯只觉烦恼,在家中镇日坐卧不宁。

林锦亭悄悄来找他,道:"眼下你的情形不妙,我派人四下打听过,那李甲是让人唆使着闹事的。原本我还想着他是个贪财的,多给些银子让他改口便罢了,谁知他竟油盐不进。"

宋柯皱着眉道："自然是有人唆使，否则这点子小事怎会闹到让御史弹劾上书的地步？我何等冤枉，却被扣了'欺压百姓'的罪名。"

林锦亭愁道："不知你到底得罪了谁，只可恨我人微言轻，不能帮你查访。等明儿个我就去求大伯父，看看他可否有些门路。"

宋柯长叹道："只盼着这场风波早些过去才好。"

只是事态却愈发严重，皇上听闻此事心中不悦，责令宋柯闭门思过，悔改前不得入京。消息传来，宋柯只觉晴天一个焦雷，整个人都傻了，皇上这般说等若断了他的前途。

十几年寒窗苦读和雄心壮志尽化成流水，宋柯一时怒极攻心，病倒在床上，浑身发热，口中胡话不断。

宋姨妈等人失了主心骨，日夜痛哭，愁云惨淡。

林长政原也打算上书为宋柯说话，却被林昭祥拦下来道："圣上刚裁断他在家自省，你如今便上书为他喊冤，岂不是打圣上的脸？楼儿正在京中为你活动，给你谋了个山西总督，升了品级，正是要下任命的时候，你此时求稳为重，不可造次。等过个一年半载，此事淡了，再提出来也不迟，若圣上不喜，你便把宋家小子提溜到山西，好好重用他便是了。"

林长政只得应下，命林锦亭往宋家送了好些上等的药材，并将林昭祥的意思递了过去。

香兰也听闻此事，奈何半点儿忙都帮不上，只能暗暗焦急。

她借口去探望宋檀钗，带了些东西去宋家拜访，偷偷见了宋柯一面，见他大病初愈，脸色惨白，一副病恹恹模样，心里一酸，眼泪差点儿滚出来，忙又挂上笑，将手里的食盒拎出来道："我在家给你做了几个菜，你尝尝罢。听珺兮她们说你这几日胃口不大好，可好歹也要吃些东西。"将饭菜一个个端出来，"原先我在林家做丫头的时候，你让绿豆悄悄往拢翠居送吃的给我，这回可好，反过来让我还你的情。"把筷子递到宋柯手里："尝尝罢。"

宋柯勉强吃了一口，又将筷子放了下来。

香兰叹了口气，慢慢安慰道："先前我在林家，也总觉得自己一辈子熬不到头了，做丫鬟奴婢的，便是一株草，谁都能踩上几脚，哪料想到不过一年光景就能从林家熬出来呢？你也宽宽心，如今瞧着是没有路了，可再等等就柳暗花明了呢？"

宋柯苦笑道："这个理儿我何曾不懂？只是朝堂之上无人为我说话，即便过个一年半载，林家大老爷为我翻了案，可我到底惹了圣上不喜，日后前途便堪忧了。"说完便闭了嘴，自顾自躺到床上去睡。

香兰盯着宋柯的背影看了半响，知他心里不痛快，也不便久待，便默默退了出来。

香兰从宋家出来径直往静月庵烧香，为宋柯求一支签，竟是"否极泰来"运势渐旺的好签。

香兰不由松一口气，又为自己求了一支，摇了好久，方从签筒里摇掉一支。她依稀见着竹签上写着"同林鸟"三个字，待欲捡起来细看，却见那签被一双罗汉鞋踩住，抬头一瞧，只见定逸师太正立在眼前。

香兰连忙双手合十，低低唤了一声："师父。"

定逸师太弯腰将那签捡起来，看了看，放入袖中，问道："你方才求的是什么？"

香兰红了脸，轻声说："姻缘。"

定逸师太一怔，"哦"了一声，盯着那窗外的翠竹看了半晌，方才道："你不必问这个。你前世阳寿未尽，福报还未享完，却因祸横死，这一世姻缘皆是前定，不必再问，歇了心罢。"

香兰待师父一向恭敬，虽满心好奇，却也不敢再追问了，只是依旧担心宋柯，三不五时地去往宋家一趟。幸而宋姨妈镇日哭天抢地没工夫理睬她，宋檀钗又愿意让她多安慰宋柯，下人们又同她交好，一时倒也相安无事。唯有宋柯始终郁郁不开怀，后来身体渐旺，精神也好了些，脸上也渐渐有了些笑模样，可到底不如先前明朗，时常一个人对着桌上的文房四宝发呆。香兰百般想法子引宋柯开心，却无济于事。

话说宋柯出了事，却急坏了另一个人。郑静娴听闻，登时又急又怒，镇日里缠着郑百川为宋柯喊冤说话。

郑百川不胜其烦道："宋家那小子明显是得罪了人，这是背后给他捅刀子呢，咱们何必接这烂摊子？天底下好男儿又不只他一个，咱们另择人家罢！"

郑静娴瞪着眼道："我就瞧上他了！在我心里我就是他媳妇儿，倘若嫁不成宋柯，我铰头发做姑子去！"

郑百川气得浑身乱颤，抖着手指着郑静娴道："你……你……这样没脸的话你都说得出！"

郑静娴抱着郑百川的胳膊撒娇撒痴道："爹爹，我拢共就看上这么个人，他又有才学，又有本事，这么年纪轻轻就做了进士，爹爹不也说他前途无量嘛。就当是爹爹起了爱才之心，便为他说几句好话，也当成全女儿一个心愿。"说着把郑百川拽到书案前，把毛笔拿起来蘸好了墨，塞到郑百川手中，催道，"爹爹，快些呀！"

郑百川丢了笔，叹气道："哪有这样容易？"

郑静娴叉着腰，立起眉毛："怎么不容易？原先爹爹那个世交的儿子不就欺男霸女让御史告了一状,找到爹爹托了人活动,到最后不是什么事都没有?宋郎指定是被冤枉的,爹爹就给他说两句话呗!"见郑百川仍未答应,郑静娴牛脾气上来,便瞪圆了眼睛道,"爹爹要是不管,我就去找大哥二哥!"

郑百川连忙扯住她,无奈道:"好好好,管管管。"遂派人去打听此事底细,果然打听出,原来幕后唆使李甲的人正是乌亮。

那李甲原是跟着乌亮吃喝嫖赌的跟班,假意去买宋家的庄子,又无礼大闹,引得宋家管事出手打伤了他。李甲借机大闹,讹了宋家不少银子,乌亮又勾着他爹一个如今在金陵任御史的老部下,上书告了宋柯一状。

乌亮原本是想惹这么一桩事好生恶心恶心宋柯,却没料到因宋柯是新进登科的二甲头名,身份扎眼,便引起如此大的风浪。

郑百川知道此事来龙去脉,心中便有了谱,暗道:"乌有为虽是个巡按,在地方上算个人物,可在偌大的朝堂之上至多算个蚂蟥,不足挂齿。因先前宋芳的事,宋柯便与我生了嫌隙,倘若帮他把这档事抹平,便能让他对我感恩戴德,趁机拉拢过来。何况娴姐儿对他有意,此人八成能做我女婿。"口中却对郑静娴说道:"宋家那小子倒不是不能帮,他可曾对你有意?倘若他无意于你,我又何必费尽气力去做这个人情?"

这一句倒把郑静娴问得目瞪口呆,心里也有些恼宋柯。她娘跟家中女眷不止一次跟宋家暗示过此意,宋家却装聋作哑不肯吭声。若是依她平常的性子,只怕早就恨上来丢开手了,可唯独对宋柯却恨不起来,只一心巴巴地盼着。

如今郑百川说了这话,郑静娴便去了宋家,直接与宋檀钗道:"令兄之事,我们倒是可帮忙一二,只是家父瞻前顾后,迟迟下不了决断。若是……若是两家人成了一家人,那便是……便是分内的事,我爹自然全力相助。"话未说完,脸已红个通透。

宋檀钗是明白人,言尽于此哪有不明白的,立时告诉了宋姨妈,宋姨妈恍若抓了救命稻草,将宋柯唤到跟前,将此事说了:"我的儿,娴姐儿已将话说到这个份上,你还不应等什么?如今家中这个状况,你能娶得勋爵家的女儿,已是天大的缘分了,显国公还能助你一臂之力,你这傻小子还有什么不知足?"

宋柯低着头不吭声。

宋姨妈连问了几声,宋柯仍是闷葫芦模样,不由捶胸顿足哭道:"你这是要生生气死我!苦读了这么些年得的功名,如今就要毁了,好容易有个天赐良机,人财两得的大好机缘,你却不放心上。自从你爹死,我便朝思夜盼,指望你有出息,我跟你妹妹也有个依靠,谁想你竟这般不争气……老爷你死得早,将我一同带去罢!"两眼一翻,竟背过气去。

宋檀钗慌忙去给宋姨妈顺气，流着眼泪道："哥哥，你……你便应了罢！"

宋柯也红了眼眶："我……"

宋檀钗低声道："虽然显国公不是厚道人，可娴姑娘为人却是极好的……"

宋柯死死攥了拳头，指甲深深扎入肉中。

宋姨妈呻吟一声醒了过来，宋柯忙端了杯茶，喂到宋姨妈嘴边。

宋姨妈抿了一口，泪簌簌地滑了下来，握着宋柯的手道："大哥儿，你从小就勤奋懂事，别人家的孩子都去耍乐，只有你，小小的人儿在书桌前，手里握着一杆笔，一心一意地读书写字，冬天揣着暖手的炉子，夏天衣衫都让汗湿透了。先生说你学得好，你还不知足，又寻了别的书来看，连你爹爹与同僚议事也在旁边偷偷听着、学着，大年三十的晚上还在写文章。你爹爹走得早，你一边读书，一边还照看着家里的生意产业，多少回晚上读书时便累得睡过去，手里还握着笔……难道你便忍心这十几年的辛苦就这么……"再也说不下去，呜咽着哭了出来。

宋柯含着泪，咬着牙道："眼下也未到最后这一步。"

"怎么没到？哥哥这些天早出去晚回来，求了多少人家，可有谁愿意雪中送炭拉哥哥一把？都是别有用心的多，连疏通的银子都不敢收。哥哥吃了多少闭门羹，就算你不说，我也瞧得出来。"宋檀钗用帕子拭着眼角，哭道，"如今皇上又下了旨意，旁人谁还敢为哥哥出头呢？"

宋柯脸色变了变。这些日子他再尝人情冷暖，先前因他高中而有意结交的官场朋友，如今一个个跑得不见人影，他厚颜相求，旁人也不过假意敷衍，口中说不轻不重的话安慰几句，真个是"人情似纸张张薄"了。

宋姨妈见宋柯垂了头不语，便又去摩挲他的手道："从小到大，你说出的事我不曾违拗过一件，可这一桩事……大哥儿，你便听我的罢。娴姐儿模样性情都好。对你一片痴心，这样的女孩儿万万不可错过。"

一时珺兮拿了一丸药来，让宋姨妈和着水服下，宋檀钗用帕子擦了擦她娘的嘴角。宋姨妈仍絮絮不止道："我原也想着，日后你当了官，家中还有些生计，虽不是顶顶殷实的人家，好歹是有些存项的，给你说几家小姐。你相中哪个便娶哪个，不拘什么出身，只要模样好、性子好，能一心一意待你，生养儿女，我便知足了，可谁知出了这档子事。大哥儿，我知你不喜欢娴姐儿，可她到底也是个好女孩子，尤其能在此时拉你一把，这样的心性和人品，你往哪里找去呀？"

宋姨妈一番苦口婆心，宋柯眼里已隐有水光。又怕母亲怒极伤身，便安慰道："娘，咱们今日不说了，你先好生安歇一会儿。我好生想想罢。"

宋姨妈此时已是力竭，自顾自合上双眼。宋柯又守了片刻，方才从屋中出来。

此时门子来报，林锦亭来找他，宋柯便请人到书房中去。林锦亭见他面带愁容，形容憔悴,下巴上已长出了一层胡楂,不由吓了一跳,道:"前几日看你已经精神健旺了,今儿是怎么了?"

宋柯摇了摇头道:"方才母亲和妹妹哭了一场,想着我一把年纪还让她们寝食难安,倒是真真儿的不孝不悌了。"说着长叹一声,颓然坐在椅上。

林锦亭命小厮拿了个食盒进来,从中取了几个菜,又搬了一小坛子酒,拍了拍小酒瓮道:"我就知道你心里头不痛快,特带了酒菜跟你一醉方休。吃上一回便好了,这屋里没有旁人,想哭便哭出来。你有事总闷在心里,也怕酿出大病。"说着命小厮去筛酒,倒了满满一杯端到宋柯跟前。

宋柯一饮而尽,酒入愁肠,心中愈发百转千回。因林锦亭是知心好友,便将郑静娴的事说与他听了。

林锦亭登时拍着大腿道:"啊呀,我说兄弟,这天上掉下来的美事,你若不应,你就是孙子!纵然那显国公不是东西,可架不住他有一脉势力,若他肯相帮,你这事便成了一半。那郑家小妞儿又不是什么丑八怪,巴巴地瞧上了你,你还不赶紧麻利儿派人提亲去,还愣着做什么?——就算那郑家小妞儿是丑八怪,我若是你,我也忍了,大不了日后多纳几个美妾,还不是由着你性子来?"

宋柯瞪了林锦亭一眼道:"狗嘴里吐不出象牙。"

林锦亭一愣,咂咂嘴,拍了拍自己的脸:"是是是,我是狗嘴,你是好嘴,可眼下有什么法儿?如今有人肯相帮,不过让你娶人家姑娘,又有什么不成了?你就当自个儿忍辱负重,当初刘备为了江山不还娶了母夜叉孙尚香嘛?"

宋柯良久长长出了一口气,道:"我心中已有心仪的女子,只是她出身不够高,却有善解人意的性子,又会写,又会读,还作得一手好画,我想说什么,她总是能先一步知道似的,是我的知己,同她一处便有说不出的快活……"

林锦亭嗤的一声笑了起来,将手中的杯盏往桌上一放,跷起二郎腿,讥讽道:"我的哥哥,您这是跟我唱张生和崔莺莺呢?还知己?我问你,纵然她有千万条好处,如今在这事上能帮你不能?日后你做不得官,一辈子郁郁不得志,只能回去做个地主,就算守着个佳人,你心里就能快活了?"林锦亭夹了一筷子菜,咽下去方道,"再说,她不是出身不高么,你若实在丢不开手,日后纳妾便是了,这叫人财两得。"

宋柯道:"她是不甘给人做妾的,况且让她做妾,也是辱没了她。"

林锦亭不耐烦地拧起眉头:"这也不行,那也不行,到底该如何呢?天底下哪有两全其美的好事?!你一个大男人怎么也婆婆妈妈起来?前程和女人到底哪个重要,你辛辛苦苦读书这些年到底为了什么?我大哥曾说过,女人都是头发长见识短,易沉溺于情,就好那风花雪月、你爱我我想你的调调,整天立便是那'一生一世一双人'的叽歪念头，不过是个消遣，哪能当得了真？宋奕飞，你是想守个女人，见天儿地谈情说爱，老婆热炕头，还是存着雄心壮志，要立于朝堂之上，干出一番事业，振兴家族，出人头地？！你还曾记得那一日风雪之夜，你我坐在江亭之中，你对我说的话么？你说你今生若再不得志，便死不瞑目，即便不能为官一任造福一方，也要奉献所学，尽瘁朝堂！"

宋柯怔住了，不由心潮起伏，颤着手将杯中酒狠狠灌下肚，眼眶却红了，慢慢转出了泪。

林锦亭叹了口气，伸出手拍了拍宋柯的肩膀，低声道："我知你是个重情义的人，你相中的女子定然不差，只是……唉，只是没想到你少年得意，却前途多舛。你做事素来面面俱到，生怕有一丝不完满，只是这世间行事，必定有取有舍，端看你如何决断了。只是奉劝你一句，你堂堂大丈夫，若只拘于小儿女情怀，日后还能成什么事？"

宋柯接连灌了好几盅酒，只觉林锦亭的话似在耳边，又似乎遥远。他仿佛又回到前世，那时候他与表妹青梅竹马，彼此藏着恋慕，只是他爹娘为了前程让他娶有权势的沈家女为妻，他只得答应了。当时表妹很伤心，哭了整整一下午，愿意给他做妾，却被她爹劈头盖脸一个巴掌，那委屈的脸儿牢牢刻在他心中。他动了动嘴，想说对不起，却终于没说出口。

朦胧间，那张脸变成了沈氏，过后又变成了香兰，最终仿佛又成了桌上金铜狻猊口中冒出的缕缕青烟，袅袅地在他身边打了个圈儿，便随着那清风慢慢飘出了窗。

不几日，郑百川便物色了一个新入科道的御史，唤作严立文，将宋柯之事的来龙去脉说了。那严立文是个愣头青，自诩铁骨铮铮，又听闻乌亮平素里诸多作恶，便挽起袖子洋洋洒洒写了一大篇文章，痛斥其"刁钻恶霸，为害乡里，贪赃枉法颠倒黑白，可比指鹿为马赵高之流""诬蔑朝廷命官，其心可恶当诛"，宋柯"纵有管束不严之罪，却因被奸人陷害，情有可原"。又痛斥乌有为放纵部下向皇上"进谗言，蒙蔽圣听""若长此以往，必将动害国之根本"云云。

此书呈到内阁之中，郑百川与内阁大臣李庸交好，又在科道为官多年，上下一活动，朝堂之上的风向瞬间变化，陆续开始有人为宋柯喊冤。

皇上虽不喜有人这般快为宋柯平反，却也因真凭实据，只得"恨朕被小人所蒙蔽"，赐了宋柯些御用之物安抚，贬了乌有为的官职，乌亮罚了二十大板，李甲同挨二十大板。

但皇上到底恼严立文落他颜面，将此人从科道上提出来，扔到穷乡僻壤做个小官儿。可怜严立文正为自己仗义执言挽救他人声誉而自喜，却没料到栽了跟头。

郑百川原本便是拿严立文当枪使唤的,也不将此人死活放在心上,这闹哄了多时的事,终于平息下去。

香兰日日担心宋柯之事,又苦于无法相帮,不由十分挂念,也不好时时到宋家去探望。幸而玥兮已出嫁,时不时和她通些消息。

香兰得知宋柯的事已了,不由连连合掌念佛,心道:"静月庵的签文还是极灵验的,宋柯这不就是否极泰来了么?"又见玥兮欲言又止,支支吾吾模样,因问道:"怎么了,莫非还有什么事没完结?乌家又闹起来了?"

玥兮强笑道:"乌家哪还敢再闹,乌亮让那二十板子打折了腿,哭都来不及呢。"小心翼翼地看着香兰的脸色道,"其实……显国公家的那个小姐也是个好相处的,性子直率可爱,也没什么害人的坏心眼子……"说到此处又觉得自己失言,连忙站起身道:"我出来这么久,也该回去了,下次再来找你说话。"便起身告辞。

香兰听玥兮没头没脑地赞了郑静娴两句,心里只是奇怪,可转念想到宋柯之事是郑百川上下出力平息的,心里一沉,明白了几分,当下便再坐不住,在房里踱了一圈儿,立刻从柜里翻出一套衣裳换了,拿了顶锥帽扣在头上,搭了邻居的马车,急匆匆地出了门。

不多时到了宋家,门子正是那王老头。料想香兰是来寻宋檀钗的,也不再往里通传,只管开了门放香兰进来,口中道:"今儿个刚来了贵客,姑娘进去先在厢房里等等罢。"

香兰往中庭里一瞧,果见停了两乘轿子,均是青绸布,轿顶上垂着流苏。香兰暗道:"既然内院有客,我便不必先往里头去,直接找宋柯便是。"便绕过影壁直往前头书房来。

没走两步,却瞧见一个女子从二门里出来,快步往书房的院落里行去,看背影是个窈窕人,肩膀略宽,穿着掐金的桃红褙子、柔粉的裙儿,头上发髻高梳,珠光宝气,显然是个体面小姐的打扮。

香兰一怔,不由放慢脚步。

那女子进了院落站在书房前头顿了顿,推门进去了。香兰藏在月亮门后看得真章,这女子正是郑静娴。香兰心里又沉了沉,轻手轻脚地走到窗户边悄悄听着。

宋柯此时正在屋中对着香兰那支老银簪子发怔,忽听见推门声,抬头一瞧,见郑静娴笑着走进来,不由得吃了一惊,连忙起身,皱着眉道:"郑小姐怎么来了?"

郑静娴环顾四周,大大方方地在椅子上坐了下来,含笑道:"奇怪,我为什么不能来?"

宋柯蹙眉道:"这忒不合礼数!"

郑静娴见着宋柯便脸红心跳,强装无事状,道:"那些什么礼数讨人嫌得很!都是大俗人弄出来的可笑玩意儿，你我将要定亲，何必拘于那些迂腐的条条框框？"

宋柯眉头皱得愈发紧了，口中道："即便如此，也不该孤男寡女共处一室，究竟传出去于你我名声有碍，郑小姐若不肯走，我便出去避一避。"说着拔腿便走。

郑静娴连忙拦住他道："嗳，嗳，嗳，别走，别走，我有极重要的事要告诉你呢！"

宋柯停住脚步，沉着脸看着她。

郑静娴心中不悦。她乃被娇养着长大，自小要星星便不给月亮，哪个敢给她脸色看了？偏这宋柯，自己家里帮了他这样大的忙，他本该待自己温柔待，谁想她兴冲冲来，反倒是热脸贴冷屁股。

她刚欲发火，待看见宋柯俊朗的眉眼鼻唇，那火气竟慢慢消了，又软下身段道："你瞧你，我好容易偷个空闲见你一见，你连杯茶都没有，可是待客之道么？"

宋柯早已不耐烦，强忍着性子道："郑小姐找我何事？"

郑静娴说道："我是来告诉你，赶明儿个上我家提亲时，记着找布政司吴大人保媒，他是我爹的好友，一准儿能答应下来，届时我爹脸上有光，也能待你更好些。"

宋柯垂下眼帘应道："我知道了。"

屋中一时静下来。郑静娴正痴痴瞧着宋柯，却听他道："这等事何需郑小姐亲自跑来跟在下说？告知在下母亲和妹妹即可，如今事情我已知晓，郑小姐请回罢。"

郑静娴没料到宋柯如此不解风情，不情不愿地站起身。

这些时日她想念宋柯想念得紧，时而午夜梦回，想到自己竟真能嫁给心上人，便觉得跟做梦一般。今日巴巴地寻个借口溜出来看他，心中想着，二人相见即便不似那话本子里写的柔情蜜意，但也总该有些羞涩甜腻的情意漾出来，却没料到宋柯待她如此冷淡疏远。

她走到屋门口，忽想起当日就在这书房里，有个叫香兰的丫鬟被林家姊妹欺负，宋柯百般关怀体贴，眼里的情意便如三月里满园的杏花，争相怒放出来，掩都掩不住。

郑静娴心里一紧，这一幕便是她心里的一根刺，她曾悄悄说与她母亲听，韦氏劝道："不过是个丫鬟，你嫌碍眼，日后打发出去便是了。你模样好、家世好，在仕途上能助他一臂之力，那个丫头不过有些姿色，能讨爷们儿欢心罢了，孰轻孰重，他应当分得清。等你们成亲，再有了孩子，过个一年半载的，宋柯便把她忘了。"韦氏这样款款劝说，郑静娴也觉得有理，便将此事放到一旁。

如今见宋柯待她冷冷淡淡模样，这事便又在心头翻腾起来，她猛然间住了脚，转过身道："那个叫香兰的丫头，日后你不准纳进来做妾！"

宋柯猛抬起头，看了郑静娴一眼便扭转身。听到香兰的名字，他心里便如同被银针刺上一万遍,愧疚、伤痛、无奈便一时全涌上来。纵然他知道此事与郑静娴无干,但她就这般提起香兰,又命令他"不准如何",他心里的厌恶仍是止不住涌出来,淡淡道:"郑小姐请回罢。"

话一出口郑静娴便后悔了,想说几句打个圆场,却见宋柯背过身,只好咬了咬嘴唇,依依不舍地去了。

香兰见郑静娴出了院子,方从屋后绕出来。

她刚只听得郑静娴一句"你我将要定亲",耳边便如同炸了响雷,险些站都站不稳,伸出手扶在冰冷的墙壁上,只觉天旋地转。

纵然她先前心里已隐约明白,但此刻这话钻入耳朵,仍让她全身冰冷颤抖。此后屋中二人说了些什么,她全然没有入耳,只是茫然地看着院子里影影绰绰的繁盛花木,还有那屋檐下一溜儿的兰花随着微风左右摇曳。

她好似行尸走肉似的慢慢走出来,往院子门口走去,面如死灰。身后响起开门声,宋柯从中走出来,见到园子里那一抹幽魂似的身影,不由愣住了,忙从台阶上走下来,一把拉住她的胳膊,口中唤了一声:"香兰……"喉头便哽住,再说不出话。

香兰茫然地扭头看着他,好似一个迷路的小孩子,半分表情也无。

宋柯看着她无神的双目和惨白的脸,便知她已经知晓了,心中不由大恸,含着眼泪,低声道:"香兰,香兰,你说句话……是我不对。我辜负了你……你打我骂我罢!"

香兰摇了摇头,挣开宋柯的手便往前走。

宋柯又拉住她胳膊,想说他也是没有办法,想说自己多么煎熬和两难,想说他做决定那晚喝得酩酊大醉,抱着林锦亭大哭,一直唤她的名字,纵然他的事已有了了结,可他始终不开心……只是他一句话都说不出,这样的难堪和刺痛,让他恨不得抽自己嘴巴,或是拿一把刀,让香兰狠狠捅个痛快。

"我明白,我懂的……"香兰开口,脸上木木的,声音仿佛一缕淡淡的尘烟,"你的事全赖显国公出力,郑小姐又待你有情,这样得力的岳家,你的仕途日后想必会更好罢……"

宋柯红了眼眶,道:"香兰……"

"我本就出身奴仆,连全家脱籍都仰仗你一力相帮,与你做正头夫妻本就是痴心妄想和高攀,你的恩情我早就报答不完,所以你不必觉着对不起我。如今你已有了上好的良缘佳妇,我只会……只会为你欢喜。"

宋柯想央求香兰不要再说下去,她越是明理大度,便越让他撕心裂肺,他哀求道:"你我……你我真的不能日后长长久久地在一处么?只是没有妻子名分,我以性命赌咒发誓，一辈子会待你好，你如若不信，我可将宋家一半田产都给你……"

香兰忽然低声笑了起来，打断了宋柯的话。她仰起脸看着那天际淡淡的云，声音有些飘忽："我活到现在，纵然已低微到尘埃里去，头破血流了，殒了性命，也改不了身上一桩不合时宜的毛病——说好听些叫傲骨，说得不好听便是清高。要我做妾，绝无可能！况且你给了我宋家的产业，你母亲妹妹该如何想？你又让郑小姐如何自处呢？"

她忽扭过头，目光灼灼地看着宋柯："我且问你，如若我做了妾，不愿给正室端茶递水如下人一般伺候，该如何？如若我生了孩子，让他们只能叫我'母亲'，不得认正室为母，该如何？如若将来你的妻子厌恶我，要将我赶出去或是发卖，又该如何？好，倘若你能事事依着我，可凭郑家的势力，硬让你把我处置了，你能怎样？就算郑家不发话，将来御史言官弹劾你宠妾灭妻，你又能怎样？"

这一连串发问让宋柯登时怔在原地。

香兰伸出手，一根一根掰开宋柯拉着她胳膊的手指，缓缓道："我这十几年已当够了奴才，日后再不为妾，过半个奴婢的日子。"她扯开宋柯的手，闪亮的眼眸直直望进宋柯的眼睛，"愿你和郑小姐百年好合。"

宋柯只觉浑身冰凉，牙齿"咯咯"打着战。他闭上眼，再睁开时，香兰的身影已拐了个弯，消失不见。唯有一朵白色的兰，被风吹得在半空中打个转儿落在泥土上，如同一声长长的叹息。

且说香兰从宋家出来，跟游魂似的回了家，关上厢房的门，久久枯坐，只盯着腕子上宋柯送她的玉镯子看。直坐到天际暮霭纷纷，方才起身，用力将那镯子拔下，又翻箱倒柜，将宋柯送她的东西尽数敛在匣子里，落上一把大锁塞在床下，跟没事人似的开门出去帮薛氏张罗饭菜。

七八日后，陈万全从店中归家，带来宋柯与郑静娴定亲的消息。陈氏夫妇偷眼去看香兰，却见香兰仍是笑着，用筷子给他们二人夹菜，仿佛没听见似的。

又过几日，宋柯将手上产业尽数卖出，携了一家老小进京。出行那日，金陵之中有头脸的官员乡绅尽数在十里亭相送，陈万全自然也去送别，回来极尽夸口场面宏大气派，又掏出一封信给香兰，说是宋柯的小厮偷塞给他，让他转交的。

香兰回屋将信拆开一看，只见纸上只写了"珍重"二字。她心里霍然痛不可抑，那压了多日的伤悲因着这两字再收不住，登时泪如雨下。

宋柯是她前世的羁绊，也是她心里的一束光，每每想到他，香兰便觉得纵然今世诸多坎坷，二人却能够再遇，老天爷总算待她不薄。只是如今宋柯是真的走了，日后便与旁人结婚生子，从此萧郎是路人，他们便只能在心里互道珍重，相隔天涯了。

香兰在屋中哭得撕心裂肺，陈氏夫妇站在门口竖着耳朵听着。陈万全搓了搓手，急道："闺女本来就生得单弱，哭坏了身子可怎么好？你快进去劝劝。"

薛氏愁眉苦脸道："兰姐儿曾私下里偷偷跟我说过，那宋大爷是真心想三媒六聘娶她当正房娘子的，我也将信将疑，觉得不像，这事果然黄了。前些天我瞧着没事，今儿个瞧了那信怎么哭得这样惨？"

陈万全瞪着眼骂道："你懂个屁！她在那儿痴心妄想，你也不说劝着些，反倒跟着做梦！宋大爷是什么人物？两榜的进士，翰林院的官老爷，还能看上香兰？没瞧见人家跟显国公的小姐定亲了么？闺女哭成这样，她要有个三长两短，我跟你没完！"

薛氏拧眉道："你跟我急什么？兰姐儿是个十头牛拉不回的性子，我能劝得住？"

陈万全长叹一口气蹲在地上，从腰带上抽出旱烟抽了几口，唉声叹气道："咱们就是小老百姓，高攀不上大户人家，不如本本分分地过自己日子罢了。"

薛氏道："这也是我的心思。兰姐儿的年纪也大了，给她说个好人家，这喜事一来，宋大爷这一桩也便揭过去了。"

陈万全道："先前我觉得给林大爷做妾是极好的，奈何兰姐儿不乐。林家也颇有几个厉害婆娘，兰姐儿进去也怕受气，林大爷在京城里一直没回来，还不知要等到猴年马月呢，不如就在街里街坊间嫁了。你我拢共只有一个女儿，日后有个头疼脑热，床前也好有个伺候的人。"说着站起来，将旱烟在脚上磕了磕，"我心里倒有个人选……你看小夏相公如何？"

薛氏挑起眉道："夏芸？"

陈万全点头道："正是他。小夏相公如今可是举人老爷，虽说没考上什么进士，可如今得主簿大人青眼，在衙门里当个吏目呢，好歹是个官身。我瞧他才学又高，品貌也好，是个可靠的，这些日子直往咱们家跑呢，显是对兰姐儿有意，还曾打发人来探过我的意思。这样的人若不赶紧定下，万一让人抢了先可就后悔莫及了。"

薛氏道："小夏相公倒是个好的，只是有一桩不太合意，家里头穷了些。他还有两个哥哥、一个姐姐、两个妹妹和三个弟弟，都是无甚钱钞的，他的老子娘还有嫂子们也都不好相与，只怕兰姐儿嫁过去受苦。"

陈万全摆手道："无钱钞算甚？他都已经是官老爷了，还怕日后不能吃香喝辣？哪个女孩儿家不是伺候公婆、和睦妯娌这么过来的？别人能做得，兰姐儿就做不得？"

薛氏仍担忧道："这事也不知兰姐儿愿意不愿意……"

陈万全瞪圆了眼扬声道："你还管她乐意不乐意？！她是乐意宋大爷，人家可乐意她？这事不能由着她性子来了，她都十六了，难道还留在家里成仇么？从来都是父母之命媒妁之言，看着好就定下，我还能害了她？"一甩手进了屋。

这里香兰哭得累了便趴在床上沉沉睡了过去。第二日从房里出来，却是神清气爽的模样，若不是红肿着眼，压根儿也瞧不出她昨日哭得那样凄惨。

只是她成天关在房中作画，再不便侍弄花草，也甚少说笑。薛氏看在眼中不由担心。

这一日，香兰将窗子支起来，把一盆蕙兰放到窗台上，拿着喷壶浇水。

薛氏走到窗户前道："待会儿小夏相公的老娘、嫂子和妹妹来咱们家里做客，你待会儿也过来，可不能没了礼数。"香兰随口应了。

不多时，夏芸的母亲金氏，并夏二嫂和夏三姐儿便都来了。

薛氏亲自开门，将人迎了进来，拉着金氏的手，口中笑道："这已经有日子没见了，老姐姐又精神不少，瞧着气色比原先更好了，果然是人逢喜事精神爽。"

金氏原是外省人，跟家里人逃荒到了金陵，后嫁给夏家，虽年长薛氏八岁，瞧着却比薛氏大二十多岁似的。薛氏曾是大宅门里当差的婢女，虽不过是个三等丫头，可也算见过些市面，陈家又比夏家富有，金氏每每自惭形秽，但如今夏芸中了举人，还当了衙门里的吏目，金氏顿觉扬眉吐气，腰杆子也挺得更直，矜持笑道："我倒是心里头舒服，尤其我们家小三儿争气，这不，今天一早又上衙门去了，说要点卯……"

说着四下打量，只见是一明两暗的房舍，比寻常人家盖的房子要大出不少，是新粉刷修葺过的模样，显得尤其整齐精致，一色镂雕花样的隔扇糊着五色窗纱，竟有十足的气派。这院里正中铺着青石板，另有鹅卵石漫成的小径，周遭满是花草，争相吐艳，另有一点山石，种着芭蕉，旁边设着一只大陶缸，游着几尾金鱼，葡萄架底下设着石桌、石凳，架子上挂着红木笼子，叽叽喳喳的蹦着一只黄鹂。

有一只大黄狗龇牙吠叫两声，薛氏呵斥两声它便又趴回阴凉地方眯着眼睡了。

夏家的妇人们登时看得目瞪口呆，金氏后半句话便哽在喉咙里，怎么都吐不出来了。夏三姐儿咽了口涎沫，惊道："我的个乖乖，竟然这样阔，这简直是住在仙境里了！咱们家就跟猪圈似的。"

金氏听了这话才回魂，暗自恼怒夏三姐儿说话丢了颜面，回头狠狠瞪了她一眼。夏二嫂心中虽也惊叹忌妒，可听夏三姐儿说话也不像，便在她的后脑勺上打了一掌，低声骂道："作死的丫头，这狗嘴再满处胡呲就不带你来了！"

夏三姐儿揉着后脑勺，噘着嘴老大不乐意。

薛氏看个满眼却装作没看见，只笑道："这是我们家的那个姐儿非说种些花木才好，正赶上有大户人家要修园子，剩下点儿花草奇石丢着，她爹就找了个车拉回来，也没花几个钱。爷儿俩折腾了半日方才栽种上，如今倒也有模有样的。"其实陈万全也不耐烦这般修整院子，只是香兰说要看花草方能作画，陈万全这才不辞劳苦地将这院子收拾了。

金氏脸上的笑便有些不自在。先前夏芸中举，有那些殷实有头脸的人家也送来银子，另还有体面乡绅赠了一处空屋，虽不敞阔，且有些旧了，却好歹也是个两进两出的宅院，收拾得倒也干净，合家搬过去也只觉欢喜，自觉已压倒众人，如今到陈家一瞧，这样一个小院子便已比她家阔气到十倍去。等再进屋一瞧，只见那乌木长案座椅、珐琅彩的花瓶、悬着的各色字画和吃茶用的青釉褐绿彩莲盅，竟然是个富家翁的陈设了。

这厢连夏二嫂都惊了，摸着茶盏和几子，一叠声道："好乖乖，这简直是大户人家的体面……那个什么林家再有钱体面也就不过如此了罢，这一屋子的古董还值多少银子呀……哎哟哟，这点心也长得这样俊，都让人舍不得吃了……"

夏三姐儿早往口中塞了两块糕点，大口嚼着，道："怎么舍不得吃？比咱家过年买的还香呢。"

薛氏得意，笑道："这是贵酥斋的糕饼，昨儿个她爹上街时买的，尽管敞开吃，还有的是呢。"

金氏心中更酸，清清嗓子道："我说薛大妹妹，我说两句话只怕你不爱听……院子收拾这般花里胡哨的有什么用？还不如养些鸡鸭实在，每天有个能打鸣儿的不说，还能捡几个鸡蛋，逢年过节又能宰了吃肉，不比那些花草实在多了？还有这些点心，最不值当，自己做罢，费油费面，出去买罢，一串钱才两小包，你们不比我们家，我们家举人老爷在衙门里当差，见天儿有人来送这些糕饼果子，就算送来了，我也不爱吃，白扔着罢了。"

薛氏听了这话不由一怔，脸色便有些沉了。

金氏说完心里舒坦了点儿，端起茶来吃了一口，又看了薛氏一眼，只见她穿着丁香色的软绸对襟衫子，下着白色棉绫裙儿，头戴累丝钗梳和镶宝的翠钿，耳上戴着明晃晃的金耳环，俨然是地主太太模样。而自己穿着半旧的蓝色缎子袄儿、玉色裙子，头上戴着银簪铜环，手腕上一只银镯子还是当年的陪嫁，其余首饰全无，与薛氏相比越发显得寒酸。

原来夏芸虽中了举，也受了乡绅馈赠，去衙门当了小吏，若是寻常人家也好歹能殷实几分，奈何金氏太能生养，虽两个儿子已成亲，一个女儿已嫁人，家中却还有两个女孩儿待嫁，另有一对年方十二岁的双生子，最小的儿子才七岁，却从胎里带着病，求医问药花了不少银子，至今未曾好转，只悬着一口气在床上躺着。家中只种几亩薄田而已,故而她并未有多体面。

金氏暗道原先薛氏也没几样首饰呀,成天穿来穿去不过两三套衣裳,怎的突然就穿金戴银了?如此想着,心里又不痛快,咳嗽了两声,脸上堆了假笑,道:"薛大妹妹打扮真是体面,啧啧啧,这一头的金子、银子要把我的眼给晃花了。"

薛氏将心里的不悦压了,说:"也该她爹时来运转,当了大当铺的坐堂掌柜,日子便好过起来。如今东家去了京城,铺子盘出去,难得新东家也能高看她爹一眼,又将人留下了。闲暇时她爹再收些古玩来卖,日子好歹过得去。今年过年时,她爹就张罗给兰姐儿添几样首饰,我也跟着沾光,打了两三样。"

金氏摆出长者姿态,身子微倾,看着薛氏,语重心长道:"我说薛大妹子,我长你几岁,托个大,可得说两句。如今日子过好了,可不能把钱都买金银首饰糟践了,日后用钱的地方多的是……要我说,如今趁着陈大兄弟年轻,赶紧花几两银子买个能生养的丫头回来,这不孝有三无后为大,陈家总不能断了香火呀!"

金氏此言一出,薛氏彻底掉了脸子。她自打从林家出来,就陪着陈万全吃苦受罪,还要忍着丈夫爱吃酒耍性儿的毛病,如今刚过两天好日子,居然有不相干的人跑来让陈万全纳小妾!

薛氏气坏了,刚要开口,又听金氏道:"没个儿子,你让陈大兄弟百年之后怎么见地下祖宗?就算挣了再多家业,没有儿子又能怎么样呢?将来床前连个伺候的人都没有。原先咱老街坊龚家的二丫头你知道罢?腰粗屁股圆,有个宜男之相,今年十八了,只要跟他们家一提,准保答应。我明儿个去给你问问?"

薛氏冷笑道:"老姐姐说笑呢是罢?'床前连个伺候的人都没有',我身边还有兰姐儿呢。"

金氏掩口一笑,眼睛四周全是褶子,比不笑时又苍老两分:"兰姐儿迟早得嫁人,哪还能留家里一辈子?难不成你们要找个倒插门女婿?哎哟哟,可听老姐姐一句劝,愿意倒插门的能有什么好货?就算不能找个我们家小三儿那样考功名当大官的女婿,至少也得找个家中有产业的罢?"

薛氏气得手脚冰凉,正这个当口,只听门口有人道:"夏伯娘这话说得正对我心坎儿。"众人扭头一瞧,只见香兰迈步走了进来,脸上挂着笑,进来先给屋中人施礼,又对金氏道,"还是有些产业的好,光有虚名,实则家里拖家带口穷得叮当响的,纵然我们是小门小户,可也不敢跟这样的人家攀亲,日后穷亲戚一大堆,可怎么过日子呢?"

金氏登时横眉立目,菊花似的脸愈发紧绷,冷笑道:"我不过是好心劝一句,就招惹来小辈这么多话。甭以为我听不出来,姐儿这是话里话外挤对我们家呢。我可是一片痴心劝你娘,纳小也是喜事一桩,你爹娘年纪慢慢大了,你迟早出嫁,身边怎么能没个照应的人？……我可没脸再在这儿坐着了。"言罢起身便走。

薛氏心中虽解气，但面上仍出言挽留，对香兰道："小孩子家家不知轻重，长辈说话岂是你能插嘴的，还不赶紧给你夏伯娘赔礼？"却扭过脸来跟香兰挤眼睛。

金氏昂着头冷哼一声，对薛氏道："你可得好好教女儿，嘴这样毒，将来只怕难嫁！"

香兰说话又清又脆，好像连珠炮似的："我年纪轻不懂事，还得让夏伯娘教我。我原先以为纳妾是大户人家才配的。就好比夏伯娘家，出了一位举人老爷，如今夏伯伯出去谁不尊称一句'老太爷'呢？这样威风体面，才配纳个小妾。一来夏大伯和夏伯娘年纪比我娘更大，身边更得有个照应的人；二来，举人老爷的亲爹，纳一房小妾也是喜事，说出去也面上有光不是？"

金氏万没料到陈家女儿是个口舌上不落下风的，居然以子之矛攻子之盾，杀了个回马枪，脸立时气成猪肝色。

夏三姐儿见母亲吃亏，愤愤站起来道："我娘是为你们家好呢，我娘又不是下不出蛋的鸡，我爹纳哪门子的妾？！"

香兰看都不看夏三姐儿一眼，只对金氏道："夏伯娘今日说的事有几处不妥，一来我娘还年轻，前些年家里光景不好，身子骨也虚弱，如今好生调养身子，再去庙里捐功德求子，也不愁生不出儿子。夏伯娘若真担心爹娘无子，看在这些年街里街坊的情分，也该劝我娘多调养身子才是。二来我爹从没纳小的心思，就连抱养过继个男丁都不乐意，伯娘不信只管问去。三来纳小也好，不纳小也好，都是我们家里事，与你有什么相干？夏伯娘原本成天跟一群市井妇人一处，镇日家长里短不曾知道什么体统，怪不得如今当了举人老娘也不知道规矩。我虽不才，也好歹在宅门里当过两年差，知道些廉耻，今日告诉夏伯娘一句，方才劝人纳小，还跟媒婆似的说要给人宝妹拉纤儿的活儿，日后可别干了，丢了夏伯娘的脸面还是小事，丢了夏相公的脸，别人还以为夏相公也是个嘴碎的呢！"

金氏更没想到香兰竟说出这样一番话公然落她颜面，气得浑身乱颤，指着香兰："你……你……"半天说不上话，怒得起身便要走。

夏二嫂心思活络，赶紧扶了金氏，对薛氏道："我娘也是好心，方才是说错了，我替她赔个不是。"

薛氏也赶紧来打圆场，呵斥香兰道："没大没小！"对金氏笑道："小女孩家家不懂事，老姐姐可千万别恼她！"

夏二嫂拉着金氏的胳膊劝道："娘赶紧坐下，这就是话赶话说出来罢了，有甚大不了的呢？"连连给金氏使眼色。

金氏知她这个二媳妇儿是最有心计的，虽忍不住想走，可到底面皮厚，仍坐了下来。

夏二嫂是个会说笑的，先赞房中的摆设好看，又去夸薛氏的衣裳，而后将话头扯到夏芸身上，夸说夏芸如何才高八斗、一表人才云云。

金氏一听这个，腰杆也挺了起来，开始说夏芸在衙门里如何受器重。三言两语之后，便将前番揭过，又说笑起来。

夏二嫂自来熟，扭过脸又跟香兰说话，摸着香兰的鬓发、胳膊，上上下下看了一遍。

香兰有些不自在，不着痕迹地往旁边挪了挪，那夏二嫂却又往前一步，拉上香兰的手，笑道："哎哟哟，真跟天仙似的，上回见你还是几年前，那时候你还没进林家呢，这一晃都成大姑娘，出挑得都让我认不出了，这个爽利的性子也让我喜欢，也不知将来哪个有福，能娶了这样的小佳人儿去。"口中一长一短问香兰平日都做什么。

香兰含笑道："还能做什么？平日做做针线罢了。"

夏二嫂笑道："你还做什么针线，光画画了罢？如今一张画能卖几两银子了？"

香兰一怔，看那夏二嫂眼中精光四射，心里愈发不舒坦，淡淡道："夏二嫂子说笑了，我哪会画什么画，可别听外头人乱嚼舌头根子。"

夏二嫂堆着笑："骗嫂子不是？你悄悄跟嫂子说，嫂子一准儿不告诉别人……"

正说着，夏三姐儿又凑上来。夏三姐儿比香兰小一岁，从小都没穿过几身新衣裳，自打香兰一进门，她便眼馋香兰一身鲜明衣裳和穿戴首饰，羡慕道："你这头上戴的花儿啊朵儿啊的真好看。"

香兰正愁不知如何应对夏二嫂，听了这话，便从头上拔下一支堆锦的花递到夏三姐儿跟前道："喜欢这支便送你。"

夏二嫂一叠声道："哎呀呀，这怎么使得？"暗自后悔方才自己没赞香兰的穿戴，否则香兰也该送她一支才是，此时倒不好开口了。

夏三姐儿接了花，见那花精巧别致，还有铜丝弯成的蝴蝶须子，坠着小小的绛纹石，一颤一颤的。夏三姐儿摸了又摸，也不道谢，只管往自己头上戴，又眼巴巴看着香兰头上道："你戴的簪子、钗环也怪好看的……"

香兰一怔，只装听不见，转而扯开话跟夏二嫂说些旁的。

夏三姐儿见香兰不搭理她便有些着急，去扯香兰袖子道："我说了，你那些簪子、钗环也好看！"

香兰点了点头道："谢谢夸赞。"

夏三姐儿道："那你怎么不给我一支？"

夏二嫂伸手拍了夏三姐儿两下，骂道："死丫头！丢尽脸面了！"

夏三姐儿顿时委屈起来，张嘴作势要哭。

香兰忙劝道："算了，算了，夏二嫂子别骂她。"

夏二嫂又数落夏三姐儿几句，方堆着笑对香兰道："这死丫头没见过世面，妹妹可别生气……唉，也可怜她小小年纪，连支铜的簪子都没用过。妹妹是个阔气人，要不就送她一支罢？"

香兰目瞪口呆，只觉自己活了两世还是头一遭遇到这样的人。还没等她应声，夏二嫂便飞快扯了夏三姐儿一把，道："人家要送你簪子呢，还不快谢谢你陈家姐姐？"

夏三姐儿也不委屈了，脆生生说："谢谢陈家姐姐！"说完又眼巴巴盯着香兰的头发。

香兰不说话，只是微微冷笑。

夏二嫂唯恐香兰不给，忙道："陈家妹妹，你是个心善又富裕的，总该可怜你小妹妹没戴过好东西罢？不过一根簪子，你还在乎这一星半点儿的？"

香兰冷笑道："我竟不知道天底下还有这般找人要东西的，我可不是什么冤大头。"说完再不理睬，径自走到薛氏身边拿起壶添茶。

夏三姐儿瞪着眼道："她什么意思？我都谢了她了，簪子还给不给了？"作势又要闹。

夏二嫂拧了夏三姐儿一把道："现世报的东西，快给我闭嘴！"

夏三姐儿素怕夏二嫂积威，登时不敢言语了。

这厢金氏已将夏芸从头到脚夸了一通，道："十几年前，就有算命的跟我说，我们家小三儿是天上星宿下凡，日后定能当官做宰，还说我是个有大造化的，将来荣华富贵受用不尽。我原先还不信呢，如今才知道条条应验了！"

薛氏只觉心烦，借故让香兰去添茶，打断道："老姐姐喝口茶再说罢。"

金氏浑然不理，仍旧滔滔不绝道："县太爷也赏识我们家小三儿，听说我们家小三儿还没娶妻，后悔得要撞墙，说早知道有这样一表人才的举人，自个儿的闺女就不那么早聘人家了。啧啧，可要我说，就算县太爷的闺女没聘人家，我们家小三儿还不一定能看上呢！赶明儿个我们家举人老爷考中了进士，那就是地地道道的大官了，所以娶媳妇这一来要才貌双全，二来要家里头阔绰，等闲的想进我们夏家当儿媳妇儿，呸！门儿都没有！"

话音未落，夏二嫂便抢白道："是啊，等闲的自然不成！说句厚脸皮的话，我觉得兰姐儿跟我们家小三儿就般配，简直是天造地设的一双了。是不是呀？"

薛氏忙笑道："我们兰姐儿可不敢高攀，日后找个殷实厚道的庄稼人便罢了。小夏相公日后定然是要飞黄腾达的，怎么也该百里挑一地找个媳妇儿才是。我看别说是县太爷的闺女，怕是连皇上的女儿都能娶得。"

金氏听了浑身舒坦，捂着嘴"咯咯"笑了一阵，方道："薛大妹子说的是，你们家闺女性子太刁，找个厚道些、脾气好的才忍得住呢！"

薛氏和香兰对了个眼色，两人都别开脸，只作没听见，往窗外看去。

夏二嫂微微皱眉，张了张嘴，却什么都没说。

夏家三人在陈家用了午饭方才走了。待出了陈家的门，三人缓缓往回走，夏二嫂道："娘，今儿个陈家的意思你瞧出来没有？"

金氏一怔，问道："什么意思？"

夏二嫂道："他们家香兰今年快十六了，咱们家小三儿今年十八九，你说能有什么意思？"

金氏登时拧起眉道："不成！绝对不成！癞蛤蟆想吃天鹅肉，痴心妄想！活该烂嘴生疮的小蹄子，狂得都有褶儿，简直是多嘴狐狸精变来的，恨得我想抽她几巴掌！"

夏二嫂笑道："我的娘，你怎的想不开？依我说，陈家要乐意，咱们还巴不得呢！陈家这么阔，连糊窗都用的五色纱，那一匹抵得上一捆细布的价了，你看那吃穿住用，哪一项都比咱们高出两三头去。陈万全会相看古玩，谁知他家藏了多少好东西呢？陈家没儿子，原先那些个亲戚又都不曾来往，谁娶了香兰，这样的家业还不都归了他去？"

金氏想到陈家的房子和陈设，不由怦然心动，可转念又摇头道："小三儿如今是举人老爷了，什么有钱人家的媳妇儿找不到？前儿个还有媒婆跟我说点心铺子掌柜的闺女呢！"

夏二嫂又道："娘有所不知，这陈香兰还有一项好处。她会画画儿，如今一张画儿就值几十两银子呢！谁娶了她，就是抱了只会生金蛋的老母鸡，娘可得会算这笔账呀。"

金氏一惊："几十两银子？真的假的？"

夏二嫂道："都这样说呢，只是她自个儿说不会画，可我瞧着八成就是她。"

金氏又羡又妒，咋舌道："哎哟哟，几十两银子，这简直是要发财了，怪道陈家阔成这样！"

夏二嫂道："可不是？小三儿在衙门里累死累活的，每月也不过三四两银子，怎么比？这些日子娘也给小三儿张罗亲事，可那上等人家嫌咱们穷，下等人家咱们又瞧不上，中等的倒有几家，小三儿不是嫌人家闺女胖，就嫌人家闺女丑，没一个合意的。我瞧他总围着陈万全转，悄悄儿问过他意思，他支支吾吾的，像是对人家闺女中意似的。"

金氏皱眉道："只是这闺女的性子……"

夏二嫂哂笑道："嗐，将来嫁进来，还不由着婆婆揉圆搓扁？要我说，这样的生财奶奶还不如供起来，她画张画儿，就够咱们全家一年吃喝呢！"心中则暗道："看陈家闺女是个大方的，这么好的花说给就给，今儿个是三姐儿那死丫头讨要得急了，人家这才翻了脸，若是日后好生哄哄，还指不定能抠出多少好东西。"

金氏越想越动心，顿住脚步，转身往回走，夏二嫂连忙拉住道："哎，哎，娘，你往哪儿去？"

金氏道："我赶紧回去，跟陈万全家的说说这事。"

夏二嫂叹口气道："过两日罢，娘今天说话也得罪了人家了，这当口人家能答应才怪呢。"

金氏横眉立目道："咱们家若是肯答应，那算陈家祖坟上烧了高香，凭什么不答应？！"又埋怨夏二嫂，"陈家这些好处，你怎的早不跟我说？"

夏二嫂翻着白眼，暗想："我也不知道你这老货一朝得意就抖起来，一上来就开罪人家呀！"脸上还赔笑道："是我想得不周全了。"

金氏嘴里嘀嘀咕咕道："回头还得打听打听，要是她画画真能赚这么些银子，也就让小三儿委屈委屈，将来看见好的，给他多纳几个小的。"

夏二嫂口中答应着，心里十分不以为然。待走到家门口，金氏先进了屋子，夏二嫂回头一瞧，只见夏三姐儿正站在院子里的水缸前头照影儿，顶着那花搔首弄姿。

夏二嫂过去劈头盖脸便将那花从夏三姐儿头上拔了下来。

夏三姐儿一怔，忙过去抢，口中嚷道："我的花儿！我的花儿！"

夏二嫂拧眉瞪眼，双手叉腰道："什么你的花儿？这样的好东西放你那儿也是糟蹋，我先替你收着！"

夏三姐儿咧嘴就要哭，夏二嫂拧着她脸道："哭，哭！就知道哭！敢哭出声儿就让你好瞧！"

这夏三姐儿自小是夏二嫂带大的，自幼没少挨打挨骂，这夏二嫂又能说会道，讨了金氏喜欢，有时夏三姐儿去告状，过后夏二嫂便有的是手段整治她。夏三姐儿怕得要命，也不敢再闹，只好忍着委屈回去哭了。

夏二嫂见夏三姐儿乖乖进了屋，方才舒一口气，走到水缸跟前，把那花插在自己发髻上，左照右照，自觉美貌，哼着歌儿回屋了。

却说下午陈万全归家，薛氏将今日的事从头到尾说了，皱着眉道："这一家乱哄哄都是些什么人？我看原先吕二婶子那一家子都比夏家省心，你敢把兰姐儿许配这样的人家，我立刻抹脖子干净！"

这陈万全本就是个势利的人，听说夏家如今还是拮据样儿，夏芸考上举人当官的好处便没了一半，皱眉道："我看小夏相公是个极好的人，谁知他们一家子是这副德行？罢了，不成便不成，咱们再相看别的人家便是。"

金氏过两日又往陈家来，这回放了身段，脸上堆起十二万分的笑，没口子的夸香兰好处，薛氏也只点头应着，并不十分搭腔。

之后金氏再来，无论在门口如何叫门，陈家都一律不应了。

金氏心中暗恨，想丢开手又舍不得，又同夏二嫂商量，打算托个相熟的媒婆去谈谈意思。

此计还未成，却生了一桩事。

第十九章
浪蝶生风波

　　这一日,夏芸从衙门归家,进了院子便瞧见夏三姐儿坐在院儿里洗衣裳,便走过去笑道:"今儿个县太爷发了些赏钱,我在街上看见有卖绢花的,便给你和四妹各买了一支,赶紧收起来,别让嫂子们瞧见了。"说着从袖里掏出一朵粉绸做的绢花递了过去。

　　夏三姐儿嘟嘟囔囔道:"三哥这花儿有什么?陈香兰给我那支比这个不知强了多少倍,倒让那个小贱人抢了去!"

　　夏芸听得"陈香兰"三个字便是一怔,连忙追问道:"陈香兰?哪个陈香兰?"

　　夏三姐儿道:"就是陈万全的闺女。前些日子,我跟娘还有二嫂去了陈家,他家真个阔气得很,我瞧着连打醋的瓶子都是玛瑙的。陈香兰给了我一支花儿,回家就让二嫂给拿了去。二嫂还说陈家让我们去是想把闺女嫁给你,可后来娘又去了两趟,陈家连门都没开,二嫂又说这事怕是不行了。"

　　夏芸登时急了。金氏什么德行他最清楚不过,浅陋无知又好占便宜,她这般去了陈家还能入得了人家的眼?怪道这两日陈万全瞧见他对他淡淡的,浑不似原先亲热,原来竟是这么一回事!

　　夏芸连连跌足道:"你们去陈家的事怎不告诉我一声?"见夏三姐儿颠三倒四说不清楚,立刻去厢房找夏二嫂。

　　夏二嫂正在屋里做针线,见夏芸直眉瞪眼地闯进来不由吓了一跳,忙把针线放下,堆着笑问:"三弟怎么来了?"

夏芸一叠声问道："嫂子和我娘、三妹什么时候去的陈家？都说了些什么？我方才听三妹说娘又去了陈家两趟，人家没给开门是怎么回事？"

夏二嫂眼珠转了转，脸上堆了笑道："嗐，原来是这事，我当是什么呢？前些日子陈家是请我们去一趟。他们搬了新家，说要请老邻居过去坐坐。你那几日一直睡在衙门里，不曾归家，便也没和你提。"说着拍了拍炕沿，让夏芸坐下，一手扶着炕桌，身子微微向前倾，用蒲扇掩着嘴低声笑道，"我说三叔叔，跟嫂子撂个实话，你……是不是对陈家那个闺女有意思？"

夏芸登时涨红了脸，垂下头不说话。

夏二嫂"咯咯"笑了起来，摇了摇蒲扇道："我看你这般勤快，见天往陈万全当差的当铺里跑，嘴上说是想看看有没有稀罕玩意儿买回来孝敬上峰，其实是惦记人家的闺女呢！"

夏芸的脸越发红了，站起身对夏二嫂深深作了个揖，道："二嫂真乃再世诸葛。这事还要帮我一帮。"

夏二嫂哈哈笑道："都是一家人，何必说这见外的话……"脸上忽然换了一番形容，愁眉紧锁道，"你这事只怕不好办呢。"

夏芸连忙坐了回去，问道："此话怎讲？"

夏二嫂道："我早就看出三弟对陈家闺女有意思了，上次去陈家也存了帮你探探意思的打算。不过实不相瞒，娘那个性子你也知道，去了便把陈家母女得罪了，我当中十分给说和，人家方才回心转意一点儿。可陈家这般殷实，香兰又长得如此标致，眼光也是极高的，这些日子我也是倒尽了一腔热血帮三弟谋划罢了。"说着唉声叹气去揉太阳穴，"真是活生生累瘦了一圈儿。"微微挑起眼皮去瞧夏芸的脸。

夏芸虽有两分迂腐，可在察言观色这一节上是极伶俐的，立刻从袖里摸出半串铜钱递了过去，笑道："真是劳二嫂费心，这点儿铜钱二嫂拿去买些吃食好生补补。若能为我把这事谋划成了，我必有重谢。"

夏二嫂立时笑眯了眼，却不接那钱，看着夏芸把那半串钱放在炕桌上，方才盘着腿道："你这事我倒有七八分把握。"见夏芸一脸殷切，心中暗道："甭管此事如何，我先糊弄你几两银钱花花。"信口开河道："虽说陈家夫妇眼界高，可我瞧着香兰竟然是个愿意的。陈家夫妇把她当眼珠子似的，她要肯了，你这事不成也成。"

夏芸立时站了起来，惊喜道："当真？"

夏二嫂呵呵笑道："这个自然，我这里还有个好消息，倘若告诉了你，你该怎么谢我？"

夏芸喜得抓耳挠腮，只觉有千万只小虫在心里头爬，又从怀里摸出一钱银子推过去，道："这点儿心意，二嫂拿去给我小侄女扯块布做身新衣裳穿。"

夏二嫂笑道:"算你精乖。那日香兰问了我好些你的事,还夸你一表人才,临走的时候,还塞给我一支花儿,悄悄嘱咐我让我带给你呢!这些日子我忙晕了头,竟给忘了。"说着起身,从炕头的箱子里取出一支堆纱的花儿递了过去。

夏芸到底是个聪明人,见了那花儿便道:"方才在院子里,三妹说香兰送她一支花,后来让嫂子拿了去,可是这一支?"

夏二嫂暗恨夏三姐儿多嘴,眼珠子转了转道:"自然是这一支,香兰刚给我就让那死丫头抢了去,非说是香兰送她的,我哄了半天才拿回来,你可别让她再瞧见了。"

她这般一说,夏芸倒也信了,只举着那支花发怔,暗道:"香兰竟然已经赠我定情信物了,显然……显然对我是极有情意的,我真个该死,竟没瞧出她的心!如今定然不能辜负佳人一番情深意重了。"

夏二嫂轻咳几声道:"只是如今你这事人家爹妈不十分乐意,免不了我还得再上门跑上几趟……"

夏芸暗道:"我娘是个糊涂的,万分指望不上,唯有二嫂机灵善变,此事若想成便全指望她出谋划策。"咬咬牙,当下又从怀里摸出一两银子,递上前道:"二嫂是女中豪杰,这事还要多多仰仗你。二嫂为我的事跑断腿,这银子便是我给二嫂拿去做鞋子的。"

夏二嫂方觉榨够了油水,从善如流将银子收了,满脸带着笑道:"你这事也不一定能成,终归我替你尽心尽力罢了。"

夏芸再三谢过,自此便觉得香兰对他有意,每每对着那花儿发呆发痴,想着香兰冰肌玉肤,容颜娇俏,又不免心旌摇曳,只恨自己不能同佳人相会。

第二日,夏芸一早又去衙门点卯,刚到衙门后门处,便见有一乘小轿摇摇地从对面抬过来。

夏芸忙立住脚往边上闪躲,那轿子径直抬进衙门,忽然轿帘一掀,露出一张妇人的脸,瞧着年纪二十多岁,肤色雪白却有点点雀斑,眼睛不大,鼻梁高直,并非美人倒也生得干净,有股子韵味。

那妇人命轿夫停下,又笑模笑样地对夏芸道:"小夏相公,这样早就来了!"

夏芸垂着头应了一声。

那妇人便放下轿帘,命车夫抬着轿子去了。

待那妇人一走,守门的张衙役便对夏芸笑道:"夏吏目,这人是谁你不认识罢?"

夏芸道:"她不是任税监的妻子曹氏么?"

张衙役大有深意地嘿嘿笑道:"此人可是大大有名,你刚来竟然也知道她。人人都称她'曹娘子',原是跟林氏家族攀着亲戚的,扯着林家的大旗,我们也都高看两眼。这曹娘子也是好生厉害,不知怎的找到门路,搭上了县太爷的线,明明生得不俊,却三勾两勾地勾了县太老爷的魂儿,硬给她那个王八爷们儿塞进来做了个税监,这可是个肥缺儿,真真的好手段!"

夏芸吃了一惊:"这话可不能浑说!"

张衙役啧啧道:"我怎么能是浑说呢?你道她天天来这么早是给自己老公送饭的?放屁!等点了卯一准儿爬县太爷的被窝!衙门里头人人都跟明镜似的,她老公也心知肚明,反正一顶绿帽子又压不死人,何况自己这差事还指望老婆呢,闷不吭声愿意当个王八。听说晚上回家还得给老婆打洗脚水,硬生生把他老娘都气死了。"又拍着夏芸的肩膀笑嘻嘻道,"我瞧这小娘儿们八成又瞧上了你,你可留神,兴许赶着晚上当差值夜,就来敲你房门了!"

这话说得夏芸满脸通红,忙不迭地走了。

这妇人正是曹丽环。原来那任羽不是读书的料子,任家便托了相熟的关系寻到衙门给他谋个牢头的差事。一回曹丽环来给任羽送伞,偏巧碰上了知县韩耀祖。曹丽环是见过世面的,不似那小门户女子缩手缩脚,落落大方地与之行礼,口中一长一短说着殷勤话儿,脸上团着甜丝丝的笑儿,令人十分受用。

这韩耀祖已年逾五旬,虽道貌岸然,却是个好色之辈,奈何家有"河东狮",不敢十分乱来,纳的一房小妾也不过是摆摆样子罢了。如今见曹丽环生得高挑端正,穿戴不俗,不像寻常人家女眷,虽然并非美人,却有那么股子韵味,不由有些动心,便也和颜悦色起来,暗地里悄悄打发个婆子去探问曹丽环的意思。

这曹丽环自从嫁了任羽,虽与婆婆和小姑子不和,倒也是守着老公一心计较日子。只是她在林家已见惯了大世面,如今过起缩手缩脚的日子,老公又是窝囊废,与林家简直差了一天一地,她自然千恨万怨,且又不是肯屈居人下的,见韩耀祖打个发婆子来,便觉得是个时机,欲拒还迎了几回便与韩耀祖成了好事。

曹丽环是个颇有手段心计的,知情趣,晓风情,还有百千种讨人欢喜的伶俐法儿,韩耀祖登时爱得不行,一刻都丢不开,把自家的母老虎早丢在脑后。

曹丽环从头面项链镯子,到四季衣裳,另还有鸡鸭鱼肉的吃食,乃至各色补药,没有不张嘴讨要的。韩耀祖一心爱宠她,自然有求必应。

曹丽环为了讨好韩耀祖,又将自己的贴身丫头卉儿带给韩耀祖收用,主仆两个团团伺候着,没过多久,任羽便从一个牢头提成了九品税监,一介白丁公然给了个官身。

可俗话说"世上没有不透风的墙",不多久有人瞧见曹丽环松散着袄褂子,几乎露着半个胸脯子从韩耀祖的书房里出来,便私底下传遍了。吹到任羽他娘耳中,老太太登时气个倒仰,要任羽休妻。

曹丽环冷笑道:"倘若不是我,你儿子岂能平白得个九品的官?自己儿子窝囊考不得功名也就罢了,赔个老婆进去,脸上有光怎的?倒直眉瞪眼地说起我来了!"任母听了这话,又见任羽一副唯唯诺诺模样,气得吐了两口鲜血,一个月不到就咽了气。

自此曹丽环更无人敢管,她在韩耀祖跟前小意温存讨好,回到家中便对丈夫呼来喝去,如同奴才般打骂,又时不时柔情蜜意地哄上几句。

任羽对曹丽环又怕又爱,只一味装聋作哑,忍气吞声。

却说曹丽环在门口见了夏芸,暗暗留了意,想到夏芸生得整齐,虽不及任羽英俊,却有十分儒雅清高的气度,虽无韩耀祖的官威,可勃勃朝气又岂是韩耀祖那等糟老头子可以比拟的?咬牙暗恨道:"可恨,可恨,偏生我没福,只能嫁个窝囊废,竟不曾遇过如此可意的人儿!夏芸跟旁人可不同,年纪轻轻就考了举子,日后迟早飞黄腾达。韩耀祖年纪大了,这官指不定什么时候就做到头了,他虽待我不薄,可跟着他终究不是长久之计,不如想方设法跟小夏相公结个缘,日后在衙门里也多个指望……兴许我日后还能靠上小夏相公呢!"越琢磨心里越像揣了团火。

自此她寻机同夏芸搭讪闲聊,时不时嘘寒问暖,又给韩耀祖吹了枕头风,让其愈发器重夏芸,接二连三地交代夏芸办了几件露脸的事,赏了不少银子。

曹丽环便到夏芸跟前表功道:"奴是爱惜夏相公的才华,写得一手好字,又这般有学问,在这县衙里是屈才了,幸而奴多少能跟县老爷说上两句话,便夸了夏相公的好处,这不,有才之人便立刻显出来了不是?"

夏芸立时便觉得曹丽环是个慧眼伯乐,真个为他着想,原先还与她疏远,之后和她便逐渐稔熟起来。

待熟识些了,曹丽环便眉眼传情,间或打情骂俏几句道:"小夏相公还未曾娶妻罢?这夜里孤枕难眠,都想着谁呢?"

夏芸道:"晚上不过闭门读书罢了。"

曹丽环笑道:"哟,光读书哪儿成?也得放松放松不是?"说着款款挨在门上,脚踩着门槛,一手提了裙儿,微微露出一点儿水红的绣花鞋。

夏芸登时明白了,心里虽不耻曹丽环为人,却又不想开罪她,低着头只装不知,心里到底有几分得意,自觉风流倜傥,貌比潘安,处处招惹桃花。

曹丽环因在衙门里也不敢在夏芸处太过久留,见他不理睬,便又寻些旁的话说了,告了辞,心中暗想:"日子长得很,是耗子就爱吃油糕,还怕拿不下你这个雏儿?"

且不说曹丽环如何寻机勾引夏芸，却说林锦楼在京城钻营了大半年，终于回了金陵，坐实了林长政升任山西总督之事，林家上下俱各欢喜。

金陵大小官员闻风而动——林长政孝满出仕，上来便是升任一品大员，掌一方实权，林家这是要重振门庭了，于是前来递帖子送贺礼拉关系的人络绎不绝。尤其外头隐隐约约有风声，说林锦楼与赵氏和离，一时动心思想要结亲的更排到了一条街开外。

林锦楼归家之后先去军中查检了几天，又料理了两日琐事，这才偷了半日闲，懒懒在床上睡了一觉，醒来只觉干渴，便起身叫茶。

床幔掀开，一个浓妆艳抹的女子托着一碗茶递到他跟前，林锦楼喝了一口，抬头一瞧，见端茶的正是画眉，不由微微蹙了眉。

此处是知春馆的主人卧房，画眉一个姨娘不该随意出入。

画眉何等机灵，见林锦楼面露不悦便明白了，立时道："是太太让我在这儿守着，说大爷这几日忙得跟陀螺似的，还不知要睡到什么时候，总不能醒过来身边连个伺候的人都没有……"看了林锦楼一眼，放低声音道，"原先在这屋伺候的……多是那一位从娘家带来的人，所以……"

林锦楼立刻道："我明白了。"掀开薄被便要下床。

画眉连忙俯身为他提鞋，又从旁边的熏笼上把衣裳拿起来服侍林锦楼穿上，等穿戴完毕又问道："大爷可想吃些什么？小厨房里有刚做的几样细面点，都是大爷惯吃的，可要用几块？"见林锦楼微微点头，便立刻命人去端。

林锦楼转了转脖子，早有伶俐的丫头手脚麻利地端来一盏清汤。林锦楼喝了一口，听到前头隐约传来铙钹丝竹之声，因问道："前边干什么呢，热闹成这样？"

画眉道："有几个大老爷的学生和下属来道贺，老爷便留了晚饭。"

林锦楼往窗外一看，果然见到天色都已擦黑，将手中的汤喝尽了，拿了筷子去夹点心，却忽然手上一顿，唤住刚刚端汤水的丫鬟："你给我站住！"

那丫鬟正是银蝶。今日因林锦楼在家，她特地打扮过，换了身簇新的藕荷色衣裳，身上的穿戴都是她压箱底的好玩意儿，每只手上都有三对镯子，脸上用的脂粉都是偷搽画眉梳妆台上的宫粉。

银蝶本就生得好，这样一打扮更是添了几分姿色。

如今林锦楼叫住她，银蝶喜得浑身发颤，停住脚步转过身，刚想对林锦楼嫣然一笑，却见林锦楼沉着脸上前，一把拽了她裙带上系着的嵌金马璎珞腰坠儿，问道："你这东西哪儿来的？"

银蝶浑身一激灵。

当初香兰被赵月婵赶走，因太过匆匆，许多东西都未来及收拾，银蝶便偷偷把香兰的箱子抱了去，将里头好些衣裳首饰等物尽数拿走。见箱底有个红绸布得荷包，打开便是这一匹系着璎珞流苏的小金马，真个精美绝伦。

银蝶登时看直了眼，忙把这金马揣进了衣兜。她自从拿走这坠子便不曾戴过，今日头一遭系在裙带子上便让林锦楼瞧见问个正着。

却说这金马腰坠儿却有些来历，原是从海船上带回来的稀奇货，让人配了鲜亮的璎珞丝绦和各色贵重玉石，送了林锦楼。林锦楼也觉得这赤金黄玉的小马精致，把玩一番便系在腰上。那一日正赶上香兰伺候他，他对那丫头有意，又把那小金马赏了她。如今这东西竟戴在不相干的丫头身上，林锦楼的脸便沉了下来。

银蝶机灵，立刻便觉出这金马有文章，加之做贼心虚，又惧怕林锦楼，眼珠子乱转，嗫嚅道："这是……这是……"

林锦楼一脚踹在银蝶肚子上，喝道："这什么这？爷问你这金马哪儿来的？"

银蝶"哎"一声倒在地上，忙又爬着跪好，疼得脸色发白，心说："不好，倘若说是从香兰那里偷拿的，指定要大祸临头，横竖赵月婵走了，不如就把这事一推六二五全栽她身上。"便立时道："大爷明鉴，这玩意儿是原先大奶奶赏我的……"

林锦楼笑得冷硬："她赏你的？她可是一毛不拔的主儿，对你这狗奴才还真是不错，当初她从林家滚蛋怎么没带了你去？"

这轻飘飘的一句话惊得银蝶浑身的汗毛都倒竖起来，连连磕头道："奴婢错了，大爷饶了奴婢罢！"

林锦楼瞧也不瞧一眼，只吩咐道："明儿个一早叫人牙子来把人给我弄出去。"

画眉赶紧应了一声："是。"

银蝶大惊失色，泪滚滚流下，"砰砰"磕头道："大爷饶了我罢！大爷饶了我罢！那腰坠儿不是大奶奶赏的，是香兰走了以后，奴婢从她箱子里翻出来的。奴婢瞎了心，再也不敢了，再也不敢了……"

林锦楼大喝一声："还不把她给我弄走？！"

当下来了两个婆子，将银蝶堵上嘴带了下去。

画眉嘴角抽了抽，暗道："银蝶真乃蠢货，宁肯说这东西是偷的，也不能说是赵月婵赏的，莫非她不知道这位爷最硌硬那位么？"脸上却神色平静，一句话不肯多说，只小心翼翼地伺候林锦楼用饭。

林锦楼捏着那金马腰坠看了看，只想起香兰来。他这一走大半年，却消息灵通，知道宋柯考中进士，与显国公之女定了亲，独将香兰撇下，携了一家老小进京城。

平心而论，林锦楼倒是有几分佩服宋柯。一个没落家族的官宦子弟，独自带着老娘、妹妹过活，年纪轻轻，说话办事却滴水不漏，行事颇有章法，居然还考中了两榜进士，十几岁便少年登科的，在本朝用一只手就能数过来。

林锦楼固然相信天纵英才，可更信天道酬勤，人前的光鲜体面全是人后下百倍功夫换来的。就好比他，人人都道他年纪轻轻就做了四品将军，且手握重兵，是仗着祖荫的缘故，他觉得那些话都是放屁，他固然是含着金汤匙出生的天之骄子，可立下的战功全都是真刀真枪拼出来的。他闻鸡起舞的时候，多少世家子弟还淌着鼻涕让奶娘抱哄着？遑论什么冬练三九，夏练三伏。

他们林氏家族在他这一辈也出了些人才，可哪个能如他狠得下心吃这样多的苦头，肯把脑袋架在刀口上搏命？

宋柯的家世与前程自然无法跟他相提并论，即便宋柯考上进士了又能如何？若无大机缘，一生在五品官上打晃的两榜进士屡见不鲜，就算宋柯娶了显国公的女儿，也未必能能助得了他前程似锦。

可是林锦楼曾见过宋柯是如何刻苦用功的，从那发狠念书的劲头上，林锦楼嗅到此子身上的勃勃野心，两人打过几次交道，林锦楼便清楚宋柯不是好相与的角色。

林锦楼的手指在桌上敲了敲。原本他听说宋柯中了进士，曾有一闪念要放了香兰那丫头。林家对宋柯有恩，犯不着为一个女人结梁子。可转念又将这想法否了，他本是呼风唤雨的角色，何必要让个初出茅庐的毛头小子？别说如今宋柯羽翼未丰，即便日后独当一面也绝不是他的对手。

林锦楼兀自沉思，只听廊下当差的小厮桂圆在门口道："老爷听说大爷已经醒了，请大爷去前头一趟，吃两盅酒应酬片刻。"

林锦楼应了一声，从碟子里夹了两块糕点塞进嘴里吃了，又重新换了见客的衣裳，转到前头去。

只见院子里搭了几桌席，密密麻麻坐了几十位宾客，正前方搭了戏台子，几个戏子正咿咿呀呀唱着。林长政和林长敏都在席上，与左右亲热攀谈。

林锦楼一到，席上立时热闹起来，众人纷纷端着酒杯与林锦楼敬酒。林锦楼嘴角含笑，一一应着，手中端着酒杯，一派世家公子的翩翩姿态。

有人在底下低声议论道："瞧见没？那就是林家老大，林长政能封山西总督全赖他在京城上下走动，达官显贵、勋爵权臣，没有一个不应酬到的。这样轻的年纪，品级竟然比你我都高了。"

另有人道："人分三六九，有这样的爹娘，想不发达也难。"

在座的有一人，自林锦楼从后头出来，两眼便将其牢牢盯住，未曾离开过，这人便是夏芸。原来韩耀祖花大笔银子托人疏通了林家的门路，年节都有重礼孝敬，林家宴请金陵大小相熟的官员，才给他递了帖子。韩耀祖原想携大儿子同去，却偏生感了风寒。韩耀祖知道自己儿子韩光业素来是个吃酒弄性的，想着夏芸秉性老实乖顺，办事素来合自己的意，便命夏芸陪韩光业同去，也隐含着提携夏芸之意。

夏芸自然感恩戴德，特地换了一身簇新的绸料衣裳，更是踌躇满志，一心想在酒宴上与高官们展示才华，再向上谋划一步，保不齐能得到大机缘，这辈子封王拜相也未可知。

一路上他虽同韩光业殷勤搭话，心里却耻笑韩光业不学无术，胸无点墨。待到了林府，夏芸一见那门庭若市的热闹场面，便有些吃惊，待进了林府之内，但见那房屋轩丽，绮窗雕梁，奇石珍禽愈发目不暇接，等入了席才发觉，这几十桌酒宴，他与韩光业只坐最远一桌，韩耀祖的七品官已属最末之流。

夏芸只端端正正坐着，一句话都不敢多说，却发觉大字识不全的韩光业竟左右逢源，满桌世叔、世伯地喊着，频频敬酒，谈笑风生。知道他是正经举人出身的，旁人也不过微微举杯示好，并无亲热之举。

夏芸心中颇不是滋味。待见林锦楼出来，众人直是众星捧月一般，仿佛此人天生就该这般尊贵威风。夏芸远远瞧着，心底又妒又慕，还有些说不清的郁郁寡欢，适才发觉自己先前雄心万丈要大展宏图太过天真，此番开了眼界，才知真正的钟鸣鼎食之家是何气派，满腔的豪情灭了一半，也不敢再妄想攀上大机缘，只打起精神与身旁的推官寒暄。

却说银蝶让两个婆子拖了下去，回到房里哭个不住。一干丫头均厌恶银蝶是非讨嫌，竟无一人去劝的。

小鹃嗑着瓜子凉凉道："收拾收拾东西罢，大爷让你明儿个就出去，别回头耽误了，大爷怨怪到我们头上。"

银蝶怒道："即便是走也是明儿个早上，碍着你们肝疼？"

小鹃叉着腰冷笑道："说话放尊重点儿，你已经不是正经府里面的丫头了，与其在嘴上跟我逞能耐，不如仔细想想自个儿，犯了盗罪的丫头，能卖到什么好人家去？即便明儿个卖你，今儿晚上可也不能留在府里了，省得手脚不干净，再顺了什么东西走！"说完一甩帘子走了。

银蝶气得又哭一场。她到底是有几分主意的，抹了把泪儿，从箱子里掏出一把钱，唤来个小丫头道："你去三姑娘屋把含芳请来，说我有要紧的事。"

那小丫头子把手背到身后，撇嘴道："嬷嬷们都说你的事不让管呢！"

"你……"银蝶横眉立目上来就想打，强按住火气，又抓了一把钱递过去道，"你悄悄去，没人知道。去呀！"

那小丫头方才接了钱走了。

不多时含芳便到了，银蝶一见，扑上前哭道："堂姐救我！"

含芳吓了一跳，连忙询问。银蝶便将来龙去脉讲了，泪流满面道："我……我也不知道一匹金马竟惹出这样的祸。说来说去还不是香兰那个贱蹄子，留下这劳什子，原先在府里时给我添堵，就算走了还不能让我安生……"

含芳皱着眉呵斥道："你说的这是什么话？自己贪财拿了人家的东西，怎还说人家不是？"

银蝶抹泪道："反正她都让大奶奶卖了，那东西我不拿，别人也迟早拿去！不过是我命不好，竟赶上这样的事……呜呜呜……"

含芳叹道："如今说什么都晚了……"想了想道，"你惹恼了大爷，府里是待不住了，先送你出去，家里凑些钱，托相熟的人把你买了便是。你年纪也大了，在家里安生几日，正好说个人家，从此安安生生便罢了。"

银蝶大哭道："我不出去！回头嫁个穷鬼我还不如死了！"

含芳狠狠打了她两下，怒道："好好的差事你自己弄丢了怨谁？这是你家里还有些存项，倘若一文银子没有，把你卖给老头子当妾，你又能怎样了？"

银蝶倒在炕上，愈发放声大哭。

此时吴嬷嬷挑帘子进来，蹙着眉道："怎还没收拾好？二门上的嬷嬷们都等急了，再晚些，内宅就该落锁了！"

含芳连忙赔笑，迎上前道："我这妹妹就是让人不省心，嬷嬷别恼，待会儿我亲自把人送出去，让她家里人在外头接。"

含芳在林东绫跟前有些头脸，吴嬷嬷便缓了缓神色道："那也不能太晚。"

含芳笑道："哪儿能呢？"说着掏出二钱银子道，"二门几位嬷嬷久等了，让她们拿去买些酒吃。"

吴嬷嬷看了银蝶一眼，对含芳道："你这妹子要有你一半儿，也不至于让大爷给赶了。"

含芳口中连连称是，将吴嬷嬷送出去，转回身对银蝶怒道："还哭？赶紧把东西收拾收拾，回头跟蔡婆子说，让人抬小轿送你回去！"

银蝶无法，只得将东西收拾了一个箱笼。

含芳领着她往外去，刚到垂花门，小厮桂圆便拦住道："姐姐们别往前头去了，老爷在前头设了宴，都是男客，只怕让人撞见了不好。"

话音未落，只见两个小厮架着一个醉醺醺的男子从门前经过，后头还跟着个身形高挑的年轻公子。

银蝶放眼看去，只见那年轻公子一身月白色茧绸衣衫，文质彬彬模样，生得白净端正，长方脸上一双眼睛炯炯有神。

来者正是夏芸，原来韩光业吃多了酒，不免有了狂态。夏芸连忙照料，问林家的小厮要了陈皮醒酒汤，一碗灌下去，韩光业又张口欲呕，幸而管家出来道："今日天色已晚，贵府公子又吃多了酒，不如就在这里歇了，外头的一溜儿罩房，正是昨日收拾出来预备留客的，还请莫要推拒才是。"

夏芸求之不得，忙不迭点头应了，打发人回去报信儿。有小厮上前搀扶韩光业，一行人往那后罩房去了，正巧在垂花门碰见银蝶等人。

这里夏芸正跟在小厮身后走，忽见二门处站着两个女子，扭头一看，原来是两个穿着体面的女子，分不清是小姐还是丫鬟。一个穿着碧色的衣衫，生得眉清目秀，不过中等之姿；另一个则一身藕荷色衣裙，满头珠翠，一双水汪汪大眼睛，面带愁容，虽是小家碧玉模样，却十分动人。

夏芸心中暗赞："大户人家的女子真个不同，竟然一个个都跟鲜花嫩柳似的，绝非市井女子可比。"想到此处便又扭头看了一眼。

银蝶正万念俱灰，失魂落魄，却猛然间瞧见那个年轻公子扭头朝她看。银蝶久在内宅，所见的男人不过林家那几位，如今忽有个俊后生回过头来瞧她，四目相视，银蝶只觉心里一哆嗦，不自觉地抻脖子去看。

夏芸暗想："站在垂花门没个避讳，想来是个丫鬟。人人都道林家的丫鬟颜色出众，如今看来果然不错。"想着又回头看了两眼，心说："长得虽俏，却无气韵，比不得香兰秀丽娴雅。"又回头看了一眼。

银蝶正是怀春的年纪，平日里就爱想入非非，如今又见个年轻公子几次三番看她，便以为夏芸对她有意，不由狂喜，浑身发颤，先前的柔肠寸断抛到九霄云外，立时精神起来，待夏芸一行人走出去，仍遥遥张望着，问桂圆道："方才过去的几位都是谁，你可知道？"

桂圆搔了搔头道："方才听了一耳朵，说几位老爷、公子吃醉了，因是骑马来的，不便回去，要到南院那头的房里歇着，许就是他们了。"

银蝶追问道："方才走在最后的那个是谁家的公子？"

桂圆摇了摇头道："不知道，来了上百号宾客，我哪能全记着？许是什么六七品官儿家里的少爷，正经五品以上的，不住南院那头。"

银蝶缓缓点头，心中窃喜道："妙了，今日来家中吃酒的非富即贵，六七品的官儿也是极其难得的，方才那人生得体面，瞧穿着打扮定是哪家的公子、少爷。真真儿是瞌睡时有人送枕头，如今有那慧眼识珠的，就算林家再求我我也不回去了。"

一时含芳催促银蝶快走，银蝶央求道："好姐姐，你在三姑娘房里当差，也不好出来太久，我自个儿回家便是了。家里就在府后头的街上，不必找轿子，也走不了几步。"

含芳见银蝶忽然转了性儿，不由奇怪，上下看了她两眼。

银蝶忙道："我已想明白了，这会子不回家又能如何呢？"

含芳点了点头，松口气道："你想明白就好，赶紧回家吧，再过会儿内宅便要落锁了。"

银蝶口中只管应着。

含芳到底不放心，直将银蝶送到角门，又嘱咐了好几句才走了。

银蝶藏在门后，见含芳走远了才闪身出来。

守门的婆子不耐烦道："姑娘是去是留？我该落锁了。"

银蝶也不答话，拣了僻静的路绕到南院。她边走心中边打鼓，终一咬牙暗道："与其等着明天林家卖我，还不如自个儿去搏个前程。我宁肯死了也不愿过穷日子！"

此时前头筵席已散，大小官员陆陆续续地告辞，有吃醉酒的便留在林府过夜。大红的灯笼均已悬挂起来照明，几个婆子、媳妇儿和小厮忙里忙外收拾残局。

银蝶轻手轻脚，一溜烟儿跑了过去，悄悄摸到南院。

只见那几间房有的灯已经熄了，偏巧夏芸从房里出来，有个小厮迎上前同夏芸说了几句，片刻便端了面盆、毛巾等物进了屋。

银蝶心中暗喜，看见那小厮端着盆出来，又静等周遭无人，忙不迭推门进屋。

夏芸正要宽衣，冷不丁瞧见个妙龄少女进屋，不由吃了一惊，忙把衣衫掩了。

银蝶上前盈盈拜倒，笑道："公子可曾记得我？"

夏芸定睛瞧了瞧，见是在垂花门处遇见的美貌少女，脸上不由红了，手忙脚乱把衣衫系好，深深作揖道："并不认得姑娘，只是方才见过。"

银蝶忙斜过身子又道了一个万福，夏芸抬起眼皮往银蝶脸上溜去，只见她生得一张白生生的瓜子脸，脸上两道细细的眉，一道樱桃口，粉扑扑儿的腮，水汪汪的杏子眼儿正朝他望来，大有情意地丢了个眼色，又微微垂下头，娇声道："不知公子在此可住得惯？我家大爷命我过来伺候。"

夏芸被这一眼看得发酥，听了银蝶的话又是一怔，忙问道："你家大爷是哪位？"

银蝶笑道："还能是哪一位？正是林家的大爷。"

夏芸还以为大户人家待客必要派丫鬟伺候，故而并未推拒，口中道："那便劳烦姐姐了。"

银蝶还以为夏芸已默许，越发心花怒放，上前殷勤伺候，忙上前铺床，口中道："方才一见公子就觉着风度不凡，不知公子在哪里高就？是哪家的少爷？"

夏芸自耻出身卑微，万不会说出实情，只含糊说自己姓夏。趁着银蝶沏茶的工夫，他脱了外衫，钻入被中道："我睡了，姐姐关门去罢。"

银蝶咬了咬牙，一口将蜡烛吹熄，掀了床幔一把搂了夏芸道："奴真心仰慕公子，我家大爷也让我来伺候，还请公子不嫌鄙陋。"

夏芸大吃一惊，慌忙起身用手去推银蝶死活搂住他不放，又凑过去亲嘴。

若问银蝶为何如此胆大，却有个缘故，原来她天性便极多情，跟府里几个俊俏些的小厮也常有眉来眼去打情骂俏之事，那爱占便宜的不免动手动脚，也曾背着人有那摸脸亲嘴之举，故而银蝶也不觉羞臊，一劲儿去跟夏芸亲热。

夏芸是个雏儿，平日连女人的手都不曾摸过，怎经得住如此挑逗？先前还推拒，只银蝶这一亲，便如同施了定身法似的不能动了。

他正是血气方刚的年纪，又未曾娶亲，也不时想入非非，如今温香软玉在怀，一股子燥热便从心里涌上来，头脑一昏，什么礼义廉耻、三纲五常俱抛在脑后，反手搂了银蝶便啧啧亲了上去。

这二人在屋里正如火如荼，却不妨里屋还躺着一位韩光业韩公子。他方才吃多了酒胡乱睡下，此时却醒了，依稀记得是在林家，便没有嚷着叫水，只翻身下床，光着脚去摸茶壶倒水喝。忽听见外头有动静，出来仔细一听，竟然有亲吻和女子喘息之声。

韩光业一双眼睛顿时瞪得溜圆，吓得出了一身冷汗，酒也醒了，暗道："我的亲娘老子玉皇大帝！这外间住的是夏芸罢，怎会有女子跟他一处？这可是林家！莫非这厮胆大包天，竟勾引淫辱了林家的女子不成？"

此时只听银蝶娇滴滴道："奴是真心喜爱夏公子，还请公子怜惜罢了……"

韩光业听了这话，更觉天旋地转，两条腿都软了。他虽是个不学无术之辈，但到底知道轻重，一瞬间七八个念头从心里掠过，心中冷笑道："夏芸，你小子色胆包天，可别连累上我们，如今赶紧把我自己摘出去才是正经！"轻手轻脚地拨开门闩，闪身出去，刚到仪门便瞧见有两个小厮挑着灯笼，林锦楼正要往大厅去。

韩光业三两步上前，腿一软就给林锦楼下跪，口中道："孙儿罪该万死，还请爷爷饶命。"

林锦楼停住脚步，低头看了看，吉祥立即将灯笼凑过去，林锦楼皱着浓眉道："你是……？"

韩光业忙道："爷爷贵人多忘事，我是韩耀祖的儿子。"

林锦楼又想了想才将眉头舒展开，笑骂道："原来你是韩耀祖的儿子，你爹是要认我做干爹，我还没应，你倒喊得勤快。"

韩光业满脸堆着笑："甭管我爹有没有福分认您做爹，您在我心里都是亲爷爷了。"

林锦楼看看身边的吉祥和双喜，用手点指着韩光业，笑道："你们瞧，这厮这是地道的装孙子罢？"

小厮们也都笑了起来，韩光业一个劲儿赔笑。

林锦楼踢了他一脚道:"对外不准说我是你爷爷。起来回话。"

韩光业站起身缩着肩膀道:"是,是,不敢,不敢。"又道,"孙儿带来的人,如今可惹了天大的祸,可此事与孙儿无关,爷爷若怒了,只管罚那龟孙子便是……今日我爹不能来,便让个今年的新举子夏芸陪着一同来了。孙儿酒宴上吃多了酒,怎么被人送回来的都不曾得知,方才叫渴,起来吃茶,却听外头有女人说话,出来竖耳朵一听,原来夏芸那龟孙子正跟一个女人干事儿呢,我赶紧就跑出来了……"哭丧着脸,"此事与我万不相干,我爹也是因他年轻中举才有爱才之心,赶明儿个就把他从衙门里赶出去!"

林锦楼一怔,暗道:"若真是府里的使唤下人出了这等事,传扬出去林家脸上也无光。"便对韩光业道:"不干你的事,把你的嘴闭严了,外头传扬出一星半点儿,全在你身上。"

韩光业连忙缩着脖子道:"不敢,不敢。"

林锦楼便对吉祥耳语几句,打发他和双喜去了,另安排韩光业住了别处。

却说夏芸正与银蝶亲热。他虽被女色冲昏了头,却到底是个聪明人,惧怕林家威势,又顾及自己名声,不敢真去行那男女之事。正此时,却听门被推开,有人提着灯笼进来道:"夏相公可在?"

夏芸惊得险些从床上滚下来,银蝶也慌了神,一动也不敢动。

却有人一把掀了床幔,银蝶吓得叫了一声便往墙角缩去,夏芸此时已知不妙,冷汗从额上滚了下来。

双喜上前一把抓了银蝶的头发扯到跟前,一见银蝶的脸便是一呆。知春馆的丫头他都是认得的,遂冷笑道:"好得很,好得很。"

银蝶吓得瑟瑟发抖,两手裹紧了敞开的衣衫。

吉祥自去向林锦楼回话:"大爷,是知春馆里的银蝶。"

林锦楼挑了眉道:"哪个是银蝶?"

吉祥耳聪目明,已知道银蝶惹了林锦楼不快,要被逐出去,便道:"就是偷拿了那个金马,要被大爷赶出去的那个丫头。"

林锦楼冷笑道:"原来是她。真是个胆色壮的,刚要赶她,扭过身就发浪了,竟敢勾引男客。"

吉祥看着林锦楼脸色问道:"那这事……?"

林锦楼道:"做个顺水人情,把她送给姓夏的,明儿个一早把他们一家子全给我卖了,不准再留下。"

吉祥忙道:"她爹是个二庄头……"

林锦楼瞪了他一眼。吉祥立刻打了自己一嘴巴道:"是,明白了,生养出这样女儿的一准儿不是好货，这样的狗东西都得一并卖了，省得搅和鸡犬不宁！"

话说夏芸正悔得不行，却见吉祥进来道："我家大爷说了，既然夏举人要抬举银蝶，便将她送给夏举人了。"说完拍了拍双喜的肩膀，带着人径自走了。

银蝶方才回魂，只觉像做了一场梦，紧接着便喜气盈腮，搂着夏芸胳膊便要撒娇撒痴。夏芸却觉出不对劲，连连逼问道："你真是林家大爷派来伺候我的？那方才是怎么回事？"

银蝶含含糊糊，夏芸便明白了，心中暗想万一林家记恨起来，自己的前程就算完了，一拍大腿道："害苦我也！"披着衣裳唉声叹气。

片刻，吉祥便来送银蝶的卖身契。

夏芸心惊胆战地打听，送身契的吉祥道："夏举人不必慌张，我家大爷起爱才之心，见夏举人喜欢这丫头，才特意要送给夏举人的。"

夏芸只觉茫然，一颗心到底落了地。

银蝶听说夏芸是个举人，心里便越发欢喜了，真个柔情似水，软语温言："我家大爷就是见你年纪轻轻就考了举人，有心抬举，才让我来伺候的。"

夏芸由惊转喜，只觉得银蝶的脸在烛光底下越发娇美，两人便双双成了好事。

第二日，夏芸携银蝶告辞，只对韩光业说银蝶乃林家所赠。韩光业见了银蝶模样，半边身子都酥了，暗自忌妒夏芸艳福，却因林锦楼叮嘱不敢多说一字，一行人从林家告辞。

银蝶昨晚与夏芸男欢女爱一回，一路上还含羞带怯，可一进夏家的门便瞧见有只大白鹅扑上前便要啄她。银蝶尖叫一声，险些便要跌倒，夏芸连忙呵斥一声将鹅赶了。

银蝶惊魂未定，环顾四周，又见那狭小半旧的院子和吱吱乱叫疯跑的小孩儿，有个穿着粗陋的肥壮村姑坐在院里搓玉米，见他二人便站起来，迎上前笑道："三哥回来啦？"

银蝶眼前一黑，险些晕过去。

众人一见银蝶便惊了，纷纷出言询问。夏芸虽竭力做无事状，却忍不住得意道："此乃林家赠的婢女，要给我做妾的。"

夏二嫂啧啧道："不愧是大户人家赠的，脸蛋生得这样俊。"

夏三姐儿伸手便往银蝶头上摸，道："她头上戴的花儿比香兰的还好看呢！"

金氏也来摸银蝶道："这屁股不圆，只怕是不好生养。"

银蝶见金氏一身穷酸，跟林家的粗使婆子似的，嫌弃地往旁边一闪，拧着眉道："别摸我！"

金氏登时就沉了脸，冷笑道："什么金尊玉贵的人儿？不过一个使唤丫头，我还摸不得了？"

夏芸亦沉了脸色，呵斥道："你说什么呢？她是我娘，你该给她磕头才是！"立时便让银蝶磕头。

银蝶这才知道自己有眼无珠认错了东风，"哇"一声大哭起来，直哭得天昏地暗。夏家人人拧眉瞪眼。

好在夏芸到底是个良善的，虽不喜银蝶扫他颜面，却也怜香惜玉，将银蝶领到自己房中。

银蝶一见那小小一间厢房便愈发悲从中来，号啕哭了起来。

又过了几日。银蝶自知跟了夏芸也无法，又听说自己全家被发卖了，便愈发惶惶，在夏家踏实下来，只一味躲在屋中。因她是林家赠的，夏芸叮嘱家中不可太为难，夏家人虽不满，也只冷嘲热讽几句罢了。夏芸跟银蝶正是新鲜时候，夏芸柔着性子哄着，银蝶纵有委屈，别扭了两日也逐渐好了起来。

却说这一日，银蝶正午睡，似醒非醒的时候，只听夏二嫂道："小叔儿的事不是我不肯帮，实是陈家不开面儿，我跟媒人去了，连门都没给开。"

夏芸道："前几日我给二嫂二两银子，二嫂还拍胸脯说没问题……"

"前几日是前几日，这几日是这几日。前几日小叔儿可曾从林家领个小佳人回来？啧啧，这两日香兰她娘也请媒人打听合适人家了，我听说了，人家有言在先，第一不给人做妾，第二不嫁有妾的男人。小叔儿这事哟，我看难成了……"

"陈家当真这样说？"

"那还有假？你不信就问去！"

"那……那……"

夏二嫂冷笑道："小叔儿要肯舍得那小佳人儿，我便厚着脸皮再去陈家问去。"说完起身走了。

夏芸连忙追出去，口中道："二嫂别走，这事……"

银蝶一骨碌爬了起来，咬牙恨道："呸！夏芸这穷酸黑心的烂好人竟然还打算娶别人！老娘委委屈屈跟了你这穷举人便要体面做正房娘子，作践了我，还想让我做妾，门儿都没有！"咬了咬唇，暗道："陈香兰？莫非就是那个小贱人？"

当先便找了时机找夏二嫂套话，银蝶给了十几个铜钱，夏二嫂便道："小叔儿相中的香兰原也是林家的丫头，哎哟哟，如今可不一样了，家里可阔气了，买了个挺大的宅院，穿金戴银，吃香喝辣。她爹当了大当铺的坐堂掌柜，早晚都有轿子接着送着。啧啧，你们都是先前在林家当丫头的，香兰倒真是个小姐命！"说完一扭腰走了。

银蝶气得脸色煞白，暗恨道："陈香兰那贱人，原在林家便害我，我被大爷赶出来全都赖她生事！如今阴魂不散，又来跟我抢男人了，我非要你死无葬身之地！"心中暗自琢磨，一计便已生成。

却说香兰这些时日关门闭户倒也过得平安。她对宋柯的念想渐渐放下来，却也因此事清减了不少。陈氏夫妇疼爱女儿，如今家计逐渐富裕，便计较着买个小丫头，托人牙子带了几个小女孩来。香兰亲自去看，挑了个九岁的小丫头，长得白净俏丽，起了名叫画扇，伺候笔墨，收拾家务，倒也乖觉妥帖。

这一日，香兰正在院里侍弄花草，忽听有人敲门。画扇问了几声都无人应，只听门口有人号哭道："快让奴见见陈家姑娘，若不开门，奴便一头撞死在这儿！"

香兰吃了一惊，忙将剪子放在石凳上，开门一瞧，只见银蝶正跪在门口，见了香兰便"砰砰"磕头，引得街坊四邻纷纷探头来看。

银蝶哭喊道："陈姑娘，奴知道你跟夏芸夏举人已经定亲了，却不容他家中有妾，如今夏老爷要把奴卖了，还求姑娘给奴一条活路！姑……不，大奶奶，发发慈悲罢！"

香兰顿时愣了。她万没想到竟然是银蝶找上门，满口胡言乱语嚷着"夏芸""定亲"等语，见周遭人议论纷纷指指点点，不由皱紧了眉，去拉银蝶的胳膊："你胡说什么？我何曾和夏家定了亲？"

银蝶死活不肯起来，哭道："大奶奶就是因为奴才恼了，要跟夏老爷退亲。大奶奶，奴是林家送给夏老爷的，老爷就当我是个玩意儿罢了，他一颗心全在奶奶身上呀！奴只求奶奶莫要赶奴走……奶奶若不答应，奴便一头碰死在这里……"说罢惊天动地地号啕起来。

薛氏在里头也听见响动，走出来听见银蝶这话，顿时气得脸色发白，骂道："不要脸的贱蹄子，我们家闺女清清白白未许人家，你从哪儿来红口白牙诬蔑人，还不赶紧走！"说完两腿发软，便要瘫在地上。

香兰心里一沉，暗道："银蝶原本便不是好的，如今这是要害我名声了。"招手将画扇叫来，交代道："去衙门找夏举人，说他家的小妾跑到咱们家闹事来了。"

画扇立刻去了。

香兰转过身，脸上已换了另一番形容。

香兰神色端然，却不说话，银蝶哭喊了一阵，跪在地上，悄悄抬头去看香兰，两人眼神一撞，忙又低下了头。香兰看她哭声小了，便缓声道："银蝶，你同我原先相识，都是林家的丫头，如今怎又到了夏家？"

银蝶哭得上气不接下气，好不可怜的模样，摇着头说不出话。

香兰将自己手里的帕子递过去，脸上一色的淡然："先擦擦你的泪儿。我和夏相公未曾有过婚约，我娘还托媒人去给我相看人家，这事众所周知。你今日却好端端的来到我家门前，一口一个'奶奶'唤着，又是砸门又是哭闹，全挂子的武艺，我总得问问清楚不是？"

话音一落，周遭看热闹的人纷纷点头。有那抱着孩子的大嫂在人群中喊道："说的是，前因后果的总要说说才是。"

银蝶一怔。她原以为出了这等事，香兰必定觉得没脸，关门闭户羞臊着回去哭了，竟没料到会如此平静。

银蝶咬了咬唇，遂道："林家大爷把我赏了夏家举人老爷。"

香兰点了点头，拉长了声音说："明白了，原来是上峰赠的妾。"

银蝶有些品貌人才，林家世仆出身，才能到知春馆当差，绝难见到男客。她方十六七，尚未到许配的年纪，竟然被林锦楼送了个名不见经传的举人，当中的事便有几分意味深长了。

银蝶心中大恨，看到香兰脸上似笑非笑，愈发恼上来，脸上却一副委屈神色，哭道："还求姑娘可怜我这样的薄命人……"

香兰道："我与你毫不相干，说不上什么可怜不可怜的。我与夏芸本就是过路人，你到我家门前，只怕是哭错了地方也跪错了地方。"

银蝶赖着不起，"砰砰"磕头，泪如雨下道："我家老爷中意姑娘，几次三番托了家里人来问，姑娘对他也有意，特赠了支堆纱的花给他，老爷天天宝贝得跟什么似的，如今因着我的缘故，姑娘又忽然不睬他了，老爷便想把我卖了，我……我……还求姑娘开开恩罢！"

薛氏气得满脸通红，奔出来道："你胡说！我女儿何时给过他花？这样含血喷人也不怕天打五雷轰！"

银蝶哭得死去活来，指天指地道："我若有一字半句虚言，就让我喉咙里生个大疮烂了脖子！"

香兰心中冷笑，道："我只给过夏家三姐儿一支堆纱的花，还是同着长辈的面送的。夏家真是好算计，莫非要拿一支花儿坑我不成？"

银蝶哀哀哭泣道："姑娘，我家老爷是真情实意，我也不图旁的，日后姑娘能把我留下伺候，当牛做马都使得……"

香兰大怒道："闭嘴！我已前后说了几遭，同夏芸嫁娶各不相干，什么伺候不伺候？日后你同夏芸正房娘子说去，倘若再把我往这事里头搅和，我就去衙门状告夏家辱我名节！"

香兰向来脾气随和，笑脸迎人，银蝶只觉着她是个好拿捏的，万没想到也会如此疾言厉色，一时呆住。银蝶余光瞧见周遭人指指点点，心中暗道："这事已经出了，就算香兰再清白也难说清楚。哼，就算是个脸皮厚的，不去寻死，日后也难嫁体面人家。我只管装扮可怜便是。"当下泪珠儿滚瓜似的掉下来，凄然道："姑娘这样说，是逼奴去死么？"

香兰冷冷地看着银蝶，沉声道："你是林家大爷赠的妾，既是妾就要守妾室的本分！一个奴才罢了，竟敢妄想管主人家的事，可真真儿是没规没矩狼子野心。我与夏芸毫不相干，即便相干，你一个奴才也不该背着主人大肆嚷嚷，闹到我家门前，毁我清誉！一时哭哭啼啼，一时磕头求饶，一时要死要活，仿佛我如何逼迫于你，我清清白白的人，却被你无端泼了一身脏水，让街坊四邻指指戳戳。银蝶，你莫要以为来这儿闹上一闹就完了，此事夏家必要给我一个交代！"

银蝶脸色一白，咬着后槽牙，哭道："姑娘这样说，真是要诛了我的心了……姑娘一口一个'奴才'，莫非忘了自个儿原先的出身？"

话音未落，夏芸气急败坏地从人群里奔了出来，一把抓起银蝶的胳膊，厉声道："没廉耻的货，你到这里作甚？！"

银蝶心里一沉，恨得牙痒，眼里的泪珠儿更止不住淌下来，"呜呜"哭个不住。

夏芸抬头看看香兰，脸憋得通红，讷讷道："陈姑娘，对不住……"

香兰淡淡道："夏举人来得正好，今日当着大家的面，我便问一问你，方才你的小妾口口声声喊我奶奶，你我二人可曾有婚约？"

夏芸狠狠瞪了银蝶一眼，只觉自己的脸都要丢尽了，垂着头道："不曾。"

香兰又道："你我二人可曾私相授受？"

夏芸暗道："香兰送过我一支花儿，可也是借二嫂之手给的，她女孩儿家面皮薄，这事自然不好明讲。"也摇头道："不曾。"

香兰又道："方才银蝶又说因着我的缘故，夏举人要将她卖了，可有此事？"

夏芸一呆。银蝶是林家给他的，身份自然不同，且又生得美，二人正在你情我爱的兴头上，即便她爱使小性子，夏芸也丢不开手，怎可能舍得卖了她？

香兰见他脸上的形容便明白了，口中道："方才街里街坊都听见了，她亲口说夏举人因我我的缘故要卖了她。"

夏芸立刻摇头道："万万没有此事。"

香兰松了口气："既如此，话便说开了，只是夏举人的爱妾方才闹得鸡飞狗跳，往我身上泼了好大一盆脏水，又该如何呢？"

夏芸忍着羞耻，深深作揖道："是我管束不严，还请姑娘原谅则个。"

香兰侧身受了礼，冷冷道："我只当夏举人是个明理的官老爷，日后还当好生管束内宅才是。书中有云'齐家治国平天下'，可见这'齐家'摆在头一位。否则今儿个她跑到我家门前哭，明儿个跑到他家门前哭，到处诬蔑人家姑娘与夏举人有旧，成什么体统？传扬出去莫非夏举人脸上就有光了？"

夏芸身上一阵热一阵冷，只觉活到这般年岁从未像今日如此丢人，耳边又听得议论纷纷，更是羞愤欲死。可香兰说的句句占理，又不好反驳，只好听着，心中更恨银蝶生事。

他微微抬头一瞧，只见香兰横眉冷对，一双明眸唯有森森寒意，心上又是一揪，狠狠踢了银蝶一脚，暴喝道："要死的下流东西，丢尽我的脸面，仔细回去先捶了你。平白无中生有，你、还敢往大里闹。还不给陈姑娘赔不是？！"

银蝶疼得"嘤"一声歪在地上，心中更恨。原先夏芸都是一副温存模样，重话都不曾说一句，今日竟然为陈香兰那小贱人踹了她！她疼得只伏在地上哭，应都不应一声。

香兰也吓了一跳，没料到先前还温文尔雅的夏芸竟会如此暴怒，看银蝶缩成一团的模样，心里又有几分可怜，暗想真是可怜之人必有可恨之处了。

夏芸见银蝶不应，更觉丢了脸面，打了两下道："说你呢，聋子不成？原是你起的端，这会儿又装什么蒜？！"

旁人也纷纷道："是了，她主子都给人赔礼，她还捏什么款儿？"

"生的模样还不错，却是个挑事精。这事传出去，谁还敢跟夏家做亲呢？"

"那可是举人出身，结亲还不容易么？"

"嘻，你知道什么？他是个举人固然不错，但家里头可精穷了，大大小小快二十口，老娘还是个泼妇。你看那有些家底子又金贵女儿的，谁愿跟他家结亲了？"

这一句句吹到夏芸耳朵里，他素来爱惜羽毛，只觉自己一世英名都毁于一旦，胸中一阵气血翻涌，又打了银蝶两下。如今他不但恼银蝶，也将香兰恨上，暗道："杀人不过头点地，她又非对我无情，何故如此落我颜面？！"

香兰实在不愿再看夏芸打小老婆，摆了摆手道："算了，有夏举人赔礼便够了，您二位请回罢。"说着对画扇使了个眼色，让画扇扶薛氏进去。

夏芸忍着羞耻，刚想带着银蝶离开，又听旁人议论纷纷道："夏举人倒是艳福不浅，这样的美妾不知足，又瞧上人家陈家姑娘。我听说他托媒人来了两趟，陈家都没应，今日还死皮赖脸地找上门来。"

"啧啧，怪道都说越是读书的人越满肚子花花肠子……"

夏芸脸涨得通红，又听香兰道："夏举人。"

夏芸停住脚步。

香兰道："先前令妹到家中做客，我当着长辈的面曾送她一支花儿，后来银蝶口口声声说那是我私下赠予你的，万万没有此事，请夏举人回去把那花儿烧了罢。"

此言一出，夏芸只觉头上打了个焦雷。原来自己多日来求夏二嫂说亲，花了不少冤枉银子，竟然是自作多情，心里也知香兰对他实是没有半分情意了。

　　他方才又是赔礼又是作揖，固然因银蝶有错，更因喜爱香兰，便有意偏袒，让香兰消气，如今听了这话，心中暗道："我这样的人才，将来定要当大官成大事业的人，平日里不知多少大姑娘、小媳妇儿爱慕。我不嫌弃你出身低微、名誉有瑕，与两个男人有勾当，你凭什么嫌弃我？！"不由又羞又愤，一时恼羞成怒竟口不择言："姑娘只管放心，夏某不才，家里虽穷，倒也有几分骨气，姑娘这般跟林家大爷、宋家大爷有过不才之人，夏某再自甘堕落，也不屑与之为伍！"

　　周遭皆静，紧接着如同炸了营一般，众人纷纷交头接耳。

　　香兰愣了愣，两眼直直朝夏芸望去，如同两汪深潭，竟有凛然不可侵犯之势。两人目光对上片刻，夏芸到底心虚，微微错开了目光。

　　香兰声音清亮，缓慢道："夏举人，头上三尺有神明，说话要凭着良心。你一介丈夫，读了这么些年圣贤书，莫非也要学腌臜龌龊之徒，平白往我一个姑娘家身上泼脏水不成？"说着向前迈了一步，"今日你既然说了这话，我拼死也要撕掳干净。你敢不敢现在就同我去林宅，当面同林大爷问个清楚？倘若我非清白，我立刻一头撞死，可若是你含血喷人，你也拿命来赔！"

　　夏芸愣了，香兰已从台阶上走下来，目光凌厉，仿佛出鞘宝剑，口中质问道："你敢不敢？敢不敢？"

　　夏芸没料如鲜花嫩柳一般的女孩儿竟会如此发难，狠狠地往后退了几步。

　　银蝶却一骨碌从地上爬起来，挡在夏芸跟前，狠狠搡了香兰一把，冷笑道："哟，好大的口气，还想去找林大爷，呸！你是哪一尾狐狸精我不知道？先前就在宅里头描眉打眼地勾搭爷们儿，挨千刀的淫妇，一头放火，一头放水，浪得跟什么似的，见天儿想爬大爷的床，要不怎让大奶奶赶出来了呢？！如今倒扛着贞节牌坊扮烈女，谁不知道你是个淫货？！"

　　银蝶一行骂，一行伸手拉扯香兰。她早已恨死香兰，只觉自己如今悲惨皆是香兰害的，眼见香兰过得这样好，愈发觉着刺心，恨不得将眼前这张如玉的脸挠花，伸了手便抓。香兰一把攥了她手腕。

　　正闹得没开交处，只听人群中有人大声喝骂道："没廉耻的泼妇混账，竟来欺负我女儿。你个嚼舌头的淫妇！"

　　话音未落，陈万全如同一阵风似的从人堆里奔出来，冲到银蝶跟前抬手便打，劈头盖脸两巴掌下去，银蝶的脸便肿起来，捂着头一阵尖叫。

　　陈万全一行扯着银蝶头发一行打，口中骂骂咧咧道："我女儿清清白白，金尊玉贵，多少人家求娶不来，合该当观音一样供着。你才是没脸爬爷们儿床让老爷们赶出来的贱妇，为着你，你们全家都给卖了。不老老实实夹尾巴旮旯里撅着，反倒来我门庭跟前撒野。如今不治你，你是不知天有多高，地有多厚了！"

原来陈万全午间同人出去吃酒，迷迷瞪瞪回家，却瞧见门口围了一群人，挤上去一瞧，方知家里出了事。正赶上银蝶撕扯香兰，又说了许多难听的话，纵然陈万全窝囊胆怯，却是个极疼爱女儿的，又吃多了酒，正壮了怂人胆，便一径儿冲上前。

他本就是市井出身，什么脏的臭的话都骂得出，几巴掌将银蝶扇得分不清东南西北了。

夏芸见闹得不像，忙上前拉住陈万全胳膊说："有话好说，何必动起手了？"

陈万全不敢打夏芸，口中嚷嚷骂道："放屁！她抓挠我女儿时你怎不拦着？夏相公，你那圣贤书全都读狗肚子里去了？！"

薛氏也扑上来，一把揪住夏芸道："夏相公，当初你落魄，我们家没少帮衬，后来你飞黄腾达，我们也未到跟前凑着打秋风，先前对你的好处做了白眼狼忘得一干二净，如今说出这烂嘴生疮的话，任凭淫妇编排我女儿，毁她一生，你安的什么心？！"

夏芸满脸通红。其实他说了那话，心里也悔上来，可纵然有愧，却想道："若不是香兰落我颜面，我怎会说那样的话？"

银蝶放声大哭，往陈万全怀里撞，口中喊着："你打死我！你打死我！我再不活了！"去挠陈万全的手，脚乱踢乱蹬。

香兰怎肯让父亲吃亏，将银蝶两只手攥着，又使眼色让画扇去抱银蝶的腿，口中劝道："爹爹别打了，别打了。"

银蝶见夏芸手足无措站在那里，又哭喊道："我的老爷，你见我被打被骂，竟不拉一把，是我命苦！"

夏芸咬咬牙，一把箍了了陈万全的胳膊道："陈大叔，有话好说，你先松手……"

陈万全胳膊吃痛，松开银蝶，一把推开夏芸道："滚你的！"

夏芸一步未站稳，脚下一滑摔倒，头正碰到地上一块门砖，登时晕了过去。

银蝶尖叫一声，唤道："老爷！老爷！"见夏芸昏迷不醒，扯开嗓子号道："不好了！杀人了！杀人了！"

陈万全登时傻了眼，薛氏和香兰忙上前查看，见夏芸头上并未流血，只是后脑肿起一个大包，香兰忙对陈万全道："快去请大夫！"

陈万全这才回魂，只觉双腿发软，走路都拌了蒜，跌跌撞撞地跑去请人。

众人团团围上来，这个说掐人中，那个说揉胸口，却因夏芸是举人，都不敢上前碰上一碰。过了片刻，夏芸呻吟一声醒了过来，香兰方才舒了一口气，暗道："夏家都不是善茬，如今只怕要花银子买平安了。"口中唤画扇回屋中取水给夏芸喝。

一时大夫来了，将夏芸头上的伤处敷药，又开了个方子，拿出几丸药，道："伤处倒无大碍，静养为宜，不得随意走动，前几日会恶心欲呕、眩晕无力，多歇息便是。这药丸用黄酒化开，涂在患处，慢慢便消肿了。"

陈万全连连称是，找相熟的邻居借了一块门板，铺上床褥，将夏芸搭在板上，送他回家。

大夫未来之前，银蝶便悄悄地溜了。今日来陈家闹事，全是她私下定的计策，一来为着将芸、兰二人之事搅黄，断了夏芸的念想，二来为着抹黑香兰，出自己心中一口恶气。却万没想到事情竟到了这一步，暗想若是夏芸有个三长两短，夏家大大小小十几口人还不将她生吞活剥了？越想心中越怕，银蝶便打算悄悄回去恶人先告状，哭诉一番将错处全推在陈家身上。

她心里有事，失魂落魄地往回走，前方来了顶轿子也未看见，便同轿边走着的丫头撞了个满怀。

那丫头"哎"一声，叉着腰骂道："谁呀？走路不长眼！"

银蝶抬头，只见那丫鬟生了一张银盆脸，细目小鼻，浓妆艳抹，身量胖满，绫罗绸缎穿得体面，挺着胸膛，越发显出肉囔囔的胸脯子。

四目相对，银蝶一怔，唤道："卉儿姐姐？"

卉儿也愣了，看了好一会儿方才道："你是银蝶？你的脸……怎的这副模样了？"

正此时那轿帘子一掀，曹丽环不耐烦道："怎么回事？走不走了？"

卉儿忙道："奶奶，正碰上在知春馆当差的银蝶呢。"

原来卉儿在林家时候，也是个爱上下钻营的，跟知春馆的丫头们个个相熟。原先银蝶不得势，却极爱吹嘘自己，卉儿知银蝶是世仆出身，爹娘的差事体面，又有个在林东绫跟前得脸的堂姐，便有意交好，时不时给些恩惠。银蝶爱小，便与卉儿交好，二人有些旧情。

银蝶施礼道："见过表姑娘。"

曹丽环听说是林家的丫头，便命轿夫落了轿，堆上笑道："原来是银蝶姑娘，怎么在此处？哎哟，让我瞧瞧，你这脸是怎么了？"

银蝶忍着耻，叹道："说来话长了。"说完便想走。

卉儿和曹丽环对了个眼色，一把拉住银蝶，笑道："银蝶妹妹如今还在知春馆当差不？"

这一句正戳着银蝶的痛处，她脸上强笑道："不在了。上回大老爷宴请金陵大小官员，林大爷见夏芸夏老爷年纪轻轻便考中举人，起了爱才之心，把我许配给他了。"

环、卉俱一怔，二人又对了个眼色。这厢曹丽环便从轿子里走出来，拉了银蝶的手亲热道："原我就听说衙门里的夏吏目纳了个如花似玉的小妾，我那外子还特意去随了表礼贺夏吏目小登科，竟没想到缘分兜兜转转的，竟然是妹妹有这样的福气。夏吏目还说月底便给妹妹风光摆酒席的，显见妹妹分量不同。夏吏目年轻，生得又俊，还满肚子才华，真是打灯笼都找不到的好亲事，日后他当官做宰，妹妹便跟着吃香喝辣了。"

银蝶本就是贪慕虚荣之辈，曹丽环这番话说得她熨帖，便笑道："哪有这样好？唉，再如何跟着享福，也是半个奴才罢了。"

曹丽环道："话可不能这样说，我瞧你是有大造化的人，日后扶了正也未可知。"这话又说得银蝶舒坦，跟曹丽环又亲近几分。

曹丽环见银蝶脸上的气色顺了，便问道："只是……妹妹这脸是怎么一回事？"

银蝶恨道："还不是因为香兰那小贱人！就是原先伺候姑娘的那个。不知怎的，给我家老爷灌了迷魂汤，老爷竟然想娶她呢。就她也配？！那贱人又决计不嫁有妾的男人，我怕老爷一时糊涂休了我，便去陈家找那贱人理论，谁知竟被她爹打了，她爹还将我家老爷打得头破血流！"

曹丽环大吃一惊，失声道："香兰？夏吏目要娶香兰？"

第二十章
衔恨赎父恩

银蝶咬牙道:"瞎了她的心!勾引这个又勾引那个的狐媚子……表姑娘有所不知,这香兰本让大奶奶发卖出去了,却不知得了怎样的造化,全家脱了籍不说,还转眼富裕起来,买房置地,居然成了有头脸的人家,那小妖精先前就兴得不行,如今还了得?我若不将她整治了,日后怎有出头之日?"

曹丽环更将香兰视为死敌,一听她如今过得好了,夏芸竟还上赶着求娶,恨得头都晕了晕,牙齿咬得"咯咯"作响,又是酸,又是苦,又是恨,又是怒,骂道:"呸!老天爷不开眼,这般贱货该卖到窑子里!"

银蝶登时找到了知音,同曹丽环将香兰骂了一回。曹丽环又连连追问,银蝶便将来龙去脉说了。

曹丽环沉吟半晌,脸上忽露出一丝冷笑,低声道:"妹妹想出这口气也不难,只要照我说的做便是……"她在银蝶耳边教了一番,如此这般,这般如此。

银蝶骇了一跳,怕道:"这……这能成?我可不敢。"

曹丽环拉着她的手笑道:"有什么不敢的?万事有我。不瞒妹妹说,如今我家老爷在县太爷跟前颇得头脸,我让你这样做准保没错。"

银蝶仍然迟疑,曹丽环冷笑道:"妹妹怎这般缩手缩脚?我可记着你是个眼里不糅沙子的人,你一家子都让香兰整治得这样惨,倒能容忍她如今好吃好喝、作威作福?不把她搅得家破人亡,你咽得下这口气?"

银蝶想到自己的境遇,咬着银牙道:"自然咽不下去!"

曹丽环笑道："这就对了。我跟陈香兰也是结了天大的仇，你我一同整治那个贱人，你照我说的做，只管去，保管你平安无事。"说着从袖中掏出一钱银子道，"这银子妹妹先拿去，买些好吃好喝的压惊。"

接二连三哄劝了几句，银蝶终下了决心，二人捏定了毒计，暂且不表。

陈万全将夏芸送回家里，夏家自然不依不饶。陈万全封了十两银子赔罪，又送了些鸡鸭肉来，那夏芸亦心中有愧，也便不十分追究，唯有金氏和夏二嫂哭天抢地，恨骂不绝，一叠声让陈家再赔银子来。

陈万全刚回到家，就传来"咚咚"的砸门声。他开门一瞧，只见两个如狼似虎的捕快一把揪住陈万全便要带走。薛氏和香兰大惊，双双跑了出来，那捕快冷笑道："陈万全胆敢殴打朝廷命官，县太爷命收监待审！"说完推推搡搡，将陈万全带走了。

原来那曹丽环挑唆银蝶去县衙状告陈万全殴打夏芸，韩耀祖听了这点子小事便不大想管。那曹丽环回到衙门里对韩耀祖说道："老爷有所不知，如今夏芸可入了林家的眼，没瞧见林家大爷赠了个美妾给他吗？他又是在老爷手下当差的，如今受了委屈，老爷怎能不管？好歹把人拘起来打一顿，平息了夏家的怨气才好。"

韩耀祖一想，也觉得曹丽环说得有理，点头道："若如此，便把人抓来打一顿放了了事。"

曹丽环忙道："老爷也别急着放人。我可听说了，陈万全家里可有些底子。他当着当铺的坐堂掌柜，又会相看古董，就这一两年的工夫就发了，不过是无靠山权势的草民，这等肥羊，老爷总该宰上一刀，让他放放血才是……老爷最近不是谋外任的缺儿么？哪里不需要银子？"

韩耀祖捻须而笑，刮了刮曹丽环的鼻梁，道："你可真是个小狐狸精，这都能想到。"

曹丽环款款笑道："我自然是一心为着老爷的前程想了。"拿起一颗葡萄，送到韩耀祖口中。

韩耀祖嚼着葡萄，只见曹丽环脸上的眉画得长长的，因天气热，白皙的脸儿透出粉红来，口角含笑，做着媚眼儿，身上穿着宝蓝妆花袄儿，隐隐露出里头大红的肚兜，衬着一痕雪肤，底下穿着娇绿的裙儿，露出一双金莲儿。即便曹丽环颜色平平，身段也未见多娇美，但只凭这风骚冶艳、善解人意，便能压倒众人，独领风骚了。韩耀祖不由得春心萌动，搂着曹丽环亲了十来下，道："我的亲，赶明儿个你离了那窝囊老公，我休了那母老虎，你我当长久夫妻罢。"

曹丽环乜斜着眼，"哧哧"笑道："你这话可别让你家里那母夜叉听见，否则她还指不定如何整治我呢。"说着探手去捏韩耀祖的下身。

韩耀祖忙不迭地去解曹丽环的衣裳,二人携手进了内室交欢,待云雨完毕,韩耀祖命人打了陈万全二十板子,在监收押。

陈万全被抓,急坏了薛氏和香兰,二人商议一番,香兰先奔去监牢,拿银两上下打点疏通,只听说陈万全挨了打,却未曾见着一面,回来对薛氏道:"夏家告状爹无非是想要银子罢了,家里只好再拿出些银子来,破财免灾,让夏家撤了状子。"

薛氏觉得有理,第二日便亲自封了五十两银子,同香兰一道,低声下气地去夏家央求。

金氏、夏二嫂并银蝶恶声恶气地骂了一回,非要香兰磕头赔罪。

香兰咬紧了牙关,径直走到夏芸屋里,对着床上的人磕了三个头道:"夏相公,我给你赔不是。我爹当日伤你也是失手,我们一家认赔,何苦让衙役将我爹拘了去?"说罢她将那五十两银子递了上去。

夏芸大吃一惊,才知道银蝶告了官,一叠声命人去把状子撤了。

夏家人口中答应着,待香兰一走,银蝶便道:"这状子可不能白白撤了,没瞧见老爷正卧病在床?非要陈家吃苦头不可!"

金氏这些时日托媒人上陈家,每每被拒,如今方觉扬眉吐气,恨声道:"不错,他们以为花两个银钱便能让这事了结?门儿都没有,当打发要饭的么?"又夸赞银蝶道:"你做得极好,县太爷可是极赏识小三儿的,这厢必然得替他出气。"

夏二嫂献策道:"哎哟喂,瞧见没?陈家昨儿个送来十两,今儿个又送来五十两,简直不眨眼。这样可不能放过去,这事不赔个几百两的绝不算完!"

几个人捏定主意,皆瞒着夏芸不去撤状,夏芸跌伤了头卧在床上,对这情形一概不知。

却说陈家母女归了家,等了半日却没见放人回来,香兰到衙门打听,却得知夏家并未撤了状子。她们母女再去夏家询问,金氏并夏二嫂只堵着门谩骂,香兰连见夏芸一面都不成了。

薛氏愁眉不展道:"夏家这是还要银子,只得再筹些送去。"

香兰沉吟道:"六十两银子已够多了,夏家显见是欲壑难填,你再送五十两,他们还巴望着上百两,咱们即便是倾家荡产,夏家也不会撤状子的。"

薛氏一听这话,登时晕了过去。香兰大惊,口中连连唤着娘亲,拿湿毛巾给薛氏擦脸,又去捻她的人中。薛氏醒来握着香兰的手垂泪道:"这该如何是好?夏芸是在衙门里当官的,有道是官官相护,你爹爹怎营救得出?"

香兰心中也是焦急难安,但不得不做出镇定模样,口中安慰薛氏道:"娘安安心，我这就去监牢里探望爹爹，贿赂狱卒，总好让他好过些，再做图谋罢了。"当下收拾一番，换了一身素淡衣裳，只戴了两三样首饰，揣好银子，又备了些陈万全的东西并伤药等物，嘱咐画扇一回，便直奔衙门而去。

香兰使了银子，到监内一看，只见那牢房阴暗狭小，陈万全正趴在一丛烂草之上，面如金箔，昏迷不醒，两股已经被打烂了，血流了一摊，一群蝇虫围着嗡嗡乱飞。

香兰大恸，抖着嘴唇唤了一声："爹爹……"泪便止不住地滴了下来。

前世她在临刑前见亲人最后一面也是这般凄然场景。祖父爹娘身上俱是斑斑血迹，因受刑之故，祖父的十根指头全都断了，趴在腥臭潮湿的牢内。她爹爹戴着枷锁，连腰都挺不直，脸上却挂着笑，安慰她莫哭。如今那人却换成了陈万全。

香兰肝胆俱裂，喊了好几声"爹爹"，陈万全方迷迷糊糊地醒转，抬眼看了看香兰，只道了一句"我的儿，你怎往这儿来了？快回去，这不是你该来的地方……"便又昏了过去。

香兰抹了抹眼，硬生生将泪忍住，心道："陈香兰，前世你爹名士风流，超凡雅量，人人皆赞其君子风范；这一世你爹不过是个市井混人，势利窝囊，吃酒骂人，满口秽言。他们一个教你琴棋书画，讲说做人该正直包容；一个只会想方设法地将你嫁到富裕人家去，更为有权势之人相中你做妾而沾沾自喜。可他二人待你的心是一样的，并未因眼界高低而少了分毫。前一世你救不了你的家人，今生定要将至亲之人从这监牢里救出去！"

她心性坚毅，当下拿定了主意便起身往外走，刚到监牢门口，还未来得及跟狱卒说话，便瞧见有个妇人，一头的珠翠，身穿藕色对襟衫、绿遍地金掏袖、桃红挑线镶边裙儿，摇着一柄扇子，摇摇地走了过来。香兰定睛一瞧，只见此人正是曹丽环。

香兰眯了眯眼，慢慢将腰杆挺得更直。

曹丽环走了过来，往怀里扇着风，神色倨傲道："哟，原来是你，你来这儿做什么？难不成家里什么人被关进去了？"

香兰只当没听见，摸了摸鬓发，又去查看胳膊上挎着的包袱。

曹丽环扬声道："我问你话呢，听见没有？"

香兰这才抬起头，淡淡道："曹娘子，我再也不是丫鬟，你放尊重客气些。你一向自诩名门出身，可别忘了小姐的教养，大呼小叫乃泼妇的举止，你在市井里住了没多久，竟然连体面都忘了么？"

曹丽环何时被人如此挑衅过？立时恨得满脸通红，又见香兰双眼微红，显是刚哭过的模样，心里又舒坦了，冷笑道："我同你结着深仇大恨，何必假惺惺地作揖行礼？陈香兰，你爹被拿下大狱了罢？"说着紧往前走了两步，瞪圆了一双眼，面色狰狞道，"你当初陷害我的时候，可想过你也有今日？也有落在我手里的一天？陈香兰，你毁了我的前程富贵，我也断然不能让你好过。"

香兰心中暗惊，面上不动声色，鼻尖顶着曹丽环的鼻尖，挑起眉头道："看来曹娘子倒是有本事，几年不见，竟然能替县令大人判案了。"

曹丽环微微冷笑："你多拿出点儿银子，兴许还能为你爹保住一条狗命。"言罢头也不回地便走了。

香兰惊疑不定，却顾不得多想，取出三两银子交给狱卒，求他为陈万全请大夫医治。那狱卒却不肯收银子，香兰又添了二两，狱卒咂了咂嘴道："你是没做好梦，竟惹上曹娘子。俗话说'拿人钱财与人消灾'，这牢里的人我不能管，银子自然也不能收了。"

香兰追问道："官爷为何不能管？"

狱卒剔了剔牙："谁不知道在这衙门里曹娘子就是半个知县老爷？她放出话，我们能管么？……"话未说完便闭紧了嘴，摇了摇头走了。

香兰在原地怔怔地站了片刻，只觉得心里发堵，仿佛一抹幽魂似的，缓缓往外走，刚出侧门，便听到有人唤她："香兰，香兰！"

香兰一扭头，就见有个穿着蓝布衫子的女子正躲在围墙拐角处跟她招手，见她朝这厢看过来，又轻声叫了几声道："香兰！"

香兰循着声音过去一看，发现唤她那人竟然是思巧！

思巧如今已换作妇人打扮，头上围着一块翠巾，脸色发黄，腮上的肉都瘦没了。人憔悴了不少，不到二十岁便显出沧桑来。她一见香兰便立刻将其拽到围墙后头，探着头左瞧右看，见周遭无人，方才扭过头来，颤着声音说道："我是跟曹丽环来的。方才远远瞧见你，就偷偷跟着……香兰，曹丽环是知县老爷的相好，韩知县对她千依百顺。昨儿个晚上我听见她和卉儿商议，说要将你家的钱财榨得一干二净，还说就这一两日便要将你爹打死，让你家破人亡，人财两空！"

香兰大吃一惊，登时白了脸。

思巧惊慌慌的，唯恐有人瞧见，又朝左右看了看道："香兰，你爹……八成救不回来了，且将银子保住罢……"说完拔腿便走，却又停下脚步，扭过头迟疑道，"我如今也是冒着险来的……只当还上回欠你的，你别再恨我……"

香兰动了动嘴唇，却什么话都说不出，只微微一点头。

思巧似是松了口气，忙不迭地走了。

香兰只觉得两腿发软，耳边不断盘桓着"知县老爷的相好""这一两日便要将你爹打死""家破人亡"等话语，一手扶在墙上，耳边那些话便成了巨大的轰鸣之声。

太阳毒辣辣晒着，香兰头一晕，顺着墙便滑到地上，捂住了脸。如今她该如何做？她一个小小的民女，叫天天不灵，叫地地不应，更不能眼睁睁地瞧着爹爹送死，可如今又能如何？她恨不得替陈万全去死，更恨不得将曹丽环千刀万剐。

泪顺着指缝淌了下来。

此时，她听得耳边有人唤道："香兰姑娘，香兰姑娘？"

香兰抬起头，只见双喜正站在她眼前，脸上堆着讨好的笑，微微俯下身看着她。

双喜见香兰仰着脸，两眼噙满了泪，真个梨花带雨，我见犹怜，不由得暗赞一声，心说这样的颜色，怪道让大爷迷住了眼。又堆起讨好的笑，道："香兰姑娘，我家大爷请姑娘过去一叙。"说着他向后一指。

香兰顺着他指的方向望去，只见那巷子尽头停着一辆两匹马驾着的油绸马车。

香兰用力站起身，双喜连忙想去搀扶她，又立刻想到什么，缩回了手，只一径儿道："姑娘慢些。"却见香兰往相反的路上走，急忙拦住她，赔笑道，"姑娘上哪儿去？我们爷还在车里等着呢。姑娘不知道，大爷听说姑娘家里出了事，立刻动身过来了。要是他说句话，准保比佛旨纶音还管用，韩耀祖那老小子能活活吓破胆……姑娘还是去罢，啊？"

香兰听了双喜的话便犹豫了，却听见马蹄声响，吉祥已驾着马车过来，帘子掀开，露出一张英气而冷峻的脸。香兰只觉得胸口一窒，脸上虽是镇定模样，手却已悄悄攥紧了拳。林锦楼挑起眉，将香兰上下打量了两遍，只招了招手，便将帘子放下了。

双喜立刻趴跪在地上，吉祥微微弓着身子，伸出手臂笑道："姑娘请上车罢。"

香兰只好扶着吉祥的胳膊，踩着双喜上车。林锦楼正靠在宝蓝闪缎的引枕上，嘴角含着笑。他跟前有一张小桌，桌上摆着几样茶点。

香兰远远地坐在边上，轻轻唤了一声："林大爷。"

林锦楼笑着点了点头，将桌上一盏茶往香兰跟前推了推，说："半年前瞧着还欢蹦乱跳的，敢拿簪子刺喉跟爷叫板，今儿个怎么跟霜打的茄子似的？"

香兰看了林锦楼一眼。这男人看似尊贵凛然、风度优雅，实则做事不择手段，毫无君子之风。如今她家落了难，正是最困顿无助的时候，他来了定要趁火打劫。香兰把手缩在袖里，指甲扎进掌心。

林锦楼见香兰垂着头不说话，便自顾自地喝茶，心平气静，意态悠然。

良久，香兰埋着头，小小声说："我爹被冤枉，拿下大狱了……"

林锦楼等的便是这一句话，却不动声色，举起茶盏又喝了一口茶。

香兰偷偷看了林锦楼一眼，舔了舔干燥的唇，低声道："曹丽环当了县太爷的相好。她恨死了我，便要把我折腾得家破人亡。我爹挨了打，气息奄奄地躺在牢里，也不让治……"说着哽咽起来，连忙用袖子把泪拭了。

林锦楼伸出指头挑起香兰的小下巴，声音低沉："想把你爹弄出来，嗯？"

香兰不自在地躲开，林锦楼放下手臂，靠在引枕上低声笑了起来："不带你这样儿的罢，小香兰，你掰着手指头算算，爷到底救过你几遭？如今又上赶着过来了，你这小没良心的，不光不识抬举，还不知好歹。"

香兰愣了一下。林锦楼确实救过她，她应该感恩戴德，可这男人太危险，企图太赤裸，只让她想逃得远远的。

林锦楼侧过身子，歪在香兰身边，气息喷在她的耳根，说："好好听着，原先爷放羊吃草，没工夫跟你计较，这次可不一样。我把你爹从牢里弄出来，你看谁不顺眼，爷就灭了谁给你出气，你要是再爹毛出幺蛾子，爷可就真恼了，得狠狠地罚你了，知道了么？"

他脸上虽挂着笑，可神色语气却带着不容反抗的威严。香兰想说"我爹不用你救"，可她如今真走投无路了。陈万全趴在牢里的模样又在她的眼前浮上来，林锦楼却要她付出巨大代价，她眼前又一片模糊，死死咬着嘴唇。

林锦楼用指尖将她脸上的泪珠拭了，笑道："哟，怎的又哭上了？喜极而泣？"

香兰抹了一把脸，镇定下来，重新抬头看着林锦楼说道："我不做妾。"

林锦楼一愣，随即冷笑。还未等他开口，香兰又说道："大爷若是救了我爹，我自然……以身相许，当丫头也好，当外室也好，只求大爷过个三年五载厌了我，便放了我……我也不再嫁人，给爹娘送了终就去静月庵落发修行，后半生伴着青灯古佛过了。"

林锦楼半眯着眼盯着眼前女子秀丽的脸庞。这女孩确实美得紧，如娇花照水，月射寒塘，如今遭了这样的灾祸，仍然挺直腰杆坐得端端正正，不带一丝颓唐的模样。他有过的女人，风骚冶艳、千娇百媚的也好，艳若桃李、冷若冰霜的也罢，都不及她风采高雅，好似一朵静静绽放的幽兰，让他几次三番难以割舍，间或将她忘了，可旋即又想起来。哪个女人被他垂青不是一副祖上积德、光耀门楣的模样？偏这一个，就是匹喂不熟的白眼狼。

林锦楼心里忽然升腾起一股怒意，倾身向前，鼻尖几乎擦上香兰的，淡淡道："跟爷谈条件？你也配？"

香兰睁着明亮的眸子，一眨不眨地看着林锦楼道："我是央求大爷。"

林锦楼嗤笑了一声："求我？你这是求人的样儿？"

香兰平静道："我是在央求大爷……大爷身边环肥燕瘦的女子不知有多少，如今看中我也不过是图个趣儿，我服侍大爷一场报答恩情，日后大爷再添了新鲜的，还请放了我去……"

"爷要是不答应呢？"

"倘若大爷不答应，我也没办法，只怪自己命不好而已。我爹若是去了，我跟我娘活着也没什么趣儿，至多不过一碗砒霜，一家人横竖死在一处，到阴司里也有个依靠。"

林锦楼盯着香兰看了半晌，香兰心里怦怦直跳。她如今已山穷水尽，只好豁出去赌一回。林锦楼花名在外，今儿个朝东，明儿个朝西，与女子恩爱都不长久，如今盯上她，不过是因为没到手的缘故。为了救陈万全，她跟着林锦楼一两年也不过咬咬牙便过去了，日后他娶妻纳妾，将她抛在脑后，她也好逃出生天。若是有了名分捆绑，她便真个拴死在林宅之内了。

林锦楼不动声色，双眼如同幽暗的水井，伸手捏住香兰的下巴，忽地笑起来道："小香兰，你真是长能耐了，在爷的眼皮子底下耍花枪，你想什么你以为我不知道？是不是琢磨着过个一年半载就从爷身边儿溜了？"

香兰脸色发白。

林锦楼嘿嘿笑了起来，伸了个懒腰："爷是什么人哪？你这点儿小心思再瞧不出，只怕早就死无葬身之地了，耍阴谋诡计的多的是，多少人惦记着看爷的笑话，能算计到我的还真没几个。即便有人算计上了，我也得让他日后百倍、千倍付出代价。爷向来怜香惜玉，所以你给爷乖乖儿的，好生伺候，少不了你的好处，懂了吗？"说完他掀开帘子说了一句："吉祥，走了！"

吉祥连忙应了一声，跟双喜一同上了车辕，拿起鞭子赶车。

香兰一惊，忙道："大爷，你信也好，不信也罢，我方才说的句句都是真的……我要下车！"说着便要去掀帘子。

林锦楼一把抓住她的手腕，往后一拉，香兰便歪在了他的怀里。香兰慌慌张张地想直起身，一抬头正看见林锦楼，他脸色已沉了下来，道："爷刚才说的话你当成耳旁风是么？我说了，让你乖乖儿的。"

香兰已知道林锦楼不悦。他那副风度翩翩、优雅从容的外皮已撕下，虽面无表情，但浑身的戾气、霸道与不可一世已森然而出。香兰此刻才知林锦楼为何能驰骋沙场，指点千军万马。他跟她的前世今生的爹爹不同，跟宋柯不同，甚至跟那些如狼似虎的官差也不同。他眼神凶狠，令人不寒而栗，乃是真正的心狠手辣。纵然她已见识过大风浪，也被惊吓出一身冷汗。

她的爹爹还没得救，她还不能惹恼他，不能再以命相逼，要从长计议，徐徐图之。

于是香兰垂下了头，悄悄坐直了身子。

林锦楼只冷冷说了一句："想当妾，也看看你有没有那个脸。"说完便不再管她，又变成方才世家公子尊贵儒雅的模样，自顾自地闭目养神。

　　他前几天就派人盯着陈家，听说她爹娘已打算给她说亲了，便预备这两日动身过来。如今香兰已是良民，若她还执意不肯臣服，他难免要用些手段。谁想陈万全竟被衙门给抓了。这可是天赐良机，原本要费一番功夫的事，如今轻轻巧巧就能办到，不过这陈香兰就是个刺儿头，他跟她说话就没有痛快过，可他偏要收服她。从小到大，他林锦楼相中的东西岂有不到手之理？他日后要让陈香兰这头倔驴变成喵喵叫的小猫儿一样乖顺。

　　香兰心中忐忑，手绞着裙带子。林锦楼要将她带到哪儿去？莫非要把她直接带回林家不成？

　　她正胡思乱想，车子却一停，吉祥恭敬道："大爷，到了。"

　　车帘子被掀开，香兰探头一瞧，却发现他们竟然绕到了县衙大门前。香兰怔住了，林锦楼已下了车，不耐烦地催道："快点儿，愣着做什么？！你爹不是要死了么？"

　　香兰慌忙起身，去扶吉祥的手臂，林锦楼却将她的手握住了。香兰吓了一跳，只好任林锦楼握着，踩着双喜下车。林锦楼又命吉祥去叫门。

　　这厢韩耀祖正在屋中同曹丽环说笑取乐，忽听一阵急促的脚步声，有个差役嚷道："老爷，老爷，来了贵客了！"

　　韩耀祖忙起身出去，道："慌什么？谁来了？"

　　那差役回道："林家的大爷林锦楼来了！"

　　韩耀祖大吃一惊，真好似天上掉下个活龙一般，急忙命人去摆上好的茶水和果子糕饼，整衣戴帽便往前头去，亲自相迎。

　　韩耀祖老远便瞧见林锦楼不紧不慢地走过来，脸上忙堆上十二万分的笑，脚底下疾走两步，拱手道："下官真是有失远迎，有失远迎，还请林将军恕罪。"一面说着一面将人往厅上引。

　　林锦楼却站住脚，淡淡道："进去坐就不必了。大牢在哪儿？领我过去瞧瞧。"

　　韩耀祖又惊又疑，心道："林锦楼是有名的不开面儿，如今竟好端端到我这儿来，一开口便要去大牢，脸上隐有不悦之色，莫非我这几日抓错了什么人，触了这位太岁的霉头？"想来想去又觉得没有，上个月确有林氏族人里的无赖子弟生事，他已给林家递了帖子过去，人没打没罚也给领走了，过后还谢了他五两银子，一团和气，再说这点子小事也不值当林锦楼亲自过来。

　　他悄悄往林锦楼身后瞧了一眼，只见两个穿着体面的豪仆，生得一模一样，想必就是在林锦楼跟前颇得头脸的那对双生子了。另有个穿着淡雅的妙龄少女，容貌甚美,他不曾见过,也不敢多看,连忙移开了目光,赔笑道:"将军有何差遣?下官定然肝脑涂地。若想见哪个犯人,我把他带出来就是了。"

林锦楼冷笑道:"还带出来?那人只怕要让你打死了。韩耀祖,你胆子生了毛,小爷的人你也敢动?我问你,昨天你抓进来的那个陈万全,犯了哪条罪哪条法,让你拘起来生生要给打死?他可不是什么寻常人,若有个三长两短,你也趁早给我收拾东西滚蛋!"

韩耀祖听了这话又惊又惧,一叠声道:"林将军恕罪,林将军恕罪!下官实在不知他是将军的人。昨日有夏芸夏吏目的小妾前来告状,说陈万全殴打朝廷命官,夏吏目身受重伤在家养病,下官这才叫人把陈万全拿了……"

香兰厉声道:"那夏芸辱我在先,我爹气愤不过才推了他一把,他自己未站稳方才跌伤了头,何来'殴打朝廷命官'之说?官府拿人下狱,未曾问明缘由为何先打人板子?既打板子为何下的是狠手,又不准大夫前来医治?韩县令,你听曹丽环那等淫妇挑唆有意草菅人命,眼中还有没有王法?如此草包,你这头上的乌纱帽也不必再戴着了!"

林锦楼哈哈大笑起来,看着韩耀祖道:"听见没?我那心肝儿说,你头上的乌纱帽不必再戴着了。"又看了韩耀祖一眼,道"夏芸是什么货色?原在我家里就勾引婢女,顾及他名声,爷才把那女子赏了他,谁知道他竟是个记吃不记打的,又惦记上爷的人,几次三番去陈家提亲,陈家不答应他就满嘴喷粪。你说,这小畜生是不是吃了熊心豹子胆了?"

韩耀祖听见"心肝儿"便全明白了,冷汗顺着额头滚了下来,两腿发软,轰去了一半魂魄,"扑通"跪在地上,磕头道:"将军息怒,下官实不知陈万全与将军有旧,否则纵有天大的胆子也不敢做出糊涂事……"

林锦楼只道:"陈万全人呢?"

韩耀祖一骨碌从地上爬起来,一面带路一面说道:"将军请这边走。"说着来到大牢,亲自用钥匙打开门引众人进去。

香兰见陈万全仍倒在地上,神志昏迷,立刻奔过去,"哇"一声大哭起来。韩耀祖早已打发人去请大夫,又让人拿春凳抬陈万全出来,将自己休憩的书房内室腾出来给陈万全使用。

片刻大夫便到了,诊断一番,说道:"此人已被打断了双腿,幸而还能接上,只是要吃些苦头。内里也有紊乱不调之症,我开方子吃几剂调理调理便是了,只是皮肉都给打烂了,要养许久才能好。"

一时诊病已毕,大夫给陈万全接骨,陈万全疼得醒了过来,大喊几声又晕了过去。

香兰眼眶红红的，林锦楼便掏出汗巾子给她抹泪，香兰一扭头躲开了，又觉得不妥，默默地将那汗巾子从林锦楼手里抽出来拭泪。林锦楼先前有些不悦，见香兰又将汗巾子接了，脸色又好看了些。

韩耀祖看在眼里急得直转圈，暗道："能这样得林锦楼宠爱，显然不是等闲的小妾了，可恨我竟然不知这样一号人物，今日犯下大错，若是林太岁追究起来，头顶上的乌纱帽便真个保不住了！万幸万幸，人还没死。"一时恨不得被他打的人不是陈万全，哪怕是他亲爹都行。

当下韩耀祖亲自掏银子抓药，又打发管事去库房拿人参、鹿茸等上好的药材，殷切挽留道："陈官人病体未愈不得随意挪动，不如就留下来养伤，下官也好尽一尽心意。"

香兰怎么也不愿再待在衙门中，林锦楼便命人搭着凳子，将陈万全送到马车上。

香兰出门时，见曹丽环隐在抄手游廊旁边的一丛芭蕉后面。曹丽环见香兰朝这边看来，连忙闪身躲了回去，但仍露出一角杏红的裙子。

香兰恨不得啖其血肉，暗道："曹丽环可恶可恨，我定让她血债血偿。"一扭头，正瞧见韩耀祖满面堆笑赔着小心地送客，便道："韩知县，曹丽环原与林家沾亲带故，在府里住过一段日子，你可知为何林家又把她赶出来了？"香兰顿了顿，一字一顿道，"因为曹丽环坏透了心肠，竟要害林将军嫡亲的妹子，在她吃的酒里放了不干净的东西，被我发觉告诉了太太，林家震怒，这才将她逐出去的，她也因此跟我结了梁子。韩知县这厢替她报了仇，她定是开心死了。"说完转身便走。

韩耀祖神色大变，暗恨道："曹丽环这贱人，真真儿害苦了我！"脸上却换了一副形容，小跑两步追上香兰，讨好笑道："多谢姑娘，我竟不知那毒妇如此用心险恶利用于我。韩某无知，既对不住姑娘全家，又欠姑娘天大的人情，必然重重相报。曹氏那贼妇，下官必会处置，给姑娘一个交代！"

香兰理都不理他，只绷着脸往前走。韩耀祖巴巴送到大门口，看那马车扬长而去，他的脸"吧嗒"掉了下来，满面的和气灿烂笑容变成了阴寒，大步走了回去，却瞧见房中无人，气急败坏地撩着官袍下摆，跑着往外找人，就瞧见曹丽环正在后门上轿欲溜走。

韩耀祖怒从心头起，恶向胆边生，几步上前，一把揪住曹丽环的衣襟，扬手就是两巴掌，口中骂道："贱人！害苦了我！"

曹丽环惊声尖叫，胳膊护着头脸，韩耀祖一行打一行骂道："贱人，我素日待你不薄，你为何要这般害我？！"

曹丽环左躲右闪，央求道："天哪，地哪，老爷真真儿屈杀了我！我也是不知情的呀，谁知陈香兰那淫妇勾搭上林锦楼。她原本就是个粗使丫头……老爷，我真的是一心为了老爷着想，老爷念着先前……"

韩耀祖破口大骂道："单是林锦楼的妾倒还好，你竟惹到林家太太和小姐头上，怪道林锦楼说我吃了熊心豹子胆，都是你这贼妇撺掇挑唆给我下套儿，干的这勾当让我如何饶过你？倘若因此丢了官，不杀了你都难消我心头之恨！"打得曹丽环鼻中鲜血直流，眼眶乌青。

曹丽环本就是个泼辣悍妇，何曾吃过这样的亏？纵然畏惧韩耀祖的官威，也忍不住还手，在韩耀祖脸上抓挠了两把。

正闹得没开交处，韩光业得了消息从后头住的宅院里奔到前头来，就见韩耀祖正抓打曹丽环，远处隐有官差仆役探头探脑，遂喝骂道："瞧什么瞧？都给我滚！"命贴身小厮去赶人，自己来到韩耀祖身边，抱住韩耀祖的胳膊道："爹，别打了，光天化日之下，让人瞧见传成什么样？爹的名声就好听了？"

韩耀祖一听这话才住了手，不住喘着粗气，一把抓住韩光业的手说道："我的儿，这厢害苦了我！"言毕泪如雨下。

韩光业劝抚了几句，一脚踹在曹丽环身上道："贱人！日后再收拾你！"

曹丽环瘫在地上哭哭啼啼，韩光业自顾自扶了韩耀祖回房相商。

却说韩耀祖的太太姜氏也在后宅得了消息，换了衣裳赶到前头一看，只见韩耀祖脸上有几道女子抓的伤痕，问及何故被抓，却见韩耀祖支支吾吾搪塞，心中不由生疑，责打了韩耀祖身边的小厮才知他与下属的老婆有了首尾。

姜氏勃然大怒。她本就是个极严厉的人，生得高壮，比曹丽环还彪悍十倍，当下扯着韩耀祖的胡子骂道："你个没廉耻心的老货，怪道这些时日添了好几桩症候，日日腰疼流涕，耳聋眼花，原是被那小妖精治的！我日日在家辛苦操劳，给你生儿育女，操持家中，奉养双亲，你却搂着个小贱人风流快活，我真命苦也！"披头散发哭了一回，又躺在地上打滚。

韩耀祖恼道："你有完没完？赶紧将这模样收一收，甭在这儿给我添堵！"

姜氏涕泪横流道："好哇！你竟这般跟我说话，莫非你看上了那小妖精，要休了我娶她不成？"

韩光业连忙过来好言相劝，好说歹说才将姜氏劝住了。

姜氏回了房越想越气，当下换了一身舒适的布料衣裳，将钗环簪子全都卸下，带了人便往曹丽环家中去。一行人冲进屋一瞧，那曹丽环正对着镜子搽药呢。姜氏上前扯着曹丽环的头发便将人往地上拽，切齿骂道："狗淫妇！让你发浪！"

曹丽环冷不防"咚"一声便摔在地上，口中与姜氏对骂对嚷，两个人厮打成一处。姜氏带的下人守在门口一概不准进，任家人急得无法，赶忙给任羽送信。

曹丽环纵然有些气力，却不敌姜氏力大，姜氏一个翻身骑在曹丽环身上，撕扯打骂一番，将她身上的衣服俱撕扯下来，在她小腹上狠踹了几脚。曹丽环疼得大叫，身子蜷成一团，待细看，下身已红了一片。

姜氏虽恨不得捏死曹丽环，却也怕闹出人命，当下偃旗息鼓，带着人退了。

卉儿、思巧等人七手八脚地将曹丽环扶到床上，请来大夫诊治，方知曹丽环已有了两个月身孕，被姜氏踢打得小月了。

任羽刚回到家便得了这个消息，整个人便怔住了，慢慢红了眼眶。卉儿见了，眼珠子转了转，悄悄蹭过去道："你何必难过？她跟韩知县的脏事谁不知道？这孩子还指不定是谁的呢！"

任羽仍长吁短叹，想进屋去瞧曹丽环，卉儿扯住他，笑道："她刚吃了药，这会子睡了，你进去岂不是吵着她？你且往我屋里来，我打发人去酥香斋买了些点心，先吃两块垫垫肚子。昨儿让裁缝给你制的新衣也送来了，你正好试试合不合身，若不合身我再让他们给你改去。"径自拽着任羽去了她住的次间。

思巧正从厨房端了药出来，见状不由微微冷笑，又低下头，往卧室里去了。曹丽环脸色惨白，两腮病容，更添满脸打伤印痕。思巧托起曹丽环的头给她将药灌了下去。曹丽环咳嗽了几声，有气无力问道："老爷可回来了？"

思巧回道："没呢，太太睡罢。"用帕子给曹丽环拭了拭嘴角，端着空碗走了。

却说这曹丽环本是个身体极壮、底子极好之人，可自从小月之后，便一直卧床不起，竟然病倒了。

不几日任羽又丢了差事回家，姜氏又亲自上门来讨要韩耀祖曾赠给曹丽环的衣裳首饰，一通乱翻，将她那一整个首饰匣子和两箱鲜明衣裳俱抬走了。

曹丽环在床上挣扎不起，愈发气怒伤身，内外拆挫不堪，酿成了干血之症，换了几个大夫都不曾看好。

渐渐地，她身边惯常使唤的卉儿和思巧也不听使唤起来。卉儿见天瞧不见人影儿，思巧也不常往屋里来，喂饭喂药不过敷衍了事。曹丽环想吃汤要水都无人伺候，不禁怒极，偏她重病恹恹，卧床挣扎不起，想骂人都无气力。

她同任羽说起丫鬟不听使唤之事，任羽去问，思巧便乱叫道："老爷，婢子天天辛苦得很，日日做饭洗衣，收拾家里，还要伺候太太，换洗床单被褥，端屎端尿，喂汤喂饭。卉儿姐姐倒是清闲，只管日日对着镜子搽胭脂抹粉儿。我哪敢劳她大驾！倘若卉儿姐姐肯洗衣做饭，我保管将太太伺候周全。"

任羽便去支使卉儿，卉儿满心不悦，口中嘟嘟囔囔指桑骂槐，干了两日又不干了，任羽也不再过问。曹丽环身上愈发不好，整日昏昏沉沉，脸色枯黄，只剩下一把骨头。任羽原先还来她房中探望她一番，后来渐渐也不总来。曹丽环问及去向，思巧每每答道："老爷丢了衙门的差事，总得再找一个，家里上上下下这些人，都指望老爷吃饭呢。"

曹丽环虚弱道："我不是还有个庄子和两处房产？总有些银子度日，让老爷回家罢，多陪我几日，还找劳什子差事。"

思巧撇嘴道："太太，您怎么不知好歹？今年夏天两场雹子，庄子里能有多少收成还不知道呢！两处房子是赁出去了，可太太要成日吃药，什么人参、当归、茯苓、燕窝，算来算去就是哗哗流水的银子。更甭提平日里养身的粥饭，全是上等的吃食，太太一天就要花一两银子呢！老爷不出去找差事，莫非净等着坐吃山空不成？况且太太如今又背了'淫妇'的名儿，不知多少人指指戳戳，连累老爷名声有碍，人家都不乐意雇他做事，家里这个光景，不知什么时候太太就没银子吃药了呢！"

一番话将曹丽环气得眼冒金星，倒了半口气咬牙道："倘若没银子了，第一个便把你这贱人卖了！"

思巧冷笑道："哟，卖了我，日后谁服侍太太呢？"说完把手里的粥往几子上一放，头也不回地走了，生生饿了曹丽环一顿，晚上才将那碗冷粥给曹丽环灌了，皮笑肉不笑道："太太，我当初不过是鬼迷心窍，才从林家被赶出来，这般服侍您已足够对得起天地良心。您还不知道罢？你那忠心耿耿的奴才卉儿，自打你一病，就勾搭老爷爬了床，老爷早就日夜宿在她房里了。昨儿个我刚得了信儿，大夫诊出她一个月的身孕，老爷喜得跟什么似的，给那大夫一钱银子当了赏钱。如今卉儿正安胎，我整日里伺候她还伺候不完呢！"

曹丽环倏地瞪大了双眼，喉咙里"咯咯"作响，用尽力气一扬手，将思巧手中的碗拨到地上，"咔嚓"摔个粉碎，怒道："你……你……你……怎么不早跟我说？！"

思巧仍笑模笑样道："我这不是怕太太生气么？可如今卉儿姐姐有了身孕，这等喜事自然要告诉太太的。"

曹丽环顾不得思巧阴阳怪气，强挣扎着坐起来，只觉得头晕眼花，缓了半晌方道："你去把卉儿那小贱人叫过来见我！"见思巧站着没动，又怒道，"还不快去！"

思巧冷笑一声去了。

曹丽环将头靠在床柱上歇了好一回，直喘粗气。不多时卉儿便来了，一进门便闻到一股药味儿，伴着污浊酸臭的气息。卉儿忙掩了口鼻，张嘴欲呕，思巧连忙上前扶着卉儿，满脸堆着殷勤的笑："哎哟喂，卉儿姐姐，如今您可是个金贵的人儿，是不是不舒坦了？快坐下，快坐下，我去给您倒杯热茶压一压。"

卉儿手里攥着帕子在鼻前挥了挥道："不用了，不用了，去我房里拿那瓶今年的新茶沏上一杯来罢，还有一碟果馅椒盐金饼，也一并拿来。"

思巧笑道："得了，这就去。"说罢掀帘子去了。

卉儿远远地靠着门坐下，抬头一瞧，只见曹丽环正歪在床头恶狠狠地瞪着自己，双目赤红，脸色蜡黄，腮都凹了下去，愈发显出高高的锁骨，头发蓬乱，如同女鬼一般。

卉儿吓了一跳，定了定神，跷起二郎腿道："太太叫我来有何事？"

曹丽环上下打量卉儿，只见她一张银盆脸越发丰腴，本就滚圆的身子越发胖了，乌黑的头发上戴着金灿灿的钗环，银丝八宝髻，珠翠花钿，玛瑙金簪，耳上垂着紫销金耳坠子，胸前垂着一块美玉，手腕上各戴着两只镯子，穿着丁香色五彩纳纱的褙子，露着月白的云袖，底下是翠兰遍地金的裙儿，脸上抹着宫粉胭脂，将微黄的肤色都衬得鲜亮雪白，竟是体面人家奶奶的模样了！

曹丽环咬牙道："卉儿，我自问待你如同亲姐妹一般，无论吃喝穿戴，必然想到你一份儿，你这背信弃义的无耻贱人，竟去偷主人汉子，如此待我！"

卉儿冷哼道："你待我如亲姐妹？甭拿这冠冕堂皇的好听话来往自个儿脸上贴金了！先前我傻，觉着你待我亲厚，可细想起来，你每回给我的东西，都是你不要、不爱的，才给我做人情。你何曾拣过心爱的东西给我？我偶尔得了个好玩意儿，你还得千方百计地哄了去，口口声声是为了我好！"

曹丽环怒道："或许我有地方亏待于你，你却勾引男主人，将主子丢在一旁不管死活，你还有没有良心？！"

卉儿站起身来，往前走了几步，指着曹丽环的鼻尖，扬声道："我没有良心？曹丽环，你摸摸自个儿有没有良心！我好歹伺候你一场，没有功劳也有苦劳。我已经快二十岁了，家里好容易给我相中一门亲事，虽不是上好人家，也是有些产业的农户，来找你求恩典，你偏左挡右推，悄悄背着我们到男方家里回绝了亲事，把我灌醉了献给韩耀祖那老东西糟践，只为了笼络那老东西的心好往家里捞实惠。曹丽环，我恨你恨到骨子里，日日夜夜想嚼了你的肉解恨！"

曹丽环一惊，强辩道："我自然是为了你好，当初韩耀祖还同我说，想纳你做妾。韩耀祖乃堂堂的知县老爷，你做他的妾不比当农人妻强百倍？……"

卉儿尖叫道："放屁！他家那母夜叉岂是好相与的？韩耀祖千好万好，你为何不去给他做妾？他一个糟老头子，我见了他只有恶心！"卉儿尖叫两声，往后挪了挪，胸口快速起伏，与曹丽环二人就这般虎视眈眈地对望着。

此时思巧端了茶和糕饼果子进来，又轻手轻脚地退下了。

卉儿揉了揉胸脯，定了定神，往后退两步又坐了下来，端起茶来喝了一口，又往曹丽环看过来，脸上挂上了笑，道："曹丽环，你真是个身在福中不知福的，纵然任羽没本事、穷窝囊，可有一条好处，就是忠厚顾家，而且心里头长情。纵然你给他戴了顶高高的绿帽子，还变成这番鬼模样，他还是对你记挂着，琢磨着四处请大夫给你治病。可如今，你那老公已是我的了。"

曹丽环摇着头叫道:"闭嘴闭嘴闭嘴闭嘴!"

卉儿仿佛没听见似的,一边说,一边拈起一片糕饼咬了一口,脸上的笑容又得意又炫耀:"他天天对我知疼知热的,我想吃什么,只消说一声,他立刻提上鞋便给我买回来,连捏肩捶腿的事都能伺候我,夜里头也生猛着呢……"说着用帕子掩着口"哧哧"笑了起来,"比韩耀祖那老货强百倍,真不知你怎就瞧上了那老东西。"说着走到曹丽环跟前,微微弯下腰,微笑着低声道:"你也活不了几天了,你老公已说了,你若是死了,我又生下一儿半女,他就把我扶正。曹丽环,我确实要好生谢你,你费尽心机,熬力挣下的家业,便让我的后世子孙好生享用了。"说完她直起身,哼着小曲儿出去了。

曹丽环怒火攻心,卉儿这番说辞比剜她的心肺还要狠毒一百倍,当下吐出两口鲜血,眼前一黑便厥了过去,夜间迷迷糊糊地醒了一回,直着脖子叫了半晌也无人来应。她挣扎着起身去够床头小几子上的茶,颤抖着手向前伸了半晌,头一歪,直眉瞪眼地便赴了黄泉。

次日一早,思巧前来收拾才发觉曹丽环已亡,慌忙报与任羽知道。任羽不由得抚尸痛哭了一番,想要好生操办丧事,卉儿拦住道:"前些日子为给她治病,家里积蓄已花费大半,我再过几个月就要生产,小姑子也要出嫁,还是省些钱银罢!大办不必了,选个黄道吉日,点个穴埋了便是。"

任羽口中答应,到底觉得不像,偷偷拿了些银两,买了体面的棺椁将曹丽环装殓了,吹吹打打,点了一处穴下葬。

此时韩家内宅里,姜氏正端坐在太师椅上,她跟前跪着个身材瘦弱的妇人,此人姿色平庸,毕恭毕敬地垂着脸。

姜氏用盖碗拨弄着茶叶,嘴角含着笑道:"思巧,你做得不错,这一遭可算解了我的心头恨,我自然会好好赏你。"

思巧磕了个头道:"小的不求赏赐,但求太太将我从任家赎出来,日后平平安安地做个良民。"

姜氏朝身边的丫鬟使了个眼色,那丫鬟便掏出一张纸递到思巧跟前道:"太太昨儿个就跟任家说了,这是你放籍的文书,好生收着罢。"

思巧大喜,连连磕头谢恩,口中说道:"小的这就动身去扬州,日后再不回来了。"

姜氏心中大快,又赏了思巧十两银子并一对银镯子。

思巧连忙接了过来,口中千恩万谢地去了。

她走出韩家的后门,长长地出了一口气。她恨绝了曹丽环。原来曹丽环的陪房小厮四顺儿死了老婆,曹丽环便将她许了过去。四顺儿吃喝嫖赌打老婆,折磨得她苦不堪言，且有个好色如命的病，思巧生得平庸，被他当成了粪土。她前有主人刁蛮严苛，后有丈夫横吃恶打，几次三番欲寻死，都硬生生熬了下来。

当日姜氏把曹丽环打到小产，又派手底下的心腹丫鬟来收买她，让她在曹丽环吃的药里偷偷加了几味料，将那流产之病弄成了要命的大症候，之后打探曹丽环有多少资财。思巧自然言无不尽，二人里应外合，将曹丽环的首饰、衣裳尽数算计了去。

如今曹丽环死了，思巧便求姜氏兑现承诺，将她从任家赎买出来，放籍成了平民。她快步走出巷子，就见有个生得黝黑矮胖的汉子正站在巷子口焦急张望，见她出来，连忙问道："事成了？"

思巧点了点头，那汉子笑了起来，拉着思巧的手道："那咱们赶紧坐船去扬州罢。"

思巧看着那汉子，脸上扬起一丝笑，点了点头，随着他一同去了。此人是个画糖画儿的摊贩，还会捏面人儿，原在任家住的一带走街串巷，见思巧挨打受骂每每好心安慰，两个人逐渐生情。这厢思巧拿到了放籍文书，二人便立即动身私奔了，日后在扬州安家，做些小生意度日，不在话下。

却说卉儿十月怀胎生了一女，任羽便将她扶正了，一起生活倒也平安。只是卉儿有个挥霍无度的病儿，只知吃喝打扮，何曾知道如何持家？如今当了女主人她便越发得意，吃山珍海味，穿绫罗绸缎没个节制。任羽又是个草包，唯唯诺诺的，二人都不善经营，将曹丽环辛苦攒下的家当花了大半，最后不得不将那庄子卖了，幸而还有房产赁出去得钱。

夫妻俩只觉得有了指望，愈发赖在家中不事生产，将原本殷实富裕的家底生生折腾成了家资平常的市井小民。后任羽中年染病早亡，卉儿带着孩子改嫁了两回，最终不知流落何方。

且说香兰将陈万全从牢中救出，一行人回到了陈家。薛氏正愁眉不展地卧在床上，忽听院内传来喧哗声，出去一瞧，见陈万全竟被人抬了回来，不由喜从天降，待看陈万全面如金箔、神志昏迷，又惊得面色发白。

吉祥和双喜抬着春凳，将陈万全送到卧室，小心翼翼地放到了床上。薛氏上前，轻轻撩开衣裳一瞧，只见双股肿烂狰狞，大腿上也全是青紫，用竹子夹板捆着，竟无一好处，一颗心都揪了起来，出去一瞧，只见林锦楼正大马金刀地坐在厅中品茶。

薛氏哪儿还有不明白的，立刻上前跪在地上，磕头道："民妇叩谢林大爷救命之恩。"头碰在地上"咚咚"作响。

双喜连忙上前搀扶，口中嘻嘻笑道："这可使不得，快些起来。"

香兰也去扶薛氏，薛氏扯着香兰的袖子道："兰姐儿，还不快给林大爷磕头。"

说着就要扯着香兰下跪。

香兰白着脸儿，抬头看了林锦楼一眼，咬了咬唇，垂下头，却始终不肯屈膝跪下。

薛氏不悦，怒目瞪着香兰，死死捏着她的手，低声道："死丫头，还不快给林大爷磕头？！"

林锦楼却站了起来，淡淡道："不必了，天色不早了，我该回去了。"言毕便往外走。

薛氏连忙扯着香兰一路相送，脸上赔着笑："小女孩子家不懂事，大爷莫跟她一般见识……大爷慢些走，我们定到府上磕头谢恩。"

林锦楼随口应着，待走到大门口，命旁人退下，只让香兰到跟前道："收拾收拾东西，明儿个我让人过来接你……算了，东西也甭收拾了，你那些破烂儿没什么好拿的。衣裳、首饰都给你添新的。"

香兰大吃一惊，忙央求道："我爹刚刚回来，浑身没一处好的地方，我想在家伺候两日……"说着眼泪已掉了下来，"求你了……"

"啧，啧，你怎么总哭？好像爷要吃了你似的。"林锦楼说着伸手给香兰擦眼泪。

香兰想躲，却忍住没动。这样垂着脸儿乖顺的模样却让林锦楼心里舒坦，捏了捏她的小下巴，笑道："行了，爷是个通情达理的人，念你一片孝心。你就在家里伺候你爹三天，爷再打发人来接你。"

"大爷，再让我多待几日罢，我这一去不知什么时候才能家来……伤筋动骨一百天，我家里只有老娘和一个不懂事的小丫头子……"

林锦楼摸了摸下巴道："成。爷回头派两个人过来。"见香兰张口欲言，便用手指点住她的唇儿，半睐着眼似笑非笑道："最多五天，小香兰，再跟爷唱'哩哏儿啷'爷可就要恼了。"说着从腰间把那赤金黄玉的小马腰坠解下来，挂在香兰的腰间，"去伺候你爹罢，当完了孝女再好生想想怎么报答我。"说完便登上马车走了。

香兰默默转身走进屋，慢慢将大门关上，一扭头见薛氏站在院里，红着眼眶，抖着嘴唇叫了一声"兰姐儿……"便说不出话，显然是全明白了。

香兰走过去强笑道："这般也没什么不好……爹爹是囫囵着回来了，大爷虽脾气不好，可林家是富贵所在，过个一两年兴许我就能回来了……"

薛氏忍不住大哭，一把搂住香兰，跺着脚道："我的闺女，你好个伶俐清俊的人儿，合该有正房太太的体面，命怎就这么苦？……"这一哭引得香兰也哭起来，又连忙用帕子擦干了泪，反倒劝慰了薛氏一番，暂且不提。

却说韩耀祖因得罪了林家心中难安，一夜未曾好睡。第二日一早，韩耀祖亲自备了一份厚礼去了陈家。

陈氏夫妇不由得诚惶诚恐，韩耀祖对陈万全嘘寒问暖，又取出一封五十两的银子，送上前道："陈掌柜受此牢狱之灾，实是本官受小人蒙蔽、听信谗言所致。还请陈掌柜万毋放在心上，本官定然给陈掌柜一个交代！"一番话说得冠冕堂皇，目光却不自觉向四周溜去，寻香兰的身影。

陈万全听了这话，只觉脸上有了天大的光，万没想到那公堂上威风凛凛的县太爷竟然会这般和颜悦色地说话，话都快说不出了，一叠声道："不敢，不敢。"

却听旁边屋中传出一声冷笑声，韩耀祖立时知道香兰就在隔壁，连忙道："这事本就由夏家小妾而起，夏芸身为朝廷命官却纵容妾室玷污清白女子声誉，口出恶言，实是有暴殄轻生、辱斯文，乃轻佻狂徒，从今日起，罢黜其九品官职。另外，我已奏请金陵学政、呈报吏部革除其举人功名。"

香兰隔着帘子听见这话登时一怔。夏芸丢了差事在她意料之中，可因此革除功名，这惩罚也太重了。文人科举历来赚尽人间白头，夏芸年纪轻轻便高中举人，本有大好前程，此番革了功名，还不知何年何月才能再考中。夏芸虽有可恨之处，到底不是大恶之人，坏的不过是他的一家子亲戚。

陈万全说道："青天大老爷可要为小民一家做主哇，我们老老实实的本分人家，从不招灾惹祸，夏芸看中我女儿，我跟她娘不答应，他就辱我女儿的名声，他的小妾还要抓打我女儿……"

薛氏又道："后来我跟兰姐儿去夏家央求，前前后后送了六十两银子，夏芸他娘、他二嫂还有小妾逼着兰姐儿给夏芸磕头……"说着声音哽咽，顿了顿才道，"这往哪儿去说理？明明他们作恶，却让兰姐儿下跪赔礼。结果兰姐儿磕了头，他们也没上衙门撤状子，我们上门去问，反倒挨了一顿辱骂。"

韩耀祖大怒道："竟然有这样放屁的事！夏家实在可恶，此事本官定要管到底！"

陈氏夫妇口中连称"青天大老爷"不止。

一时韩耀祖走了，陈万全臀上、腿上疼得厉害，如同针扎刀削，又发起烧来，昏昏沉沉。

不多时又有人来叫门，原来是书染亲自送来一个婆子和一个小厮，又拿出一封五十两银子，笑道："这是大爷让带来给陈掌柜买些吃食补身子的。大爷可把姑娘放在心上，让我从库里挑几匹上好的贡缎，说要给姑娘裁新衣裳。"

薛氏连忙道谢，香兰却瞧着心烦，只站在一旁不说话。书染见香兰那模样便知她心里不乐意，不由暗暗吃惊，却将话题扯开，说了些旁的，便告辞而出。

这里韩耀祖回了衙门，第一桩事便是将夏芸的官职拿了，又打发人去问学政。金陵学政听说夏芸得罪了林锦楼，又是个无甚根基靠山的，哪里有不答应的，立时将夏芸的功名革了。

　　消息传来，夏家上下如同被焦雷劈了一般，夏芸先是蒙了，不顾头晕，从床上爬起来便去了县衙。

　　韩耀祖见了他，便道："夏芸，你是狗胆包天，不打听打听陈家的背景就让小妾上门去闹，打量闹坏了人家姑娘的名声，人家就能嫁给你怎的？且闹了就闹了，人家也认赔了银子，为何不肯撤状？如今惹恼了陈家，请了林锦楼出手……唉，这也是你的孽障，杀人不过头点地，你们也委实做过了些。"

　　夏芸如同被兜头一盆冷水淋了个透心凉，喃喃道："我早就让家里人过来撤状了……况且我根本就不曾告状。"

　　韩耀祖道："是你那小妾银蝶来衙门里喊的冤。"

　　夏芸仍是愣愣的模样，这时有人传报有客来，韩耀祖便端茶送客，打发夏芸去了。

　　夏芸失魂落魄地回到家，一家老小俱围在门前，见他回来呼啦啦全围了上去，七嘴八舌地询问。夏芸仿佛迷迷瞪瞪还在梦里，直眉瞪眼地只管往屋里去。

　　银蝶正举着一面靶镜左照右照，见夏芸进屋，忙放下镜子，起身上前道："老爷，你可回来了，韩知县如何说的？"

　　夏芸怔怔地抬起眼，只见银蝶涂脂抹粉，一脸的浓艳，忽然暴怒起来，抡起胳膊狠狠打了银蝶一掌，怒道："你这贱人做的好事！谁让你去的陈家？！谁让你去衙门告状？！"

　　这一掌扇得银蝶倒退几步，栽在炕边，捂着脸"呜呜"哭了起来。

　　金氏和夏二嫂悄悄在门口守着，听见动静慌忙推门进来，夏二嫂一叠声问道："这究竟怎么回事？莫非是陈家那小贱人搞的鬼？小叔儿的差事和功名怎的就丢了？"

　　金氏撸胳膊挽袖子道："倘若是他们弄鬼，我定要闹他个鸡犬不宁！"

　　夏芸气得浑身乱颤，指着金氏和夏二嫂问道："我让你们到衙门撤状，你们为何不去？"

　　金氏和夏二嫂对望一眼，夏二嫂不肯吱声，金氏却满不在乎道："陈家有的是银子，才赔六十两怎么够？你是没瞧见他家住着多大的房子，屋里多少古董玩意儿。你是堂堂的举人老爷，朝廷命官，金贵着哪，依我看，不赔个二三百两的，这事都不算了结。"

　　夏芸的脸气成猪肝色，抖着嘴唇跺足大骂道："糊涂！糊涂！我的身家前程就是让你们断送的！"骂完不由泪如雨下，头痛不止，腿一软就歪在了地上。

众人大惊，忙七手八脚地把夏芸抬到床上。金氏扑到夏芸身上哭得死去活来，道："我的儿，你若不中用了，岂不是要了我的命哇？！"

夏芸喘着粗气道："我寒窗苦读十几载，辛辛苦苦得来的功名全被你们折腾了去，你们这是……这是要我的命罢了！"

金氏和夏二嫂大眼瞪小眼，对望了半晌，夏二嫂舔了舔唇，小心翼翼地问道："小叔儿，你那功名真的被……被……"

夏芸暴怒，挣扎着要坐起来，兜头啐了夏二嫂一口，骂道："都是被你们这黑心的无知妇人害的！"

这厢金氏已一屁股坐在地上，扯开嗓子哭天抢地道："哎哟喂！老天爷你不开眼，眼看要时来运转，竟被陈家那小淫妇算计，天打火烧妖里妖气的下流婊子，如今老娘豁出这条老命，也要跟她撕个鱼死网破！"一骨碌爬起来，将门口站着的人扒拉开就往门外跑。

屋里人一时怔住，夏芸先回过神来，怒吼道："还不赶紧将她拦住！"

夏二嫂如梦方醒，跟着追了出去。

夏三姐儿只觉得有趣，咬着手指倚在门框上"哧哧"发笑，那笑声震得夏芸脑仁儿发疼，他用尽气力掷了一个茶碗过去，"当"一声砸在门框上摔了个粉碎。夏三姐儿吓了一跳，忙不迭地跑了。

却说金氏一溜烟儿跑到陈家门前，"咚咚"捶门，口中乱闹乱嚷，不多时，林锦楼送来的婆子前来应门，将金氏堵在门口，金氏撒泼大闹，满口秽言。夏二嫂赶来拉拽金氏，却怎么都劝不住。香兰在房中听见，悄悄打发那小厮前去衙门报官，又命那婆子关上门不必理睬。

不多时，衙门果然来了两个捕快，二话不说便将金氏和夏二嫂拿了，押到县衙里各打了二十大板，将这二人的双腿齐齐打断，才让夏家过来领人。金氏吓破了胆。她本就年岁大了，又伤了筋骨，被抬回家当天夜里便断了气。

夏家愁云惨淡，夏芸的父亲是个没主意的，两个哥哥都是无甚见识的庄稼汉，金氏一去，夏芸卧病在床，夏家更是群龙无首。

偏那夏二嫂是个身体壮的，竟熬了过来。将老公叫到身边来，低声道："如今小叔儿的功名被革了，不知哪年哪月才能发达起来，只怕还要受几年精穷。他得罪了林家，兴许这辈子就完了。咱们可得留个心眼子，别跟着受罪。"

夏二哥本就跟夏二嫂一路货色，忙问道："你想如何？"

夏二嫂道："陈家不是给了六十两银子么？如今娘死了，你去拿银子办丧事，买口薄皮棺材、蜡烛纸钱的操持，有个十五两银子就顶天了，你悄悄多昧下二十两，那银子留着咱们自个儿用。"

夏二哥觉得此计甚妙，又踟蹰道："方才小三儿还嚷嚷着要把银子还给陈家……爹也答应了，还说好生央求一番，兴许陈家心一软就能恢复小三儿的功名。"

夏二嫂"呸"了一声道："放屁！收下的银子哪还有还回去的？！我这身上的打白挨了不成？你只管照我说的做，家里不是还有那个叫银蝶的小贱人么？倘若没了银子，让小叔儿把银蝶卖了还债！"

夫妻俩密议了一番，夏二哥便去讨银子给金氏办丧事，因家中无甚积蓄，夏芸只得拿出四十两银子。夏二哥依计，用去十五两操办丧事，偷藏了二十两，剩了五两银子交予夏芸。

夏芸卧病在床，不知当中的事，只得听他二哥夫妻摆布，又担心倘若这银子不归还陈家，要招来更大的灾祸，左思右想不得法，夏二哥便撺掇他卖了银蝶。

夏芸原先因林家赏赐之故怜惜银蝶，又爱她美貌，如今这事一出，先前那点子恩情早已付诸东流，当下点头便应了。

夏二哥当下便去找人牙子，问了几家，因银蝶是失贞之妇，大户人家全然瞧不上，中等人家又出不上高价，唯有一家娼寮肯出一百两银子，讨价还价又添了十两。那夏二哥本就是个心狠贪财之辈，知道夏芸厚道心软，便骗说将银蝶卖与了大户人家。

银蝶也有自己的一番计较，眼见着夏芸没了功名，夏家一大家子人仅靠几亩薄田过活，又要精穷下去，且上上下下都是张牙舞爪不好相与的，又有好些邋遢肮脏口不能言的毛病儿，自从夏芸丢了官，家中人对她非打即骂，恶言相向，无一日好过。银蝶自幼不曾吃苦受穷，又在林家富贵之地长大，对夏家十分鄙视轻贱，这厢听说夏芸要将她卖了，心里虽忐忑，却还有些窃喜。倘若对方肯花高价把她买了做婢做妾，她便又能过锦衣玉食的日子了。

她虽不舍年轻清俊的夏芸，尤其郎君还有个多情的性子，可一想到每日吃的糙米烂饭，这点子好处也全化成了天边的云。

故而夏二哥哄她说"有个乡下的大地主要买你做妾，赶紧收拾东西过富贵生活去，在这里跟着我们挨穷作甚？"

银蝶便立时收拾了东西，进屋给夏芸磕头，跪在地上眼泪汪汪道："我虽不舍官人，奈何家中遭大变故，需要银钞，二哥将我卖了，还能换几两银子回来度日。"

夏芸头伤未愈又添了新症候，正躺在床上，听了银蝶之言，心里也有些发软，暗想着到底恩爱一场，这般将人卖了也确实无情。可他扭过头一看，却见银蝶穿了一身压箱底的粉绸绣牡丹蝴蝶的新衣、桃红挑线的罗裙，衬得柳腰纤细，精心盘了个头，插着两三支珠翠花簪，一张脸上涂脂抹粉，艳丽非常，哪有依依惜别的模样，分明是迫不及待要离去了。

夏芸气得头又晕了晕，想到如今种种皆因此女而起，遂冷笑道："但愿姑娘再攀高枝儿，当什么有钱人的小老婆，也不知他是否嫌弃捡我穿过的鞋！"

这一句将银蝶噎得满面通红，心中暗恨不已，想分辩几句，又怕惹恼夏芸，将她卖到见不得人的地方，只得忍着耻退了下去。

夏二哥将银蝶引出门，登时便换了一张面孔，狞笑道："小贱妇，卖出去的奴才，还敢穿得比主子体面不成？"说着一把抢过银蝶的包袱，又将她头上的簪子、钗环尽数拔了。

银蝶大惊，尖叫着去夺，夏二哥一脚便踹在银蝶小腹上，骂道："败家精！打你都便宜你！"

银蝶忍着疼，起身又要去抢，夏二哥揪住银蝶的头发举手便要打，忽听有人道："啧啧，这可使不得，打坏了脸还怎么见客？！"只见倚翠阁的龟奴高二宝施施然走了过来。

夏二哥登时将手放下，满面堆笑地跟高二宝行礼问好。

高二宝上下打量了银蝶一番，心里满意，当下给了银子，将银蝶带走了。

夏二哥得了银子，又昧了三十两，余下的交给夏芸。夏芸取了六十两还给陈家，暂且不提。

却说银蝶得知自己被卖到勾栏里，不由大惊失色，哭闹谩骂不休。

鸨母恼了，一顿藤条抽打下去，又饿了两顿，银蝶便老实下来。鸨母见银蝶脸蛋生得好，便教她识字弹曲儿，没料到银蝶对这些一窍不通，教了好些时日也没学会，倒长了张能说会道会哄人的嘴，可全无察言观色的能耐。

鸨母左右调教不好，知银蝶学不会风雅调调，便干脆让她挂牌子接客。因料定银蝶不能听话，鸨母便在酒水里下了迷药，将人卖了个有钱的商贾。

银蝶心里明白，手脚全然动弹不得，事后不由哭个不住。

鸨母道："好闺女，年纪轻轻的趁早赚几两银钱，老了还有个指望，比男人虚情假意实在得多。"

当下那商贾又送来五两一锭的银子，说当作银蝶的胭脂水粉钱，又说改日送几套织金的衣裳。鸨母喜得合不拢嘴，立时抬举银蝶，让她搬到上好的厢房去住，又拨了两个小丫头给她使唤。

第二日，商贾送来三十两银子，要包宿银蝶。银蝶纵然厌恶商贾年老体臭，却贪他银子，又见那商贾从缎子铺送来两匹好尺头让她裁衣裳，更有那有名的糕饼水酒攒了一大盒子命小厮送来，勾栏里人人眼红，银蝶一时觉着这样的风头连在林家时都不曾有过，便不吭声了，自此做起皮肉行当。

这个月这个来包，下个月那个来睡，春去秋来，先前还有人愿意为银蝶赎身，银蝶不是嫌弃那个穷，就是嫌这个给她的身份不体面，不知不觉年老色衰，惊觉时才发觉肯为她赎身的人更是她万万瞧不上眼的，便愈发心有不甘。再过了两冬，银蝶竟然染了一身脏病，浑身流脓不止。

鸨母嫌弃银蝶脏臭，将她从房里赶出来，只让她在下等窑子里宿着，只有那些个贩夫走卒花上些钱来宿，渐渐地，连那些人也不愿来了。

忽有一日，银蝶肚痛不止，也无人请大夫来，待有人瞧见时，只见人早已死了，双目圆圆地瞪着，不知在恨谁，身上已爬了蛆，便找了张席子一卷，草草埋葬了事。

第二十一章
锦衾裹霜刃

　　五日后,林锦楼果然派了一辆马车去陈家接香兰进府。纵然百般不愿,香兰也只好收拾了行李跟着去。

　　临行前,薛氏含泪拽着香兰的袖子道:"不如我去求求林大爷?他要多少银子,咱们倾家荡产也给,只求他放你回来……"

　　来接香兰的正是吉祥,听闻此言不由吓了一跳,慌忙劝道:"薛婶子,这话可万万不能再提了。林家莫非还短银子?大爷相中的是人。"

　　薛氏眼泪止不住滴下来,香兰强笑着劝道:"又不是生离死别,何必这样哭哭啼啼?横竖总有熬过去的日子罢了,等过两日,我就家来看望爹娘。"

　　吉祥使了个眼色,林家派来的刘婆子立刻上前扶着薛氏的手臂,笑道:"姐儿是要进府享福去的,多少人盼还盼不来,夫人这样哭,反倒惹得她心里不安稳了。"

　　这刘婆子本在知春馆当差,有两分体面,眼见林锦楼将她指到陈家,伺候几个奴才出身的,心里老大不乐意,可如今见吉祥亲自来接香兰,不由暗自咋舌,心想:我这外甥在大爷跟前是极体面极有脸的,人人都叫一声"大管事",大爷竟派他来接香兰,可见大爷心里头对这丫头是极器重,谁知以后她有没有大造化呢?!态度便越发殷勤热络了。

　　吉祥也在旁边劝了两句,香兰方才洒泪拜别,随了吉祥等人重新回到林家。

　　一行人到了林府角门处,书染早就同两个婆子站在角门处等候,见了香兰不由满面堆笑着问好,上前来将香兰手中的包袱接下,又亲亲热热地扶着她上小轿,一路抬到知春馆去了。

香兰下了轿，书染领着她直往正屋走去。

院子里静悄悄的，连浇花洒扫的丫头婆子都瞧不见，香兰垂着头径直往屋中走，却不知两侧厢房中，画眉、鹦哥等人正透过镂雕的花窗瞪圆了双目，定定地瞧着她。

待进了屋，书染将包袱交给门口守着的丫鬟，引香兰坐下，笑道："大爷吩咐了，说姑娘从今往后就住在东次间里，应用的东西一早就备下了。不知姑娘平日里爱吃什么、喝什么、用什么？可有什么忌讳的东西？如今府里缺个大奶奶，什么都安排不周，我如今虽嫁了人，也进来领着知春馆的差事，如今你来了，我倒是能清闲清闲了。"

香兰正郁郁不乐，听了书染的话，才勉强打起精神，抬头一看，果见书染梳着妇人的发式。

书染又道："大爷让我拨两个丫头、婆子给你使唤，都是跟你相识老旧的人了。若是不喜欢，你便直接换了就是了。"说罢命人带了两个丫头进来，竟是小鹃和春菱。

小鹃显是极欢喜的，见了香兰便红了眼眶。春菱神色平静。二人给香兰行礼，香兰忙站了起来，上前携住二人的手，只觉头皮发紧，竟一句话都说不出。

书染笑道："我去瞧瞧你的东西安置好了没有。次间已打扫出来了，姑娘过去歇歇罢，短缺什么东西只管说。"言罢便退了下去。

当下，小鹃便立刻扯住香兰的袖子，笑着说："我的天，我的地，昨儿个我还念叨你来着，没想到你竟然又回来了！这下可好了！"

春菱瞧着香兰隐带愁容，便拉了小鹃一把，对香兰道："你……怎的又回来了？"

香兰叹了一声道："一言难尽。"又对着春菱行大礼，口中道，"还未谢过你的救命之恩。"

春菱侧过身，伸出胳膊扶住香兰，口中笑道："你这礼，我如今是受不起了。"

香兰讥诮地笑了一声，摇了摇头，扭头看着窗外的枝丫绿叶，低声道："什么受得起受不起？我原先是奴才，如今不过是个玩意儿罢了。"

春菱听得分明，忙扯了香兰一把，左右瞧了瞧，低声道："快休如此，让有心人听见指不定传成什么样子呢！如今那母夜叉虽走了，可知春馆也不是什么太平地方。"言罢引着香兰去东次间，口中又道，"大爷到军中去了，对外又有些应酬之事，晚上才回来呢。"

香兰原本揪着心，听说林锦楼不在，方才悄悄松了一口气。

东次间紧挨着卧房，只以一面多宝槅隔断，临窗设了一床，铺着猩红的金钱蟒大条褥，绿缎弹墨五彩连波水纹鸳鸯刺绣的靠背，并秋香色妆花引枕，垂着藕荷色的纱绸软帘。一侧设海棠样式的洋漆小几子，放着紫金镶珐琅的花瓶，里头插着一把夜来香。几子旁有一个乌木柜，另一侧有两把椅子并一张方形小条案，摆着茗碗等物。

香兰只坐在床上发呆。

春菱见四下无人，便在香兰身边坐了下来，想了想道："我也不知你怎的又到了府里，可大爷让我服侍你，可见是有心要抬举你的。既然来了可就别瞎想，否则就是给自个儿添堵了。知春馆比先前清净不少，画眉抬了姨娘，住在东厢。鹦哥天天缩在房里不出来，只对外称病。还有一个鸾儿，是老太太给大爷的，大爷进京的时候她非要跟着去伺候。她是书染的堂妹，因这层脸面，大爷便抬举了她，成了通房。"

小鹃插嘴说："她可是个厉害的人，会弹几首琵琶，大爷在家吃饭总爱让她在跟前伺候，时不时弹上一曲半曲的，比画眉还得脸呢。她本来叫可人，后来趁着大爷高兴，要给自己改名叫鸾儿，说自己没进府之前就叫这个。乖乖，鸾凤呢，岂不是比画眉那样的小鸟儿尊贵多了？大爷竟然答应了。画眉和鹦哥两个脸上都不好看。"

春菱道："不过前些日子她不知怎的，将大爷腰间的玉佩跌在地上摔裂了，惹得大爷不悦，骂了她两句，谁知她竟然还敢回嘴。大爷没搭理她，不过自此对她淡了些，近来一直没让她到跟前伺候。反倒画眉给大爷做了两身衣裳，摆出贤惠模样，让大爷在东厢宿了一夜。"

香兰只觉这些争宠的把戏无趣，但知春菱和小鹃是好意，便打醒了精神道："随便她们如何罢，招惹不到我头上，便井水不犯河水。我本就因为大爷救了我爹才进来服侍一场，权当还他恩情，至于旁的，也不愿多想了。"

春菱和小鹃对望一眼。小鹃还欲再说，春菱却扯了她衣袖，将话头扯开道："除了我们俩，还有两个丫头，是专门做针线的，另有九个洒扫房屋来往使役的小丫鬟、四个老嬷嬷。"又对小鹃道："快午时了，也不知厨房做什么饭菜。"

小鹃跳起来，笑嘻嘻说："我带个小丫头去领饭菜。"说着一溜烟儿跑了。

当下春菱便张罗收拾香兰带来的行李，又将丫头引来让香兰看，见她凡事都漫不经心的，便自顾自替她做主了。

香兰心里正哀悼自己的命运呢，林家大宅里纵然闪闪生辉，可她看起来就像个富贵牢笼，更不用说林锦楼霸道跋扈，妻妾成群，钩心斗角。她呆坐了好一会儿，才深深吸了一口气，暗道："再如何沮丧也无济于事，事情已然到了这个地步，只好忍耐下来，再找机会慢慢离了这地方便是。"

香兰振了振精神，抬头观瞧，只见春菱早已将她包袱里的衣裳都收到箱笼里，两三样首饰锁进乌木柜的小抽屉里，指挥小丫头们打水浇花，凡事安排得有条不紊，端的一派大丫鬟的风范，比先前还要老练了。

原来青岚一死，春菱便在知春馆闲赋下来。她本想回秦氏房里当差，奈何未找到门路，只好在正房领些零散活计，先前的体面一丝全无了。昨日书染忽叫她和小鹃到跟前，说她二人明日起开始伺候香兰。春菱吃惊，心里虽有些别扭，却也觉着是个时机。平心而论，香兰性情随和，与世无争，是个好相处的，自己原先虽与她有些矛盾，但关键时刻也救了她一场，因这个恩情，也算得上是自己人了。

春菱当下打定主意，只管把香兰当成青岚那等姨娘伺候，日后混出个体面来方不负自己的才干，故而十分用心。

不多时，小鹃领了饭菜回来，春菱将吃食摆在炕桌上，见香兰只用了些清淡的，便默默记在心里。小鹃是个心思简单之人，只觉香兰是同她相好的，日后再不会受委屈，心里一痛快，饭都多吃了一碗。

一时饭毕，小鹃叽叽喳喳，先说一回赵月婵如何可恶，又说林锦楼那几个姨娘如何，又说林东绮过两日便出嫁等。

香兰有一句没一句地听着。

春菱轻手轻脚地拿了套家常衣服进来，笑着说："大爷晚上才回来呢，穿这一身怪不自在的，换身衣裳罢。"

香兰扭头一瞧，见春菱手里拿着一件菊花赤金竹叶纹样的软纱绸衣裳，看了看道："这不是我的衣服。"

春菱笑道："是早就在箱笼里备下的，大爷命人抬来了两箱四季衣裳，都是簇新的呢。"

香兰见那衣裳十分轻薄，若要穿在身上必将透出里头的肚兜颜色来，不由冷笑一声，道："这样的衣裳如何穿得？莫非他把我当成粉头一样取乐的人物儿了？"自顾自取自己的衣裳换了。

春菱神色尴尬，暗道："这料子是上好的，府里几个小姐都想得一匹做贴身衣裳穿，又好看又轻薄，虽说做家常衣裳是暴露了些，可在屋里待着又不出去见客有什么打紧的？"也不好多说，只管帮香兰换衣裳。

却说书染从屋中退出来，刚走到房后，忽有人喊了一声："姐姐！"

书染吃了一惊，回头看去，见是鸾儿站在一丛芭蕉后面，手里攥着帕子，板着脸儿，一副怏怏不乐的模样。

书染上前道："该吃中饭了，怎么在这儿站着？"

鸾儿往屋里一努嘴，道："那个小狐狸精住进来了？"

书染立刻沉了脸色道："胡说！什么小狐狸精？"

鸾儿冷笑道:"可不就是小狐狸精?一来就钻到正房里头,那是将来大奶奶才能住的地方,她也配?"

书染道:"那是大爷安排的,让她贴身伺候,住在次间里。"说着揉了揉额角,上前拉了鸾儿的手道,"好妹妹,嘴上安个把门儿的罢,上次惹怒了大爷,如今他还不搭理你呢,我也不敢十分劝说。大爷的性子,好的时候万般都是好的,你使个小性儿,他也耐得下心来哄,可真恼起来,天王老子都降不住,你又何必找不痛快?快把你那个傲气的架子收收罢。"

鸾儿脸上有些不自在。书染说的她何尝不知?可当初她使使小性子,林锦楼便会温言软语地哄她几句,让她觉着林锦楼是在意她、喜爱她的,她自从尝过那滋味便难以割舍。偏林锦楼风流得紧,没了当初的新鲜便不再在意她,她怎受得了?便忍不住再使小性子勾着林锦楼哄她,谁知竟弄巧成拙。鸾儿脸小,死撑着不肯认错,便这般僵持下来。

书染叹了口气,拍了拍鸾儿的手道:"你呀,你呀,还是年纪太轻。听姐姐话,回头端个汤水到大爷跟前去赔个礼,吃不了亏。香兰你少去招惹,画眉是正经姨娘,她都没吭声,你硬出什么头?"

鸾儿红了眼眶道:"我就是气不过,大爷抬举我还不到三个月呢,就有了新人……"

书染冷笑道:"当初我说什么来着?让你自己选好了道儿,日后不准后悔,你偏不听,梗着脖子说自个儿早已想好了。如今能怨谁?"

鸾儿白着脸不说话。

书染叹口气,知她这个堂妹一身犟骨头,打死也不会认错的。

原来鸾儿落生之后,她爹娘找人给她批八字,算卦先生当场便说此女并非凡胎,乃是鸾鸟托生来的,即便当不成娘娘,也必然是个夫人,荣华富贵受用不尽。

那算卦先生是否满嘴胡诌未曾可知,但鸾儿的爹娘却信到骨子里,自幼对女儿娇生惯养。她家隔壁住着个戏班子,里头的师傅们便教鸾儿几手,时日一长,鸾儿弹琵琶唱曲儿便不在话下了,又识了几个字,会背些唐诗宋韵,行动坐卧便都不同起来。后来年岁见长,鸾儿逐渐出挑成美人模样,细眉细眼、琼鼻檀口,一身妙肤,纤骨柔腰。人人都赞几声道:"瞧人家的闺女,说话举止都气度不俗。听说琴棋书画都精通,哪是个奴才生的种子,分明是个小姐气派。"

鸾儿被众人称赞长大,又每每听她爹娘念叨自己八字如何不凡,日后大富大贵云云,便越发觉着自己清高脱俗,日后必为人上之人,不觉傲气起来,等闲一律不入眼。后来听了些才子佳人的话本子故事,便认定自己是那不幸落于凡夫奴仆间的凤凰,只等着貌似潘安、财比范蠡的公子慧眼识珠,解救她于危难之间,自此比翼双飞，过着只羡鸳鸯不羡仙的日子。

鸾儿一见林锦楼登时怦然心动，只觉此人便是那慧眼识珠的真英雄，心里笃定要跟林锦楼演一出痴情男女的大戏，不承想林锦楼全然没有领情，不过将鸾儿当成一个会唱曲儿取乐的丫头，扭过脸儿便惦记把香兰弄进府来了。

书染顿了顿道："你快回去罢，明儿个我带你去大爷那儿，你说两句软和的，我从旁打个圆场，将这事揭过去罢了。从今往后你少说话，在这当口千万别招惹香兰，多学学人家画眉。"

鸾儿哼了一声道："学她？成天当缩头乌龟，我可没见着她哪儿高明了。"声音却小了不少，书染便知鸾儿已经服软了，心里不由再叹了一声，款款劝了鸾儿几句，两人各自散了。

是晚，过了掌灯时分林锦楼还未回来，香兰只觉心神不宁，晚饭都不曾好好用，草草吃了两口便放了筷子。

春菱挑亮了蜡烛同小鹃团团坐着跟香兰说笑解闷，见香兰心不在焉，便早早命小丫头打水进来卸妆梳洗，吹熄了灯，轻手轻脚地退了出去。

香兰躺在东次间的床上，只觉心里像用油过了一遍，又焦又躁，直瞪瞪地看着帐顶发呆。也不知过了多久，当她蒙蒙眬眬要睡着的时候，忽听院内一阵喧哗，有人"砰"一声推开屋门，便听见双喜的声音，道："快，给大爷端醒酒汤，拿擦脸的热面巾来！"

这一声惊得香兰登时从床上坐了起来，只觉手心冒汗，将幔帐悄悄掀开一道缝，见外头已灯火通明，丫鬟和婆子都纷纷走了出来，一时间打水的声音、劝林锦楼喝醒酒汤的声音、林锦楼呼来喝去的声音便响成一团。

香兰本不想过去，又怕自己缩在床上装死，惹恼了那个魔王再生出什么事端让日子更难熬，咬了咬牙，暗道："伸头一刀，缩头也是一刀，横竖就这档子事，躲得过初一躲不过十五！"便下床穿了鞋，找了件百蝶穿花刺绣的氅衣套在外头，悄悄走了出去。

香兰倚在多宝槅边上一看，林锦楼正歪在厅里上首位的太师椅上，左右团团围着几个丫头，双喜早已走了，其中有个穿着石榴红绫绣金襦衣裙的女郎立在林锦楼身侧，显得与别个不同。香兰略一打量，只见此女生得细眉细目，五官单看不觉出挑，生在一张脸上却别有韵味，兼有细挑身材，在林家的丫头当中便算数得上了。

香兰暗道："此人便是鸾儿了罢。"

只见鸾儿端着一碗汤，明明十分关切，却摆着一张冷脸，仿佛林锦楼是个不懂事的小孩子，嗔怪道："在外头应酬本就该少吃酒，这样醉醺醺地回来，万一从马上跌了可怎么得了？"

林锦楼不耐烦地皱了皱眉。

鸾儿将手中的汤水递上前道:"这是鸡汤,快趁热喝两口罢。"

鸾儿的丫头寸心连忙道:"这汤可是姑娘细细炖了两个时辰才熬出味道的,肉烂得能化在口里,又放在文火上煨着,生怕凉了,里头加了好些药材,对身体滋补得紧……大爷可见姑娘这一番苦心了。"

鸾儿斥了寸心一句:"就你话多!"又殷勤地将汤碗端了过去。

鸾儿觉得只要林锦楼将这汤喝了,前头的别扭便揭过去了。没承想林锦楼冷笑了一声,道:"谁让你过来的?越来越没规矩,这个地方是你想进来就能进来的?给我出去!"

鸾儿弯起的嘴角登时便僵在脸上,林锦楼瞪了她一眼道:"让你出去,听不懂人话是罢?"

鸾儿的眼泪已经在眼眶里打转了,寸心倒机灵,连忙把汤碗放在小几子上,忙不迭地扯着鸾儿去了。

林锦楼揉了揉眉心。他和一群老油条虚与委蛇了一晚上,胡子都白了一把的老东西了,竟然还想插手漕运巡盐的差事,也不问问他答应不答应。

那酒宴其实就是个不见刀枪的战场,他得胜归来虽踌躇满志,却也觉得疲倦,根本没心思搭理府里头那些跟他抖机灵的莺莺燕燕。

林锦楼将手边一盏热茶喝了,站起来伸了个懒腰,一扭脸,便瞧见多宝槅旁站着个淡淡的身影,长发已垂下来,衬着一张雪白灵秀的小脸儿。

林锦楼不由一怔,忽觉心情好了两分,迈步走了过去。

香兰一惊,不自觉往后退了两步,小手紧紧攥着衣角,身子贴在墙壁上,怯生生的。

林锦楼伸出手在香兰的脸上摩挲了一下,继而抬起她的下巴,看着她的眼睛笑道:"差点儿忘了,今天早晨打发人接你过来的,这么晚了还没睡,等着爷呢?"

香兰不知该如何说,忽闪了一下眼睛便垂了眼帘。

丫鬟婆子们全都有眼色地退了出去,香兰听见"咣当"一声轻轻关门的声音,只觉整颗心都揪起来。还未等她缓过神,林锦楼已低下头吻在她脸上,细密地亲了两下便吻住她的嘴,浅浅地啄。

香兰闻到酒香、脂粉香并一股清新浓烈的男子气息,她睁大眼睛,浑身抖得仿佛秋天挂在枝头的一片叶子,一动都不敢动,两手紧紧握成拳,指甲全陷入掌心。

林锦楼只觉怀里的女孩儿香甜柔软又滑腻,这滋味太美好,他才吻上便不能自拔,低低笑了两声,去亲香兰的耳根,道:"别怕。"说着手便往她衣服内探去。

香兰咬住嘴唇,闭上双眼忍耐,却又觉着闭上眼反而更熬人,又赶忙睁开。

林锦楼只觉香兰穿得厚重，哑着嗓子道："不是给你做了两箱子新衣裳，怎么没穿？"

香兰睁大眼睛。

林锦楼去亲她的嘴，手臂一用力便将她横抱起来，往卧室中去了。

正房的卧室极大，东侧放置一张酸枝木雕流云万莲鲤鱼的大床，上铺着如意纹红织金妆花纱闪缎床褥，又软又绵，皆是杜蘅清芬。

林锦楼将香兰抱到床上，一手剥去她罩的那件百蝶穿花刺绣的氅衣，露出一截白腻的脖颈。林锦楼喉头发紧，忍不住低头去吻，把她的长发拢到一侧，又去褪她身上的衣衫，调笑道："穿这么厚重做什么？如今盛夏，穿厚了憋闷，爷心疼你，给你做了好几身软纱绸的，你换了伺候我，也是个趣儿。"

这话仿佛利刃，香兰只觉得屈辱，木着一张脸，躺在床上一动不动。

林锦楼已将褪去她贴身小衣，在烛光下，只见得素骨凝冰，玉体横陈，身段袅娜纤细，胸前山峦明秀，在大红的床褥上竟衬出几分妖冶风情。

林锦楼呼吸粗重，俯身吮吸她胸前粉色的果儿，另一手抚着修长莹白的腿，探到她腿间。

香兰浑身一激灵，打着颤，如同被吓坏了的小猫儿。她不知怎的，眼泪簌簌滚下来，滑到她浓密的发间，止都止不住。

林锦楼血脉偾张，身下的女孩儿仿佛一朵半开的鲜花儿，又香又甜，细嫩柔软的身子仿佛是玉雕成的，他经历几多妇人，无一人这样肌若凝脂、气若幽兰。

香兰睁大泪眼，见林锦楼三两下脱了衣裳，露出精壮结实的身子，只觉他比衣冠整齐时还要骇人。林锦楼喘着气，滚烫的身体贴上香兰的。

香兰全身绷得仿佛一张弓，林锦楼心底不觉涌出一股怜惜来，手指探进她身子，道："你早这样乖乖儿的多好，爷抬举你当个姨奶奶，决计亏待不了你。"

正在情动间，只听香兰定定说一句："横竖是那一种勾当，你痛快些了结了罢。"

林锦楼一顿，方才的怜惜全都冻在胸口，脸上的神情全然不见了，森然怒意从喉咙里涌上来，不禁骂了一声："贱人！"扬手便给了香兰一巴掌。

香兰头歪向一侧，耳边轰鸣，脸颊上火辣辣的。可这疼痛反而让她好受了些。

林锦楼火冒三丈。他本是呼风唤雨的天之骄子，女人都该围着他打转，他欢喜了逗逗，不高兴了一脚踹开。他对眼前这个女人已足够用心，三番五次救她和她爹的小命，可她竟然这般不识抬举，公然落他脸面，不光是只白眼狼，简直是个没心肝的贱妇！甭以为他不知道她心里惦记着谁，不就是宋柯？她家里买来的小丫头叫什么？叫画扇！倘若不是念着宋柯赠她的扇子，何至于让丫头叫这个名儿？呸！自打他知道这名字，嗓子眼儿就发堵，宋柯在他眼里算个屁！

他本想披上衣服甩手就走，且不说外头，就在这知春馆当中，多少女人盼星星盼月亮地等着他过去。可他身子底下的女孩儿真美，仿佛无瑕美玉，永远一副他高攀不上的模样。

林锦楼忽然笑起来，伸手掐住香兰的下巴，强迫她转过脸来与他对视，慢条斯理道："你还惦记着宋柯是不是？他啊，三个月之前就在京城跟显国公家的小姐成亲了。爷还亲自登门送了贺礼来着，那天正是热闹得紧，送亲的队伍乌压压占了一条街，有头脸的王公大臣们都到了。宋柯娶了高门贵女，可是春风得意得紧哪。就是不知道他原先相中的人，如今让我收用了，他心里是什么滋味……小香兰，你猜猜，他是在意还是不在意？"

香兰直挺挺地躺着，脸上一丝表情都没有，唯有两眼蓄满了泪，滚瓜似的掉下来。

宋柯……她又想起她前世的丈夫。前世她嫁给他，送亲的队伍岂止一条街，十里红妆都不为过。他挑起她的盖头，轻声唤了一声"娘子"，便有些脸红，嘴角荡起一抹暖融融的笑。那笑意同今生再见面时一模一样。

只是今生他娶了高门嫡女，她躺在冰冷的床上当了玩物。

她明白，从此萧郎是路人，故而把宋柯牢牢锁在心底，可为何林锦楼又如此残忍把这说不出口的情意翻出来？

林锦楼厌恶香兰因为宋柯一脸伤心绝望地掉眼泪。他粗鲁地亲她的唇，分开她双腿。

香兰因疼痛和难受开始挣扎，林锦楼不费吹灰之力地将她制住，香兰只觉身下已被撕裂开，疼得浑身哆嗦，呜咽着哭出了声。

过了许久，林锦楼才散了云雨，将头埋在香兰的脖颈间粗重喘息着。

半晌，他抬起头对上香兰那双肿成核桃的眼睛。

林锦楼本已餍足了，可看着香兰一副行将就木的样子，火气又不打一处来，翻身下了床，自顾自走到海棠几子旁倒了盏凉茶喝。

他喝完茶又坐到床上，想唤丫头抬水进来，掌高了蜡烛，却瞧见香兰腿上将要干涸的血迹。心头的怒气又消散了些，道："直眉瞪眼的，你想什么呢？"

香兰闭上双眼，抿了抿嘴唇。

林锦楼见她这副模样又火气上涌，冷笑道："当初是你求我救你爹的，如今摆这副德行给谁看？还是没当过奴才，不知道怎么伺候人？爷这么个大活人杵在这儿，还要自己倒茶喝？"

香兰睁开眼，勉强撑起身子，默默将氅衣拽过来披在身上，忍着疼颤着双腿下床，给林锦楼重新倒了一盏茶。

林锦楼冷哼，手一挥，茗碗便飞出去，砸在地上稀里哗啦碎了一地。他披了件衣裳便出去了，门口传来"咚"的摔门声。

　　香兰浑身疼得要命，踉跄着伏在床上，把脸埋在被子里。

　　忽然有窸窸窣窣的脚步声传来，有人轻轻抚了抚她的脊背，低声道："香兰？香兰？起来擦洗擦洗罢。"

　　香兰抬起头，见来人正是春菱。

　　原来今日是春菱当值，她在次间里睡得迷迷糊糊时，忽听见摔杯子的声音，也不敢轻举妄动。紧接着林锦楼摔门而去，她方才披了衣裳过来，只见香兰头发凌乱，双目红肿，脸颊上泪痕交错，肿起高高一块，显是挨了打。

　　春菱倒抽一口凉气，忙从后头小茶房里拎来半壶温水，倒在铜盆里，将面巾浸湿给香兰擦拭。

　　香兰摇了摇头，将手巾接过来自己慢慢擦着。

　　春菱叹一口气，坐在香兰身边，道："我说，我也劝你两句。大爷脾气不好，也风流些，但也是个大方会疼惜人的，岚姨娘当初不就让他宠上天了么？不光一屋子的玩器摆设，大爷连铺子都送了。他是早就相中了你，事已至此你又何必犟着呢？多说两句好听的话儿，哄得大爷高兴，才能有好日子过呀。"

　　香兰垂下眼帘，哑着嗓子道："你不懂。奴颜婢膝讨人欢喜的日子我也能过，那样跪着活着只能忍耐一时，倘若一辈子如此我还不如死了。不如让他一开始就厌了我，我总有出去的一日。"

　　春菱怔住，想再说几句，动了动唇，却一个字都蹦不出，只得摇了摇头，端着盆去换水。片刻后回来，拿了药膏给香兰涂，香兰却不用，裹了被单胡乱躺下。

　　却说林锦楼气呼呼地摔门出去，心里的火直冲上脑门儿。

　　陈香兰那蠢妇简直不可理喻，亏得还生了副伶俐模样。他这样年纪轻轻就做了四品将军，手握重兵的，一只手就能数过来，兴许过了年能接着升官，家里的资财是宋家的数倍不止。财势、权贵他哪一样不占？朝中权臣也好，勋爵也好，甚至皇亲贵戚都惦着把闺女嫁给他。

　　陈香兰是生得美，可那个跟倔驴似的性子委实不讨喜，比她媚、比她柔的女子一抓一大把，一个个都跟苍蝇见了蜜似的围着他，使出浑身解数把他留在身边。他真吞不下这口气。他林锦楼岂是任人淡漠轻视的角色？更别提她只是个微不足道的小女子。他偏要她臣服，让她乖乖儿地在他身边当一只喵喵叫的猫儿。

　　林锦楼站在院子里揉了揉眉心，只见大小房屋均已熄灯，唯有西厢的一间小屋灯还亮着。原来鸾儿还未曾睡，因林锦楼责骂，心里一直不痛快，她既不卸妆，也不换衣，直挺挺地躺在床上，脸上盖着帕子生闷气。

寸心过来劝了几句，也被她骂走了。

寸心不敢再劝，坐着小杌子，靠在墙壁上冲盹儿。

此时只听门"咣当"一声大力推开，寸心登时惊醒，鸾儿也忙不迭拿下帕子坐了起来。

林锦楼黑着脸走进来，身上只披了件绸缎衣裳，敞着怀，露着健硕的胸膛。

鸾儿、寸心二人惊得张大嘴巴，片刻才缓过神来，寸心忙不迭去张罗倒茶。

鸾儿心中大喜，脸上偏做出不悦的模样，坐在床上，蹙着两道细眉，用帕子拭着眼角，抽搭了两声道："刚骂完人家，这会子不去抱你的美人儿新欢，巴巴地跑我这儿来做什么？！"

林锦楼一脑门子官司，来鸾儿屋里不过是寻个睡觉的地儿，话也不说一句，径直躺到床上，扯过一条薄被盖在身上蒙头就睡。

鸾儿见林锦楼脸上隐带怒色，依稀猜出香兰惹他心里不痛快，心头暗喜，推了推林锦楼道："你躺在这儿做什么？横竖我是个不讨喜、没人疼的，快去你中意的可人儿那里歇着，别瞧着我碍眼。"鸾儿见林锦楼躺着一动不动，心里也含着怒，冷笑道，"爷近来脾气大得很，动不动就甩脸子，可真是吓坏我了。先前我砸烂只玉镯子，大爷还说砸得好，今儿个巴巴熬了汤过去，竟脸不是脸鼻子不是鼻子地给赶出来了。我知道爷是瞧着新欢爽目，把我们这样烂草木一样的人就扔到脖子后头，大爷既把她捧在手心里，大晚上的，又过来招我作甚？"

林锦楼听了这话愈发不耐烦，怒斥道："蠢妇，再多说一句就院子里跪着！"

鸾儿怔住了。林锦楼对她向来有几分温柔，纵然在正房里斥了她两句，浑不似不似这般疾言厉色。她心头万分委屈，登时就红了眼眶。

寸心听了忙道："姑娘是一时糊涂，说错了话。她方才还跟我长吁短叹的，说大爷的好处呢，也是因为把大爷放在心上，这会子见大爷收用新人，就拈酸吃个小醋，大爷万万别恼她。"寸心是书染一手调教出的，伶俐妥帖，故而把她给了自己堂妹，这两句话说得林锦楼面色稍缓。

谁知鸾儿冷笑道："你可是个能说会道的奴才，偏我是个心直口快得，既不会说，也不会侍奉，这才让男主子不到三个月就纳了新人进来，炖了汤还给赶出来。大夜里进屋还没一句好气儿，赶明儿个我就连扫地的丫头都不如了！"

寸心听了这话吓了一跳，暗道："我的小姑奶奶，好歹有些眼色罢！大爷先前对你好性儿，那是因着他心里高兴，又在新鲜劲头上，如今不记着上回教训，顶着跟大爷闹，倘若遭了罚，岂不是连累到我？"眼见林锦楼眼光渐渐冰冷，寸心赶紧到床边去拉鸾儿，口中道："都是我的不是，好姑娘，大爷累了，我打一盆热水来，姑娘伺候爷擦擦头脸。"

鸾儿心里委屈跟什么似的，听寸心这样说，料定她不敢惹林锦楼，跟自己不是一条藤上的，愈发恼了，冷笑几声道："累了？不过是跟个小妇儿在一个被窝里乱滚，跟她生了闲气就念起我这儿好了。哼，说得好听，带来当贴身丫头呢，都伺候到床上去了。"又指着寸心骂道："就知道和稀泥，打量说几句好听的，在大爷跟前显弄自己的好儿来是罢？"

话音未落，林锦楼便一脚将鸾儿从炕上踹了下去。

鸾儿"哎"一声便跌在地上，撞歪了椅子，将一只茶壶碰到地上摔了个稀碎。

林锦楼冷冷道："你比爷都有当主子的款儿，想来是林家庙小容不下你，明儿个让你姐姐领你出去。你可是个大奶奶的品格儿，当个通房丫头未免屈才！"

鸾儿听了这话，委屈更添到十分，眼泪簌簌滑下来道："大爷先前待我好得很，即便没山盟海誓，可也念了不少牙疼咒，这还没两天有了新欢，我就变成那个讨嫌的了，大半夜来我房里变着法儿打发我，是也不是？"

林锦楼烦不胜烦，起身便下了床，迈步就要出去。

寸心慌了，连忙跪在林锦楼跟前，不住磕头道："大爷息怒，大爷息怒。姑娘有口无心，还求大爷念在书染姐姐的脸面上饶她一回。"

林锦楼道："书染是忠心耿耿，我也没薄待了她。你那主子跟爷甩脸子闹着不上算，干脆让她走了，爷的耳根子落个清净。"

鸾儿这才怕了，坐在地上哭道："我何时说我要走了？糊涂的爷，我全心全意待你，你竟这样绝情，一句半句话不对了便要赶我。"说着再收不住，哭得死去活来。

林锦楼脸色愈发沉了。

此时书染忽然从里间小屋里掀帘子走出来，忙跟着跪在林锦楼跟前道："方才还好好的，这是怎么了？……都是我妹子不懂事，我替她给大爷赔不是。"说着便磕头，又连连给鸾儿使眼色，让鸾儿磕头。

原来因今日为伺候香兰周全，书染便在府里住下，睡在鸾儿房里。林锦楼赶鸾儿的时候，她在里头的小屋里睡得正酣，不曾知道。可方才林锦楼进屋，她便听见了动静。开始她以为林锦楼又念起鸾儿的好处，大晚上过来留宿，便在屋里不吭声，可后来闹得实在不像了，她便赶忙出来，心里埋怨鸾儿不争气。

不看僧面看佛面，书染毕竟是在他跟前有些体面的老人儿了，林锦楼叹了口气，挥了挥手道："罢了，这回就看在你的面儿上。"扭转身回到床上。

书染知道林锦楼要睡了，忙上前整理床铺，轻手轻脚地放下幔帐，跟寸心把鸾儿拽到小屋里，自己吹熄了蜡烛，歪在一张竹榻上值夜。

第二日一早，鸾儿低眉顺眼地伺候林锦楼梳洗穿衣，林锦楼早饭也在她房里用的,之后便离府往军中去了。

知春馆里的人不知内情,见林锦楼一早从鸾儿房里出来,不由十分诧异。

鸾儿听书染悄悄说,林锦楼真个是负气从正房走的,临走还摔烂一个茗碗,便越发得意起来。见画眉身边的丫鬟喜鹊探头探脑地过来打听,鸾儿便掩口笑道:"大爷的心思谁能知道呢?我也以为自己不受待见了,没料到大爷有了新人,大晚上的还能想起我,后半夜宿在我这儿。倒不是我多得大爷的青眼,只是冷眼瞧着,大爷对那个叫香兰的也不怎么看重。"

这话不多时便传遍了。

小鹃听说了,愤愤地告与香兰。

香兰正歪在次间的床上,听了这话脸上的神色都未变,只盯着窗台上摆着的一盆兰花出神。有一朵花似是到了花期,要谢了,蔫蔫地耷下来,旁边几朵还怒放正艳,衬得这朵便格外没精神,风一吹,那花便掉落枝头,染到泥中去了。

她忽然想起"日暮东风怨啼鸟,落花犹似坠楼人"这一句,还有"是处红衰翠减,苒苒物华休"。她两世为人,际遇可谓大起大落,便如同一朵从枝上掉落的花,每次拼尽全力,披荆斩棘挣扎着走出来,可这一遭,她实在太累了,累得连垂死挣扎的气力都空了。

她不是个有野心的人,也清楚自己的斤两。她既不是绝顶聪明,也并非才学惊艳,心慈手软,脾气偏烈,更有些不合时宜的毛病儿,除了对宋柯曾有非分之想,便再没做过白日梦,所求不过是脱籍出府,自食其力,过平静的日子。

宋柯与旁人定了亲,她只觉自己最美的梦境幻灭了,可她晚上哭,白天还能擦干了眼泪继续过日子——两世的情缘和羁绊岂是说忘便忘?何况她是个长情之人。她有时觉着老天爷对她忒残酷了些,倘若她与宋柯无缘,又何必再让他二人相遇?既相遇,又何必让她认出他?得而复失,只会愈发痛楚怅然罢了。

只是她没料到,她会再落到林锦楼手里,伺候一个恶霸土匪一般的男人,不知何年何月才能解脱。而宋柯和显国公家的小姐成亲了,这样很好。郑小姐才貌双全,娘家得力,与宋柯正好相配,日后宋柯当官做宰便有了靠山。她呢,已不是前世的沈嘉兰了,对宋柯全然帮不上忙,不过仗着一张脸救了她爹的性命,苟且活着罢了。

门口忽传来一阵说笑声,不多时,有个叫小梨花的小丫头在多宝槅处探头探脑。

春菱问道:"缩手缩脚的,藏什么呢?"

小梨花方出来道:"眉姨娘在门口想见姑娘,只是姐姐说今天姑娘身子不适,不想见人,我也不知怎么回绝。"

春菱扭头看了看香兰,见她仍盯着那盆花痴痴发呆,便压低声音道:"就跟她说姑娘睡了,不见客。"

小梨花有些迟疑道:"我方才听了一耳朵,眉姨娘跟书染姐姐在门口说,她打算跟鹦哥、鸾儿凑些银子,置办桌酒席,说是为了欢迎咱们姑娘,这会子来正要跟姑娘商量这档子事。"

春菱皱了眉头。若是因为此事,便不好回绝了。

小鹃将春菱拉到一旁,窃窃私语道:"那个画眉不是个好鸟儿,香兰心眼实,又有些傻气,万一被算计了可不好,你若不好意思,我出去回绝她就是。"

春菱亦压低声音道:"画眉在老太太、太太跟前都有些贤名,何况她这回也是有名目的,只怕推托了,有不三不四的说闲话。昨儿个香兰跟大爷闹得这样僵……"

她们几人说话,香兰全听见了,却仍一动不动。按她往日的脾气,遇上这等事,少不得打起精神应付一番,可今天她有些痛快地想:管他什么主子、奴才、姨娘、奶奶,全都随他去罢!如今我就破罐子破摔,你们能拿我怎样?

这里画眉和鸾儿正在廊下站着等香兰回话。画眉极热络地同汀兰在门口说话,鸾儿却有些不耐烦,挥着手帕子,对画眉冷笑道:"刚来的丫头片子,竟然这么大谱儿,让咱们俩在门口眼巴巴地站着等呢。我也就罢了,你可是个姨娘,就忍得了她如此蹬鼻子上脸?"

画眉仍旧一身极艳丽的打扮,穿着牡丹八团紫绫袄儿、缎红的裙儿,露着一点水绿的绣鞋,头上戴着金钗、翠钿、二珠环子,脸上涂脂抹粉,手里摇着一柄扇子,掩着口"哧哧"笑道:"她可是大爷早就相中的人,可不是什么新来的,妹妹说话可得分轻重。没瞧见人家一来就住进正房里头了么?我呀,本来就是个'秋后蒲扇'没人爱的,这会子更得退避三舍了,你又何苦招她?"

这一席话更把鸾儿心头的火激起来,她原就忌妒香兰,恨林锦楼风流,抬举自己没多久就纳了新人,昨晚上憋了一肚子委屈正没处发作,不由乱骂道:"原我也没瞧出你是个懦弱的人,如今对那小妇儿却没了威风。她刚来,本就该去拜见你,咱们送上门,她倒端架子摆谱儿,我呸!真拿自个儿当正房奶奶了不成?"

画眉只是扇风,嘴角挂着一丝笑,却什么都不说。汀兰早就不吭声了。

鸾儿越发觉着威风,迈步就往门里入,口中道:"我不信这个邪,让我和那小妇儿做一回,她才知道轻重!"

一语未了,春菱已走了出来,冷笑道:"哟,大清早的,谁火气那么大,竟要往屋里头闯?早些年主子立的规矩想必是不知道了,若不经主人答应,小妾、奴婢一概不得踏正房半步,昨儿个也不知谁因这事吃了大爷排头,还不长记性怎的?"

鸾儿登时涨红了脸,指着春菱道:"好没规矩的奴才,你跟谁说话呢?"

春菱叉腰冷笑道:"跟谁说话?我跟奴才种子说话,莫非你不是?刚争上个姑娘,连姨奶奶还不是呢,也没比我们强些,就拿自己当正经主子,连规矩都不放在眼里了，一口一个'奴才'喊着，别教我替你害臊了！"

春菱本就是牙尖嘴利之辈，鸢儿不由攥紧双拳，欲张口理论，可想了想，春菱说的话全在理，自己又不是十分会分辩之辈，一时目瞪口呆，脸色紫涨。

汀兰连忙去拽鸢儿，口中道："好了，好了，本就没甚大不了的，都去我房里喝茶罢。"

鸢儿奋力甩开汀兰手臂，汀兰又拽了几回，也被鸢儿甩开了。鸢儿指着春菱冷笑道："好你个奴才，这事咱们俩没完！"

春菱冷笑道："即便你将这事告诉书染姐姐我也不怕，再不就去找大爷评理！"

画眉自然是隔岸观火，摇着扇子，眼睛看看这个，看看那个，嘴角隐隐向上翘着，一句话都不说。

春菱方才对画眉道："姨娘好意，我们姑娘心领了，不过她今日身子确实不舒坦，方才吃了些药睡下了，待姑娘身子好些再说罢。"

画眉满面挂笑道："哎呀，是我糊涂，没想周全。这样也好，赶明儿个我们几个姊妹再聚聚。"言罢摇曳多姿地走了。

春菱又看了鸢儿一眼，哼了一声转身进了屋。

小鹃迎上前道："这般得罪鸢儿，只怕不大好罢？"

春菱道："怕什么？香兰刚回来，若就这样闷不吭声了，她们都还以为好欺负呢。这帮人什么嘴脸，你又不是不晓得。"说完又往次间探头看了一眼，只见香兰仍对着那盆兰花望着，便深深叹了口气。

却说鸢儿因受了春菱奚落，心里恼得不行，立时去找书染告状。

书染点着鸢儿的脑门道："你呀，你呀，给我省点儿心罢！昨儿晚上就讨了一肚子不痛快，大爷还没回转过来呢，如今添了新人，你若再生事可怎么好呢？"

鸢儿告状不成，反讨了一顿骂，口中嘟嘟囔囔，不悦地去了。

画眉却是个有心计的，回去想了片刻，悄悄打发廊下的小厮去给林锦楼送信，说自己要拿出银子来宴请香兰，"一尽姊妹情谊"，请林锦楼晚上早些回来一同吃酒。

林锦楼自然满意，还不到掌灯时分便从军中回来了。

一进院子，林锦楼便见画眉迎上来，面带愁容道："还得向大爷告个罪，香兰妹子身上不大爽利，晚上的宴只怕设不成了，都怪我，没考虑周全。"说着看了看林锦楼的脸色，"我一片痴心，想着有新姊妹来，与我们一块儿伺候大爷，同吃同睡，日后不是亲的也胜似亲的，便想拿银子出来办个席面，到时候把鹦哥和鸢儿都叫来，在房里乐一乐，便打发人给大爷送信去了。谁想请香兰妹子的时候，她一直在房里没露面，门都不曾让我跟鸢儿进，想来是身上真不爽快了。鸢儿妹妹是个直脾气，还跟春菱口角了几句……唉，都怪我了……"

林锦楼挑了挑眉，问道："席面置下了么？"

画眉一愣，才道："已经让小厨房炒了大爷爱吃的几个菜……"

林锦楼点了点头，道："好得紧，打发人去问问香兰爱吃什么，再添几个，银子从我账上出。"说着看了画眉身边的喜鹊一眼，喜鹊忙不迭去了。

林锦楼扭身进了东厢，画眉连忙跟在他身后伺候，又是奉茶又是摆瓜果，又要打热水给林锦楼净面，口中絮絮道："鸾儿妹妹还是年轻，气性大了些，今儿个不过在廊下等了会子便恼了，迈步就往屋里闯，春菱就出来，说她'刚争上个姑娘，连姨奶奶还不是呢，也没比我们强些，就拿自己当正经主子，连规矩都不放在眼里了，一口一个"奴才"喊着'。我也瞧着鸾儿比先前的大奶奶还有款儿，还说我是个懦弱人，不该纵着香兰那样骄横。唉，我眼见她跟春菱争持，也不敢相劝……"

原来在画眉心里，鸾儿是第一劲敌，香兰纵然是林锦楼一直惦念的，可在府里无依无靠，又是软性儿，林锦楼惯是过了两天新鲜便丢在脑后的人，香兰再如何也不足为惧。可鸾儿不同，是老太太亲自给的，身份便高人一等，她都要退让三分，更别提鸾儿的堂姐书染还是林锦楼身边最得用的人，乃是知春馆的大管家。那鸾儿虽说性子不好，可生得俏，又会弹又会唱，林锦楼每每吃酒都要唤到跟前来弹唱助兴，令她尤其眼红。尤其鸾儿又是个要处处占尽上风的，一来便改了名儿，凌驾众人之上，这等人若不除，任凭其坐大当了姨奶奶，自己岂还有立足之地？

林锦楼摆了摆手说："你过来，我有话对你说。"

画眉"扑哧"笑一声，一溜烟儿跑到窗根儿底下，娇声道："哟，这黑着一张脸。怪吓人的，我可不敢过去。"

林锦楼面色沉静，微微挑高了浓眉，道："你过来。"

画眉是个眉眼通挑的，见林锦楼的形容不是要与她调笑，便敛了笑意，规规矩矩地走到林锦楼跟前。

林锦楼道："画眉，你在房里是最乖觉的，可别精乖过头，把爷当成蠢蛋，到头来惹得一身臊。"

画眉心里"咯噔"一下，抬头看去，只见林锦楼似笑非笑，两眼却如同冷电一般，不由浑身打个颤，强笑道："大爷说什么呢？我可听不懂。"

林锦楼淡淡看了她一眼，只管取了茗碗喝茶，便一句话都不说了。

画眉心里打鼓，便愈发殷勤伺候。不多时，丫鬟果然端了四个小翠碟儿上来，都是精致的银丝细菜，另有蜜饯、细糕饼等物。

鹦哥、鸾儿都盛装打扮，摇摇的地来了。

林锦楼坐在炕上，画眉坐在右侧，鸾儿立时抢了左侧坐了，鹦哥坐在右下首。

林锦楼问道："香兰怎么还没来？"

喜鹊进屋道："香兰姑娘说她身子不爽利，来不了了。"

莺儿冷笑道："好大的谱儿，说不来就不来呢。"

林锦楼面色阴沉，"噌"地站了起来，直往正房去了。只见香兰正歪在次间的床上，身上盖着一床锦被，两只眼紧紧闭着。

林锦楼一把将被子掀了，指着道："上脸儿是罢？非要爷亲自请你？"

香兰躺着一动不动。

春菱忙上前道："大爷，姑娘身上确实不好……"说着声音跟蚊子叫似的，"方才还上了药……"

林锦楼一怔，立时想到缘由，摸了摸鼻子，坐在床沿上，半晌才平缓道："身上再不好也得吃饭，东厢里摆了桌席，炒的菜是你爱吃的。"

香兰还是一动不动，心想：这土匪恶霸怎么这么可恨呢？自己已经被他作践了，连躲起来图个清净都不行么？他跟小老婆们寻欢作乐，干她什么事？她宁愿饿一晚上，也不愿跟他吃饭。

林锦楼嗤笑了一声。

春菱和小鹃对望一眼，春菱刚要说话，林锦楼便道："你们都退下。"

她二人无奈，只得走了。

林锦楼俯下身，贴在香兰的耳边道："你犟也没有用，想想你爹娘，甭以为脱了籍爷就拿捏不住了，爷是什么脾气，你清楚得很。"

香兰仍闭着眼，泪却顺着长长的睫毛流下来。

只觉有人忽然将她举起来，她大吃一惊，睁开双目一瞧，林锦楼已将她横抱起来，对她笑道："爷抱你过去，这可是给你天大的脸，把你那个泪儿擦擦，别哭哭啼啼的败兴。"

香兰又羞又气，不由挣扎，却听林锦楼哈哈笑了起来，那笑声得意扬扬的。他大步迈出房门，有几个丫鬟正端着托盘从抄手游廊里走来，见了俱是惊疑不定，忍不住窃窃私语。香兰脸上臊得火辣辣的，索性闭上双目眼不见为净。

喜鹊正守在东厢门口，连忙打起帘子，众人见林锦楼竟抱着香兰进来，一个个仿佛被施了定身法，皆是目瞪口呆。画眉忘了摇扇子，鹦哥惊得洒了半碗茶，莺儿正抱着琵琶调音，险些勾折了指甲。

林锦楼泰然自若，把香兰放到炕上，香兰立时缩到炕里头，离林锦楼远远的，靠着墙壁坐着，左手靠着个软垫，将屋里人打量了一遭，并不说话。

众人当中唯有莺儿未见过香兰，仔细打量，只见这女孩儿生得海棠标韵，幽兰凝姝，端的是绝色芳华，不但将她见过的人全比下去，也将她们几个衬得无光了。莺儿心中发酸，却见香兰脸上隐隐还有一点儿红肿，显是挨了打。想到昨晚林锦楼气咻咻地到她房里去，腰杆又挺了挺，可心里到底不是滋味。

画眉摇了摇扇子，一脸若有所思。

鹦哥看了香兰一眼，又用眼风瞄了瞄画眉，便又将头垂了下来。

林锦楼挑高了眉头，命道："抬炕桌来，就这几个人，何必用大桌子？"

画眉笑道："是这个理儿，小桌子吃饭热闹。"

立时有丫鬟搭了两张乌木戗金的炕桌拼在一起，林锦楼盘腿坐在炕上，左边坐着画眉，右边坐着鸾儿。鹦哥坐了椅子，在林锦楼对面相陪。如此一来，林锦楼便又离香兰近了些。

丫鬟将那些菜肴俱摆在桌上，香兰往那桌上一望，只见各式各样的盘子皆是一色定窑的霁蓝釉盘，或方或圆，或海棠式的，或梅花式的，或元宝式的，或葫芦式的，均是小茶碟大小，里面各色珍馐不一而足。

鸾儿亲自给林锦楼斟酒，画眉拣了几样爽口小菜并鲜嫩肉丝，用豆腐皮卷了，放在合云纹填瓷小碟儿里，递到林锦楼口边，笑道："大爷最爱吃的，先尝一口罢。"

谁知林锦楼看都不看一眼，只将鸾儿给他斟的那杯酒端起来吃了一口。画眉尴尬，片刻又满面堆笑，换了一样鸭油卷儿，仍放在合云纹填瓷小碟儿里，靠过去道："大爷换这个尝尝，里头的鸭子肉是我亲手撕下来，放在坛子里卤着，滋味都进去了，香甜得很。"

此时鸾儿也夹了一块油炸排骨递过去，林锦楼却就着鸾儿的筷子将肉吃了，又将画眉晾在一旁。

香兰缩在里头看得分明，暗道："画眉一直是个精明绝顶的，原先后宅的姬妾里最讨林锦楼欢心，这一遭两回林锦楼都公然不给脸，想来是有事惹恼了这位爷？"

画眉讪讪地把碟子放了下来，心里头却警醒起来。将方才的事仔仔细细地在脑中筛了一遍，想起方才林锦楼在屋中敲打她，她却装傻充愣了，只怕招林锦楼不快，有意淡着她。

那鸾儿却见林锦楼给画眉没脸，反而两遭都吃了她夹的东西，立时红光满面，一径抖擞精神，张罗道："画眉姐，将那碟子凤髓端来，那是大爷极爱吃的东西，凉了就没味道了。"又叫道："鹦哥姐，劳烦你给我倒一盏果酒来吃，这陈酿后劲儿太足，我呀，再多吃两口只怕就要溜桌了。"又去使唤画眉的丫鬟，道："喜鹊，去给我端盆热水来，我净手给大爷剥河虾吃。"

喜鹊憋着气，鸾儿的丫鬟寸心就在一旁候着，鸾儿却来使唤她，分明是给画眉没脸了。喜鹊看了画眉一眼，见画眉对她微微颔首，便只得用银盆打了热水，又取毛巾伺候鸾儿净手。

林锦楼仿佛没瞧见似的，用银筷慢条斯理地挨个儿将碟子里的吃食都夹了一遍。

鸾儿愈发得了意，又扭过头，居高临下地看着香兰，叫道："香兰，把靠背垫给我拿一个，这墙壁太凉，靠久了要生病呢！"

这一行演出将香兰看个啼笑皆非，若非她还心事重重，只怕要笑出来了，暗想："这姬妾争宠的戏码本是极悲哀、极无聊、极可怜的，可有鸾儿这么个人物儿，还真有些妙趣横生的意思。"便把自己靠的垫子递与鸾儿。

鸾儿哼着曲儿接了，也不靠，只垫在腿下边。

林锦楼瞧了鸾儿一眼，画眉忙道："快，把我昨儿个新做的绿绫弹墨靠背垫给香兰姑娘拿来。"

喜鹊果然取了两个崭新的靠背垫，画眉又要让出自己的位子给香兰坐，香兰闭紧了嘴不说话，只看向别处。

鸾儿低声嘀咕道："瞧瞧，好大的款儿呢，装什么千金小姐冰清玉洁？"声音虽小，却也让人都听了个满耳。她又朝着林锦楼靠去，将手举到跟前道："爷，上回送我的玉镯子我不喜欢给砸了，爷说再送我一对金丝玛瑙的，我还没见着呢。话可说前头了，要是太贱了我可没脸戴，少说也得一百两银子罢。"说着侧过脸，也斜着眼朝香兰看去，眼中尽是挑衅的意味。

香兰一怔，又觉好笑，暗道："林锦楼即便把整个林家送给你，又跟我有什么相干？打量我跟这满屋子的女人似的，把那活土匪当香饽饽不成？"便将目光移开，只盯着自己身上的裙带子出神。

画眉脸上的笑却不自在了，夹枪带棒道："我的天我的地，一对镯子就要一百两，只怕太太小姐才配戴罢？前些日子我给大爷做了好几身衣裳，大爷欢喜了才让从账上拨五十两给我打三支金簪子戴，如今跟妹妹一张嘴便一百两银子比，我还真成烧煳了的卷子。"

鸾儿冷笑道："这是咱们爷愿意许给我，你有本事也找爷要去。"

眼见便要吵起来，林锦楼的酒盅"咚"往桌上一放，周遭顿时安静，谁都不敢吱声了。

林锦楼瞧了鸾儿一眼吩道："去拣支曲子来唱。"

鸾儿便命寸心将琵琶拿来，先拨弄两下调准了音，方弹唱道："芳草垂珠露，碧汉隐冰轮，极目江天……"刚唱一句，画眉便掩着口笑道："哟，妹妹又开唱《鸳鸯梦》了。每回开席，妹妹十有八九就唱这个，尤其唱到'世间女子大抵有了一分颜色，便受一分折磨；赋予一分才情，便增一分孽障'还眼泪汪汪的，好似真自比柳烟波似的。"

这《鸳鸯梦》正是鸾儿最爱的一套戏，讲的乃是婢女柳烟波，因色艺双绝被主人王回风看中纳为妾室。王回风遭诬入狱，妻离子散，唯有柳烟波为其四处奔走，受尽坎坷，后遇到八府巡按，柳烟波为王回风洗刷罪名，王回风官复原职，迎娶柳烟波为妻，二人百年好合的故事。

鸾儿弹唱一回便伤感一回，只觉自己便是那仗义果敢的柳烟波，才貌双全却出身低微，不知何年月才能熬成正房夫人，便时时将这曲子唱与林锦楼听。

今日画眉毫不留情将她那点子小心思戳破，鸾儿不由恼羞成怒，将琵琶往炕上一掷，道："我是个笨人，只会这一出，要不画眉姐唱一曲儿给我们听听？"

画眉也不推辞，当下便命人将她惯弹的古筝取来，拨弄了几下，笑问道："大爷想听什么曲儿？前些日子家里请来几个女戏子，唱了出新排的《花间梦》，当中有几支新巧曲子，大爷说听着新鲜，不如我就拣一首唱罢。"想了想，便抚弄古筝唱道："好个描粉打鬟的俏佳人，好个聪颖玲珑的小人精，你千般的俏丽嫁东风，你万种的心计付流云，只恨悠悠悬了半世心，呵，却不知自古穷通皆有定。"声音低沉，却唱得婉转俏皮。唱罢自饮一杯，又趁机给林锦楼倒上一杯酒，将那豆腐卷子递到林锦楼口边，娇媚一笑，讨好道："酒也吃了，曲儿也唱了，大爷好歹赏我个脸面，先前都是我的错，下回再也不敢了。"

林锦楼看了画眉一眼将那卷子吃了。画眉暗自松口气，不免喜气盈腮。

鸾儿有些愤愤，将琵琶抱起来道："若说那几支曲儿，都是简单的小玩意儿，有甚不会的？"便唱道："只看着满园罗绮珠翠明，又怎知镜花水月假恩情。只盼望绣帐鸳衾情意长，却难掩天生妩媚骄奢性儿。一重帘幕天涯外，卿卿，徒留个佳话虚名。"她声音清越，唱得极好，弹得一手娴熟的琵琶。

香兰也不由侧目，只见鸾儿靠在墙壁上，穿着大红绸纱的小袄儿，束着柳绿的汗巾子，底下是三色缎子挑线裙儿，露出一点儿湖蓝色穿琉璃珠的绣鞋。头上云鬟高梳，戴着珠翠梅花钿，插着镶宝嵌珠的凤钗金簪，耳上垂着金橘大小的紫英镶金的耳坠子，衬着一张瓜子脸愈发雪白，檀口细目别有韵致。

林锦楼赞了声"好"。鸾儿立时脸上有光，扭头去看香兰，似笑非笑道："你也唱一出如何？"

香兰看了鸾儿一眼，心中微微冷笑，垂了脸儿不说话。

鸾儿扬起细细的眉，道："喂，跟你说话呢，听见没？"

香兰只低着头不动身。鸾儿见她这般，伸手抚了抚鬓发，脸上带着一丝得意之色，道："这有什么害臊的？不过就唱一曲儿，凑个趣儿，难道你不愿意？若果然不愿意，那可真是打了爷的脸了。咱们爷素爱听曲儿，今儿赶上这席又是画眉姐特意为你备的，你不唱一段，怎么着也说不过去罢？"说着"哧哧"笑了起来，"别不是你不会唱罢？不会唱也不打紧，单凭爷待你这热乎劲儿，哪怕唱得荒腔走板，他也当是黄鹂叫呢！"说着瞟了瞟林锦楼。

香兰只管坐着不动，林锦楼也仿佛没听见，自顾自地喝酒，画眉和鹦哥正殷勤地给林锦楼布菜。

画眉暗道："香兰原是个丫头，虽说得过大爷的青眼，到底让大奶奶忌惮赶出去了。都道'没到手的最惦心'，这话果然不假，听说大爷为了她竟亲自去衙门把她爹放出来，如今巴巴地抱着抱着举着进来，这是给她撑腰长脸呢。鸾儿素是个蠢笨的，没瞧出大爷用心，反倒醋上来想给香兰个下马威。据我看，她这一遭是要白讨个臊了。鸾儿比谁都可恶，一个通房，恨不得把大爷拴自个儿裤腰带上，天天捏主子的款儿，没的让人心烦，正巧让这两人斗去，我好坐收渔翁之利。"

鹦哥却把酒盅端起来，敬到鸾儿面前，笑道："方才你唱得太好，恐是吓住她了，又何必为难她？好妹妹，吃了这一盅酒，再给我们唱一首罢。"

鸾儿见林锦楼仍然一副淡淡的模样，胆色越发壮了，鹦哥敬酒也不接，挺直了腰，坐着冷笑道："鹦哥姐敬我，照理说我没有不吃的道理，可今儿个香兰要是不应我一声，这酒我还偏不吃了。"

鹦哥本是想息事宁人，却没料鸾儿这样说，一时尴尬，又将酒杯放下。

鸾儿愈发不悦，对香兰道："你是聋了还是哑了？问你这么多话都不吱一声？你想让我没脸也就罢了，没瞧见爷还在这儿么？"

香兰慢慢抬起头，看着鸾儿的脸，冷笑道："我一不是戏子，二不是粉头，三不是奴才，凭什么让我唱曲儿给人取乐？"

此言一出，屋中皆静。林锦楼手上一顿，却仍将手中半杯酒吃了。

鸾儿气红了脸，"噌"抬起手指着香兰道："你……你……你……你说什么？"

香兰道："莫非你是聋子，方才的话你听不见？"

鸾儿勃然大怒，将眼前的酒杯拨到地上，"哗啦"摔个粉碎，一把扯了林锦楼的衣袖道："大爷！你可听见了？"

香兰微微冷笑道："好个奴才，你的爷还在这儿就敢摔杯子，真是好规矩。"

鸾儿瞪圆了双目，指着骂道："我是戏子、粉头、奴才，你又高贵到哪儿去了？也不过就是个丫头贱命！"

香兰缓缓道："我是丫头贱命，却也没到任人找乐子寻开心还自以为荣的地步，不比半个主子小老婆名声还没混上一个的。讨人欢心唱曲儿伺候人那是你的本分，可不是我的。"

鸾儿气得满面通红，恨道："小妇儿养的，我听你再说一句，撕烂你的嘴！"

鹦哥见势不好，忙起身上前拉鸾儿的胳膊道："好妹妹少说两句罢！"

画眉也劝道："好好的，这又怎么了？都少说两句，大爷还在这儿呢。"人却坐着不动，话音儿里带着丝幸灾乐祸。

鸾儿指着骂道："小贱人，真把自己当人物儿了，让你唱曲儿是给你脸……"

香兰截断道："别价，你能给我什么脸？方才夹枪带棒的打量人听不出来呢？瞧我不顺眼，赶紧央告你们爷把我撵出去，大家都落个干净。"

鸾儿气得浑身乱颤，想要上前扇香兰嘴巴子，却顾念有林锦楼在，刚要大哭要他做主，谁知林锦楼竟哈哈笑起来，侧过身对香兰道："爷还真没料到，原只当你是个闷嘴葫芦，谁知竟也是个小炮仗。"

香兰沉着脸道："我可不是炮仗，都要撕烂我的嘴了。"

林锦楼浑然不介意似的，将自己的酒盅递到香兰跟前道："尝尝，地道的桂花陈酿，这一小坛子在桂花树底下埋了十几年，宫里的御酒都比不得这个清醇。"

众人均没料到林锦楼会如此做，香兰也一怔，又摇头道："我从来不喝酒。"

林锦楼笑起来，露出一口白牙，将酒盅递到香兰唇边道："就抿一口，这可是爷吃酒的杯子，这一遭敬你，你也该懂好歹罢？"

香兰睁大明亮的眼睛看着林锦楼，一动不动。林锦楼脸色逐渐发沉，面无表情道："快，吃一口，尝尝滋味罢了。"语气不容拒绝。

香兰只得就着小小地抿了一口，一股辛辣顿时冲上来，呛得连声咳嗽。林锦楼将她揽过来轻轻拍了拍她的背，对画眉等人道："她不爱唱就不唱，你们再唱便是了。"

鸾儿只觉天旋地转，抖着嘴唇说不出话，终于"哇"一声大哭起来，琵琶扔到地上，捂着脸跑了出去，寸心连忙追了出去。

画眉不动声色，只道："香兰妹妹快坐近些，有几道素菜极新鲜，都是嫩嫩的菜心，你多尝几口。"一面张罗香兰多吃，一面暗暗使眼色命喜鹊将摔烂的琵琶捡了送出去，仿佛鸾儿压根儿没来过似的。桌上重新为香兰摆放碗筷，画眉和鹦哥都争相为她布菜。

画眉高谈阔论，只挑些笑话来说，又春风满面地招待，色色顾虑周全。

香兰暗道：纵然鸾儿是个会弹会唱的，长得也比画眉清纯鲜嫩，可谈吐韵致和见地远不及画眉了，怪道林锦楼抬举画眉当了姨娘。只是她这人心术不正，否则也是个可钦佩的人。

鹦哥却寡言少语，只默默地剥了一碟子蛤蜊，又将醋碟里点上辣椒油，送到林锦楼跟前。

林锦楼这才正眼瞧了瞧鹦哥，见她两腮消瘦，虽有"病西施"的风韵，却也带了些病态，因问道："这些日子你身子如何了？吃什么药？大夫来瞧过没？"

鹦哥惊喜得跟什么似的，忙道："只吃几味养生的药，大夫定期过来瞧的。"

林锦楼点点头也不再问了。

鹦哥道:"这些日子也学了首新巧的曲儿,想请爷听听。"见林锦楼点头,便赶紧打发人取来一支箫,悠扬地吹奏一首。只是她自落胎之后,身上一直不好,难免气弱,只吹一首便不能了,面色苍白,喘息不定。

香兰心中默默长叹一声道:"只为讨男子欢心,这又何必呢?"又想起方才鸾儿同她相争,说到根本,也不过是为了跟她争宠罢了,心里又是一阵萧索,只觉无趣。

当下,林锦楼赏了鹦哥一匹尺头,鹦哥立时感觉脸上有光,忙谢了林锦楼一杯酒。间或画眉也弹曲子助兴,也得了林锦楼赏的东西。

众人又吃了一回,林锦楼便命筵席散了。

鹦哥忙道:"吃了还不到一个时辰呢,再坐会子回去,爷还想吃什么?"

林锦楼道:"明儿个一早就要出门,夜了,该走了。"

画眉等还要留,见林锦楼已将脚伸到地上,便和鹦哥一道俯身为他穿鞋,又道:"既如此,那就再吃一杯走罢。"

林锦楼便吃了一盅,命丫鬟用盘子攒了各样果菜装了一个大捧盒,让送到正房给老嬷嬷并丫头们吃。画眉把灯挑亮,本想找一双自己的鞋给香兰穿,不料林锦楼仍将香兰抱起来去了。

正房里灯火通明,林锦楼把香兰放到卧室的大床上,香兰一见那床便脸色惨白,心里发怵,一叠声让小鹃帮她拿鞋。

林锦楼却笑嘻嘻道:"慌什么?方才在东厢没尽兴,这会儿咱们再吃两盅。"真个命人将炕桌抬来,春菱又到小厨房要了三四样小菜,汀兰等人去烫酒。

林锦楼捏了捏香兰的脸:"爷今天可给你撑了腰,可不能再绷着脸,快给我斟一杯。"

香兰无法,只得给林锦楼斟酒。

林锦楼笑道:"我知道你臊,不爱在别人跟前唱,这会子没别人,唱一曲儿给爷听听。"

香兰垂着眼皮道:"我不会。"

林锦楼歪在靠枕上,伸直了两条长腿,笑道:"谁说你不会?我还记着,头一遭见你的时候,你还唱来着,什么'雪浪拍长空,天际秋云卷',是《西厢》里的一出不是?"看香兰仍不说话,便抿了一口酒,"扑哧"一声笑出来道:"小香兰,你是什么身份,自个儿还没闹明白是不?方才鸾儿是过了些,爷又心疼你,这才给你脸面,可你自己是什么,你该明白得很,爷抬举你时,你才是主子,爷不抬举你,你还不如个奴才呢,明白了么?"

香兰木木坐着,只觉喉咙里哽得难受。

春菱站在外头伺候听得分明,到底不忍心,借故进来端菜,悄悄跟香兰使眼色,又对林锦楼道:"姑娘许是口渴了,我给她倒茶润润嗓子。"端了一盏茶进来,低声道:"好歹唱一首罢,两三句都成。"

此时小鹃进来道:"吉祥在外头廊底下,说有要紧的事找大爷。"

林锦楼便披了衣裳出去了,这一去便没回来。

香兰方才松了口气,胡乱梳洗一番便睡下了。

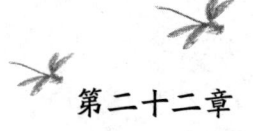

第二十二章
群钗妒眉痕

睡到半梦半醒之间,香兰听得门响,外间又传来说话声。她实在太累,便又翻了个身睡了。

片刻,脚步声传来,有人压低声音道:"大爷,要不奴婢让香兰姑娘起来去卧房服侍?……"

林锦楼道:"不必了。"说着已走到床前,伸手撩开幔帐,只见香兰正安安稳稳地睡在里头,裹着薄被,青丝散在鸳鸯枕上。

林锦楼脱鞋上床,将被子掀开,人便滑进去,从后抱着香兰,只闻得幽香盈鼻,无端地让人浑身舒坦。

晚上出了点儿差池,他手底下的强将打伤了知府大人的庶子,虽也没打多重,此事可大可小,那知府倒会做人,立时托了与他相熟的人,特意递了帖子来,在宴宾楼请他吃酒,口口声声称自己是他老子的学生。

关照层层面子,他不得不走一遭。酒酣耳热之际,那知府便与他称兄道弟,又召来几个浓妆艳抹的名妓弹唱陪酒,他免不了应酬一番。二更已过,他又喝得头脑发沉,便告辞了。

林锦楼深深吸了一口,又搂了搂满怀的软玉,眼睛一闭便沉沉睡了。

香兰在暗中睁大了双眼。方才林锦楼上床的时候她便清醒了,可一动不敢动。

林锦楼浑身带着酒气和脂粉香,她一闻便知道方才他去了什么地方。

香兰跟自己说,忍忍罢,这偌大的林家都由着林锦楼折腾,连他亲爹娘都镇不住他,自己又能如何了?他这人秉性霸道,翻脸无情,昨天自己因为倔劲儿上来便挨了他一巴掌,身上也疼得厉害,今天他又当众折了鸾儿脸面,正是应了他说的那句"爷抬举你时,你才是主子,爷不抬举你,你还不如个奴才"。

香兰自问自己并不是个不识时务的人,守着这样的活阎王,自己又何必找不痛快?何况,林锦楼是个地道的花花公子,对女子素来不长情,过个一年半载,对自己新鲜劲儿过去了,或是又遇见他更心动的,去找新的女人也说不定。她先走一步瞧一步。原先再难熬的日子,她不是也撑过来了么?

香兰自我宽慰一番,静静地发一回呆,不知过了多久,才合上眼慢慢睡着了,却也未曾睡安稳。

第二日天刚蒙蒙亮,香兰便醒了过来。她仍侧卧在林锦楼怀里,一夜未曾翻身。林锦楼呼吸悠长,仍在酣睡,香兰轻手轻脚地将他的手抬起,然后慢慢起身,不承想却有人抓住她的小衣,用力一扯。香兰大惊,又跌回林锦楼怀里,只听得那人低笑了一声,吻在她耳根和脖颈上。

林锦楼呼吸粗重,翻身将香兰压在身下,亲住她的嘴,手在她身上摸索起来。

香兰大惊,挣扎出来,含糊道:"不要……"小手去抓林锦楼的手,"不要……"

林锦楼喘着气,一抬头正望进香兰黑玛瑙似的眼睛。香兰已淌下泪来,哽咽道:"我身上还没好,今儿还要上药膏……我……"哭得委实可怜,浑身还瑟瑟发抖,显然吓坏了。

林锦楼长长地吐出一口气,浑身的火气也化成了冰。他本想摸摸这女孩的头发,安慰她两句,没料到一抬手,香兰便连忙缩起脖子,还以为他要打她。

林锦楼心里头发堵,翻身下了床,将幔帐撩开,喊道:"人呢?都死哪儿去了!"

当晚是小鹃值夜,听见林锦楼喊人,她急急忙忙地赶过来,忙不迭地伺候林锦楼穿衣穿鞋。她本就惧怕林锦楼,更是忙中出错,又惹得林锦楼发火,幸而莲心、春菱、暖月、如霜等几个丫鬟循声来了,伺候林锦楼梳洗。

香兰听着外头兵荒马乱,默默地将被子盖回身上,身子团成一团。

林锦楼蹬上朝靴,将镶了赤金花扣的马鞭别在腰带上,灌了半碗汤,回头看了眼雕花床,那撒花的软绸幔帐软软地垂着,不知里头的人如何了。

林锦楼暗自咬牙:"不知好歹的白眼儿狼,爷待她千好万好,不懂伺候人也不会说两句好听的,除了哭就知道哭,好像爷欠她八吊钱似的。她身上真不好,爷还能吃了她怎的?"

林锦楼神色太凶,端早膳的小丫鬟都战战兢兢的。众人一概眼观鼻,鼻观心,寂静无声。林锦楼草草吃了几口便要出门,临行前忽想起什么,停住脚步道:"贴身伺候香兰的丫头呢？"

春菱忙不迭地跑来，垂手而立："大爷。"

林锦楼吩咐道："去卧房床头的柜子里拿一瓶贴着黄笺的药膏给香兰用，再不好赶紧请大夫。"

春菱连忙点头，跟小鸡啄米似的："是，是，一定。"

林锦楼方才大步走了。

香兰躺在床上，良久，只听外头忽然安静了。她又瞪着帐顶躺了许久，春菱便站在外头轻声道："都快巳时了，姑娘起来罢。"

香兰这才起床，穿了身家常衣裳，洗脸擦牙，涂了香膏，往镜中一看，昨日的红肿已经消退，镜子里又是一张娇花玉面。

春菱手脚麻利地给香兰梳了个头，小鹃把几碟子精致小菜摆放在桌上，口中嘟囔道："大爷太吓人了，今儿个早晨脸黑得跟包公似的，喊声比打雷还响，我的亲娘，吓得我心肝都快蹦出来了。"

春菱道："你那慌里慌张的劲儿也得改改，今天早上惹大爷不痛快不是？"

小鹃心里嘀咕道："哪是我惹大爷不痛快，分明是香兰。"眼睛往香兰身上一溜。春菱知她心思，便瞪了她一眼，小鹃一吐舌头跑了。

春菱端了碗汤送到香兰跟前道："好歹吃点儿，昨儿个就没怎么吃东西。"

香兰便慢慢把汤喝了，又吃了个馅饼，夹了些素菜。

春菱见香兰吃了东西，不由松了口气，转身往卧室去，只见莲心和汀兰正在卧房门口做针线。

这莲心和鸾儿一样，是老太太赏给林锦楼的，知春馆中皆按一等的例儿，只是这莲心倒是守着丫鬟本分，从不往林锦楼跟前去，加之她长得虽干净整齐，打扮却不出众，一来二去在知春馆里也就不显眼了。

后来赵月婵走了，知春馆一下子空下来，正房缺丫鬟，莲心便提拔上来，同书染一起掌管事务，却事事让着书染，只忙自己的事，旁的从不多说一句，有人来问，便摇头三不知了。

汀兰见春菱来了，忙站起身笑道："怎么来这儿了？"

春菱道："大爷临走前让我来卧室里，拿床头柜里贴着黄笺的药膏给香兰用。"

汀兰不知是何物，便去看莲心，莲心一怔，便起身笑道："我知道那东西放在哪儿。"便同春菱进屋，从床头精致的雕花乌木柜里，取出一只白色的小瓷瓶递给春菱，笑道，"香兰姑娘真是有福气，大爷立了战功，对朝廷报奏旧伤复发，宫里就赏了几瓶药膏，据说还是番邦进贡来的。"

春菱叹一声，轻声道："唉，也不知她是有福还是没福。其实香兰这人……倒是个心眼儿好的，随和又不多事，凡事都拎得清，就是脾气太倔……大爷本也是强按牛喝水，把她弄到府里头来，两个倔脾气凑一处，哪还能得了好儿？"

莲心和春菱交好，便也跟着叹了一声，说："你还是多劝着点儿，跟大爷犯拧做什么呢？大爷那个脾气，寻常人谁受得住？躲还躲不及的。开始老太太把我送到知春馆，我心里就犯嘀咕，正好鸾儿是个抢尖向上的，我冷眼瞧着，大爷今儿个朝东，明儿个朝西，没个准头，你还是劝香兰为往后打算，女人这辈子已经这样，日后还能如何呢？"

春菱也连连叹气，又同莲心说了一回，才拿了药膏走了。

春菱走出卧室，正巧书染走来，往春菱手上看了一眼，不由一怔。此时寸心站在外头隔着雕花窗跟书染打手势，书染只得出来，站在廊下问道："怎么了？"

寸心低声道："昨儿个晚饭的事姐姐知道了没有？鸾儿姑娘为这哭了一宿，又要上吊，又要铰头发做姑子，我好劝歹劝才劝住了。今儿个早晨又听说，大爷晚上回来去东次间歇了……姐姐也知道，大爷要是晚上出去喝酒，总是早晨才回来，姑娘吃味，又闹别扭。我劝不住，只好来请姐姐过去。"

书染只觉头疼，跟着寸心到鸾儿屋里一看，只见鸾儿披头散发地坐在床上，一行哭一行剪一个荷包。书染过去一瞧，只见那荷包绣得极精致，便坐在床边道："好好的东西，你剪它做什么？"

鸾儿一头撞进书染怀里，哭道："堂姐……我的体面再没有了！"

书染绷着脸，口中道："体面怎么没有了？体面都是自个儿给的！你若再这样胡闹，我就不管你了！"

鸾儿吓一跳，哭得愈发厉害了："原先看我风光时，都往我跟前凑，如今我没了脸，连你都不管我了！好哇，那便让我死了算了！"泪流满面直挺挺躺在床上。

书染恨得咬牙，拽起鸾儿打了两下，口中骂道："不知好歹一径儿作死的小蹄子，你以为自己是谁？不过略比小丫头子体面些，还以为自己是奶奶怎的？"

寸心忙上来劝道："姐姐别动怒，有话好好说。"

鸾儿一头扎到金线蟒大条褥上哭去了。书染面露疲惫之色，叹道："早就同你说过了，少招惹香兰，你偏生不肯听话，这遭没脸纯属你自找，能怨谁？要是真把大爷惹怒了，把你赶出去，又如何呢？"

鸾儿一骨碌爬起来，抹着泪儿道："我才不信，大爷脾性不好，可对我还是有真心的，倘若真对我发怒，也是那淫妇在背后治我。"

书染一口气堵到喉咙，颤着手指着鸾儿："你……你……你……真是……真是气死我了！"

寸心忙上前替书染顺气，小声道："书染姐姐，姑娘是一时没回转过来，姐姐还是慢慢教她罢。"

书染皱着眉头道："什么'慢慢教'？她都多大了？原先能说句'糊涂任性'，如今再这般由着性子闹下去，迟早吃个大亏！香兰还算宽厚，不过还几句嘴，倘若碰见那得理不饶人的，两三下撺掇大爷把她撵出去，我都没脸面再央求大爷让她回来！"横眉立目，指着鸾儿道，"你自己好好想想，是不是这个理儿？！"

鸾儿听书染说得严重，不由吃一惊，仔细想了一回便去抓书染的手道："大爷不会这般待我的，姐姐也说过，大爷对香兰不过是图个新鲜。我弹得好又唱得好，大爷是高看一眼的，我……"

书染烦躁地一把甩开鸾儿的手，厉声道："你仔细想想，你除了会弹会唱还有哪一样拿得出手？你是比香兰美貌，还是比画眉会说话，或是比鹦哥老实有眼色？日后你给我规规矩矩的，甭抓着鸡毛蒜皮的事儿就摆款儿使性子。"

鸾儿听了这话便愈发委屈了，哭闹道："我怎么了？我是丑八怪还是聋子哑巴，哪一点比不上别人了？你给我走，给我走！日后我飞黄腾达的时候，甭过来求我！"

书染扬起手狠狠打了鸾儿两下，神色严厉："都是你爹娘，自幼对你娇生惯养，说你是什么娘娘投胎，今生三九封赠，必戴珠冠，纵得你没边儿。你进府没几年，在老太太房里，我跟雪盏交好，又给你使银子打点，上下没个招惹你的，逢年过节的还让你在老太太跟前唱支上寿的曲儿讨赏。老太太相中你会弹唱，拨到大爷房里来，我原以为你有些小毛病无妨，长大便懂事了，想不到你越来越甚。是我疏忽，没早规矩束你，早知道你这模样，我说什么也不让你当大爷的房里人！"

鸾儿又羞又臊。她对书染到底有几分敬畏，闻言哭软在床上。

寸心还要劝，书染摆手制止，沉着脸道："你看看你这模样，披头散发，疯疯癫癫，哪像个体面小姐，分明是个贱婢。连大爷房里的事都想插手管，也不看看你的身份，真真儿丢尽了我的脸面。你再这样下去，我便求大爷把你打发出去配小子，别等你惹出更大的灾祸，不可收拾了再抖手！"

鸾儿自然知道书染在林锦楼跟前如何得脸，不由花容失色，想央求书染又拉不下脸面，泪珠跟滚瓜似的掉了下来。

书染给寸心使了个眼色，寸心会意，口中道："我去给姑娘打盆热水擦擦脸。"便出去了。

书染从腰上把束着的水绿巾子摘下来，给鸾儿抹了抹脸，淡淡道："收收你的泪儿，我有话与你说……"见鸾儿抽抽搭搭地坐起来，便道，"若不是一家子亲戚我也不会跟你说这些。我八岁进府，冤枉亏哑巴亏什么亏没吃过？多少算计也都见识了，后来服侍大爷。大爷的脾气你知道，岂是个好相与的人？我跌跌撞撞摸索到今天，辛辛苦苦才有了这点儿脸面，如今要告诉你几句话儿。"

鸾儿的哭声小了些，一边用巾子擦眼睛，一边支起耳朵听着。

书染道："你不过就是个通房丫头、家生的奴才，把自己看得比主子还大，那就是作死。可眼下是奴，之后的事还保不齐如何，莫非你甘愿一辈子就当个通房丫头算了？"

鸾儿立时瞪圆了双眼道："自然不能！那有什么趣儿？！"

书染点头道："那就是了，大爷迟早要重新娶个大奶奶进门，日后三妻四妾的也绝少不了，你只要谨言慎行，多学学人家画眉，嘴甜着点儿，哄大爷欢喜了，再生个一子半女，当上姨娘，再有儿女傍身，即便不是主子奶奶，也能与其比肩了。"

鸾儿迟疑道："算命的人都说我一生吃穿无忧，呼奴唤婢，日后能当诰命夫人呢，倘若我不当正房奶奶，哪儿来的诰命夫人？"

书染一股气上来，骂道："癞蛤蟆想吃天鹅肉！呸！当正房奶奶，亏你敢说出口，也不怕人人一口唾沫啐你脸上，耻笑你没羞没臊！大爷什么身份？林家长子孙，堂堂四品将军，过了中秋就要提从三品了，这样的权势、品貌，就算皇帝的闺女都娶得，凭什么要你个奴才出身的？想瞎了你的心！你再痴心妄想，我立时就回禀大爷和太太，赶你出去，省得丢人现眼！"

鸾儿眼里噙着泪道："都是奴才出身的，你又何必作践我？"

书染冷笑道："都是一般出身，我却是要脸皮的，不像你这般不知廉耻！你这话传扬出去，还不让人笑掉大牙？！"

鸾儿最是要脸面的人，从未遭过如此责骂羞辱，捂着脸倒在炕上又大哭起来，一边蹬着腿道："你走！你走！"

书染站起身道："我自然要走，不要脸的小蹄子，若是再这么糊涂下去，认不清自己身份，我就把你这番话跟大爷说去！省得通过别人的嘴传出去，累得我也没了体面，遭人耻笑。还想当正房奶奶，也不打量自个儿从头到脚有正房娘子的端庄气派么？真是前世冤孽，让你这么个现世报进了知春馆！"

鸾儿听了此话，越发哭得天昏地暗。

书染顺了半天气，这才推开门出来，只见寸心正守在外头，迎上来道："姐姐别气，鸾儿姑娘年纪还小呢，再加上香兰来得太急，大爷又是个有新欢忘旧人的，姑娘这才一时怒上来，拈酸吃醋罢了。"

书染落泪道："我的儿，她要有你一半机灵便好了。"

寸心听屋里隐隐还传来哭声，便问道："那姑娘……？"

书染拧着眉道："让她哭！能哭明白就好了！这个混账，日后不知要惹多少事出来。"又摇了摇头道，"心气儿高不是坏事，可痴心妄想就不能了，说句诛心的话，即便是当姨娘，大爷对鸾儿新鲜劲儿过了，还不一定能瞧上眼，更别说旁的了。你年纪小，先前大爷身边的几个人你都不曾见过就让赵氏赶出去了，模样、性情个顶个都比鸾儿强，且不说先前，就是大爷巴巴惦记着的香兰，长得千娇百媚，鸾儿一比都成了野草花儿了。鸾儿还这样闹腾，岂不是自找没趣？她没什么害人的心，可脑子不灵光，只怕日后年老色衰了更难在府里安身，还不如趁着年轻貌美，多博些恩宠，生个一子半女，后半辈子也好有个指望。"

寸心深以为然，抿嘴笑道："姐姐是个会审时度势的明白人，怪道大爷这般器重呢。"

书染叹道："这也是吃亏吃出来的。你瞧大爷脾气不好，可眼睁睁是极有本事的，凡事也有个担当，早些年说我没动过心，那是瞎鬼，可瞧他身边女人换来换去没个常性，外头还有好些相好，那个心早就淡了。鸾儿瞧着大富大贵眼热，也得有那个手段有那个命！"说着抿了抿鬓发，对寸心道，"把你们姑娘的镜匣子取来，我重新梳个头匀个脸。"

寸心道："姐姐头发还好好的，梳它做什么？"

书染叹道："我得去正房，替那个小蹄子给香兰赔不是。"对寸心提点道，"可别小瞧了香兰，大爷待她可不一般。我瞧着她不是个惹是生非的人，若是鸾儿日后冲撞了她，你少不得从中打个圆场，斡旋一二。"

当下，书染重新洗脸梳头，收拾妥当了回到正房里。

香兰正趴在窗台上看院子里的花草发呆，书染寻了个地方坐下，还未等开口，便听小鹃在外头道："大爷回来了。"

香兰连头都没回，心说这个活阎王怎么又回来了？原先不是总在外头，见天不着家么？

林锦楼进来也没瞧香兰一眼，只绷着脸道："我要换衣裳。"

正此时，小鹃又在外头道："三爷、二姑娘、三姑娘、四姑娘来了！"

话音未落，林东绫已走了进来，捂着嘴笑道："都说大哥哥房里新添了美人儿，我们都来凑凑热闹。"

林东绣道："我们巴巴地过来，大哥哥可得赏顿饭吃。"

林锦楼转身出去，只见林东绫、林东绣、林东绮从门外走到厅里来，林锦亭坠在后头，懒洋洋道："大哥是大忙人，没瞧见正换衣裳要出去么？你们还想在这儿蹭饭？我看这饭也甭吃了，赶紧把美人儿请出来让小爷看看，什么宝贝，捂这么严实？"

林东绫找了张椅子坐了，口中道："是呢，我们姊妹方才还说，什么天仙，让大哥哥迷了眼，特意从府外头弄进来？这都两天了，连老太太都没让瞧一瞧。"说着跟林东绣对了个眼色。

林锦楼含笑道："我还说今儿怎么这么齐整，一个个手牵着手到知春馆来瞧我，还道你们都长进了，知道友恭之大义，孝悌为何物，原来是跑我这儿来打秋风。"

林锦亭往罗汉床上大剌剌一坐，歪在妃色菊纹凤尾暗花大引枕上道："还打秋风呢，都进来了，连碗水都没给倒。"

书染已将茶端到罗汉床上的炕桌上，笑道："三爷请喝这一杯。"

林锦亭道："还是书染姐姐知道疼人。不是今年的新茶小爷我可不喝。"

林锦楼对着林锦亭后脑勺就是一拍，道："你这猴儿，都赏你茶了还挑三拣四的。"

林锦亭摸着脑袋叫屈道："我这当弟弟的不是担心哥哥你嘛？昨儿个你喝成那模样还骑马回来，我生怕你身上不舒坦，还让素菊炖了个解酒的汤水。"说着一指跟着的小丫鬟，让人把食盒放在桌上。

林锦楼道："等你这醒酒汤黄花菜都凉了。"

林锦亭拉长了声道："是，你自有美娇娘洗手做羹汤。"往林锦楼身边凑去，压低声音道，"昨儿晚上巴巴回来就为了她是罢？我还纳闷呢，要是往常，哥哥你早就在妓馆里歇了，蕊仙姑娘左一眼右一眼地瞧了你半天，大眼睛都快滴出水儿了，你愣是没搭理，急急忙忙收拾去了，连马车都没坐。啧，什么样的宝贝在家里藏着，让你火急火燎地回来？难不成人比蕊仙还俊？"

林锦楼乜斜着眼看着林锦亭道："怎么？瞧上蕊仙了？你要有胆，不怕长辈家法，哥哥就替你出银子梳拢她如何？"

林锦亭倒是有些心动，略一想又连连摆手道："算了罢，如今我身上没有一官半职，老头子早瞧我不顺眼了，我出去逛逛，找点儿乐子也就罢了，若真包宿下来，祖父知道得打断我的腿。"

两人正叽叽咕咕说着，林东绮用折扇敲了敲洋漆小几子，笑道："你们两个说什么悄悄话儿呢，把我们姐妹几个晾在这儿算怎么档子事？"

林锦楼道："好妹妹，哥哥没记错的话，你这个月月底就要出嫁了罢？不乖乖儿在屋子里绣嫁妆，也跑来这儿凑热闹，难不成还想让哥哥给你添嫁妆？"

林东绮的脸"噌"就红了，啐道："满口里没个正经话，我是来这儿瞧新嫂子的。"

林东绣从黑漆螺钿八宝盒里拣了一块蜜杏儿放到口中道："行了，别卖关子了，大哥哥把美人请出来罢。"

林锦楼便抬头朝书染打个手势。

书染微微点头，便往东次间里唤香兰，进去便瞧见香兰还在窗台上趴着呢，便走上前道："香兰姑娘，换身见客的衣裳罢，几位公子小姐都等着见你呢。"

方才外头人说话，香兰在次间里听得一清二楚，心里烦不胜烦，不由蹙了眉头。

书染忙劝道："出去罢，不过露个脸儿。"

春菱也在旁劝道："这个场合怎么都要给大爷脸面，还是去罢，啊。"

香兰无法，只得换了见客的衣裳出来。

林锦楼等人正在外头说笑，忽见从里头缓缓走出个美人儿，穿着银红绉纱袄儿，素净的白杭绢画裙子，头上简简单单绾着髻，只插着三支玲珑金丝偏凤簪，不见旁的首饰，低垂着粉面，行动皆雅，仿佛刚从画上走下来的仙女，盈盈拜了拜，道："见过诸位。"

林锦亭有些发怔，身子不自觉往前倾了倾，抻长了脖子道："这是……这就是……"上上下下打量好几遭，忽回过神，看了林锦楼一眼，心道："还没瞧见脸，单说这身段和气质就比蕊仙强了不知几重山，比他见过的女人瞧着都仙气，怪道把大哥这种见惯了胭脂的也迷得神魂颠倒的，不当外室养着，非要把人弄进府里头来不可。方才三妹、四妹撺掇我来，我还不愿意，幸亏来这一遭，否则就瞧不见大哥的心尖儿肉了。"见香兰低着头又要退下去，林锦亭连忙笑道："这就是新嫂子了？哟，赶紧的，人都出来了，该给我们几个敬杯茶罢？"

林东绣话中带刺道："就是，总该给我们几个敬茶，急匆匆地走，莫非瞧不上我们几个？"

香兰微微抬起眼睛看了林锦楼一眼，林锦楼嘴角挂着笑，对香兰道："既如此，你就端茶敬一遭罢。"

春菱忙取出一套水晶冻蕉叶的茶具，有二十余个小杯子，用热水过一遍，和书染一道沏上茶，放在托盘上，交到香兰手中。

香兰暗道："只当是在戏台上演一场戏罢了。"闭了闭眼，先端给年纪最长的林东绮。

林东绮笑着接了，歪着头看了看香兰的脸，用帕子捂着嘴笑了几声，拉着身边的书染耳语了几句，书染也含笑着说了些什么，二人都捂嘴笑了起来。

香兰又去敬林锦亭，林锦亭端了茶，对香兰左看右看，摸着下巴道："新嫂子叫什么名字？我可曾见过？怎么觉着……有些面熟？"

香兰涨红了脸，咬了咬嘴唇闪开了。

林锦楼踹了林锦亭小腿一脚道："把你那贼眉鼠眼收收，碰见个俊的就说见过，也不瞧瞧这是谁的人。"

林锦亭也涨红了脸，捂着腿翻着白眼说："不是，真不是……我真瞧着有些……眼熟。"

香兰刚好敬到林东绫跟前，林东绫看了香兰一眼，端着茶杯似笑非笑道："三哥哥当然瞧着眼熟了。她是谁你都不晓得？她呀，原来就是咱们林家的奴才，后来攀上高枝儿，去了宋家，当时可是好生威风气派，吓得我和四妹妹都不敢说话了，有这样镇主的奴才在，让我们为姨妈和檀钗妹妹好一通操心。"

"三姐姐怎么能用'吓'这个字眼呢？当时奕飞哥哥待她温柔小意的模样儿，才真真正正是郎情妾意的精彩段子啊。奕飞哥哥心甘情愿让她糊弄呢，咱们俩'吓'个什么？操那么多心，真不值当的。"林东绣嗑着瓜子，笑吟吟地把话接了过去，"听说她一去，原先服侍奕飞哥哥的芳丝就上吊没了命，要我说呀，大哥哥房里鹦哥、画眉还有鸾儿什么的才应该操心呢。"

屋中皆静，落针可闻。

原来林东绫、林东绣听见丫鬟婆子们嚼舌头，说林锦楼房里来了新人，叫香兰，原先是府里的丫鬟，让赵月婵撵出去过。她们姊妹听了这个哪还有不明白的？因在香兰手里吃过大亏，正恨在心头上，两下一合计，便叫上林东绮和林锦亭，面上说是来瞧林锦楼添的新人，其实是来寻香兰晦气，报那一箭之仇。

林东绮拽了林东绣一把，将一颗杏脯塞到她口中道："你昨晚上发噩梦了？满口胡话，快吃个甜的堵堵你的嘴。"

林锦楼脸上仍带着笑，漫不经心地把茶碗端起来，吹了吹，喝了一口，只是额上青筋已隐隐暴起。

香兰脸色发白，一丝表情也无，将茶端到林东绣跟前，

林东绣看了林锦楼一眼，见他面无异色，胆色越发壮了，挑了挑眉，将茶接了，冷笑道："林家都能让你钻营回来，可真是个有手段的。"

林锦亭目瞪口呆，手中的茶洒掉半盏，指着香兰，看着林锦楼道："她……她是奕飞……她怎么在你这儿？"

林锦亭对"香兰"这个名字再熟悉不过，起先宋柯便求他向林锦楼讨要此人，被林锦楼一句话挡了回去，后来听说香兰被赵月婵撵出去了，不知怎的竟去了宋家。

他与宋柯是莫逆之交，经常出入宋宅，曾经见过香兰几回，香兰总是远远避开。因知道她身份与别个不同，林锦亭也不好仔细打量，所以未曾看真切。最后他再听说香兰，是宋柯落难，不得不迎娶郑静娴为妻。宋柯吃多了酒，反复说香兰如何聪明温柔、端庄自爱，决意不给人做妾，他心中多么舍不得，说完便抱着林锦亭痛哭……只是这事还没过几个月，这叫香兰的女人怎就成了他大哥林锦楼新纳的妾？

林东绣"扑哧"一声笑了出来，道："你方才'新嫂子''新嫂子'喊了半天，不知道她为何在这儿？三哥哥，你睡迷怔了罢？"

林锦亭张大嘴巴，结巴道："这……这……不能罢？"

林东绫冷笑道："怎么不能？奕飞哥哥娶了显国公家的千金，两相一对比，自然

能分出哪个是狐媚魇道的……"

话音未落,林东绮便咳嗽了一声,狠狠瞪了绫、绣一眼道:"三妹妹、四妹妹,人也看了,咱们回去罢。"心说:三妹妹还是一根筋,如今香兰是大哥房里人了,说她狐媚魇道,不是打大哥的脸么?还有四妹妹今日说话也忒毒了些,八成是忘了大哥哥是什么脾气。

不承想林东绫、林东绣二人却坐着不动。

林东绣道:"急什么?咱们兄妹已经许久没这般在一起坐坐了。"

林锦亭心里却蹿出一股火,冷笑道:"真是个有手段的,奕飞虽中了两榜进士可家业也凋零大半,哪比得上大哥仕途通达,前程远大?啧,这样的心计,可惜长了个好模样。"说着去瞥林锦楼:"这样的女人你也敢在身边留着?"

林东绫哼一声道:"三哥说的是,这样的人大哥都要留在身边?长得也就寻常,我瞧着还不如鸾儿呢。"说完看了书染一眼,道:"你说是罢?"

书染恨不得捂上林东绫的嘴,看看林锦楼,脸上赔笑道:"她就是个不懂事的小丫头片子,哪是什么美人儿了?"借故去端茶,退了下去。

香兰脸色木然,垂着头,仿佛屋角摆着的一支花瓶。

林锦楼仿佛没听见,对香兰招了招手道:"小香兰,到这儿来。"

香兰低着头走过去,林锦楼取了块桂花糕递到香兰跟前道:"这个好吃,夏季能有桂花糕,已是不容易了。"

香兰小声道:"我想进屋。"

林东绮立时站起来道:"巧了,我这会子也累了,想找个地方歇歇,让香兰领我去,借这儿的床躺一躺。"说着上前去挽香兰的手,推着她到东次间去了。

林东绮知道香兰的名字,当初她遭曹丽环陷害,全赖香兰告发,故而心里十分感激,今日见香兰受挤对,心里十分不忍,压低声音对香兰道:"他们一向口无遮拦,说了什么你可别过意。"

香兰抬头看了林东绮一眼,轻轻摇了摇头,大眼睛里转了许久的泪终于掉下来。她忙用手拭了,对林东绮强笑道:"我给二姑娘铺床。"

林东绮不由一怔,见她这副小可怜儿的形容,知她和林锦楼之间定然有旁的事,动了动嘴唇,却不知该说什么了。

厅内,林锦楼"咣当"一声把茶杯摔在炕桌上,沉下脸道:"怎么着?一个个吃错了药跑我这儿撒癔症呢是罢?"

众人唬了一跳,只见林锦楼面色黑如锅底,一脸戾气,林东绫连忙放下茶碗,林东绣直着脖子将口中的蜜饯儿咽下,林锦亭不自觉坐正了身子,一个个屏息凝神,大气儿不出了。

林锦楼冷笑道:"说话!方才一个个说得不都欢实着么?怎么都哑巴了?"

林锦亭、林东绫、林东绣低着头,你看看我,我瞧瞧你,都不吭声了。

林锦亭清清嗓子道:"大哥,那个香兰……"

林锦楼冷冷朝他看过来,林锦亭只觉心里发寒,慢慢闭上了嘴巴。

林锦楼威名在外,家中也无人敢惹。自小他们几个兄弟姊妹都极怕长兄,只是后来年纪渐长,林锦楼也忙于公干,极少在家,见面时也多笑如春风,对弟妹多有疼爱,这才让他们忘了林锦楼可怕之处,又言语放肆起来。

林锦楼面沉似水,道:"伺候三姑娘、四姑娘的丫鬟是谁?"

屋中人皆噤若寒蝉,无人敢应。

林锦楼一拍桌子道:"说话!是谁?"

绫、绣二人的贴身大丫鬟南歌和寒枝正在小厅里,听林锦楼这样问了,便知不好,可当时无法,只得出去,跪地磕头道:"是奴婢。"

林锦楼冷笑道:"好得很。我妹妹该是尊贵小姐,可竟然学了一嘴市井泼妇的无耻谰言,我就知道准是你们身边的狗奴才嚼蛆挑唆的。来人,给我拖下去打!"

南歌、寒枝登时花容失色,"砰砰"磕头道:"大爷饶命,大爷饶命,奴婢再也不敢了!再也不敢了!"

林东绫、林东绣也变了脸色,林东绫"噌"地站起来道:"话是我说的,与她们什么相干?"

林东绣却流下泪来,哭道:"哥哥为一个女人就要跟我们兄妹生嫌隙么?"

林锦楼盯着林东绫和林东绣看了一回,林东绫的硬气泄了一半,又慢慢坐了下来,林东绣也不敢再哭出声,只不断抽搭。

当下进来两个仆妇将南歌和寒枝拖了下去,在院中便打了起来。

听见那二人惨叫,绫、绣二人不由脸色发白,浑身发颤。

因原先知春馆有赵月婵在,动辄打板子责罚小丫头是家常便饭,知春馆的丫头们反而神态自若。秦氏虽赏罚分明,但也是仁厚持家,轻易不上刑罚,王氏更是个心肠软没脾气的,故而两个姑娘都未曾见过这样狠厉的打法,更没料到林锦楼会如此翻脸,直接将她们最贴身的丫头按住了就打,不但一丝脸面不给,已是敲山震虎的意味了。

林锦楼冷冷道:"妹妹都大了,身边爱生事的奴才也多了,没白带偏了德行,我这当哥哥的帮你们管管身边的人,有不服的就给我吱一声。"

这厢林东绣也不敢哭了,埋着头坐着,林东绫则如坐针毡,林锦亭欲言又止。

林锦楼冷笑道:"都长能耐了是罢?说来瞧新嫂子,实则是来打我的脸,来知春馆撒泼,再不管,你们还都反了营!"

林东绮在东次间里听个分明。

家中长辈若施惩戒，还以理服人，可惹到林锦楼头上，他懒得讲道理，巴掌直接抡上来，打到人服气求饶为止。

早些年，林长政的宠妾尹姨娘给秦氏上眼药，秦氏气得与林长政大吵一架。林锦楼当年不过九岁，听说此事，闯进尹姨娘的房里，劈头盖脸抡拳头就打。纵然他还是个孩童，可生得高壮，又从三岁起习武，跟小牛犊子似的，众人阻拦不及，尹姨娘鼻子便鲜血迸流，乌眼青面，脸上开了个彩帛铺。

丫头婆子们哪里拦得住，林锦楼抄起墙上挂着的辟邪剑，对着尹姨娘就喊打喊杀，尹姨娘的丫鬟上前去挡，登时被那剑削掉一根指头，鲜血淋漓哀号不止。尹姨娘被林锦楼削掉一把头发，方知林锦楼真是来要她的命，吓得拔腿就跑。

林锦楼拎着剑就追，口中骂道："贱人，快过来受死！今儿谁敢拦我，有一个算一个，通通杀了干净！"追着尹姨娘跑了半个花园子，方才让闻声赶来的秦氏拦了下来。

林长政气坏了，命林锦楼跪在地上，抄起戒尺就去打。

林锦楼梗着脖子道："不过就是个贱人奴才，竟有这样的狗胆欺负我娘，今儿个没捅死她算她便宜，倘若日后她再满嘴喷粪，小爷我给她大卸八块，扔到池子里喂鱼！也让那些长舌头乱挑唆的都长长记性！"

林长政气得手直哆嗦，指着道："反了，反了！她是你庶母！"

林锦楼翻着白眼说："她生的孩子是我手足，可一介奴才贱人，见了我得规规矩矩地鞠躬叫一声'大爷'，怎么就成了我的庶母？她也配？好大架子的奴才敢骑到我头上，骑到我娘头上，我不弄死她弄死谁？爹爹若因这样的贱人奴才就迁怒于我，不顾父子之情，倒也不配做我爹！"

林长政素是个端庄持重的，万没料到自己会有这样浑不愫的儿子，登时气个倒仰，举着戒尺再打。正此时林昭祥来了，林锦楼立刻从地上爬起来，"噌噌"跑到林昭祥跟前，抱着林昭祥的腰号道："祖父祖父快来救我！我爹为了那个贱人要休我娘，还要打死我！"

林长政听林锦楼颠倒是非，气得差点儿晕过去。

林昭祥板起脸，"妻妾有别"等训斥一番，见林锦楼身上带着方才戒尺抽的血印，不由心疼，斥道："楼哥儿才多大！禁得起你下死手？林家素来子嗣单薄，他可是家里的长孙，你伤了他该如何？！因为一个贱人挑唆就夫妻失和，连家都治不好，日后如何在外做官？！"

林长政垂着手听训，一错眼的工夫，瞧见林锦楼站在林昭祥后头跟他挤眉弄眼地做鬼脸，心脏差点儿发病。

第二日，林锦楼乖乖去给尹姨娘认错，只临走时，趁人不备对尹姨娘阴狠狠道："贱人！再敢一回就真弄死你！"吓得尹姨娘生了一场大病，见了林锦楼恨不得绕道而行。

　　若是玩女人间的阴柔手段，尹姨娘自然无惧，可林锦楼上来便是要人命的。他是林家得宠的长子孙，真杀了她，林家也不能如何，她自己反而搭上一条小命儿，何苦来哉？之后，尹姨娘又经秦氏几道雷霆手段，便彻底老实下来，一丝念想全无了。

　　林昭祥也因此事对林锦楼更看重，特意带在身边亲自教导。

　　此事林东绮听秦氏说过好几回，每次秦氏都道："你大哥是天生这个性情，九岁才多大？就有杀人的胆色，幸而后来你祖父调教，才让他性子收敛些，没跑到偏处去。不是我夸嘴，楼哥儿迟早是个成大器的，你这个当妹妹的还少不得仰仗他呢。"

　　现如今外头那几个不省心的吃了熊心豹子胆，惹怒了这霸王，林东绮揉了揉太阳穴，免不了打个圆场，走出去道："弟弟妹妹都知道错了，甘心领罚，日后可再也不敢了。"又对那几个小的说："是不是呀？"

　　林东绣忙带头道："是，是，知道错了，知道错了……"说着去拽林东绫。林东绫也别别扭扭地认错，林锦亭垂着头不吭声。

　　林东绮又端了盏茶过去道："大哥千万别跟我们一般见识，都是猴儿，淘气着呢。"

　　林锦楼冷冷道："我最后再说一遭，香兰是我房里人，你们日后最好都敬着她，倘若再有什么风言风语传出来，别怪我不留情。今儿不过是打奴才板子，下回直接揍你们几个，大不了打完了我亲自到祖父跟前领罚。今儿个的事，哥哥念你们还是年纪小不懂事，给你们留脸。"见三人低头耷肩的模样，又厉声道，"都听见了？！"

　　亭、绫、绣吓得一激灵，忙不迭地点头。

　　林锦楼哼了一声："知道还不快滚？！"

　　那几人如获大赦，起身便往外走。

　　林锦楼道："等等，小三儿别走，跟我过来。"

　　林锦亭赶紧跟在林锦楼身后进了卧室。

　　林锦楼坐下道："前阵子你跟我说韩光业的事，我斟酌几日，眼下有个八品的把总缺儿，没甚油水，倒有些俸禄可拿。"

　　林锦亭忙道："他自然乐意，如今谋个缺儿多难韩氏父子都是知晓的，韩光业大字都没认全，不过有个机灵会办事的脑子，一来就是八品的官儿，总该知足。"

　　林锦楼轻笑一声道："他是机灵，知道走你的门路。"

　　林锦亭道："他央告我几次，我也是缠不过了，看他可怜。他若是当不好差，大哥只管踢了他。"

林锦楼道："听说你最近没怎么读书,天天跟一群膏粱纨绔混在一处,倘若不想科考了,不如到我手底下捐个官儿,日后当个肥差要务的,也是个正经路数。"

林锦亭摇头道："算了。读书写文章好歹还有些功底,舞枪弄棒的我一窍不通,祖父还指望我中举呢。"

林锦楼听了这话笑了出来,道："就你天天混吃等死的模样儿,真能考个举人,林家得开堂祭祖再给佛祖塑个金身去,祖父一欢喜也能多活二十年。"

林锦亭耷拉着脑袋道："我不是考上秀才了么?当初奕飞在这儿,我也天天悬梁刺股,最近才懈怠,过了明儿,我就去书院接着念书去。"

林锦楼道："若不成就走走考官的路子,去年主考就是我爹的同年。"

林锦亭摇摇头道："还是再试一回罢。"撩眼皮又看了林锦楼一眼,想再问香兰的事,可嘴唇动了动,终究没敢开口。

林锦亭出门时,正看见书染站在院子里,便上前道:"书染姐姐,忙着呢?"

书染笑道："我看凤仙花开得好,掐几朵包指甲去。"

林锦亭见左右无人,便打听道："好姐姐,快告诉我,我哥房里那香兰是怎么回事?"

书染道："她怎么进来的我不知道,三爷自个儿打听去。"

林锦亭嬉皮笑脸道："好姐姐,你是知春馆里的'顺风耳',你不知道谁知道?"

书染抿嘴笑道："少给我戴高帽,她的事我真不知道。就是那天大爷吩咐收拾屋子,还抬来衣裳首饰,我才知道房里要添新人。"说着叹一口气,"那香兰其实……也不容易,进来头一天就挨了大爷的打,我眼瞧着她并不十分乐意似的。"

林锦亭一怔,又嗤笑道："奕飞兄不行了,她做出一副冰清玉洁的烈女模样儿一脚蹬开,好容易傍上我哥这棵大树,日后荣华富贵享受不尽,还能有什么不乐意的?"

书染瞋了林锦亭一眼道："我的三爷,没瞅见方才大爷发多大火么?您少说两句罢。"

林锦亭摸了摸脖子,狐疑道："我大哥真迷上她了,那么看重她?"

书染因林锦亭坦诚洒脱平日里与其交情不错,有心提点,便往四周看了看,压低声音道："迷上没有我不知道,我就知道,有本事能住在正房的女人,除了赵月婵还没旁人呢!大爷收房的女人,哪个不往厢房里放?就这个,巴巴摆在身边儿,三爷素来跟大爷兄弟情深,可甭在这上头犯傻,日后多敬着香兰总没坏处。"

林锦亭瞪大了双眼,喃喃道："不会罢……哎哟我的亲娘,这女的可真是个祸害。"

书染笑道:"你操什么心?大爷什么样的祸害没见过?哪个不是三五天就厌了?"轻笑一声去了。

却说香兰,回到东次间便又趴回了窗台上,看着外头发怔。此时正值盛夏,知春馆院子里有一处堆山,并有玲珑山石,上种满名卉异草,牵藤引蔓,翠带飘飘,各色兰花开得极盛,朵朵大如茶盏,喷芳吐艳,另有玉兰白如细雪,蔷薇星星点点地点缀其中,殊觉媚人。

香兰痴痴望着,直想将心里那股子辛酸压下去。

她早知林东绫、林东绣二人会对她冷嘲热讽。当中多少难堪,她安慰自己只当是耳旁风,过去就好。可林锦亭来了,用那样诧异和鄙视的眼神看着她,宋柯知道是迟早的事,一想到此,她便觉着心口发疼。

她当时执意与宋柯分开,就是为了体面和自爱,如今反倒成了一桩笑话。她又想,宋柯早已娶了佳妇,她已成了一个极淡的影子,宋柯知道又有什么打紧的呢?兴许只是波澜不惊罢了。

春菱走过来道:"外头景虽好,可窗前也不好久坐,天色阴沉,恐是要下雨了,你坐在这儿别吹出病。"说着见林锦楼迈步走进来,便连忙退了下去。

林锦楼只见一个单薄的身影背对着坐在罗汉床上,趴在窗台向外,一动也不动,不由冷笑一声,在另一侧坐下来,从炕桌上的果碟里拈了个樱桃,在口中嚼了嚼,把核吐出来,道:"还想着你原先那老相好呢?多少郎情妾意的故事,说出来给爷听听?"

香兰扭过脸看了林锦楼一会儿,道:"大爷想听哪一段儿?"

林锦楼冷冷看进她的眸子,扯了扯嘴唇,道:"行啊,瞧不出还是个多情种。日后好生伺候着,让爷欢心了,等厌了你的时候,就放你出去跟宋柯团圆怎样?就不知道他到时还记不记得你。"说完气咻咻起身就走,让莲心重新拿衣服来,一边换一边顺气,心想这香兰忒不识抬举,先前只觉她小模样儿长得美,小身段水灵,还有一道甜甜的小嗓子,又婉约又文雅,肯定是个温柔疼人的,谁知道竟这么硌硬人。

他往东次间里一看,香兰还孤零零地趴在窗台上,不由冷笑,心道:"就给我作死罢,让爷心里不痛快,你能得了好儿?"

他本来回家就是为了换衣裳出去应酬,整理好便要出门。莲心赶忙把林锦楼的腰刀奉上,林锦楼忽问道:"我有个葱绿的荷包,里头有几粒清凉丸,放哪儿了?"

莲心道:"大爷确实有一个,可屋里没瞧见,记得是四五日前戴的了。大爷前段日子一直睡在书房里,兴许是在书房。我这就去找。"

林锦楼道:"不必了。"说着便往外走,又顿住脚步道,"你们把书房的被褥用品收一收，打今儿起我就回这儿住。屋里挂着的帘子颜色太沉了，看着闷得慌，回头换个清爽的。"

莲心连忙应下，问道："大爷要用什么颜色？"

林锦楼随口道："去问问香兰，让她选罢。"

莲心大吃一惊，又忙将脸上的诧异之色隐了，一叠声答应下来。

且说香兰趴在窗边看了半日，春菱便来催她用午饭。香兰往炕桌上一瞧，见全是素净菜色，按着她口味做的，便提起精神吃了些。

吃罢饭，春菱便坐在罗汉床上做针线，小鹃打络子，有一句没一句地引香兰说话。香兰仍趴在窗台上往外瞧。

不多时，书染便来了，先是满面春风地问好，又问平日吃住是否习惯，可有用得着她的地方，劝慰了香兰几句。

香兰只是微微点头相应，态度和善，却也疏远。春菱嘴巧，同书染说笑一二，倒也和乐融融。

书染见火候差不多了，便赔笑道："说起来还得跟姑娘赔个不是，我那个妹子鸾儿，自小就让人给宠坏了，说话没轻没重，言语之间多有冲撞冒犯，姑娘大人大量，千万别跟她一般见识，还请原谅则个。我在这儿替她赔礼了。"说着起来福了福。

香兰道："书染姐姐客气了，我知道她有口无心。"心想："书染办事稳重妥帖，色色想得周全，是个精明强干识大体的，不知怎么有了鸾儿这样的堂妹。这姊妹俩从长相到性情都没有相似的地方。"

正说着，暖月、如霜、汀兰等几个知春馆里有头脸的丫头进来，都是来瞧香兰的，一个个笑逐颜开，嘘寒问暖，透着十足的亲热和恭顺。

香兰暗暗惊奇，虽无心应酬，但脸上也少不得勉强挂上笑容，与那几人客套寒暄。

春菱从东次间里出来，隔着窗户看见莲心，便连忙唤住，从屋里出来至廊下，问道："今儿是怎么了？各路大神小仙都往东次间里去。"

莲心笑道："当然有缘由了。"压低声音道，"前两日香兰刚来，她们那些见风使舵的还得看看风头不是？谁想这第三天头上，大爷为着她撅了几位哥儿姐儿的面子，方才还吩咐日后要回知春馆睡，让把书房的一些书册和被褥搬回来，你说这都为了谁呀？"

春菱也笑道："我说中午的时候，有几个小丫头要孝敬我东西呢，原来看香兰身边丫鬟少，也藏了心思了。"

两人又说了几句，暂且不提。

屋中,暖月等人团团围着香兰说话,见她兴致不高,知她早晨吃了林家几位哥儿、姐儿的排头,许是闷在心里不舒坦,便识趣地告退了。

汀兰磨磨蹭蹭地,走到门口又折回来,来到香兰跟前,赔着笑道:"听春菱说,你穿的裙子缺根桃红的络子,我得了闲儿打了几根,系衣服上也好,系腰上也好,还有几根小的,穿上玉石、珠子就能当扇坠子,你瞧瞧看喜不喜欢?"说着拿出一个小布袋子,将络子都倒在床上。

香兰一瞧,果见几根络子打得极精致,有桃红的,有松花的,有娇绿的,有大红的,颜色不一,活计十分鲜亮。

香兰抬头,见汀兰满面讨好,心下就明白了,暗道:"当初我被赵月婵关了发卖,汀兰来给我送吃的,我求她给宋柯传个消息,她因害怕便拒绝了。这一遭我又回到林家,她是怕我记恨罢了。其实她当初肯来送吃的给我,我便已承了她天大的情,日后感激不尽。都是在这世上讨生活的人,谁能没个难处?她又何必这般呢?"她抬起头,见汀兰眼下发青,脂粉都遮不住,知道她这两天必然点灯熬油地打这几根络子,心里不忍,便不大想收,可知道若自己不收下,汀兰只怕更胡思乱想,便打起精神笑道:"都是极好的东西,这么点子小事还想着我,倒让我心里不安了。"指着一条松花色的,道"这条好看得紧,一会儿我就络在荷包上。"

汀兰见香兰笑着说喜欢,不似作伪,待她仍然亲热,不由松了口气,笑道:"若是络荷包上,我就再做几条穗子,垂着才好看。"

香兰见左右无人,便压低声音道:"姐姐不必这样忙的,当初我刚进府,姐姐就多有照顾提点,后来赵月婵要卖我,姐姐还冒险给我送吃的……我心里都有数。"说着握了握汀兰的手。

汀兰登时会意,心里有些愧,还有些暖,道:"好香兰,你是个厚道人,这样说真让我不知该说什么了……"

一语未了,有个穿着绛红掐牙背心的体面丫鬟端着个八角捧盒进来,笑道:"二姑娘打发我来给香兰姑娘送东西。"

香兰认得她是林东绮身边的大丫鬟踏莎,连忙起身道谢。

踏莎打开捧盒,里头是两瓶新茶、一盘子时鲜果子,另还有一小碟儿点心,都是寻常见的东西,但胜在新鲜。

香兰明白,这东西不在乎贵贱,林东绮这般做是为了给她长脸,为着还她当日的人情。

香兰苦笑,心道:"原先我在林家无依无靠,只盼着有人能当个靠山,过得轻松些,结果雪中送炭的少,作践倾轧的多。如今我无意于此,反倒一个个来给我长脸,可又有什么用呢?"不过到底感激林东绮,正愁没东西还礼,忽想起抽屉里有两匣宫粉，便取出来递与踏莎道："正好你来，请拿回去给二姑娘用，代我好好谢她。"

踏莎一见便笑道："哟，这可是扬州进贡宫里的玉簪粉，可是难寻觅，先前我们姑娘有一匣，用尽了就再寻不着了，想不到今儿个这一遭来得巧，能见着这稀罕物。"对香兰道了谢，春菱又给她抓了一把钱，方才走了。

闲言少叙。

且说林锦楼说自此后天天回知春馆住，将一干人等忙得人仰马翻，先是将书房里林锦楼的衣服和被褥都搬回来，又把房里的帘子、椅搭、桌帏、床褥都换成颜色鲜亮的。莲心、暖月等人捧着几色窗帘、床单等请香兰过目。

香兰一瞧，见不是缂丝的就是织锦，还有二色金，均是昂贵之物，便问道："这些东西给我看做什么？"

莲心笑道："大爷说屋里瞧着沉闷，让换些艳丽的，让姑娘拿主意。"

香兰一怔。今日林锦楼问她与宋柯之事，她没忍住便刺了一句，本以为林锦楼会再打她一巴掌，谁想他气呼呼地走了，如今又让她来挑帘子的颜色。真是笑话，她又不是知春馆当家做主的人，让她挑，岂不是逾矩了？

她抬头看见莲心殷勤讨好的笑，便叹口气，懒得再想林锦楼葫芦里卖的什么药，便随手指了个缕金线的栀子色柿蒂纹锦，道："这个罢。"

莲心一叠声命人挂起来。

暖月凑趣儿说："这个选得好，清淡爽眼，瞧着干净，金线闪闪亮亮仿佛会动似的。"

如霜笑道："可不是？寓意也好，自古男婚女嫁都有柿蒂图案的东西，取坚实牢固、人丁兴旺的意思呢。"说着看了香兰一眼，那几人知道香兰好性儿，也不怕趣着她，便都"咻咻"笑了起来。

香兰一听这样的话脸就红了，低下头，心里也烦恼起来。

是了，倘若她不慎怀了林锦楼的孩子该如何？那岂不是更难脱身了？如今林锦楼妻位悬空，林家家规森严，应不允出现庶长子的罢？可也说不准，林锦楼是长孙，至今膝下犹虚，林老太太和秦氏铆着劲儿给他房里塞人，不就是为了让他早日开枝散叶么？前天她与林锦楼有了夫妻之事，可也未见老嬷嬷来给她端避子汤……

香兰六神无主，莲心以为她面皮薄，被人趣着有些恼了，便连忙带着那几个丫鬟出去了。

谁知莲心等人刚走，画眉又来，站在门口请小鹊通传。

香兰暗想："画眉是个心伶嘴利，肚皮里阴狠的，当初她上下嘴皮子一碰就糊弄岚姨娘办了无数蠢事，末了不但全身而退，还踩在青岚的尸骨往上爬了一格，做了姨娘，连赵月婵都没奈何她，可见其手段。我本就不喜她品性，这种人就该离越远越好。"便对春菱说道："今儿个奇怪，这屋里就跟走马灯似的，莫非是把这地方当赶集的了？说我这会子累了，已经睡了。"

春菱犹豫道："这样不妥罢……画眉好歹是个姨娘，且还是有些头脸的，你也知道她的手段心计，这样公然撅她面子，只怕她记恨，况且也不太合礼数。"

香兰冷笑道："她要不愿意就找林锦楼告状去，林锦楼瞧我不顺心就撵我出去。几位哥儿、姐儿都是祖宗，非得我伺候，难不成画眉也是祖宗？再说她哪是什么好人，见了面也是口蜜腹剑，嘴上叫得亲热，心里恨不得弄死我，我也没那个耐性跟她假情假意地敷衍。"

春菱"扑哧"一笑道："你说得倒痛快，岚姨娘要是有你一半明白，也不至于这样稀里糊涂死了。"说完又叹了一声，摇了摇头，转身出去回绝画眉。

香兰靠在大引枕上只觉着闹心，胡思乱想一番，不知不觉已到掌灯时分。

院子里一阵喧闹，片刻，林锦楼推门走了进来。林锦楼鲜少正点归家，这可惊坏了知春馆里的人，众人忙不迭地团团围住，伺候林锦楼擦脸换衣吃茶。

林锦楼换了家常衣裳，走到东次间一瞧，只见香兰仍趴在窗户前头，便咳嗽了一声。

香兰也不转身。

林锦楼冷笑，在罗汉床一侧坐下，长臂一伸，捏住香兰的小下巴，把她的脸扳过来，道："跟爷说说，这外头有什么好看的西洋景？"

香兰闭紧嘴巴，也不说话，长长的睫毛垂了下来。

春菱忙去给林锦楼上茶，轻声说："大爷，这是清火的凉茶。"

林锦楼心想："老子是得清清火，要不迟早让这倔驴给气死，茅坑里的石头又臭又硬，都到这一步了还瞧不清自己身份，跟爷犯倔。成，爷看看咱们俩谁倔得过谁。"松开手吩咐道："摆饭罢。"

小厨房早就预备下了，这厢听了林锦楼吩咐，丫鬟们便端着托盘鱼贯而入，炕桌上便摆满了菜：一道干蒸劈晒鸡、一道油炸排骨、一道水晶蹄髈，还有一道清蒸鲫鱼，另有肉松香蒜花卷、麻油凉拌熏肉丝等。

如霜取来一小银素儿酒、两个粉白的葵花酒盅、两双牙箸放在桌上。

林锦楼意态悠然，举起筷子便吃。

香兰偷偷瞄了林锦楼一眼，只见他穿着蓝色的软绸衣裳、弹墨散腿的裤儿，头上的髻只用一根金玲珑簪子绾了，盘腿坐在床上，背后靠着两个枕头。他这样的家常打扮，在烛光下更显得高大健壮，香兰又想到前天晚上那一夜，心中惴惴不安，手心都冒出汗来。

林锦楼显是饿狠了，狼吞虎咽地吃了蹄髈，去了一盘子排骨。

　　香兰静静垂着头在一旁坐着，春菱着急地给她使眼色，让她给林锦楼倒酒，见香兰一动不动，只得亲自上前替林锦楼把酒满上。

　　林锦楼吃了一回，丫鬟们撤下空盘，上了些素淡的时鲜蔬菜。

　　林锦楼挥退了左右，看了香兰一会儿，开口道："你吃点儿罢，打从前天就没好好吃东西，光吃青菜，跟养兔子似的，今儿个看着下巴都有点儿尖。"说着给她夹了一筷子鸡胸肉放在她跟前的金泥小碟里。

　　香兰心道，这林锦楼原来也会说两句软和话，正暗自纳罕，又听林锦楼声音平静道："吃点儿肉，回头整个人瘦了，胸脯子都小了。"

第二十三章
心锁恨难诉

香兰一怔,紧接着明白过来,脸"唰"一下成了红布,将要滴出血,难以置信地抬起头瞪着林锦楼。

林锦楼仿佛没事儿人似的,道:"赶紧吃。"夹了一筷子菜,抬头看着香兰目瞪口呆的小模样儿又笑了起来,不费半分气力地把香兰拽到他身边,揽在怀里,拿起自己吃酒的葵花盅送到香兰唇边,香兰一脸厌恶,扭头避开。

林锦楼眉头一挑,掐住香兰的下巴,手上使力,香兰吃痛,不由张开嘴,林锦楼便将酒盅里的酒一股脑儿灌进去。辛辣之气冲上喉咙,呛得香兰软在另一侧靠枕上,咳嗽不止。

林锦楼冷眼看她咳得死去活来,淡淡道:"可别敬酒不吃吃罚酒。小香兰,爷跟你说什么,你只能乖乖儿照做。今儿个你已惹了爷两遭,再惹一遭,只怕就没那么舒坦了,懂了吗?"

香兰扭头,只见林锦楼双眼里闪烁着冷意,暗想:是啊,如今自己整个人都攥在他手里,又何必如此不识时务?强做个笑脸博他个欢心,自己也能舒坦些不是?就当演一出戏,真真假假的,人生不就那么一回事么?

她不断宽慰自己,眼泪却不知怎的滚瓜似的从她雪白如玉的脸上流下,止都止不住。

林锦楼又将她拽起来,跟哄小猫儿似的抚了抚她的头发和后背,说:"行了,行了,甭哭了,天天跟个小可怜儿似的,你乖乖儿的不就天下太平了?"

香兰睁大泪眼，林锦楼脸上又是一副漫不经心的笑模样了，拿起一条竹青色的汗巾子给香兰抹了抹泪。香兰小声道："我自己擦。"从腰上把自己的帕子抽出来擦眼泪。

林锦楼又把那鸡胸肉夹起来，送到香兰口边。

香兰瞪着那肉，油汪汪的，一口都不愿下咽，又不敢拂了林锦楼的意，正要张嘴，林锦楼又将那鸡胸肉放下了，夹了一筷子鲫鱼，蘸了蘸调制的小料，放在碟儿里，推到香兰跟前道："吃这个罢，清香的，鱼肚肉没有刺。"说罢把那块鸡胸肉塞进自己嘴里。

香兰慢慢提起筷子，夹了一点儿鱼肉。鲫鱼肉鲜，入口即化，是难得的美味。

林锦楼又给她夹了几筷子菜，道："都吃了，爷瞅你身子挺单薄的，得好好补补。丫鬟说你今儿中午只吃了一个饼，喝了一碗汤，这点儿猫食还不够塞牙缝的，吃这么少，赶明儿个就该闹病了。"看看香兰身上的衣服，见是一身葱黄绫绵褙儿，底下是玫瑰紫的裙儿，衬得楚腰纤细，便笑道，"这衣裳是爷让人给你做的罢？爷就知道，你腰细，穿这个好看。"

这衣裳确实是林锦楼让人备的两箱四季衣裳里头的，春菱取出来让她穿，她见这衣服是规规矩矩的模样，便换上了，倒没想到林锦楼做这衣裳是为了看她的腰。

香兰心里暗骂"不要脸，不要脸，不要脸"，只埋着头慢慢地吃菜。

林锦楼自斟自饮，又吃了一回，直到香兰吃完了粥，才命人把残席撤了，二人漱口擦手，丫鬟们又重新摆上茶果，上了两盏热气腾腾的茶。

林锦楼吃了口茶，把腰间一枚钥匙丢到香兰怀里，靠在引枕上道："这是卧室里床头最里头抽屉的钥匙，里头有一包三百两散碎银子，另还有几十串钱，你要用便从里头拿。里头银子没了爷再放进去便是了。"

香兰低着头不说话。林锦楼却浑不在意。

一时吉祥拿着一封信有事禀报，林锦楼便去厅内处理公事。香兰长长呼出一口气，灌了一大口茶。林锦楼喜怒无常，性情暴虐，她与之一处便提心吊胆。她暗自琢磨，日后得了空该向书染求教求教，问问书染是如何同这活阎王一起相安无事的。

不知过了多久，香兰靠在引枕上迷迷糊糊快睡着的时候，林锦楼回来了，高声唤外头的丫鬟："把你主子的东西收收，打今儿晚上起她去里屋卧室睡。"

香兰大惊，立即坐了起来，脸色发白，手心一片冰凉。

林锦楼走到她跟前，俯下身子，掐了掐她的脸，道："爷先前因为赵月婵那婆娘，搬去书房睡，如今她走了，爷早就该回来住。你打今儿个起就好好贴身服侍我，跟爷躺在一张床上，高不高兴？今儿个让你重新挑了屋里的帘子和铺盖，爷方才去瞧了，又素净又雅致。"说完直起身往外走，扭头丢下一句，"收拾妥了就往屋里来。"

便走了。

香兰不知自己是怎么梳洗好进主屋卧室的。那屋子极大，饶是摆了许多名贵玩器，奢华家具陈设，仍显得空旷。

林锦楼半躺在床上，背后垫着几个靠枕。他裸着上身，下面用一条极薄的被子盖着，应是一丝不挂。

香兰呼吸陡然急促起来，腿仿佛灌了铅，一动都不能动。

林锦楼见香兰披散着一头青丝，身上穿了白色的小衣，越发衬得面如桃花，肌肤如雪，不由喉头微滚，招手道："过来。"

这本就是"躲得过初一，躲不过十五"的事，香兰闭了闭眼，认命地走了过去。

林锦楼拍了拍身边空着的地方，香兰便坐下，颤巍巍地脱了鞋子，爬到床上来。

床幔一放下，林锦楼便一把将她搂住。香兰闻到一股酒气并一股浓烈的男子气息，那一晚的回忆便如同洪水汹涌而至。她浑身僵直，直挺挺躺在床上。

林锦楼温香软玉抱在怀里，他身上肌肤滚烫，一手去解香兰的衣裳，唇压着她的嘴，又吮吸又啃咬，鼻息喷在她脸上，喘息便粗重起来。

他剥开香兰的小衣，露出的大片凝脂雪肤好似最上等的绸缎一般。他忍不住吻上，开始轻轻地咬，去抓住令他目眩的柔软。

香兰睁大眼，怕得浑身发抖，哀求道："不，别……"

林锦楼更用力将她抱紧，吻在香兰脸上，将她身上的衣衫褪去。

香兰浑身猛地绷紧，拼命推搡捶打林锦楼说："你放开我，放开我……"

林锦楼轻而易举地攥住她两只手腕，粗喘着亲她耳朵，低声道："别动，别动，爷的小香兰……待会儿你就知道妙处了。"

香兰浑身乱颤，林锦楼已箭在弦上，再忍受不得，用力挤进她身子里。那强壮的手臂箍得香兰将要窒息，她拧住身下的褥单，半张脸埋进玉纱枕头，那枕头中清甜的茉莉花香，她闻起来却全是苦味。

林锦楼兴起，这女孩而好似一朵细致的花，又香软又娇嫩，让他浑身舒坦，有股子说不出的满足。他尽兴折腾了好一阵子，才喘息着将香兰揽到怀里，低头一瞧，只见香兰额头上满是汗水，青丝都贴在面上，牙紧紧咬着嘴唇，半闭着双眼，形容狼狈，却妩媚纤弱，撩人心怀。

林锦楼摸着酥胸嫩乳，不觉淫心又起，刚翻身压上，忽听香兰平静道："大爷不叫水进来么？"

林锦楼看着身下的花颜月貌，呻吟着，咬牙道："待会儿，等这回完了……"

香兰淡淡道："那大爷快着点儿，等完了，别忘了让丫鬟婆子给我熬避子汤。"

林锦楼额上的汗顺着面颊滚下来道："不用，那劳什子你不必吃。"说着去亲香兰的嘴。

香兰侧过脸躲开，说："为了救我爹，我答应伺候你，可没答应生孩子。"

林锦楼一顿，只觉一盆冷水兜头浇下，那起的春兴也风吹云散，紧接着一股怒火从心里蹿出来，一把揪住香兰的头发，让她正视他的眼，森然冷笑："不想给我生，你想给谁生？莫非是宋柯？他已娶了显国公的千金，新婚宴尔，估计早就有种了，啧啧，可怜你还在这儿惦记他。"

香兰疼得仰起脖子，林锦楼的目光仿佛千万把利刃，让人瞧着便无端胆寒。她垂下眼帘，过了半晌才道："我不曾惦记他，只想一个人清净罢了……"说完忽闪着睫毛，无奈又惨然地对林锦楼笑了笑，"大爷，你几时能厌了我？"

林锦楼恨得额上青筋绷紧，却嗤笑一声："厌不厌都是爷说了算，告诉你，就算爷厌了你，你也得乖乖儿在这儿待着。你以为能翻得出爷的手掌心？"说完他狠狠噙住香兰的嘴，拼命地吮咬，撞得香兰浑身将要散架。

林锦楼恨得牙根疼。这混账该死的小妇儿，总弄得他心里不痛快，他偏让她服软，已成了他的人，还满脑子闲七杂八，跟他唱一出"身在曹营心在汉"呢。她想让他快点儿，想要喝避子汤，那眼神里分明是憎恶。好，好，好，他林锦楼岂是能让人轻视消遣的？他偏要折腾她一晚上，让她彻彻底底地长记性！

香兰已不知过了多久，林锦楼完事出去叫水的时候，她头一歪便昏沉沉睡着了。第二日起来，林锦楼已经走了，她只觉浑身钝痛，下身更如火烧火燎一般。

她挣扎起身，忍着耻，跟春菱要了热水和药膏子，轻轻擦洗了，又涂上一层药，勉强穿了贴身的衣裳，便缩在被子里，将自己裹成成一团。

她全身都疼，心里也疼。她劝慰自己忍忍就过去了，不忍又能怎么样呢？可真要有了孩子该如何？林锦楼昨晚又说不肯放她，她岂不是要绑死在这冷冰冰的牢笼里？

小鹃隔着床幔唤她用早饭，香兰懒懒的不愿动。小鹃见屋里没有旁人，便悄悄把床幔掀了，探头进去，笑嘻嘻道："香兰，起来吃点儿东西罢，好歹吃点儿粥再睡。"

香兰摇摇头道："吃不下。"

小鹃面露难色道："啊？那怎么办？大爷嘱咐让我盯着你吃呢。"

香兰低声问道："有人端避子汤给我么？"

小鹃吃了一惊，道："自然没有的！"

香兰勉强直起身，去拉小鹃的手，道："好妹妹，跟我说说，哪儿能弄来这东西？"

小鹃惊疑不定地看着香兰，只见她面色惨白，两眼发肿，带着憔悴之色，小声问:"你……你怎么要这个?多少人惦记能怀上大爷的子嗣呢。"

香兰轻声道:"我不想……我想有一天离开这儿,回自己家里去。"说着又忍不住落下泪来。

小鹃叹口气,坐在床沿道:"大爷的脾气是吓死人,如果是我,我也不愿意呢。"同情地看了香兰一眼,握了握香兰汗津津的小手,低头想了想,道,"我记得三爷房里的人吃这东西……有一回我去卧云院借东西,听见两个老嬷嬷磨牙,说三爷新收房的烟霞不老实,每次把避子汤都偷偷倒了,恰让素菊姐姐瞧见,便教训了两句,烟霞不服气,说素菊忌妒,两人好生闹了一场。"

香兰低头想了想,暗道:"避子汤的方子倒是好弄,只是没地方煎药,需想个法子才是。"

她想了一回,身上实在不舒坦,便又倒在枕头上睡了,再睁眼时,天色已擦黑,便勉强起来梳洗。林锦楼当天晚上不曾回来,又连着三日不在。双喜回来取林锦楼常穿的衣裳,说他有公务在身,要在军中住几天。香兰大大地松了一口气,忽觉心口上一块巨石终于落了地。

整个林家这些日子都忙碌到十分去。第一是林长政要动身去山西出任总督,要收拾一番上路。二则,林东绮要赶在林长政动身之前出嫁。

秦氏尽心尽力,镇日忙乱,恨不得生出三头六臂,一时派人去关照林长政的行李,一时要去督办林东绮的嫁妆和婚礼,经手的皆是彩缎金银等物。林家上下没几个得用的女性长辈,王氏记账算账,核对物品是把好手,旁的便一概指望不上,秦氏少不得请同族的女人来帮忙操持。

秦氏本想请林东绫与林东绣帮着协理,一来让两个女孩儿经经世面,二来也有意提点。林东绣是大房的庶女,秦氏本有教导之责,虽说她觉得林东绣一肚子心眼儿,不是个淳厚的,心里有些不喜,可这孩子到底唤她一声"母亲",这些年跟自己生母包姨娘都是安安分分的,秦氏也便不吝惜,该提携便提携一把。

林东绫却是王氏亲求到秦氏门上,央告她指点的。秦氏本不想揽事上身,但与王氏妯娌间相处融洽,仿佛姊妹一般,又喜爱王氏宽仁,怜悯她不得丈夫敬爱,便答应了。

谁知林东绫素来怠懒,最初还每天辰时去秦氏身边听差,可没过两三日就厌了烦了,不是说头疼,就是说脑热,起先是躲半天的闲儿,在家睡个懒觉,后来索性整日都不去了。

秦氏打发红笺对王氏道:"非是我们太太不管,只是三姑娘最近身子总不好,千金小姐都是娇贵的,我们也怕真酿成什么大病。我们太太整日这样忙,总有照顾不周的地方,也怕亏待了三姑娘。二太太回头去问问,三姑娘若是总不见好转,就回去好好歇歇，若是明儿个就好了，便请辰时准点去罢。"

王氏听了便去问林东绫，林东绫穿了水绿纱衣、阔腿的软绸裤，歪在凉床上吃樱桃，对王氏道："天这样热，母亲就让我歇歇罢，今儿也去，明儿也去的，顶个大太阳，真真儿晒脱皮了。再说，大伯娘也没教什么，看账簿都是母亲教过的，中馈的事我也都知道，又巴巴地过去做什么？"见王氏皱起眉头，便一把抱住王氏的胳膊，撒娇撒痴道，"我的好太太，你疼疼我罢，我最近身上真不大好，不信问南歌、含芳她们，我最近犯咳嗽，每天晚上都要咳醒，正吃着药呢。"

王氏闻言吓了一跳，道："我的儿，莫不是犯了百日咳？赶紧请济安堂的罗神医来瞧瞧。"

林东绫道："不过是小咳嗽，整天还要吃药丸子，没个消停时候，母亲疼疼我罢！"

王氏心疼女儿，忙忙地打发人去给林东绫炖润肺的补品，让珊瑚给秦氏带话道："我们太太说了，三姑娘确实身上不好，也怕给大太太添麻烦，等过两日身子好了再来。"

秦氏心中冷笑，脸上却挂着笑意道："身子不舒坦就好好养着，回头去公中的药材库里取点儿好药给三姑娘送过去。"

待珊瑚一走，秦氏便对红笺道："二弟妹这么宠着孩子，可不是什么好事，我看绫姐儿如今不对头，先前不过有个娇纵的病儿，如今加了一个'甚'字。"

红笺道："三爷自小是在老太太身边养的，二太太就剩这么个女儿在身边，自然就多溺爱了些。再说，如今二姑娘也要出嫁了，后头只有一个四姑娘，至多不过一副嫁妆，太太又何必为别人女儿操心？自己的女儿自己教养，咱们想管，也怕人家不高兴。"

秦氏笑道："你说得极是，正是这个理儿。"便丢开手不再问了。

"三姑娘说身上不好就不来了，可我方才还瞧见她在剪秋榭里摆了一桌子果子糕饼，又吃又喝的，赏花喂鱼，好不惬意的模样。这哪里是病了，分明是不想来。"疏桐一面说，一面挽着袖子给林东绣研墨。

林东绣正提着毛笔誊抄一份物品单子，闻言挑了挑眉，冷笑道："三姐姐就是那样，人长得蠢，没个眼色，也没个好性儿，成天胡吃闷睡，中馈女红不成，读书写字也不成，浑身上下找不出一处得意的地方。"

疏桐道："可不是？昨儿个我跟太太身边的蔷薇姐姐还提起姑娘来，说姑娘虽生得单柔，瞧着文静，可内心是个极要强的人，竟是个十分有体统的闺秀，好大的精神，太太交代的事，正是色色料理周全，等闲的女孩儿全都比下去了。也就是二姑娘是太太亲自调教着，才比一般人强些，姑娘这没人教的，竟然也不比二姑娘差，我们冷眼瞧着还高出一筹去呢！更别提已经嫁了的大姑娘、成天懒散的三姑娘，如今在女孩里，姑娘可正正是个尖儿。"

这疏桐原是伺候林东绣的二等丫鬟，因上有寒枝事事打压，总觉有志难伸，可巧前几日寒枝让林锦楼命人打得不能下床，林东绣身边没了贴身的人伺候，便显出疏桐来。此人深知林东绣最喜奉承，讲究排场，这几日曲意逢迎，又恭恭敬敬，十分讨林东绣欢喜。

林东绣听了果然满脸挂了笑，不由把毛笔放在笔架子上，将茶碗举起来，笑道："你也是，怎么跟太太身边的人嚼起我来了？还拿我跟二姐姐比，赶明儿个传到太太耳朵里，还指不定怎么样呢！"

疏桐笑道："什么怎么样？二姑娘就要嫁人了，太太身边连个得用的女孩儿都没有，到时候还不得器重姑娘？况且说了，都是一家人，姑娘还得唤太太一声'母亲'，日后姑娘飞黄腾达，必然也少不了娘家的好处。"

这一番话正是又说到林东绣的心坎儿里，不由春风得意，笑道："你果然是个乖觉知道好歹的，这样的道理都明白。"抬头看了一眼，见疏桐穿着青缎袄儿、水红的棉绫裙，一张圆方脸，大眼阔口，肤色微黄，脸上用了脂粉，虽不是美人，倒端正伶俐，便又说道，"原以为你是个憨呆头，想不到肚皮里却有些见识。"

疏桐笑道："姑娘说得不错，我本就是个憨呆头，都是姑娘教得好。这些时日姑娘早出晚归，勤学苦练，回去还拨拉算盘珠子，我们瞧着都心疼。我就想着，姑娘这样聪敏的人都如此下功夫，更甭提我们这些呆子了。"

林东绣笑着吃了一口茶，忽然又叹口气道："下功夫又能怎么样？都是命不好，没托生太太肚子里，像我这样没人疼的，只能自己事事挣命要强罢了。你瞧三姐姐，万事不用做，自然有她老娘给她料理。听说她爹正打算给她找一门上好的亲事，光鲜着呢。我爹的意思，是想给我说个读书人，说是家财浅薄也无妨。"

疏桐便笑道："我瞧着也没什么不好，门第再光鲜，里头拖家带口，婆婆、妯娌、小姑子一堆，也没个清净。姑娘这品貌，若是找个读书人嫁了，人家还不当菩萨供起来？反比那光鲜的舒心呢。"

这话又说得林东绣舒心，强忍着快活，随口说了两句闲话，便把这事揭过去了。

一时各房的人来领尺头，林东绣命疏桐念，自己拿毛笔勾了核对。

知春馆却是书染带着两个小丫头子来了。

林东绣连忙站了起来，拉着书染的手笑道："哟，这点子小事，怎么还劳姐姐亲自来了？"一叠声张罗道："赶紧把我大哥哥房里的份例取出来。"

书染笑道："闲着也是闲着，就过来走走，也为着来瞧瞧四姑娘。昨儿个大爷托人从外头捎来两盒子细点，都是酥香斋的，我给姑娘一样留了一个，攒了一碟子捎过来。四姑娘尝尝，未必有家里厨子做得好，就是尝个新鲜。"一边说，一边把一个小食盒拎起来。

原来这细点是林锦楼让小厮捎回来给香兰的，可香兰哪里吃得下？她想了想，挑了几样精致的，用彩绘的盒子盛了，请了书染来，亲自送给书染吃。

这些时日香兰时不时送些东西给书染，有时一根簪子，有时一件刺绣的半臂衣裳，有时两碗细菜，不一而足，都是好东西，可每回一点点，不显贵重。

书染有时回赠一两件玩意儿，香兰也收下，待下回便送书染更贵重的，请书染过去说话，也只谈谁的刺绣好，谁的衣裳漂亮，哪个丫鬟配了小子，谁家小姐嫁了高门，绝口不提旁的。

书染心里暗赞香兰高明，虽每次都送一点儿东西，可架不住隔三岔五地送，有道是拿人手短，日久天长便是欠了香兰好大的情。可她又不能说什么，眼睁睁着香兰是林锦楼跟前的红人，她小心翼翼地哄着还来不及。香兰却好似无欲无求，真想跟她知心姊妹似的，拉着她的手请她常来，临了又送她些东西。

故而过了几日，书染自己便坐不住了，主动到香兰房里，故意提些林锦楼的事。香兰只是抿嘴笑着，听她讲些林锦楼的轶闻等，不着痕迹地夸书染两句，偶尔才追问。

书染本提着戒心，可香兰实在是美貌又和善，便又慢慢放了心，不知不觉，不该说的也说了出去。等她发觉时已经晚了，香兰却仿佛听过就忘了，全然不记挂在心上。

书染也吃不准香兰是什么样的人物儿：说她聪明吧，可她频频惹林锦楼发怒；说她笨吧，可她分明明事理、识大体。

书染能瞧出香兰是个宽厚人，有意让鸾儿跟香兰亲近，鸾儿却梗着脖子道："什么？让我跟那小妇儿养的惺惺作态？还不如让我抹脖子呢！"再劝就要急了，书染只得摇头走了。

这厢她得了香兰的一盒点心，自己尝了两块，正巧有丫鬟来让她们去库房领东西，书染琢磨着许久没见着林东绣了，她原本就八面玲珑，四处都结善缘，当下便拎着剩下的点心过来了。

林东绣笑道："难为你想着。"命疏桐把点心接了，拉着书染的手在炕沿上坐下来，口中一长一短说了几句热络话。

林东绣问道："大哥哥如何？还在营房里没回来？"

书染道："可不是？听说海边又不太平，大爷去坐镇了。"

"大哥哥就是成天忙忙碌碌的，见不着人影儿。"林东绣凑近书染，低声问道，"他新收的那位呢？还住正房呢？"

书染道:"可不是?还住着呢。"

林东绣撇嘴道:"小狐狸精,就是长了张脸蛋儿,真是有手段。"

书染道:"她也不容易,总惹大爷生气,大爷临走前……"她想到此处顿了顿,觉着跟个未婚的姑娘家说这个不合时宜,便连忙住了嘴。

林东绣追问道:"临走前怎么了?"

书染便含糊道:"反正她惹了大爷不痛快。"心道:"香兰在床上躺了好几日,昨儿个才能下地,也真是造孽……"

林东绣冷哼了一声。

书染又同林东绣说了些闲话,便领着小丫头子回去了。进了院子瞧见小鹃正抱着一盒东西往屋里走,书染便上前问道:"你这是做什么呢?"

小鹃道:"香兰姐说要画画,让我找些纸来,我寻来了她又说不对,讲了一通什么生宣熟宣的。这纸还分生的熟的?还有笔,什么狼毫、羊毫。我哪里分得清呢?方才在小库房里翻出来些,我就一股脑儿全拿来了。"

书染看了看道:"这都是不得用的,回头我去寻些好的来。"说着同小鹃一起进了屋。

香兰端端正正地坐在林锦楼设在正房的书案后头,穿着桃红绣金竹叶五彩花卉纹样的褂儿、月白的绫缎裙儿,头上绾着髻儿,一副家常打扮,脸上脂粉未施,却显得比前几日有精神了。她前头摊着一张纸,上头已画了一朵花。

书染上前笑道:"哎哟喂,你还有这样的雅兴?快让我瞧瞧画的是什么。"

香兰含笑道:"闲着没事,闹着玩罢了。"

书染将画捧起来,咂嘴咂嘴道:"画得这样好,还说是闹着玩。要这些画画的东西,要去后头的箱子里找,全是大爷先前用剩下的,都是好东西,应该还有一半能拿出来使,缺什么列个单子,回头让廊底下的小子们采办就是了。"

香兰吃惊道:"大爷用剩下的?"

书染笑道:"大爷小时候老太爷说他性子太烈,恐他怒急惹出大事,便让他学琴棋书画修身养性,请了好几位师傅教他,还有人上门求字求画呢。后来大爷公务渐忙,这些东西就扔下了。"

香兰心道:"林家也是累世簪缨,子孙不说精通诗词楹联、琴棋书画,也是能侃侃相谈的,有人上门求字求画倒不稀奇。前世我大弟稍会写字作诗,清客就都来求,其实只不过为了讨好主子,趋炎附势罢了。林锦楼那个蛮横的混账东西,浑身上下也没根风雅的骨头。"

当下书染便带了人到后头抬出一口箱子,打开一瞧,里头有半箱子雪浪纸,另有半沓熟宣,洋漆小盒里盛着朱砂、赭石、广花、藤黄、胭脂等几样颜料,另有大抓笔、大小狼毫、大小白云笔若干，粗白碟子和碗若干，果真有大半东西能用。

香兰便命人将能用的收拾出来，把纸摊开，提着笔发怔。

她也不知该画什么好。

这几日她一直躺在床上发呆，觉得自己命苦，过关斩将好容易熬到见了一丝光明，可立时又跌入深渊。她有时想，要不就这样算了，已经成了这副模样，不如去打探打探林锦楼喜好，何不让自己过得舒坦些呢？

她白天请了书染来徐徐图之，旁敲侧击。书染是个精明人，瞧着对谁都和风细雨，实则戒心甚重。香兰不动声色，只聊闲话，决然不提旁的事，慢慢将其戒心放低，再套问些有用的话。可香兰晚上躺在床上又睡不着，千万般不甘心和愤恨几乎要将她逼疯，心里仿佛有一把锯，拉得她生疼。

后来她找了佛经来抄，心绪才慢慢平静下来。春菱见了，便去给她寻了一尊白瓷观音像，香兰便天天燃上檀香，望着那白瓷观音发怔。

日子还得过，她还得留在林家，再怎么悲戚也无济于事，就如同她伺候曹丽环的时候，只能先熬着，伺机而动，一举离开这地方。

今日早晨，她便发现自己小日子来了，不由长长出了一口气，心情顿时明朗，便琢磨着再把画笔拾起来。

书染又找出两支大染、一支中染和三支小染，并石黄、石青、石绿等颜料，一并拿了过来，见香兰正画一丛兰草，便笑道："这兰花画得俊，赶明儿个给我画两幅，我当花样子去。"

香兰笑道："这样的要一百张也有。"

书染道："大爷是惯画山水的，他还画了几幅扇面，等回头我找出来给你瞧瞧。"见香兰低着头不说话，便叹口气道，"其实把大爷哄欢喜了，他还是有求必应，惹他不痛快谁都没好日子过。大爷对你已是法外开恩了，你没瞧见他对赵月婵……新婚第二日两人闹僵起来。赵月婵也是个泼辣的厉害人，大爷一拳上去就打得她将要去了半条命，第三日回门都没起来炕，反是赵家登门过来的。我早些年刚伺候大爷的时候，有一回族里有人来求见大爷，我想着都是本家，论关系还是近的，就引进来。大爷见了好一通恼，让我在外头跪了一夜。那时大冬天，冻得我将要晕过去，染了风寒，病了好一场。大爷打发人来给我送药，又跟我说，即便是族人，他不放话也不该往内宅里头引，这是规矩。何况他在外打仗，得罪不少匪寇，真有那包藏祸心的混进家里来要了亲人性命又该如何呢？"

香兰一怔。

书染又道："大爷有本事，手底下有买卖，自己能养着林家军。朝廷打仗赔钱，大爷打仗，每次都能捞来白花花的银子。全府上下，除却老太爷那儿，知春馆过得最好，吃穿用度，上等中的上等。"

香兰道："不都是用公中的银子么？怎么还分过得好过得差？"

书染捂着嘴笑道："光靠公中的例银，也就将将够吃。每季要做衣裳、太太姑娘们打首饰、爷们儿出去应酬，还要赏下人，过年过节再添些好东西，家里添人进口，各项嚼用，维持光鲜体面岂是个容易事？"

香兰道："可也不好太奢华，越过父母去罢？"

书染道："你这又有所不知了，大老爷讲究质朴守拙，大太太也不是挑剔人，况且大老爷在外头当官，难道还能短了银子？就瞧这次二姑娘成亲，大房抬出来的哪一样不是好东西？不露富罢了。二房其实本也应是殷实的，可二老爷……说句不好听的，是个扶不起的，你瞧他当着五品的官，迎来送往间颇有些派头，也有些算计，可里里外外透着小家子气，连给下人打赏都是几个铜钱。家里一概不管，自己的银子全都花在外头女人身上，吃喝嫖赌哪一样不会？还指望老婆的嫁妆，回家来逞威风。得亏二太太好性儿，换个别人还指不定怎么样呢！可二太太呢，又有些拎不清，虽说嫁妆厚，可也是个爱吃喝挥霍的，不过听说她还有庄子和铺子每年能孝敬来不少，体面总是有的。"

香兰笑道："怪道大爷器重你，都说你是'万事通'，竟什么都知道。"

书染笑道："在府里时日长了，自然什么都知道了。"

两人又说了一回，书染便出来了。

香兰又画一回，让小鹃搬来一盆花，照着下笔。

小鹃笑道："这花儿开得新鲜，回头掐两朵给你梳头。要说园子里那些老婆子都是不长眼色的，每天早晨剪了鲜花送到知春馆都先尽着画眉挑，兴许觉着她是姨娘呢！可知春馆谁不知道大爷先尽着谁？连扫地的丫鬟、小厮都知道。我看她们就是存心的！"

春菱正拿了两件衣裳出来，闻言敲了小鹃脑袋一记，嗔道："再说这话就打嘴！"

小鹃揉着脑袋咕哝道："本来就是，这两遭大爷让人带了点儿吃的用的回来给香兰姐，你没瞧见东厢里的人那个酸劲儿。喜鹊跟我说'你如今算行了，慧眼识英雄呀，当初香兰还是个扫地丫头时，你就知道跟她相好，这下她成了大爷的心尖尖儿，你也跟着水涨船高，瞧你最近脸蛋子都胖一圈儿，想来大爷捎回来的东西，你没少吃罢？'。听听，听听！这是什么话？我哪里胖了？！"

香兰没忍住，"扑哧"一声笑出来，道："昨儿晚上你一个人就吃了半匣子点心，晚膳也照吃不误，再这样下去，就算现在没胖，过一阵子也要成小皮球了。"又对春菱道："以后送花的婆子再来，都抓些赏钱给，没多有少，客气些总不错。"

春菱应了。

香兰便又埋头画画了，心道："人缘全是平日里积攒出来的，别小瞧这几个钱，时日长了，便有用处了。"

且说林东绮的婚期越来越近了，林家上下也越发忙碌，知春馆反倒成了最闲的一处地方。

香兰只在院子里散步，或回屋提笔作画，每日能听得鸾儿房里传出琵琶声和吊嗓子的声音。画眉偶尔也抚琴唱一回。

临睡前，小鹃给香兰铺床，见香兰躺下，放幔帐时悄悄瞄了香兰一眼，道："大爷最喜欢听曲儿，香兰姐姐，大爷走时你惹了他不痛快，要不你也练一首？你给大爷一唱，保管他哪儿都好了……"

香兰自顾自闭了眼。小鹃也不好再说，吹熄灯走了。

香兰在黑暗里睁大眼。自从林锦楼一走，她便搬回东次间去住了，晚上也不让丫鬟值夜，只一个人抱着被子躺在床上，每回都要辗转几次才能入睡。她身边的人，春菱和小鹃，都盼着她跟林锦楼要好，明里暗里没少劝慰。昨儿个来了两个府外的媳妇儿给她量身，说林东绮大婚，林锦楼托人捎了话回来，让给她们都做两身喜庆的衣裳。

香兰不愿做新衣，林东绮大婚，跟她有什么相干呢？其实她自己也承认，在心里头，她深深羡慕这位林家的二姑娘，隐隐还有些忌妒。林东绮就好像前世那个她，有体面的家世、疼爱她的祖父母和双亲，十里红妆风光出阁，嫁给温良有为之男。人家喜庆的日子，便愈发衬出她悲凉可怜，纵然她不愿自怨自嗟，可也不想去凑这个热闹。

春菱和小鹃都劝她做新衣裳，小鹃道："旁人只能做两身，大爷说姑娘刚来府里，没什么添置，所以想裁几件裁几件。哼哼，鸾儿知道了当时就掉脸子了，把门摔得山响。"

春菱脸色为难道："这是大爷发了话，咱们还是做两身，眼见也将要秋天了，正好添应季的衣裳，缂丝、烧毛都是上等料子，请的是仙霓斋的裁缝，手艺好得很呢。"

既是林锦楼发了话，那便是佛旨纶音，这衣服是非要做的了。春菱引了两个三十多岁的妇人进来。两人拿着尺在香兰身上比画，神色恭谨。

一个微胖的格外会说话，笑道："哎哟喂，我进进出出多少内宅，什么俏丽的小佳人儿都见过，像林家美人这样多的，还真是少见。方才去见鹦哥姑娘、鸾儿姑娘，我就觉得是大美人了，谁知见了东厢的姨娘奶奶，才知道什么叫山外有山。我以为我够有见识了罢，可瞧着这位奶奶，才明白什么叫天仙下凡。"

香兰只微微一笑，心道："像这样经常出入内宅，伺候有钱人买卖的，自有一套江湖。从吃住上就能瞧出鹦哥和鸾儿不过是有些体面的丫鬟，画眉却是称'姨奶奶'的，自然与她们不同了。这二人知林锦楼自与赵氏分开便没再娶妻，又见我住在正房里，也不好判定我是何人，但贵客就要讨好，索性就安了个'奶奶'的名号在我头上，一叠声夸赞罢了。"

另一个瘦些的妇人，毕恭毕敬地问香兰想做什么衣裳。

香兰道："就做件夹袄和厚些的裙子罢，能常常穿着。"

春菱觉得不够体面："这么点子怎么够呢？"又与那人商量一番。

香兰知春菱最喜卖弄才干，便由着她去，只坐在贵妃榻上往窗外看，只见叶子虽还浓翠，风却渐凉，果然秋天要到了。

一时春菱跟两个裁缝商量了衣裳和料子，香兰一瞧，有窄裉袄、细腰的裙儿和大红的抹胸，全是比着林锦楼的喜好挑的。

香兰明白春菱是好意，只是纳闷，林锦楼这样暴虐成性的人，怎么林家上下还有这样多的丫鬟都盼着爬上他的床呢？她只想逃得远远的，如今是没有法子，需得想方设法回家一趟，先同她母亲通个气再谋划。

香兰又胡思乱想一阵才睡着。夜间外头有响动，她迷迷糊糊坐起来，掀开床幔往外瞧，却见外头黑漆漆的。她便放下幔帐，又躺下睡了。

第二日清晨，香兰醒得格外早，春菱、小鹃等还未过来叫她起床，她便自顾自披了件紫红的小袄儿，穿鞋下床。天色蒙蒙亮，四处静悄悄的，丫鬟们还都没起床，厅里的几子上却摆着一壶热气腾腾的茶，门也是开着的。

香兰正纳闷，忽听见脚步声，扭头一瞧，只见有个高大的男人走进来，裸着精壮的上身，底下只着一条青丝单裤，更衬得双腿强健修长，脚上踩着一双缎子朝靴，手里拎着一口刀，杀气腾腾，盛气凌人，汗珠子顺着他的脖子流下来。

双喜在他身后跟着，忙不迭地递手巾和小茶壶，他接过来，一边擦汗一边骂："那几个孙子这些天瞅见爷不在，定是吃喝嫖赌去了，今儿早晨才试了两手就腿肚子打战，不知昨天跟哪个娘儿们胡来，缠软了腿，这样的护院白养着吃白饭哪？一群混账窝囊废，都该打军棍的货色！"他抬头瞧见香兰，登时一愣。

香兰万没想到林锦楼会凭空冒出来，惊得脸色发白，目瞪口呆，两腿都软了，往后"噌噌"退了两步，险些撞倒案上摆着的美人囊。

林锦楼只瞧见有个披着裰子、穿着中衣的女孩儿站在那儿，乌发丽颜，一缕晨光照在她脸上，那脸润白得仿佛透明，人淡得好像一抹浅浅的影儿，满脸惊怯之色，手忙脚乱，有一股楚楚可怜的滋味。

他刚要说话，余光瞥见双喜还未走，也看着香兰发怔。林锦楼大怒，骂道："还杵这儿干什么？！给我滚！"

双喜这才回过神，猛打了个激灵，忙不迭往外跑。

香兰也吓了一跳，跟只受惊吓的小兔儿似的，便想往椅子后躲。

林锦楼却上下看了她两眼，自顾自取了几子上的茶来喝，脚步稳健地从她身边走过去。

香兰刚要松一口气，便瞧见林锦楼脚步一顿，丢下一句话："拾掇利索了过来一块儿吃早饭。"便施施然往卧室去了。

香兰又呆呆地站了一会儿才回过神，脚步发飘地回到东次间里。

春菱已经起床了，忙不迭地指挥小丫头打热水进来。香兰用大毛巾掩了衣襟，用茉莉皂洗了脸，青盐擦牙，脸上涂了些香膏。小鹃已经帮她绾好了髻，正要梳繁复的样式，香兰忙道："这样就好了。"

小鹃便去挑首饰，口中大惊小怪道："哎呀，都是前些日子大爷不在，香兰姐也没打扮，首饰大半锁在大爷那屋的妆台抽屉里呢，这里的样式简单些。"说着拿起一支点翠斜飞凤凰含珠的金钗在香兰头上比了比，觉着不好，又换了一支翠玉银杏簪子。

香兰有些心烦，道："这支簪子就好了。"

此时园子里的婆子用荷叶碟子托来一盘子鲜花，小鹃便挑了两朵艳的，簪在香兰头发上。

春菱挑了衣裳过来：朱红绣梅花的袄儿、姜黄缎子掐牙比甲和银红挑线的裙儿，另一双鸳鸯鞋。

香兰磨磨蹭蹭地把衣裳换了，这才一步拖两步地到卧室。

林锦楼显然重新擦洗过，头发仍有些凌乱，身上穿了蟹壳青细葛布褂子，只松松垮垮地系了两个扣儿，底下是散腿的弹墨裤子，脚上趿着布鞋。他正坐在罗汉床边上，手边摆着一盅热汤。

香兰一步一挪地走过去，林锦楼穿上衣服倒没那么吓人了，却仍然威势凛然。他抬头瞧了香兰一眼，道："来了？"一指炕桌对面道："坐这儿。"

香兰低着头坐了下来。

林锦楼拿起一块小毛巾擦了擦手，道："摆饭。"

莲心和暖月便端了托盘过来，摆了四碟素淡小菜、两碟荤菜、一大盘细致面点和一小锅汤水。

林锦楼提起筷子道："吃罢。"

香兰拿起小银勺搅了搅汤，偷偷看了林锦楼一眼。她守着这么个活阎王实在没胃口，可又不能不吃，便喝了一勺汤，过一会儿再喝一勺。

林锦楼吃得香甜，吃完了面点，又让端来几色点心。香兰埋着头有些百无聊赖，正走神的工夫，一双筷子伸过来，给她夹了一只水晶虾饺。

　　香兰抬起头，林锦楼漫不经心道："这回出去带回来个广东厨子，尝尝他手艺，觉得好就留下来。"说完往口中塞了一口牛肉，嚼完了又说，"听丫头们说你最近闲着没事就画画，这个好。里头那张书案给你用，画了些什么回头给爷瞧瞧。"

　　香兰又低下头，盯着那屉水晶虾饺不说话。

　　林锦楼道："也别光画，回头爷整个琴筝什么的回来，再请个师傅。闲了没事你也学学，省得闷出病。"

　　莲心上前，给林锦楼盛了一碗汤。

　　香兰还是垂着头坐着。

　　林锦楼道："我从外头捎了两箱子新鲜东西回来，你先挑挑有什么可心的。"

　　香兰闷不吭声。

　　春菱暗暗着急，心提到嗓子眼儿，暗道："我的小姑奶奶，大爷同你说话呢，你不理他不是作死么？！"又去看林锦楼，却见他脸上没有生气的模样，反而气定神闲，只捧了碗热汤坐着，才稍稍放了心，连连给香兰使眼色，无奈香兰连头都不抬。

　　香兰低着头慢慢地吃，吃完一块圆饼，夹了些菜，又吃完一小块点心，喝了汤，便放下勺子。

　　林锦楼见她吃完，一口气把汤喝了，莲心和春菱端来茶水给他二人漱口。

　　林锦楼用毛巾擦了擦嘴，让丫鬟把炕桌搬开，挥退左右，坐到香兰身边，盯着她看了一会儿，问道："听莲心说你在床上躺了几天，如今好了罢？"

　　香兰一愣，立时明白他说的是什么，脸"噌"就红了，咬了咬嘴唇，仍然不说话。

　　林锦楼却"哧哧"笑起来，一把揽住她。

　　香兰大吃一惊，连忙挣扎，可哪敌得过林锦楼的臂力，像只乱扑棱的小鸟儿似的，被林锦楼按在怀里，热气呼到她耳朵边，低声道："怎么着？莫不是还疼着呢？看你拉着个脸，还生我气呢？"

　　香兰又挣了挣，林锦楼低声笑道："你这死犟的脾气，把爷气得心肝肺都疼，这两遭你哪回痛快过？爷要不是气蒙了头，也不至于……行，行，行，别挣了，不说了还不行？不说了，不说了。"

　　香兰听他语调懒洋洋的，显然是逗弄的意味，愈发羞愤，任林锦楼抱着，却把脸扭到另一边去。

　　林锦楼道："你也是，就不能顺着爷？瞎闹腾，最后不是自讨苦吃么？"见香兰不理他，便坏笑起来道，"噢，是不是还不舒坦哪？那让爷亲自看看到底好了没有？"

说着手就伸到香兰裙子里头，要褪她的裤儿。

香兰大吃一惊，慌忙去按林锦楼的手，脸上烫得愈发厉害，生怕被外头的丫鬟听见，小声说："好了，已经好了。"

林锦楼捏着香兰的小下巴，说："那就别绷丧着脸了，爷给你赔不是，嗯？"

香兰又把长长的睫毛垂下来。

林锦楼瞧着她眉宇间带着不情愿的神色，可面若桃花，真个是那戏文里唱的"粉腻酥容娇欲滴"，心里头不由欢喜，声音也不自觉软下来，问道："爷不在家的时候，你都干什么呢？"也不等她回答，便自顾自道，"这些天爷可是在外头累得臭死，不是打仗就是跟一群老油条干嘴架。倭寇夜袭，两处县城告急，那群酒囊饭袋只会互相推诿，还关上城门，不让爷去救，怕官兵走了被倭寇围城。老子急了，刀架在孙知府脖子上，这才出的城门，幸亏去得早，要不四处都是火，屋子都要烧光了。回来又要防着姓孙的恶人先告状，爷先让幕僚写了折子参了他一本，这事还没跟家里老子说呢，他要知道我殴打朝廷命官，又得把孔圣人他老人家搬出来教训一通。"

香兰前世出身书香门第，家中都是做文官的，见的读书人居多，如今还是头一遭听说打仗，听林锦楼说得轻松，却知道里头十分凶险，心说这混账东西倒也不是一无是处，还知道将军百战死，为国尽忠，爱惜百姓。

第二十四章
雕梁缠旧纹

林锦楼用食指点了点香兰的嘴唇,道:"你呢?这些天不会总画画罢?"

香兰不想理他,林锦楼也不问了,只见她微微垂着头,肤色若雪,又娇又俏,心头微痒,低头便亲住香兰的嘴。

香兰吃一惊,不由挣扎。林锦楼又去吻她的脖子,香兰道:"你别……"林锦楼便立刻将她的嘴吻住,灵活的舌滑了进来,双臂用力箍住她的腰,呼吸渐重,手也探到她衣襟里。

香兰连忙去抓林锦楼的手,林锦楼喃喃道:"小香兰,你就乖顺一回,嗯?"顺势便将她压在罗汉床上。

此时门口传来鸾儿的声音,道:"我知道大爷回来了,怎就不让我们进去呢?"

这一声真个救了香兰,她连忙推了推林锦楼道:"外头有人……"

林锦楼含糊道:"不必理睬。"

门外莲心似乎说了什么,鸾儿又扬声道:"大爷今儿个一早就起来打拳练刀,怎可能这会子就睡了?"

画眉拉长声音道:"早晨累了,这会子睡了也说不定,屋里头有人伺候呢。"

香兰拼命挣扎,外头女人又吵闹,林锦楼的春兴儿也不翼而飞,恼得坐了起来,吼一声:"有完没完?!"

外头立时静了下来。香兰慌忙直起身,用手拢着衣襟,一溜烟儿跑了。

林锦楼跋着鞋下床,走到门口,只见画眉、鹦哥、鸾儿齐刷刷站在门口,一个个浓妆艳抹，精心装扮，见林锦楼出来，一叠声地行礼问好，本都是笑靥如花，可抬头见林锦楼阴沉的脸色，便一个个噤若寒蝉，你推我一下，我掐你一下，暗中互相使眼色，不吱声了。

林锦楼皱着眉头道："一大早晨起来叽叽喳喳闹什么？"

画眉赔笑道："没……没什么，就是大爷在外辛劳奔波，好容易回家，我们姐妹都惦记大爷，一大早过来问大爷的金安。"

鹦哥道："正是，这几日想起大爷，我们便吃不香睡不着的，听说大爷昨晚上回来了，就立时过来了。"

鸾儿道："过来是过来了，就是不让进，说大爷正歇着呢。像我们这样的人，想来也不配进正房。"

林锦楼不耐烦地挥了挥手道："都散了罢，散了罢。"转身要回去。

书染却拿着一封帖子从抄手游廊上走过来，道："大爷，方才刘公子家的小厮来送拜帖，说他们几人听说大爷回来了，想中午设宴热闹热闹。给大爷接风洗尘。"

林锦楼接过拜帖道："那几个猴儿莫非有'千里眼顺风耳'？爷刚回来就得了消息。"

书染笑道："怎能不知道呢？都是跟大爷从小玩到大的朋友，跟兄弟似的，心里全惦记着，怕是几天前就得着信儿了。"

林锦楼笑道："让他们中午到家里来，小厨房里预备几个好菜，把小三儿也叫上，大家一起也热闹。"说罢进了屋，却见香兰已不在屋里了，想来是从厅里屏风后头溜到了后院。

他也不再找，命莲心、暖月将他的衣裳拿来，换了一身庄重的，从箱子里拿出早就备好的礼物，去给林昭祥、林老太太、林长政、秦氏等人请安。

香兰正躲在院子里一块奇石后头，瞧见林锦楼从大门口出去了，才长长出了一口气，却听背后有人叫道："香兰？"

香兰一转身，只见吴嬷嬷正站在那里，手中提着个八角黑漆食盒。

香兰一怔，脸上随即露出笑容，惊喜道："吴嬷嬷！"

吴嬷嬷连忙将手里的食盒放下来，上前拉住香兰的手，左看右看，眼里忽然转出泪来，一把搂住香兰，道："好孩子，比先前瘦了。当日我不在府里，再回来便听说你让赵氏给卖了，你可是吃了不少苦……"

原先香兰在知春馆伺候青岚，吴嬷嬷就待她甚好，香兰只觉吴嬷嬷怀里温暖，仿佛她亲娘搂住她似的，多日的委屈全化作泪滚落下来。

吴嬷嬷摸了摸她的头发，道："好香兰，莫要哭了，我在太太那儿听说你回来了，便赶紧过来瞧瞧……"絮絮说些安慰的话。

春菱出来寻香兰，站在芭蕉树后头瞧见她二人，不由深深叹了一口气。

她是家生子，在宅门的奴才当中长大，自幼熟知当奴婢的本分，也有几分聪明。当初香兰一来东厢，她便瞧出这女孩儿不凡，虽安安分分，不争不抢，可骨子里带着一股灵气，凡事有容忍之量，却也不是一味好欺负的，就好像一棵兰草，在无人的地方静静长着，却散发着一缕幽香，让人不自觉便侧目。她也忌妒过香兰，可此番香兰再回到林府，她守在香兰身边，那忌妒之心一丝都没有了，只是叹息。

香兰话不多，却温和善良，确实是个招人疼的女孩儿，早先她想用心伺候香兰，得了林锦楼的青眼，早日升成有权的管事丫鬟，如今却发自内心地想对这女孩儿好些。

春菱走上前，笑道："吴嬷嬷来了，快请里头坐，我去沏一壶好茶。"

香兰掏出帕子把眼泪拭了，羞涩地笑了笑道："嬷嬷别见笑，进屋里坐罢。"

当下回到屋中，香兰将吴嬷嬷让到小花厅，小鹃奉茶，摆好瓜果，吴嬷嬷端起茗碗喝了一口，又看了看香兰。

其实她早就知道香兰回来了，林家虽大，可有风吹草动不多时就传遍了。大爷又纳了新人，这可是一桩大新闻，何况这新人还是从府里被撵出去又回来的。

秦氏知道这桩事情的时候吴嬷嬷正在旁边，秦氏登时就蹙了眉，道："千转万转，还是让她回来了！"

吴嬷嬷小心翼翼问道："既是大爷领回来的人，太太要不就见见？"

秦氏冷笑道："楼哥儿都没带过来让我瞧，我干什么巴巴地叫过来看？不见！见了也是闹心。"

吴嬷嬷便不敢再提了。可她心里真喜欢香兰这女孩儿，香兰为人厚诚仗义，虽然聪慧，却一点儿算计人的坏心眼都没有。吴嬷嬷暗暗留心观望着、打听着，发觉同香兰共事过的，没有不赞好的，都说香兰跟谁都和和气气的，笑脸迎人，连给知春馆送花的冯婆子都说香兰的好话——冯婆子可是府里有名的是非精。

吴嬷嬷便在秦氏跟前有意无意地夸赞香兰几句。

昨天晚上，秦氏同吴嬷嬷发愁林锦楼膝下无子，忽然叹了一句道："算了，那个叫香兰的丫头要是楼哥儿真喜欢，就纳进来罢，回头让她来给老太太和我都磕个头。"

吴嬷嬷听了这话，只觉香兰算熬出了头，立刻备了些吃食到知春馆来了。

吴嬷嬷先吃了一口茶，笑道："我瞧你虽然瘦了，气色还好，身上这件衣裳也好看，你们这个年纪，就该穿鲜亮的。我给你带了些吃食，虽说知春馆不缺这个，好歹是个心意，闲着没事当零嘴也好。"

香兰道："嬷嬷总惦记我，让我不知道该怎么谢了。"

吴嬷嬷往香兰身边凑了凑，拉住她的手笑道："我来这儿还有一桩好事……我给你道喜来了。"

香兰一怔，立刻红了脸，将手抽了回来。

只听吴嬷嬷道："好孩子，你进了知春馆，如今是大爷的人了，总要给老太太和太太磕头，让人家认了你才是。先前太太不知怎么的，总觉你有毛病，不愿意见，我看在眼里也着急，谁知这几日太太忽然松了口，说要你过去磕头。啧，这可是天大的好事了。大爷我从小看到大，虽说性子差了些，总是个有担当的，满府里的女孩儿我也替他留意过，想找个可靠的，可不是模样儿不俊，就是性子不好，再么就是蠢的，总也得不了全儿，直到你来了，我瞧在眼里，不单模样、性情，连同待人接物、行事做人，没有一样不体面的，看着就得人意，比那些狐媚魇道的强了一百倍！可巧了大爷也爱你，真是两全其美。你这样比不得鸾儿那样的丫头，去给太太磕了头，一准儿就当上姨娘了，操办酒席风风光光地抬进来，也让那些素日里嚼舌头根子的混账婆娘都好生瞧瞧！"

香兰低着头，良久道："嬷嬷好意我心领了，能不能央求太太让我出去？"

吴嬷嬷吃了一惊道："哎哟我的儿，你怎说这样的话？跟着大爷你还不愿意？那可真是个傻丫头了。这……可是正经主子奶奶。"

香兰道："主子奶奶又怎么样？还不是低半头。岚姨娘不也说死就死了？我怎么进来的嬷嬷恐是不清楚……我自己也是不情愿的。"

吴嬷嬷劝道："好姑娘，你是让赵月婵那贱人吓着了罢？你只管放心，大爷再娶，指定娶个性子好、能容人的。"

香兰冷笑一声道："你们只道大爷挑我就是给了我脸面，我还没有好生挑一挑他呢！"对吴嬷嬷道，"嬷嬷，我知道你待我好，这份情意我长长久久记着。可太太赏的这个脸，我也不屑一要。我自问不欠太太什么，站起来挺直了腰杆子，谁又比谁矮三寸？只不过她势大，可我陈香兰也没惦记着巴结她。"

吴嬷嬷傻了眼，忙去捂香兰的嘴，道："这打嘴的话可不能出去浑说！"

香兰小声道："我知道，嬷嬷不是外人，我才说两句心里话。林家再好，我眼里也跟个牢笼一样，我只想出去……"

吴嬷嬷暗暗诧异，心说："此事不该跟她提了，回头我去跟大爷说太太让香兰磕头的事罢。"便拣了些旁的话说。

这里林锦楼换了衣裳去给长辈请安，从林昭祥房中出来，又让林老太太和秦氏好一通嘘寒问暖，快到午时才回来。

莲心禀道："大爷的朋友已来了，都请到前院的花厅里，三爷已经过去招待了。"

林锦楼便重新换了衣裳，往前头去。

只见花厅里正热闹，八仙桌上摆了各色茶点菜肴，并有几个拉弦唱曲儿的小戏子正咿咿呀呀唱着，桌旁坐着兵部侍郎之子谢域、勇武将军之孙刘小川并刑部尚书之子楚大鹏。

林锦亭正与几人聊得火热。

刘小川见林锦楼进来，立刻拍了拍桌子，吹了声口哨道："瞧瞧，圣上眼里的大红人可来了，赶紧列队迎接。"

众人回头，纷纷站了起来，抱拳拱手。

大家都见过，林锦楼坐下来，立时有小厮给他斟酒。

楚大鹏笑道："听说兄弟你又立功了，看来中秋之后升授从三品是跑不了的了。"

林锦楼摇头笑道："什么从三品？影子里事。我把孙立范那龟儿子给揍了，听说几个穷酸儒正要在这事上做文章，不贬我就得念声佛。"

谢域擎着酒杯道："就算被贬了，过俩仨月也得提上来。谁不知道你是圣上跟前的红人？孙立范算个屁，听说有个天仙似的闺女，送给二皇子当小老婆，这才熬上来的。"

刘小川道："你这抗倭是个美差，下回带兄弟我去瞧瞧？"

谢域笑道："就你？拢共没上过几回战场，回头再吓尿裤子，等过完中秋就老老实实回京当你的龙禁尉去。"

刘小川梗着脖子道："我怎么了我？小爷这是没逮着机会，抗倭又得名声又捞财，还能有东洋小娘子伺候着，多惬意哪。"

楚大鹏跟林锦楼碰了下杯，道："兄弟你仗打得好，会做海上生意捞钱，还会贩盐发家，年纪轻轻的，品级比那些老家伙都高，倒真让我眼红了。我眼下还正抱着圣贤书啃呢，家里老头儿说了，怎么也要两榜进士才能对得起列祖列宗，让我过了这一冬就进京，在他眼皮子底下读书去。"

林锦楼笑道："历来朝上还是文官把政，重文轻武，再说你自小就有个风流才子的名头，怎么也得把举人考上罢？况且你手底下有两个铺子，难不成还愁没银子使？"

楚大鹏挥了挥手，让戏子和小厮们退下，方道："这次来就是为这事，我想借哥哥的光，赚点儿小银子花差花差。我们哥儿几个把手头的银子凑凑，想求哥哥找找盐运使衙门的门路，寻个总商，把银子入进去算个股份，到年底总有进项不是？"

林锦楼笑了，跷起二郎腿道："这事朝廷不准做……"

楚大鹏亲自给林锦楼倒上酒，笑道："哥哥，打小儿咱们几个一块儿光腚长起来的，即便我拳脚不行，可狗头军师也没少当，这样的交情还跟我们要花枪呢？朝廷不准做？朝廷还不准朝廷命官经商呢，可多少人手里都有大买卖。朝廷明摆着不让，背地里的勾当多了去了。再者说，我们也守朝廷王法，我有个庶弟出面做这事，与我们几个一点儿关系全无。只是哥哥你心里有数，多关照就是了。"

林锦楼略一沉吟，谢域便道："好处自然少不了哥哥的，一年三成红利归你，这事可干得？"

林锦楼用手指点，笑道："好啊，爷算瞧出来了，你们几个猴儿，说得好听是给我接风洗尘，结果是憋着跑来算计我的。"

那三人一见林锦楼这个神色，便知他是答应了，不由松了口气，不免喜气盈腮。谢域笑道："这哪里是算计？是让哥哥提携一把，我们今儿个特地请了晚霞班的小戏子来唱，都是新样儿的曲儿。"说着摇铃，将小戏子唤进来，重新开唱，又将酒杯举起来道，"我先敬哥哥一杯。"言罢一饮而尽。

几人推杯换盏，纵情吃喝起来。酒过三巡，菜过五味，楚大鹏不由忘了情，探身过来道："方才听小三儿说，哥哥新纳了个小妾，哥哥上回纳妾还是在京城，如今有这等喜事也不说摆桌席热闹热闹。"

刘小川脸色通红，道："什么？哥哥又纳了新人了？还不将新嫂子请出来给我们几个瞧瞧？嘿嘿，看看俊不俊。"

林锦楼举杯笑而不语。

林锦亭已有些吃多了酒了，闻言似笑非笑道："自然俊得很了，宋奕飞你们几个知道么？"

楚大鹏半眯着眼说："知道，知道，还一起喝过酒来着，如今他去了翰林院罢？还娶了显国公的女儿，我家里的老头儿还让我与他多亲近。"

林锦亭道："我大哥屋里新纳那位，就是从宋家出来的。"

林锦楼微微挑眉，脸上虽还是笑模笑样的，可眼神已逐渐发冷。

谢域最擅察言观色，忙咳嗽了一声道："小三儿，来，我敬你一杯。"

林锦亭已经喝得头昏脑涨，嘴上越发没把门儿的，道："模样儿长得还真不错，可心计手段也高明得紧……"

谢域看看林锦楼的脸色，在底下狠狠踹了林锦亭一脚，道："你黄汤灌多了，赶紧挺尸去罢！"

林锦亭疼得一激灵道："你踢我作甚？"脸一扭瞧见林锦楼的脸色，这才发觉自己说错了话，冷汗涔涔冒了出来，连忙站起来道："我是喝多了，得到后头躺一躺。"说着站起身。

林锦楼唤道："急什么？坐下吃两盅再去。"

林锦亭不敢违逆，又坐了下来。他是想起香兰就堵心，先前她信誓旦旦地不给宋柯做妾，如今又巴巴地攀上他大哥。昨儿个他接着宋柯的信，宋柯还在信里请他多关照香兰一家，他心里不是滋味，偏偏香兰是给他大哥做妾，换了旁人，他也能去给奕飞出出这口气。可这信让他可怎么回呢？他自己都觉得硌硬。

刘小川也已喝个半醉，道："模样儿长得好？什么样的美人儿？哥哥得让我们见上一见。"楚大鹏、谢域也连连附和。

林锦楼笑道："你们几个什么样的美人儿没见过？她也就是个寻常人。"

刘小川顿时不依道："什么宝贝揣在怀里不给别人看哪？今儿个我还非要开开眼了。"

林锦楼道："她是个妇道人家，怕生，这两日又染了病，改天让她来。我房里还有会弹唱的，请她出来，给大家弹支曲子助兴可否？"看了刘小川一眼道："比小翠仙唱得还好，你不想听听？"

林锦亭精神一振，道："大哥说的必然是你房里的鸾儿了，她唱得极好，原先她在祖母房里的时候，每到祖母生辰就出来唱曲儿献寿呢，可惜后来我就没耳福了。"

林锦楼吃了半盅酒，笑道："原来你还惦记着，今天你借几位哥哥的光，让你再听一回。"

刘小川瞪大眼道："吹牛罢？还能比小翠仙唱得好？"

林锦亭扯住刘小川笑道："你可别不服，还真比翠仙姑娘唱得好，声音又甜又脆，还弹一首好琵琶呢！"悻悻地看了林锦楼一眼，咂了咂嘴，半是羡慕半是意有所指道，"长得俏的小妞儿多了去了，没个几分功力入得了我大哥的法眼？"

谢域揽住林锦亭的肩膀道："谁不知道你们林家美人儿多？方才你还说你祖母也给了你一个丫头，如今收在房里呢。"

林锦亭哼了哼，悻悻说："祖母偏心，好的都尽着大哥挑，给我的也是他挑剩下的。"

林锦楼哈哈大笑道："成，赶明儿个哥哥给你买个漂亮丫头回来，堵堵你的嘴。"说罢打发人去请鸾儿。

且说知春馆里，吴嬷嬷已经告辞了，香兰用过午饭便到后院，同春菱一道坐在石凳上做针线，小鹊在一旁淘胭脂，几人有一句没一句地说话儿。

春菱看看香兰手里为薛氏做的鞋，口中只管赞好，又小声劝道："今天吴嬷嬷来说的事，姑娘还是上上心，太太既说让你去磕头了，这样拖着不去也不大好……"

话还没说完，就听有人道："晦气！咱们走罢，已有人占了地方呢！"

香兰抬头一瞧，只见鸾儿带着寸心站在抄手游廊上，寸心手里提着个盛针线的小篮子。显然是想在石凳上做活计。

香兰便站起来道："咱们回去罢。"将针线收拾起来。

鸾儿冷笑道:"你可别走,省得让人家说是我过来赶你走的,吹到大爷的耳朵里多不干净。"

小鹃气得便要还嘴,香兰拉了她一把,收拾了便要回去。

此时莲心过来道:"大爷从前面打发人来,让请姑娘过去唱个曲儿。"

鸾儿脸色一变,细细的眉蹙了起来,道:"我嗓子哑了,唱不得了。"扭身便要回去。

莲心忙拦住,笑道:"怎么哑了?方才我还听你唱呢。"

鸾儿道:"哑了就是哑了,回去禀大爷,我唱不了。"

莲心无法,急得直搓手。

吉祥却在不远处站着,料定莲心不是口齿伶俐之辈,请不动鸾儿,便走过来,满脸赔着笑道:"鸾儿姑娘,大爷巴巴让我过来亲自请你过去呢。快换身衣服,请罢。"

鸾儿冷笑道:"今儿个天皇老子来请我也没用。我嗓子哑了,唱不得了。"

吉祥劝道:"大爷的脾气你也知晓。你怎么能不去?况且都是大爷极相熟的朋友,请你去不过隔着屏风唱罢了。我听小厮们说,大爷在别人跟前夸口你唱得好听,说全金陵都找不出一个像姑娘这样唱得好的。三爷都眼红,说老太太怎么单把姑娘这样生得美貌又会弹唱的丫头给了大爷,分明是偏心呢!"

吉祥一番话哄得鸾儿脸色舒缓,她脸上挂了笑道:"三爷也真是,当着这么多人的面,嚼这个做什么?"

吉祥笑道:"还不是姑娘唱得好。今儿个你隔着屏风唱一曲儿,露这么一小手,让大爷面子里子全有了,这一高兴,还指不定赏姑娘什么呢。"看香兰已带着人回去,便压低声音道:"姑娘不是憋着一口气么?这可是个机会,莫非姑娘还想让大爷今儿晚上回正房住?"

鸾儿涨红了脸,啐了吉祥一口:"呸!狗嘴里吐不出象牙,再说就撕你嘴!"可这话已触动她的心思,鸾儿若有所思,扭身回去要换衣裳。

寸心跟在身后劝道:"姑娘,这可不能去,姑娘是大爷房里的人,怎能随便去给外男唱曲儿消遣呢?这传扬出去未免不尊重姑娘,太太心里不喜,姑娘的体面还要不要了?"

鸾儿脚步放慢,想了想又往屋里走,道:"你也瞧见了,大爷一回来就去正房,跟那小贱人在一处,两人如胶似漆呢,再这样下去岂有我的立足之地?我今儿个好好唱上两首,引得大爷侧目,晚上他到咱们这儿歇了,也好让他记起往日恩情,让我早日怀上身孕。"说着推门进屋,翻箱倒柜地开始挑衣裳。

寸心道:"大爷要是真心疼姑娘,就不该让姑娘出去唱这个曲儿!"急得想去找书染，又想起书染用过午饭便家去了。

鸾儿道："吉祥说了，隔着屏风呢，谁都瞧不见我，有什么不尊重的？再说，大爷让我去，我还真能使性子不去？"

这最末一句倒是让寸心闭了嘴，长吁短叹地帮鸾儿穿衣裳梳头。

吉祥正在外头廊下等着，不多时见鸾儿出来，穿了一件缠枝桃花刺绣镶领粉绿对襟袄儿，沉香色凤缕的裙儿，头上珠环翠绕，脸上脂光粉艳，怀里抱着琵琶，正是袅袅婷婷。

吉祥不敢怠慢，引着鸾儿来到花厅，从侧门进去，在屏风后坐下。

屋中众人只听得环佩叮当，又有一阵脂粉香传来，便知人已到了。

鸾儿调了调琵琶，道："妾在此，不知诸位爷想听什么曲儿？"声音娇滴滴的，众人心都痒起来，直想瞧瞧屏风后头到底是什么佳人。

林锦楼去看那几人，楚大鹏道："就唱'袅晴丝'一套罢。"

鸾儿便拨弄琵琶，唱起来道："袅晴丝吹来闲庭院，摇漾春如线。停半晌、整花钿，没揣菱花，偷人半面，迤逗的彩云偏。步香闺怎便把全身现……"真个千回百转，尤为动人。

一曲终了，众人齐声喝彩。

刘小川赞道："唱得入耳，还有甚拿手的曲子，都唱来听听？"

林锦楼笑道："难得大伙儿爱听，你再拣一首唱来。"

鸾儿便在屏风后唱道："俺只见宫娥每簇拥将，把团扇护新妆。犹错认定情初，夜入兰房。可怎生冷清清独坐在这彩画生绡帐！"

谢域嘴角含笑，对林锦楼挤眼，低声道："瞧瞧，唱上《长生殿》了，想来你没少让佳人守空房罢？"

林锦楼笑而不语。

刘小川摇头晃脑道："那哥哥可就不该了，这样的佳人，没瞧见真面目，光听声音就让人骨头发酥，哥哥怎么能让她独守空闺，冷落兰床呢！"

林锦楼"扑哧"一声笑出来道："行哪，出息了，竟然会说'冷落兰床'这样文绉绉的词，可见最近是读了书，你老子知道了一准儿给祖宗磕头去。"

说笑间，鸾儿又唱完一首。接着谢域、刘小川又依次点了一首请鸾儿唱，均赞不绝口。

一时唱毕，林锦楼道："你回罢，今儿唱得好，回头重重赏你。"

鸾儿在屏风后长出一口气，听了这话不由欣喜若狂道："奴谢过大爷。"正收拾着要起身，不承想不留神琵琶掉在了地上，便赶紧去捡，微微在屏风后露出半张脸、一截皓腕和春葱似的手指。

众人不由伸长脖子去瞧，鸾儿惊得胸口怦怦直跳，赶紧坐了回去。

楚大鹏道："哥哥真是有福气，竟藏着这么位会弹会唱的可人儿。"

林锦楼乜斜着眼看着楚大鹏道："一听这话就知你没安好心，你小子打什么主意？"

楚大鹏笑道："还是哥哥懂弟弟，那我可就张嘴了……我身边就缺个会弹唱的，原也采买过小戏子，养过两个丫头，不是年纪大了渐渐嗓子不行，就是长开了模样反不如小时候讨人喜欢。我也托人去瞧过，可买回来的不知道毛病儿，长得鲜艳又会唱曲儿的更少，扬州瘦马家里是不让进门的，相看了几十遭了，总也没个可心的。若是哥哥肯割爱，小弟用那柄西域的宝刀来换。"

刘小川起哄道："哟，你吃熊心豹子胆了，竟敢把主意打到咱们哥哥头上，惦记他房里的宝贝。"

谢域也笑道："怪道是风流才子呢，真下了本钱，那柄西域刀先前他怎么都不肯出让，这回舍得拿出来换了。"

林锦楼摸着下巴沉吟。

鸾儿在屏风后已唬得浑身乱颤，"扑通"跪在地上，哀哭道："求大爷别将奴送人，奴宁愿一头撞死也不愿出府去！"说罢在屏风后放声大哭。

林锦楼原也没打算将收了房的丫鬟送人，可鸾儿这样号哭起来，倒有些折他的颜面，不由皱眉道："甭哭了，爷又没说要送人。"

鸾儿这些时日原本就委屈，又恨林锦楼薄情，不由悲从中来，林锦楼这一句非但没将她劝住，反而勾得她伤心，她哭得愈发厉害了。

吉祥见不好，赶紧溜到屏风后，一把架起鸾儿的胳膊，低声道："鸾儿姑娘，快别哭了，回罢，啊。"

鸾儿哭得愈发凄厉。

吉祥恨不得抽鸾儿两巴掌，少不得耐着性子，小声说："我的小姑奶奶，你是瞧不见大爷脸色，哭成这样，你非要惹他发火怎的？弄不好立时就将你送出去了！"

鸾儿一听这话，哭声便小了，吉祥又赶忙哄两句，忙不迭搀起鸾儿送她出去了。

屋里头都静静的，众人只觉得没意思，楚大鹏讪讪笑了笑道："看来是美人恩重，小弟便不夺人所爱了。"

林锦楼笑道："会弹唱的丫头也不难得，回头替你留意好的，调教一个就是了。"

谢域忙又提起旁的话，把这一节揭过。暂且不提。

却说鸾儿惊魂未定，唯恐林锦楼将她送人，回去免不了又哭一场，寸心少不得又把书染请来。

书染听了此事来龙去脉，不由急道："这样场合怎是去得的？虽说隔着屏风，可到底不像样，你当时就该塞给莲心和吉祥些好处，让他们回禀大爷，就说你不在房里，或是同我一起家去了，何苦揽这事在身上？！"

鸾儿抽噎道："我……我这是……这是想让大爷听了曲儿……记起我的好处才去的……大爷一回来就跟那小妖精一处……这让我怎能有身孕呢？没有身孕，又哪来的体面？……"说着趴在床上又哭起来。

书染狠狠戳了鸾儿的脑袋："你这是杀鸡取卵！出去唱曲儿，跟粉头一样供爷们儿找乐子，你的名声岂不是毁了？你也不想想，即便你去唱曲儿，大爷也不一定能来。日子长着呢，只会争这一时之气，你可真是气死我了！"

鸾儿哭得愈发厉害了："那让我如何？人家够伤心的了，这也不对，那也不对，大爷又要把我送人，还不如让我死了呢！"

书染听鸾儿说这话，登时有些坐不住，转回身出来，到前头廊底下，把双喜叫来询问此事。

双喜素与书染交好，便笑道："本也没什么大事，几位公子爷们听说大爷府里纳了新人，非要惦记着瞧瞧，大爷说新人是个寻常妇道人家，没甚可看的，说自己房里有个极会弹唱的小妾，请鸾儿姑娘出来唱了两首。后来楚公子想讨了鸾儿去，鸾儿姑娘吓坏了，哭了一场，大爷也没答应，末了打算把新采办来的小戏子当中一个叫艳官的送给楚公子，毕竟是父一辈子一辈的长久交情了。"

书染叹口气，暗道："鸾儿素是没心眼子的，她也该知道，她是大爷房里的人，大爷那个心性，怎能把她送人呢？她万不该在宾客跟前哭，倒显得小家子气了。"又想道："大爷对香兰确实有些不一般，这样的场合，竟把鸾儿推出去当了挡箭牌，想来是因为香兰跟他别扭的缘故。爷们儿都这样，一身贱骨头，越得不到的反倒丢不开手。"慢慢想着，回到房里劝了鸾儿两句，又指点一番。

此时寸心扒着窗户道："大爷回来了。"

书染一瞧，果见到林锦楼从外走进来。

她立时站起身，对鸾儿道："我这就去让大爷过来瞧瞧你，记着我方才嘱咐你的话，什么该说，什么不该说。"说罢起身出去。

鸾儿也一骨碌从床上爬起来，忙对着镜子梳理鬓发，见眼泪鼻涕和着脂粉在脸上花成一团，再梳妆已来不及了，便拿起帕子抹了又抹，急切得手都有些发颤，又偷眼往窗外望。

见书染走到林锦楼跟前说了些什么，林锦楼停住脚步说了两句，往她住的房子瞧了瞧，鸾儿的心立时提到嗓子眼儿，却见林锦楼对书染交代了什么，挥了挥手，又迈大步往正房去了。

书染站了片刻，慢慢地走了回来。

鸾儿一叠声问道："大爷怎么说？是不是换个衣裳就过来？大爷刚吃了酒，我打发寸心去厨房要碗解酒的汤……"

书染仿佛蔫了一半，幽幽道："别忙了，大爷不来。方才跟我说，他今儿不过来了，你唱得好，回头他好好赏你。你上次同他说想要镯子，他这次出去得了一对，回头打发人给你送来。"

鸾儿只觉兜头一盆冷水泼下，身子一栽歪便坐在床上。她豁出尊贵体面，赔上名声，费劲熬力地唱了这些曲儿，林锦楼却连一面都吝惜给她，不过是一对镯子打发了事，全然不在意的模样。

鸾儿定定坐着，仿佛痴了过去。

书染和寸心面面相觑，又拉又劝，忽然听鸾儿凄厉地"啊啊"大叫，伸手将床上的琵琶拨到地上，只听"啪嚓"一声，那好一把琵琶便摔了个四分五裂。

画眉正站在窗前逗弄着鸟笼里的一只黄鹂。喜鹊抱了一床被子过来道："秋风渐凉，晚上给姨奶奶换床厚被罢。"见画眉靠在窗棂上望着外头，脸上笑得别有深意，便探头往窗外看了看，问道，"姨奶奶看什么呢，这么高兴？"

画眉掏出帕子擦了擦手道："看大戏呢，精彩着哪。"说着往屋中走，在贵妃榻上坐下来，捧起茶吃了一口，"鸾儿那小蹄子可是偷鸡不成蚀把米，你瞧她方才打扮得妖妖娇娇抱着琵琶走了，那是给前头的爷们儿弹琵琶唱曲儿去了。大爷在前头招待的宾朋纵然是自小一起长大的兄弟，玩惯了的，可也万没有让房里人给人取乐的道理。可见大爷压根儿没把她放心上，啧啧，可怜她还把自己当一盘大菜，平日里没少耀武扬威，今儿个可吃一遭亏。大爷刚回来，书染就过去拦，大爷扭头就去了正房，喊，白舍了一回脸，连大爷一面都没捞上，我都替她不值哩。"

喜鹊笑道："她哪怕有姨奶奶一半精明，也不至于如此。"

画眉歪在引枕上，手支着额头，冷笑道："大爷正在新鲜头上，哭闹邀宠都没用，你得不哭不闹，温柔小意地等着，比谁能熬到最后。"画眉一字一顿，那妩媚的眉眼之间竟有隐隐的寒光。

且说林锦楼回到房里，满屋内静悄悄的，因男主人前头吃酒，丫鬟们也都各自散出去玩了。林锦楼进卧室看一眼，见香兰不在，便又到东次间去，掀开绣线软帘，只见香兰睡在那里，脸蛋儿红扑扑的，身上盖着一床菱花被。

林锦楼觉酒意上涌，头微微发沉，有些踉跄地坐到床边，解下腰带，扒拉开衣衫随手往地上一扔，在香兰身边躺了下来。

香兰睁开惺忪的睡眼，一见林锦楼立时浑身紧绷，又忙把眼睛闭上。

林锦楼躺在床上，把被子掀起来往身上拽了拽，香兰佯装仍在梦中，翻了个身，想离林锦楼远些,不承想林锦楼伸出胳膊,从背后抱住她,轻而易举地将她揽在怀内。一股浓烈的酒气登时扑鼻而来,香兰只觉背后靠着的胸膛滚热,不由大吃一惊,忙睁开眼挣扎。

林锦楼懒洋洋道:"你扑腾什么呢?今儿早晨爷没尽兴,不如咱们接着?"

香兰立刻不敢再动,身子僵得仿佛一块木头。林锦楼在外头闹了半日已有些乏了,把香兰又往自个儿胸前拢了拢,只闻得一股幽香,醉魂酥骨,凑到香兰耳根闻了又闻,闭上眼睛,口中咕哝着问道:"你戴着什么香呢?好闻成这样,浑身都觉着舒坦……赶明儿个给爷做个香囊,里头就放这个香料。"

香兰咬了咬嘴唇不说话。

林锦楼等了一会儿,便道:"哦,不搭理爷是罢?"说着手便溜到香兰衣襟里,吓得她连忙按住林锦楼的手,小声道:"我没戴什么香,许是头油的味儿……今儿个屋里熏的蘅芷做的香饼儿,恐是那个味道染在身上了。"

林锦楼道:"不是头油和蘅芷的味儿。"又深深嗅了一口,一手摩挲她白腻的脖颈,说,"这样香,怪道你叫'香'兰。"

他一动手,香兰便紧张,不自在地向床里动了动,林锦楼却住手了,把胳膊环到她腰上,仿佛自言自语道:"睡罢,晚上还有登门的,只怕得不了闲儿。"说完自顾自去睡。

香兰睁大眼睛,瞪着眼前绣着五彩鸳鸯戏水的精致幔帐,一动也不动。

林锦楼热气腾腾地贴着她,胸膛一起一伏,大腿也紧紧挨着她的腿,胳膊箍得她难受。香兰两只手悄悄攥成了拳,慢慢合上眼,只觉难熬。

一时春菱回来,以为香兰还睡着想叫她起来,一踏进门便见地上散着林锦楼的衣服,不由吓一跳,连忙退出去。怕小鹃等人来冲撞了,便搬了个绣墩子做针线,坐在不远处守着。

香兰忍了好一会儿,听背后林锦楼呼吸逐渐绵长,料他已经睡着了,她也迷迷糊糊合上眼,不知躺了多久,才悄悄把林锦楼的手臂从自己身上拿开,慢慢坐了起来,轻手轻脚地往床尾挪去。忽然背后伸出一只胳膊,一把揽住她的腰,林锦楼翻身便将她压住,嘴直接亲上她的,猛烈而饥渴,手去剥她衣裳,又埋头吻上她胸前。

香兰吓坏了,忙推拒道:"别,这还白天……"

林锦楼含糊道:"谁让你乱动?……"手上扯开香兰的裙儿,不断摸索着,低声道,"你乖乖儿的就舒坦了……"

香兰不断挣扎,反让林锦楼起了兴致,轻而易举地制住她。香兰浑身绷紧,侧过脸,咬着嘴唇忍耐。林锦楼呻吟一声,全身肌肉偾起,微微打战。他扯过一只枕头垫在她腰底下,又深又猛地沉下身子。

忍过一阵，香兰便觉得不曾像开始那般难挨，微蹙着眉，又去看那鸳鸯戏水的刺绣，想让自己平静些。

林锦楼粗喘着，将香兰脸上的青丝拨开，去亲她脸儿。香兰的顺从让他心满意足，他低头一瞧，只见香兰只往床边看，显是在走神，他心里不悦，低头便在她胸前不轻不重咬了一口。

香兰吃痛，用手推搡道："你这是做什么？……"

林锦楼将她抱起来，跨坐在他身前，把她揽在怀里。香兰惊得叫了一声，忙搂住林锦楼的脖子。这一声让他浑身都酥了，扶着香兰的腰，咬着牙往内入。会叫的女人多的是，却无一这般蚀骨销魂的，他亲她的脖颈和脸颊，在她耳边喃喃道："再叫一声儿，快些，给爷再叫一声儿……"

香兰死死咬唇儿，只觉头目昏沉，下身渐渐有了些趣儿，却更让她羞耻。

林锦楼有些恼，用力亲上她的嘴，手去抚弄那两团绵软。

入了许久，香兰只觉快要窒息，开始挣扎时，莲心的声音从门口迟疑地传来："大爷……老太爷说有事，请大爷过去……"

香兰满面通红，拼命推搡林锦楼，他喘着气箍住她的腰，将她压在床上，道："甭管他……"

莲心站在外头也为难，只往里探头，便能瞧见那摇晃的绣床，自然知道里头正干什么好事，可……老太爷打发来的人就在外头等着，她只得红着脸，硬着头皮又催一遍道："老太爷说有要紧的事请大爷过去。"

香兰又羞又愤，眼里涌出了泪，拼命扭动，这真要了林锦楼的命，他浑身发颤，死死抱住那细致腻滑的胴体，呻吟了一声，泄了身子，软在香兰身上。

片刻，他支起身子盯着香兰的脸，摸着她脸颊道："好端端的，怎的又哭了？"

香兰侧过头，颤着声道："你快走罢，老太爷叫你。"

林锦楼起身，撩开帘子叫水。

一时春菱等端来热水，林锦楼拿了温热的手巾要给香兰擦拭，她推开，颤颤地缩到被中。

青天白日与那男人一处云雨，香兰只觉羞惭，更有说不清的委屈。林锦楼不以为意，用手巾擦洗了，重新换了见客的衣裳，让丫鬟束发，神采奕奕地往前头去了。

香兰这才忍着耻起来，用水擦洗了，重新换了衣裳。

春菱拿了一托盘首饰进来，道："大爷临出去前吩咐的，说这一盘子是他这次捎回来的，给姑娘戴着玩。"

香兰打眼一瞧，都是些金银玛瑙琥珀等物，也不说话，春菱便径自收了去。另有小鹃抬来一只小箱，里头有些古玩字画或土特产等，都是林锦楼赏与香兰的。

晚上小厨房里的媳妇儿亲自来送饭，丰丰盛盛地捧了两个大食盒，春菱不免面带喜色，指挥小丫头将饭菜摆了。

香兰招呼春菱、小鹃与她一起吃，她二人互相看了眼，只说不敢。

香兰自嘲道："有什么敢不敢的？谁又比谁高贵些？都是一样的人，来吃罢，这一桌子菜，吃不完也是糟蹋。"

春菱便拿了张小桌在地上摆了，拨了些饭菜同小鹃一起吃。小鹃幸灾乐祸地将鸾儿的事讲了，末了道："听说鸾儿晚饭都没吃，寸心去厨房拿饭都避着人，灰溜溜回来的。"往口中塞了一口饭，吃得腮帮鼓鼓的，对香兰道，"大爷对你真是好得紧，方才还赏了我一串钱，让我好生伺候你呢！"

香兰道："他起先对岚姨娘更好，连铺子都给了，不也是这般满屋子的古董玩器，结果呢？岚姨娘如今在哪儿孤零零躺着？……"

春菱忙笑道："你同岚姨娘可不一样，她脑子糊涂，没那个福气消受林家富贵。再说……再说她也不曾让大爷这么惦心不是？"

香兰垂了头默不作声，心道："以色事人哪有长久的道理？何况鸾儿、青岚都是他曾抬举过的，如今又怎样？我必须寻个法子出去。"

这里林昭祥唤林锦楼去，原是为他再择亲的事，举出几家名门淑女与他看，林锦楼意兴阑珊道："再说罢，赵氏才走几日呢，也让我消停消停。"

林昭祥一瞪眼道："不孝有三，无后为大！你还想等到什么时候？这几家姑娘都是能生养的，也有个贤淑的性子，家世也般配。"

林锦楼漫不经心道："这还没成亲怎就知道是能生养的了？这事急什么？眼下时局未稳，等皇上立了太子再说罢。"

林昭祥一怔。

林锦楼淡笑道："要娶个贤惠老婆本也不难，那些书香门第出来的，大多是那个调调，你孙儿我日后的前程还长着，何必急于一时？难道家里还缺能给我生儿子的不成？"

林昭祥叹了口气。林锦楼说得也有几分道理，如今的时局，还真不若等皇上立了太子再选择人家。他轻咳一声道："只是你二妹出嫁，你二弟的婚事便不能拖了，只是他那身子骨总不见好，先前定亲的人家不成了，我跟你爹商议，打算再择谭思叶的四女儿定亲。"

林锦楼一怔，摸着下巴点了点头道："谭大人虽说是个四品官儿，可官声不错，身家清白，女儿也应该教养得好。"

林昭祥点头道："不错，虽只是个庶出的，可听说模样、性情都好，而且还有个旺夫的八字，指望娶进来给你二弟冲一冲喜。"

林锦楼心说，老子那二弟新婚夜能不能爬起来人道都两说，模样再好，娶进来只怕也是守了活寡，可面上不带出一丝一毫来，点头称是。

　　当下，林昭祥又嘱咐林锦楼几句，又因林东绮婚期近了，秦氏打发人来禀明婚礼当日事项，无非是请了何人、在何处送亲、何处燕坐、何处开宴等。此时金陵守备登门，林锦楼自去招呼，不在话下。

　　晚上林锦楼回去时，香兰已早早熄了灯在东次间睡下，唯有莲心、暖月、如霜、汀兰几个丫鬟未睡，一面做针线，一面等林锦楼回来。

　　见他进屋，众人连忙站起来，一叠声问好，沏茶倒水。

　　林锦楼目光在她们几人脸上一扫，问道："香兰呢？"

　　莲心道："已经睡下了。"

　　林锦楼便往房里去，见卧室里空荡荡的，便沉了脸色，径直走到次间里，一把撩开幔帐，沉着脸指着香兰道："爷在前头应酬，你竟然不等着伺候，敢自己先睡，给谁找不痛快呢？"

　　香兰只得坐起来，垂着脸不说话。

　　林锦楼哼一声，甩手走了。

　　香兰慢吞吞地穿了一件玉色的水田褂儿，走到正房去。

　　林锦楼已擦好了牙，正用香皂洗脸。汀兰绞了热毛巾悄悄递与香兰，给她使了个眼色，却见暖月已殷勤地将热手巾递到林锦楼手中去了。汀兰微微皱眉，香兰将毛巾交到汀兰手里，摇了摇头。

　　一时林锦楼梳洗已毕，暖月等来帮着宽衣。林锦楼盯着香兰，声音不轻不重，脸上却发冷，道："你杵那儿给谁看呢？！"

　　汀兰轻轻推了香兰一把，香兰只得上前，小手去解他衣上的扣子。暖月还要过来解腰带，林锦楼不耐烦挥挥手道："你们都下去，让她来。"

　　众人便端了东西退下了。

　　林锦楼微低下头，看着香兰垂着的小脑袋，心里一阵阵恼。这女的还真是白眼狼，莫非待她还不够好么？下午还跟他缠绵，晚上就撇开他自己睡了，木着个脸连个笑模样都没有，哪有点儿知疼着热的情意？简直就是块茅坑里的石头。

　　香兰也心惊胆战，生怕林锦楼捉住她再那般来一回。她身上酸疼，走路还有些不自在，心里含着羞耻，正是为了躲他才早早睡了的。她也想对着林锦楼摆个温柔模样，好歹哄两句，让他高兴了放自己回家，可她当着这活阎王就是做不出那姿态。

　　她瞪着林锦楼宽阔厚实的胸膛，手心冒汗，忙不迭将他的外衣除去，放到一旁的熏笼架子上。

　　林锦楼往床上一坐，拍了拍床沿道："过来。"

香兰垂着头走过去。

林锦楼道:"爷跟你说过,以后就在这屋睡,你当耳边风是罢?"

香兰小声道:"我睡这屋传出去只怕不合适……"

"爷说合适就合适。"

"大爷迟早要娶大奶奶,我这样……"

"什么这样那样的?如今让你睡这儿就睡这儿。"

香兰咬着嘴唇不说话。

林锦楼心里又恼,便道:"熄灯,要睡了。"

香兰吹熄了蜡烛,放下床幔,轻手轻脚地上床,侧躺在床铺最边上。

林锦楼翻了身,伸出胳膊将她抱住,香兰吓得一动也不敢动。林锦楼却再无动作,径自睡了。

林锦楼自归家,大小应酬不断,又要去军中,日日忙乱,家也少回。

林锦亭倒是得用起来,上下张罗,采办金银器皿、各色纱绫,补栽花草,请戏班子等,连秦氏都同林长政说:"别看亭哥儿念书平平,可办起事来真是像模像样的,还是靠得住的。倘若下一科还未中,咱们想法子给活动活动,给他捐官谋个缺儿也好。"

林长政叹气道:"我原也这么想,可爹的意思是好歹让亭哥儿中了举,脸上才有光。二弟又是只顾自己,我与他商议,他也只说听爹的意思,如今这事且再等一等罢。"

秦氏便不再提了。

且说林锦楼镇日不在,香兰却松了一口气,每日里只将自己画过的画挑了好的卷起来放进箱子,余者烧掉,另将些不起眼的金银首饰收着,放进小锦囊,贵重的仍让春菱看管。

林家热热闹闹嫁二姑娘,知春馆里多少也活络起来,书染和莲心开楼拣了好些艳色的纱绫,张灯结彩,又让林锦亭请人来栽种花草,将院子焕然一新。

喜鹊见了愤愤道:"都说'不在其位不谋其政',书染都是嫁了人的媳妇儿了,还见天往知春馆来把持着,莲心也没什么能耐,一味老实。论情论理,姨奶奶如今都该排第一,在大爷的院子里担尖儿管事,怎就让她们俩吃五喝六的?"

画眉道:"她们俩倒不足为惧,怕是怕正房里头住着的那个。自从她来,大爷都没往这屋来过。我去找她,也关上门一概不见,像是个豁得出去的。若不出个计策,就要坐以待毙了。"想了想,从抽屉里拿出一个荷包,又摸出二两银子,对喜鹊道,"等得了机会,把这银子送给双喜,让他把荷包给大爷看,就说是我这些天做的,知道大爷爱上火,荷包里是我亲自碾药材做的清凉丸。"

喜鹊自收了去。

待到林东绮成亲前一日晚间，林锦楼方才回家，进门便沐浴更衣，到前头应酬。

香兰自然也不好睡，人人都去凑热闹，她懒懒的不想动弹，见春菱和小鹊兴致勃勃的模样，便让她二人去，自己从箱笼里拿出一双做了一半的鞋，一针一线缝了起来。

汀兰素是个稳重妥帖的，留下来守屋子，也把小丫头都放了，拿了针线来寻香兰。两人偶尔说两句，都默默地做针线想心事。

屋中静静的，能隐约听到前头唱戏的管弦铙钹之声。知春馆之外自然热闹到十分去，宾朋往来，觥筹交错，花团锦簇，绣带飘摇，无论妇人、小姐还是丫鬟，皆穿红戴绿，打扮得桃羞杏让，燕妒莺惭。

林东绣端端庄庄地站在秦氏身边，虚扶着秦氏的胳膊。林东绮已上花轿走了，秦氏仍未回转过来，不住用帕子拭泪，眼眶还是红红的，一众贵妇人团围着相劝。

林东绣十足乖顺孝女的模样，也闪着泪光劝道："母亲还是收一收泪罢，今天大喜的日子，二姐姐也是嫁过去享福的，母亲这样，反倒让二姐姐也嫁得不心安了。二姐姐嫁了不要紧，我还留在母亲跟前尽孝呢。"

此言一出，引得众人纷纷称赞。

秦氏看了林东绣一眼，只见她穿了洋红的团绣花鸟纹样云锦比甲、白绸绣金钱的立领长褂子、海蓝菊花长裙，头上簪着赤金玉兰点翠步摇、点翠螺纹花钿并缠丝垂珠金簪，脖上戴着金项圈，坠着璎珞金锁，耳上一对长长的红玛瑙坠子，脸上精心匀了脂粉，描眉画鬓，十分光艳。她本就是个美貌女孩儿，这样精心打扮又添了两分丽色，越发动人了。

秦氏与林东绣并不亲近，一来秦氏有自己的儿女要养，二来她起先存了两分要提携林东绣的心思——不过是个庶女，又碍不着她痛痒，日后若是有了造化，兴许他们兄弟姊妹之间也能帮衬，何况这孩子始终要唤她一声"母亲"的，可她逐渐觉着这女孩儿秉性巧吝，教化了几次也发觉林东绣不过是面上做做功夫，便淡了心思，丢开了手，却也从不曾薄待。

林东绣是存了别样的心，如今二姐嫁人，立时便要轮到她去定亲，林长政相中几家书生，她皆不满意家世，此番决意要在林东绮婚礼上大显身手，让几家贵妇另眼相看，好择一门上等亲事。如今她一番形容，秦氏便立时明白了她的心思，口中淡淡道："我们家绣姐儿是个知道疼人的孩子。"

那几家贵妇便拉着林东绣的手，问她多大年纪，平时都玩些什么，读什么书，会做什么针线等。林东绣粉面含笑，落落大方答了。因是林家的女孩，纵然是庶的，也自有品格儿，何况家世摆在那里，这林东绣又跟秦氏一副亲热模样，保不齐是养在秦氏身边的。一时倒是有几户人家上心，想留意打听。

秦氏自去往来应酬，林东绣寸步不离跟在身畔，一时递水，一时递帕子，一时又帮秦氏理衣裳。红笺皱眉暗暗对秦氏使个眼色，秦氏摇摇头，示意她别管。林东绣一心抢尖拔高，秦氏便给她这个机会，成不成便看她自己造化，只要不丢林家的体面，秦氏便不插手。

林东绣随秦氏忙了一阵，中午快开宴的时候方才心满意足地回自己那一桌坐好，却见林东绫不知往何处去了。绿阑要去找，林东绣因想找个无人之处重新抹一遍胭脂水粉，便起身道：“我去找三姐姐罢。”说着便丢下众人，悄悄往旁边的小花厅里去。

屋中一人皆无，林东绣解下腰上的锦囊，从中掏出一面靶镜，对着理了理鬓发，又掏出一个珐琅蓝彩小盒，从中取出胭脂，刚要往唇上抿，便听见帘子外头有人说话，正是王氏身边的丫头珊瑚和璎珞。

璎珞道：“珊瑚姐，你且等一等再去寻三姑娘，我有话跟你说呢。你瞧见没有？今天四姑娘可是一步都不离开大太太呢，往日里可没那么亲近。”

珊瑚道：“瞧见了，唉，不是太太肚子里生的怎么办呢？只能如此了。还是咱们姑娘命好，甭看老爷平日里不管不顾的，对三姑娘的婚事还是极上心的。”

璎珞冷笑道：“老爷是惦着让三姑娘攀高枝儿去呢，我听说老爷想把三姑娘嫁给永昌侯。”

珊瑚吃了一惊：“永昌侯？他……他都多大年纪了，能当三姑娘的爹了！”

璎珞道：“四十出头，前年死了老婆，如今要娶填房呢。正值兵部候补提了他的缺，掌了实权，老爷就动了心了。”

珊瑚迟疑道：“你……你是怎么知道的？”

璎珞道：“昨儿个二老爷跟太太说的，太太死活不肯答应，老爷还打了太太一巴掌，说此事就这般定了，无转圜余地，还说永昌侯能看上三姑娘是天大的福气，旁人求都求不来的。你昨天到大太太跟前帮着操持，故而不知道罢了，眼下还瞒着三姑娘，倘若她知道，还指不定闹出什么事来呢！”

"这事只怕不成罢，别说太太不答应，老太爷、老太太也不一定应允的。"

"那也不一定，永昌侯虽说年纪大些，但年富力强，逢年过节都要进宫受皇上召见的，立了些战功，也颇有头脸，跟咱们大爷也是老相识，听说家底子厚实着呢，还有一座大园子。填房也是正经的主子奶奶，永昌侯夫人，进宫都要穿从三品的命妇霞帔，咱们老爷不过才是个五品，若不是林家的根基在这儿，三姑娘还算高攀了。"

"话倒是不错，倘若真当上永昌侯夫人，那体面尊贵是连二姑娘都没法比的。二姑娘不过才嫁了镇国公的二公子，袭不得爵，只能自己挣命博个功名罢了。"

后来二人又絮絮说些什么，林东绣全然没听见，只是怔怔坐在那儿。那个没有见识、没有头脑、没有口齿的林东绫竟然寻得一门上等体面的婚事！凭什么？莫非只因为她是太太肚子里生的，投了个好胎？除了出身，自己哪一样不比林东绫强？！

林东绣攥紧了手里的靶镜，方才的春风得意、踌躇满志尽数化成了灰。

林东绣年纪虽小，却比谁想得都明白。女人家嘛，嫁人不过找个后半生的指望，那人是风度翩翩的英俊少年，不过是锦上添花，最终还是要瞧他官职大小、家世几何。她庶出的长姐林东纨倒是嫁了个潇洒的白面书生，虽说也是官宦子弟，可到底差了一截，如今夫君读书不成，家里用度都要看婆婆脸色，长姐少不得自己拿嫁妆贴补，过得不顺心随意。跟她闺中相好的小姊妹，本是个家里不受待见的庶女，行动做事都缩手缩脚的，后来嫁了个五旬的鳏夫，可正经掌着实权，从此摇身一变，穿金戴银不说，浑身的气派都出来了，与原先判若两人。她默默看在眼里，便发誓要找一门贵婿，管他年岁大小。如今她万分瞧不起的林东绫竟然得了这样一桩姻缘，林东绣心里又羡又妒，颇不是滋味，一时也没了打扮的心思，懒懒地将胭脂和镜子收了，掀开帘子往外走。

珊瑚和璎珞早已不见人，林东绣无精打采地往回走，忽然心灰意懒。纵然她在酒宴上压倒众人又如何？高门第的如何瞧得上她？那门第差些的，又岂是她愿意屈就的？她自幼就是争强好胜的性子，一心要出人头地，如今在婚事上矮了林东绫一头不止，让她如何咽得下这口气？

林东绣越想越烦，筵席也不去了，心事重重地走到园子里，只见白柳横坡，树叶逐黄，小径上已有点点落花。虽是秋高气爽，艳阳高照，林东绣也觉得萧瑟凄清，忽见有一众穿红戴绿的丫鬟手捧着大托盘，上有珍馐美味，从抄手游廊上款款而过，心里越发难受起来，暗道："也只有正房太太肚子里生的女儿成亲才有这样气派的场面，我这样没人疼、没人怜的，不知今后要流落到什么地方去。"

她自伤自叹，穿过湖上一座曲桥，往一处假山来，想到这里有一处罗雪坞，原是给曹丽环住的，后来曹丽环搬了去，这地方空下来便成了摆放花草之处，前些日子她跟林东绫还到此处挑了两盆花，因想："这屋里有盆秋海棠，开了碗口大的花，正好剪一朵簪在鬓发上，配我这衣裳正合适。如今只有打扮出众才能脱颖而出，保不齐能碰到什么机缘呢。"便往罗雪坞来，到门口却见门锁了。

原来罗雪坞的婆子们都四下散去吃酒耍乐，她便转到后门，刚到窗户底下，便闻得当中有细细说话之声，仿佛一男一女。

林东绣吓了一跳，这内宅内院，怎会有男人出现？便大着胆子将窗户纸捅破，往里一瞧，只见林东绫正和一个年轻男子相偎在一处。

　　林东绣几乎唬破了胆，"噌噌"往后退了两步，胸口怦怦直跳，却又忍不住参着胆子凑过去往内看。

　　那男子生得容貌英伟，身强体健，浓眉大眼，通直的鼻梁，未启唇便带三分笑意，身上穿靛蓝直裰，瞧着眼生，不似见过。

　　原来这人竟是画眉的哥哥杜宾，他读书不成，却会舞枪弄棒，极擅钻营，因她妹子之故，林锦楼也提携了他一把，此人头脑聪明，为人风流洒脱，极会揣摩上意，因办了几件得力的事，林锦楼也逐渐器重，隐有提拔之意，杜宾在林府走动便频繁起来。他又是个心极大的，央告画眉求林锦楼提他做正八品的外委千总。画眉同林锦楼张了回嘴，见他神色不快，便不敢再提了。

　　杜宾便想走林锦亭的门路，孰料林锦亭富家公子口角做派，杜宾这等人他压根瞧不上眼，连见都没见，他连去几次都吃了闭门羹，不过在小花厅里枯坐，孰料竟碰见了林东绫。

　　林东绫因有王氏娇纵，在家霸道惯了，也不顾内外有别，来前头寻林锦亭，不想在花厅里遇见男客。只见那人生得仪表堂堂，风流不羁，她正是情思萦逗的年纪，乍一见这等外男，便先红了脸庞，忙退出去，末了目光偷偷朝杜宾一溜，十分有情的模样。

　　杜宾乃花中老手，哪有不明白的，听外头丫鬟叫她"三姑娘"便知她是林家三小姐，立时动了心思，往卧云馆去得更勤了，果真又碰上了林东绫。杜宾趁机百般撩拨，眉目传情，趁人不备，将自己早就备好的荷包扔到林东绫裙子底下。

　　林东绫捡起来回去一瞧，只见荷包内有两首情诗，一首赞她美貌，另一首倾诉相思之情，另有一块龙凤玉佩，正是取"龙凤呈祥"之意。林东绫又是得意又是惊喜，本也没想理睬，孰料杜宾隔三岔五便来，林东绫又忍不住偷偷去看。就这样两人便勾搭一处，不久便情思缠绵，如胶似漆。

　　春节后，林锦楼提拔杜宾做了亲兵，杜宾来往林家便越发频繁，混入府中与林东绫幽会。

　　杜宾推了推林东绫道："中午开席，你该回去了，我也该走了。"

　　林东绫皱眉道："你就这般不乐意见我？"

　　杜宾笑道："怎么会？我日日夜夜都惦记你，否则怎会冒险来看你？只是你确实该回去了，我回头再来。"

　　林东绫冷笑了两声，赌气别过脸。

　　杜宾连连赔笑，问道："怎么好端端的，又怄气了？要不我晚上再过来？只是这园子到晚上便上了锁,我翻墙进来是方便,你来却不容易了。"

林东绫道:"不知外头有哪个小妖精蒙了你的眼,让你急赤白脸地要走,把我丢在这儿不顾。你好歹来一趟,都不肯陪我再待会儿。"说着便哭了起来。

杜宾忙赌咒发誓道:"我心里只有妹妹一个人,为着你,我把我娘子都休了,你还不明白我的心?只恨我这辈子没投好胎,没到富贵人家里去,故而没脸到府上提亲。我心里头只盼着能和妹妹比翼双飞,再没有女子能入我的眼了。"打起万般柔情哄她。

林东绫道:"今儿我二姐姐成亲,赶明儿个就轮上我了,让你来我家,你百般推托,谁知你心里有没有我?只会说些没用的话来哄!回头我嫁了旁人,你才心甘情愿不是?!"

杜宾道:"我要娶你,你爹是万万不能答应的,除非有别的法子……"

林东绫睁着泪眼问:"什么法子?"

杜宾亲了亲林东绫的脸,眼里精光闪烁,附在林东绫耳边说了些什么。

林东绫立时羞得满面通红,骂道:"呸!呸!说这个羞人答答的东西!"

杜宾把林东绫搂到胸前,低声道:"好妹妹,你还不懂我的心?唯有木已成舟,才能让咱们白头偕老……"说着去亲林东绫的嘴,反身将她压到罗汉床上。

林东绫起先挣扎,杜宾却将手伸到她裤儿内抚弄,连连亲吻,不多时林东绫浑身便化成一摊水。

杜宾早就意图不轨,却只百般做小伏低,打起百般温柔哄着林东绫,时日一长,林东绫戒心渐去,对杜宾也是情根深种,早将一腔情爱托付与他,如今也是水到渠成。

林东绣在外看得浑身乱颤,连忙往后退,转身就跑,到不远处的竹林子里方才停下,连连喘气,靠着一丛竹子软在了地上。

林东绫竟然与男子做出这腌臜不才之事,这该如何是好?

若这等丑事闹出来,自己日后也难嫁人了。她第一便想到去找秦氏,又或冲进去将那男子赶走。她勉强站起身,忽然转念想道:"等等,林东绫若是和那男人有了首尾,那她那一门上等体面的亲事便成水中泡影了,那男人好似是个小门户出身的,都没脸上门来提亲……"

林东绣这般想着,慢慢停下了脚步。忽在山坡上遥遥望见两个少女从曲桥上穿过,直往罗雪坞来,一个穿着湘妃色的衣衫,另一个穿着海棠红,身量一般高矮。走近了一看,那穿着湘妃色衣衫的正是香兰,另一个是汀兰。

原来莲心回来看家,汀兰便百般撺掇香兰去园子里转转:"大爷送亲去了,不在府里,主子们全都在前头听戏吃酒,丫头们全凑一处玩,小子们都四下散了,园子里清静得很，你往日不出屋，这会子也该出去散散心，咱们俩只管往偏僻处逛逛。你不知道，如今秋景正美呢，咱们去看看花。"

这一说两说的，香兰不由动了心，便换了衣裳，和汀兰携手揽腕往园子里来逛，不知不觉走到罗雪坞，香兰便记起自己刚刚进府时便在此处服侍，心里不由生出了百般滋味，慢慢走到门口，摸了摸门上挂着的铜鱼锁，问汀兰道："先前在罗雪坞的刘婆子呢？还在这儿么？"

汀兰道："刘婆子年事已高，让她儿子接回家养老了，这宅子空下来做了花房，里里外外摆了好多盆儿，咱们馆里的花都是从这儿搬的。"说着往香兰头上看了看，笑道，"这样喜庆的日子，咱们俩头上不戴朵花怎么成？正巧走到这儿，不如去剪一朵簪在发髻边上，比戴什么金凤银凤钗还显眼呢。"

香兰道："都锁了门了，可怎么进去？你想戴花，不如去园子里剪。"

汀兰道："怕什么？我有钥匙。"说着从腰带上解下一串黄铜钥匙，笑道，"在这儿管花草的婆子是我大姑母，怕上年纪糊涂丢东西，便配了一把放在我这儿，以备不时之需。"说着朝香兰挤了挤眼，便用那钥匙开门。

外头这一响动，惊飞了屋里的一对鸳鸯。林东绫浑身一抖，一把将杜宾推了起来，一手拢着衣襟，六神无主道："怎么办？来人了怎么办？！"

杜宾心中暗急，双眼迅速看了一遭，对林东绫道："待会儿有人进来，你便说你累了，寻个清净地方小睡一会儿。"言罢踩在罗汉床扶手上，身体向上一跃，两手便钩住了房梁，腰部发力便骑在了横梁上，缩在墙角。

林东绫手忙脚乱地整理衣衫，听见外头汀兰道："里屋摆着一盆杜鹃，这个月份居然还在开，艳丽得紧，你进来瞧瞧罢。"

林东绫愈发焦急，鬓发已来不及理了，立时伏在引枕上装睡。

香、汀二人掀帘子一进到里屋，见林东绫趴在床上合着眼，登时吃了一惊，面面相觑。汀兰忙上前推道："三姑娘，三姑娘。"

林东绫装作睡眼惺忪模样，揉眼道："何事？"

汀兰道："三姑娘，前头筵席都开了，你怎在这儿睡了呢？方才我们过来时还瞧见珊瑚正满园子寻你呢。"

林东绫坐起来道："本想来这儿赏花的，结果累了就趴在这儿迷迷糊糊就睡了。"说着便站起身，赶紧往外走。

汀兰合掌念佛道："我的好小姐，睡在这儿也不盖个被子，倘若冻着染病可就糟了。"

香兰见罗汉床上遗了一件蝴蝶牡丹团绣的半臂，便拿在手里问道："三姑娘，这可是你的衣裳？"

林东绫回头一见，因心里有鬼，脸色便越发红了，劈手夺过来，骂道："小贱人，谁允你碰我衣裳了？！"一摔帘子出去，又在外头喊："汀兰，你来帮我梳梳头！"

　　汀兰握了握香兰的手道："三姑娘就这个脾气，你莫往心里去。"

　　香兰笑着点点头。

　　汀兰便往外去，香兰长长出一口气。林东绫衣衫不整，方才离近时，她在林东绫脖颈处看到一点暗红，就像林锦楼每回对她……香兰赶紧摇了摇头，将那羞臊恼人的念头甩开，又想："好端端的，林东绫怎会独自一人跑到罗雪坞来？又怎会脱了半臂衣衫不整睡在这里？"立时想到过年时她曾撞见林东绫与一相貌英俊的年轻男子待在一处，心里不由一哆嗦，在屋中左瞧右看，却未发觉不妥之处。

　　杜宾在梁上屏息凝神，两眼盯着香兰，只见这女孩生得乌发细腰，脸如白玉，明眸皓齿，光彩照人，说不出地柔美细腻，风华难言。杜宾心中暗赞，只觉自己见过几多妇人，竟无一能比拟。林东绫虽也是个美人，可跟这女孩儿站在一处，便立时黯然失色，杜宾不由看了又看。

　　香兰还在迟疑，只听林东绫叫道："香兰，你还在里头做什么？偷东西不成？！"

　　香兰心想："林东绫倘若真在此处休息，也无伤大雅，倘若真个藏了男子进来，那便是自寻死路。可惜我的话她听不进，说与旁人，人家也未必相信，若她反咬一口，说我侮她名节，我也是百口莫辩。"叹了口气，掀开帘子走了出去。

　　杜宾在梁上长长松了一口气，暗想道："方才那女孩叫'香兰'，那就是林锦楼最近新宠的那一位了，果然是个绝色，怪道妹妹都不是她的对手。林锦楼这小子艳福不浅，不知这尤物床上是何种风情？倘若能收到房里来风流快活一回，倒也不负此生了。"想着想着不由心旌摇曳，忽听"咣当"一声，有人关了大门，紧接着便落了锁。

　　杜宾暗道此地不宜久留，还是早些出去为妙，又等了片刻，听外头了无音声方才从窗户跃出，躲躲藏藏，跃过高墙，从小角门处逃了去。

　　林东绣远远在山坡上站着，见林东绫与香、汀二人从屋里出来，说不出心里是如释重负或是失望难言，死死绞着手里的帕子，慢慢走了回去。

　　此事虽乃一桩小风波，日后之事却全因此而起。